D0788606

El aspecto del diablo

El aspecto del diablo

Craig Russell

Traducción de Enrique Alda

Rocaeditorial

Título original: *The Devil Aspect*

© 2018, Craig Russell

Primera edición: junio de 2019

© de la traducción: 2019, Enrique Alda
© de esta edición: 2019, Roca Editorial de Libros, S. L.
Av. Marquès de l'Argentera 17, pral.
08003 Barcelona
actualidad@rocaeditorial.com
www.rocalibros.com

Impreso por LIBERDÚPLEX, S. L. U.
Sant Llorenç d'Hortons (Barcelona)

ISBN: 978-84-17305-88-8
Depósito legal: B. 13303-2019
Código IBIC: FF; FH

RE05888

Para mi mujer, Wendy

«El corazón de un hombre es el lugar en el que mora el diablo. Yo a veces siento un infierno en mi interior.»

THOMAS BROWN (1605-1682)

PRÓLOGO

*L*a irrupción de aquella voz, de esa siniestra personalidad, fue como la aurora de un espantoso sol negro y llenó la habitación de la torre del castillo con una brillante oscuridad, inundándola de maldad hasta lo más profundo de las densas y gruesas piedras de sus antiguos muros. A pesar de que el paciente estaba atado con firmeza a la silla de sujeción, Viktor se sintió extrañamente aislado, vulnerable. Tuvo miedo. Lo que estaba oyendo no tenía sentido. No podía ser.

Esa voz no era solo un fragmento de la escindida personalidad de Skála. Había algo más. Otra cosa. Algo mucho peor.

—Noto su miedo —dijo el señor Hobbs—. Capto el miedo de los seres humanos. Esa energía me renueva. Ahora me está renovando. Me ha estado buscando y ya me ha encontrado. Quiere saber lo que pienso, lo que siento. Muy bien, deje que se lo diga: cuando los maté, cuando maté a esas personas, cuando les hice todas esas cosas horribles, disfruté de cada segundo. Hice lo que hice por el siniestro placer que procuraba. Para mí, su dolor y su miedo eran como el buen vino.

»Lo que me gustó más fue que, al final, suplicaran por su vida. Cuando lo hicieron (y, finalmente, todos lo hicieron), fingí dudar para ver en sus ojos el atisbo de una leve, última y desesperada expectativa. Dejé que la tuvieran, un instante. Y después se la arrebaté. Eso, aniquilar su última esperanza, fue lo que más saboreé, incluso más que acabar con sus vidas.

»¿Se da cuenta, doctor Kosárek? En ese momento sintieron la presencia del diablo y suplicaron a Dios que apareciera y los librara de él. Y entonces fue cuando les hice ver, cuando finalmente entendieron, que Dios ya había aparecido; que Dios había estado allí todo el tiempo.

»Entonces fue cuando se dieron cuenta de que el diablo es Dios vestido de noche.

PRIMERA PARTE

Un lugar vinculado con el mal

1

A finales del otoño de 1935, el doctor Viktor Kosárek, un hombre alto y delgado, tenía solo veintinueve años. Era guapo, aunque su belleza no era la que suelen poseer la mayoría de los nacidos en Bohemia. En su larga y delicada nariz, sus pómulos altos y pronunciados, sus serios ojos verde azulados y su pelo negro azabache había un vestigio de antigua nobleza. A una edad en que la mayoría de las personas todavía tiene un aspecto joven, los duros rasgos de Viktor Kosárek le hacían parecer mayor de lo que realmente era: le conferían una falsa madurez y una autoridad involuntaria, que le venía bien en su trabajo. Como psiquiatra, su obligación profesional era descubrir secretos íntimos, arrojar luz en los rincones más sombríos y protegidos de mentes enfermas; y sus pacientes no iban a revelar sus secretos mejor guardados, depositar sus más lúgubres desesperaciones y deseos en manos de un chaval.

Cuando Viktor salió de su apartamento por última vez, era de noche y llovía: caía una fría lluvia que evidenciaba el cambio de estación. Como llevaba mucho equipaje y su tren regional salía de la estación Masaryk, en la calle Hybernská, y no de la estación central de Praga, tomó un taxi. Y también porque llevaba mucho equipaje (un baúl grande y dos pesadas maletas) y sabiendo lo difícil que podía ser encontrar un mozo decidió llegar a la estación con tres cuartos de hora de tiempo extra. Y menos mal, porque, nada más pagar a un taxista algo antipático, este dejó sus bultos en la acera, frente a la puerta principal de la estación, y se fue.

Viktor había confiado en que su amigo Filip Starosta fuera a despedirlo y a ayudarle con el equipaje, pero Filip, en el que cada vez se podía confiar menos, había cancelado la cita a última hora. Aquello no le dejó otra opción que abandonar las maletas para ir a buscar a un mozo, en lo que invirtió diez buenos minutos. Por los apremiantes gritos que oyó, aunque fue incapaz de localizar de dónde provenían, supuso que la falta de personal se debía al caos que reinaba en la estación. Finalmente, encontró a un joven ayudante de unos dieciséis años, tocado con un quepis rojo demasiado grande, que, a pesar de su delgada constitución, subió con facilidad el baúl y las maletas a su carrito.

Cuando se dirigían a la estación, un Praga Alfa con los colores de la policía aparcó en el espacio que el taxi de Viktor acababa de dejar libre. Dos oficiales uniformados saltaron del coche y corrieron hacia el interior.

—¿Qué pasa? —preguntó Viktor al joven, cuya espalda parecía tensa bajo una holgada chaquetilla de uniforme.

—Se han oído muchos gritos justo antes de que me llamara —contestó—, pero no he visto qué pasaba.

Al entrar en la estación, detrás del joven y del equipaje, Viktor se dio cuenta enseguida de que había sucedido algo grave. En un apartado rincón de la explanada se había apiñado un grupo de personas, como limaduras de hierro atraídas por un imán. El resto del vestíbulo estaba prácticamente vacío. Los dos policías que acababan de llegar se habían unido a otros oficiales e intentaban dispersar aquella aglomeración.

Alguien, invisible por el gentío, estaba gritando. Era una voz masculina. Una mujer, oculta por la muchedumbre, también chillaba completamente aterrorizada.

—¡Es un demonio! —bramó la voz masculina, tapada por la cortina de mirones—. ¡Es un demonio enviado por el diablo, Satanás! —Hizo una pausa y después, con el urgente tono de una advertencia aterrada, dijo—: ¡Está aquí! ¡Satanás está aquí! ¡Satanás está entre nosotros!

—Quédate aquí —le ordenó Viktor al mozo.

Cruzó rápidamente el vestíbulo y se fue abriendo paso hacia la primera línea de los congregados, que formaban un semicírculo controlado por la policía. Conforme avanzaba, oyó que una mujer susurraba alterada a su amiga:

—¿Es él? ¿Es Delantal?

Viktor contempló lo que había originado aquellos gritos:

eran un hombre y una mujer. Ambos parecían aterrorizados, la mujer porque el hombre la sujetaba por detrás y le había puesto un enorme cuchillo de cocina en el cuello; el hombre, por razones que solo él conocía.

—¡Es un demonio! —volvió a gritar el hombre—. ¡Un demonio enviado desde el infierno! ¡Mirad cómo arde!

Viktor se fijó en que la mujer iba bien vestida y tenía aspecto de persona acaudalada, mientras que su captor vestía el atuendo de trabajador: gorra raída, camisa sin cuello, una basta chaqueta de sarga y pantalones anchos de pana. A primera vista, estaba claro que no eran pareja y sospechó que el hombre la había elegido al azar. Para Viktor, la mirada salvaje que lanzaban los ojos desmesuradamente abiertos de aquel hombre evidenciaba el terror existencial típico de los episodios esquizofrénicos.

Un policía se había colocado cerca de la pareja y mantenía la mano sobre su pistola. «Déjala en la funda —pensó Viktor—. No aumentes la sensación de amenaza.» Viktor llegó a la primera fila de curiosos e inmediatamente lo frenaron dos policías, que lo sujetaron con fuerza.

—¡Atrás! —ordenó un acento eslovaco—. ¿Por qué no se larga, morboso?

—Soy el doctor Viktor Kosárek, del sanatorio psiquiátrico de Bohnice —protestó Viktor mientras intentaba librarse de las manos que lo sujetaban—. Soy psiquiatra. Puedo ayudarles.

—¡Ah! —El policía eslovaco hizo un gesto con la cabeza a su compañero y soltaron a Viktor—. ¿Es uno de los suyos? ¿Se ha fugado?

—No que yo sepa. No es uno de mis pacientes, eso seguro. Pero sea quien sea, no cabe duda de que está sufriendo un episodio psicótico. Tiene delirios paranoicos. Esquizofrenia.

—¡Pavel! —gritó el policía eslovaco al compañero que tenía la mano sobre la pistola—. Aquí hay un médico de chiflados.

—¡Que venga! —ordenó el oficial sin quitar la vista del captor y la cautiva.

—Necesito que disperse a esta gente —le pidió Viktor en voz baja al policía eslovaco mientras salía de la multitud—. Lo

17

están arrinconando. Cuanto más se angustie, más amenazado se sentirá y mayor peligro correrá la joven.

El eslovaco asintió y junto con sus compañeros empezaron a empujar a los congregados con renovada urgencia y determinación.

Viktor fue hacia el policía al que el eslovaco había llamado Pavel.

—¿Es el loquero? —preguntó el oficial sin apartar los ojos del hombre que sujetaba el cuchillo.

—Soy el doctor Viktor Kosárek, estoy haciendo prácticas en el sanatorio psiquiátrico de Bohnice. Bueno, hacía prácticas —se corrigió a sí mismo—. Pero ahora voy a trabajar en el sanatorio Hrad Orlů para delincuentes psicóticos.

—Gracias por informarme de su currículo, doctor, pero tenemos una situación muy delicada entre las manos —comentó con un tono impregnado de sarcasmo—. Un momento... ¿Hrad Orlů? ¿No es ahí donde han encerrado a los Seis Diabólicos? En ese caso, esto le compete. ¿Puede ayudarnos?

—Haré lo que pueda, pero si su delirio es grave, no sé si podré comunicarme con él.

—Pues, si no puede hacerlo, me temo que tendré que... —dijo el policía dando un golpecito en la cartuchera.

Kosárek asintió y se colocó delante de la mujer y su captor. Miró directamente a los ojos a la mujer.

—Intente no asustarse —le pidió en voz baja y calmada—. Sé que es difícil, pero no forcejee ni grite. No quiero que se altere más. Necesito que sea valiente. ¿Me entiende?

La mujer asintió ligeramente y con los ojos muy abiertos.

—Bien.

Viktor se fijó en que el afilado cuchillo le arrugaba la piel del cuello justo encima de la yugular. A su desquiciado captor no le costaría nada (un leve movimiento) seccionarle la vena. Y si lo hacía, al cabo de pocos segundos, la mujer estaría tan lejos de esta orilla de la vida que nadie podría hacer nada para salvarla.

Viktor levantó la vista hacia el hombre por encima del hombro de la mujer y lo miró fijamente a los ojos. Era joven, incluso sería un par de años menor que él. Tenía los ojos tan abiertos y aterrorizados como los de su cautiva. Su desenfoca-

18

da mirada estudiaba todo lo que los rodeaba, sin percatarse de que los policías y la inquieta multitud se echaban hacia atrás. Parecía estar contemplando horrores invisibles para el resto de los presentes. Era algo que Viktor Kosárek había presenciado muchas veces en su corta carrera: un loco con la mente y el cuerpo en dos dimensiones distintas.

—Soy el doctor Kosárek. —La voz de Viktor volvió a sonar calmada, inalterada—. He venido a ayudarle. Sé que tiene miedo, pero haré todo lo posible para tranquilizarle. ¿Cómo se llama?

—¡Es un demonio! —gritó el hombre.

—¿Cómo se llama? —repitió Viktor.

—Es un demonio de fuego. ¿No lo ve? Están a nuestro alrededor. Se alimentan de nosotros. La ha enviado el diablo…

El joven no terminó la frase. Dio la impresión de que había oído un ruido o había notado un extraño olor.

—Está aquí —dijo con un forzado y urgente suspiro—. El diablo está aquí, ahora, en este sitio. Lo siento…

—¿Cómo se llama? —pidió Kosárek en voz baja y amable—. Por favor, dígame cómo se llama.

El hombre del cuchillo parecía aturdido, como si no entendiera por qué le estaban distrayendo con tales trivialidades.

—Šimon —dijo finalmente—. Me llamo Šimon.

—Šimon, quiero que mantenga la calma, que esté muy calmado.

—¿Calmado? —preguntó Šimon con incredulidad—. ¿Me está pidiendo que me calme? El diablo está entre nosotros. Sus demonios están aquí. Ella es un demonio. ¿No los ve?

—No. Me temo que no los veo. ¿Dónde están?

Šimon rastreó el suelo de mármol de la estación con la mirada.

—¿No los ve? ¿Está ciego? Están en todas partes. —De repente pareció aún más asustado, más alterado, como si viera algo de lo que solo él era testigo—. La tierra, el suelo los rezuma. Salen de las piedras. Son lava de las entrañas de la tierra. Después ascienden como burbujas y espuma hasta que toman forma. Como este —dijo apretando con más fuerza a su cautiva y con la mano crispada en el cuchillo.

—Šimon —dijo Viktor—. ¿No te das cuenta de que te has equivocado? Es una mujer, no un demonio.

—¿Está loco? ¿No lo ve? ¿No ve los ardientes cuernos que le salen de la cabeza? ¿La lava en sus ojos? ¿Las candentes pezuñas? Es un demonio elemental. Un demonio de fuego. Me he quemado al tocarla. Tengo que detenerlos. Han venido para alimentarse de nosotros, para quemarnos, para arrojarnos al lago de fuego en el que no habrá fin para nuestro tormento. —Meditó sus palabras y después habló con una repentina, aunque tranquila y respetuosa determinación—. Lo sé: tengo que cortarle el cuello. Así es, tengo que arrancarle la cabeza de cuajo. Es la única forma de matar a un demonio. La única forma.

La mujer, que se había esforzado por obedecer a Viktor y permanecer callada, soltó un grito desesperado. Kosárek levantó una mano para tranquilizar a la cautiva y a su captor. Se dio cuenta de que estaba ante un grave caso de esquizofrenia paranoica delirante, de que quizá no habría forma de entrar en la torturada mente de Šimon antes de que matara a su presa.

Lanzó una elocuente mirada al oficial de policía, que asintió levemente y desabrochó el botón de la cartuchera.

—Šimon, te aseguro que esta mujer no es un demonio —dijo Viktor—. No estás bien y tus sentidos te engañan. Cierra los ojos e inspira con fuerza.

—El que engaña es el diablo. El gran impostor os ha cegado a todos menos a mí. Soy el instrumento de Dios. Si cierro los ojos, el diablo entrará en mí y me llevará al infierno. —Bajó la voz, parecía dolorido, asustado—. He visto al gran impostor. He visto al diablo y le he mirado a la cara. —Soltó un grito desesperado—. Me quemó con los ojos.

—Šimon, por favor, escúchame. Intenta entenderlo. No hay ningún diablo. Lo único que hay, lo que estás experimentando, está en tu cabeza. Tu mente (y la de todo el mundo) es como un inmenso mar, un profundo océano. Pasamos la vida, día a día, cada uno de nosotros, navegando en ese océano. ¿Me entiendes, Šimon?

El enajenado asintió, aunque sus ojos seguían teniendo una expresión maniaca, aterrorizada.

—Pero, por debajo de cada uno de nosotros —continuó Viktor—, están las profundidades de nuestro océano personal. A veces, esas profundidades están habitadas por unos monstruos aterradores, por unos miedos intensos y por deseos terribles que pueden parecer reales. Lo sé porque soy médico y lo veo a todas horas. Lo que te está pasando es que en tu océano se ha desatado una vertiginosa tormenta; todo se ha enmarañado y da vueltas. Los oscuros monstruos de las profundidades de tu mente se han despertado y han salido a la superficie. Quiero que pienses en ello. Que entiendas que lo que te está asustando en este momento, lo que crees ver, lo está creando tu mente.

—¿Me están engañando? —La voz de Šimon sonó como la de un niño asustado y solitario.

—Te están engañando —repitió Viktor—. La mujer que estás reteniendo es una mujer normal. El demonio que crees haber atrapado lo ha creado tu imaginación. El diablo al que temes solo es una parte oculta de tu mente. Por favor, Šimon, cierra los ojos.

—Me están engañando…

—Cierra los ojos, Šimon. Cierra los ojos e imagina que la tormenta amaina, que las aguas se calman.

—Engañado… —Cerró los ojos.

—Suelta a la mujer, Šimon, por favor.

—Engañado… —Retiró el brazo con el que sujetaba los hombros de la mujer y la mano que blandía el cuchillo se alejó del cuello.

—¡Muévase! —ordenó entre dientes el policía a la mujer—. Venga hacia mí.

—Engañado…

La mujer, sin dejar de sollozar, echó a correr hacia el policía, que la condujo más allá del cordón policial; una de las mujeres que había entre la multitud la abrazó para consolarla.

—Ahora, por favor, Šimon, suelta el cuchillo —le pidió Viktor Kosárek al joven, que en ese momento estaba solo, con los ojos cerrados

Šimon abrió los ojos. Miró el cuchillo que llevaba en la mano y repitió:

—Engañado… —Levantó los ojos llenos de lástima y estiró las manos, con el cuchillo en una de ellas, haciendo un gesto suplicante.

—No te preocupes —lo tranquilizó Viktor dando un paso hacia él—. Te voy a ayudar.

—Me habían engañado —dijo Šimon, repentinamente enfadado—. El gran impostor, el disfrazado, el oscuro, me ha engañado. —Miró a los ojos de Viktor y soltó una risita—. No te había reconocido. ¿Por qué no te había reconocido? Ahora sé quién eres. —De repente, la mirada de Šimon se endureció y se llenó de odio—. ¡Ahora lo sé! ¡Ahora sé quién eres!

Todo sucedió demasiado deprisa para que Viktor pudiera reaccionar. Šimon se abalanzó sobre el joven psiquiatra con el cuchillo en alto, dispuesto a clavárselo.

Viktor permaneció inmóvil y dos sonidos inundaron el espacio a su alrededor, reverberaron en el vestíbulo de la estación: el ensordecedor disparo del policía y la palabra que gritó Šimon mientras arremetía contra el joven médico:

—¡Demonio!

2

Viktor Kosárek estaba convencido de que la burocracia y la mentalidad bohemia eran inseparables. En toda faceta de la vida, en todo acto, siempre parecía haber un formulario que rellenar y un funcionario al que entregárselo.

Viktor telefoneó a su jefe desde la cabina de la comisaría de policía de la calle Benediktská. Informó al profesor Románek sobre lo que había sucedido en la estación y le contó que había tenido que redactar un informe, y después otro: por eso había perdido el tren. Le explicó que le habían guardado el equipaje en la estación Masaryk y que saldría en el primer tren de la mañana; sentía muchísimo las molestias que hubiera podido causarle.

—Querido, no se preocupe —dijo el profesor Románek—. Ha salvado la vida de una joven. ¿Cómo está el pobre desdichado causante de esta tragedia?

—Gracias por ser tan comprensivo... —Kosárek hizo una pausa cuando un grupo de policías entró rápida y ruidosamente por el pasillo, pasó por delante de la cabina y salió por la puerta principal—. Está muy grave —continuó una vez que desaparecieron los agentes—. Por desgracia, no se sabe si sobrevivirá. El policía temió por mi vida y disparó a matar, pero la bala perdió fuerza cuando atravesó el antebrazo, se desvió en la clavícula y se alojó en la cavidad abdominal. Ese joven tuvo mucha suerte de que no tocara ningún órgano vital, aunque produjo una gran hemorragia interna. El tiempo dirá. Si sobrevive, he pedido que lo admitan en la enfermería del sanatorio psiquiátrico de Bohnice en cuanto esté lo suficientemente recuperado.

—Un suceso terrible. Espero que no haya agriado el comienzo de nuestra relación.

—En absoluto, profesor. Estoy deseando trabajar en el sanatorio.

Era cierto, el profesor Ondřej Románek era famoso por sus innovadores y en ocasiones controvertidos métodos. Creía en la utilización de nuevas tecnologías y se le atribuía el desarrollo de modernas y efectivas formas de tratar la mente.

—Siento no poder ir a recibirlo a la estación. —Románek, que solía ser optimista, parecía algo desanimado—. El doctor Hans Platner le recogerá. Lo conoció en las entrevistas, está a cargo de la medicina general en Hrad Orlů. Es un buen médico y una excelente persona, aunque a veces es un poco intransigente con sus opiniones. Por favor, no le haga demasiado caso. Estoy deseando verle.

—Y yo también.

Después de colgar, Viktor Kosárek se preguntó qué podía hacer. Había dejado el alojamiento pensando que a esa hora ya habría ocupado su nuevo puesto de trabajo. No sabía si debería llamar a Filip Starosta, amigo y antiguo compañero de universidad, y preguntarle si le alojaría. Pensaba haber pasado con él la noche anterior, su última en Praga antes de empezar en su nuevo cargo, pero en el último momento Filip le había enviado un telegrama en el que le comunicaba que no podía verlo en esa ocasión ni ir a buscarlo a la estación. Aquello le había inquietado, Filip era un joven inteligente y apasionado en la misma medida. Le preocupaba ese comportamiento errático. Pensó que quizá sería mejor buscar un hotel cerca de la estación.

Un anciano pequeño y delgado como un pájaro, con modales parsimoniosos, esperaba para utilizar el teléfono, por lo que salió de la cabina mientras decidía qué hacer. Estaba en el pasillo frente a la cabina, pensando, cuando otro grupo de policías, esa vez de paisano, pasó a toda prisa. Lo encabezaba un hombre muy atractivo (alto, con anchas espaldas y tremendamente guapo), al que otro agente llamó capitán Smolák mientras se dirigían a la puerta. Oyó el aumento de revoluciones de un motor, puertas que se cerraban de golpe y el chirrido de unas ruedas ansiosas por salir a los húmedos adoquines.

Otro policía uniformado, mayor, corpulento, con el pelo en punta, elegante bigote y carnosa papada que caía sobre su guerrera de cuello duro, apareció en la puerta. Llevaba la gorra bajo el brazo e iba leyendo algo en un portapapeles. Sus charreteras indicaban que tenía el rango de *nadstrážmistr*.

—¿Qué está pasando? —le preguntó Kosárek al sargento mayor.

—Asuntos de la policía —contestó este con voz cansina antes de desaparecer en el interior del edificio.

—Los he oído… —intervino el anciano que esperaba para utilizar el teléfono con el entusiasmo de alguien al que realmente le gustan las malas noticias—. Los he oído hablar. Han encontrado otro cuerpo. Otro cuerpo.

—¿Un asesinato? —preguntó Kosárek.

El anciano movió su pequeña cabeza con sombrío regocijo.

—Un cuerpo de mujer, lleno de cortes. Delantal ha vuelto a hacer de las suyas.

25

3

*S*u padre había sido carnicero.

Dada la escena que tenía delante, quizá no era extraño que ese oficio apareciera en la mente de Lukáš Smolák, pero le sorprendió pensar en su padre. Aunque, por otra parte, siempre había recordado a su difunto padre, más que a su distante madre, cuando le habían abrumado las tribulaciones de la infancia, cuando había estado preocupado, confuso o asustado. Unas sensaciones que en ese momento sentía sobremanera.

A pesar de contar con la corpulenta y musculada constitución que su hijo había heredado, el padre de Smolák había sido un hombre educado y amable, de conducta reservada; alguien que nunca parecía alterarse, por grave o acalorada que fuera la situación. Y el joven Lukáš jamás había recibido una bofetada airada o una palabra desagradable de su padre. Quizá por eso se había convertido en un hombre tranquilo y ecuánime.

Sin embargo, en los recuerdos de su padre, aparecía un incidente que le había sobresaltado: una situación tan disonante y alejada del resto de las experiencias vividas con él, que seguía costándole creer que hubiera sucedido. Un día, cuando Lukáš tenía nueve o diez años, después del colegio su madre le envió a hacer un recado. Le pidió que fuera a la tienda de su padre, en un edificio encalado de techo bajo cerca de la iglesia, en el centro del pueblo, a por un kilo de salchichas de Ostrava para cenar. Hizo lo que se le había pedido, pero, cuando llegó, su padre no estaba detrás del mostrador como siempre. La puerta de la trastienda (una parte que el joven Lukáš no había visto antes) estaba abierta y unos extraños sonidos provenían de algún lugar en el interior.

Como nadie respondió a sus llamadas, entró con cierta vacilación en el mundo prohibido de la trastienda. De repente, en medio de la oscuridad y el frío, se encontró rodeado de reses colgadas en canal y bandejas con trozos de carne y salchichas. Como no vio a su padre, siguió avanzando en dirección a aquellos extraños ruidos, a aquel insistente y agudo chillido.

Abrió una puerta en la parte de atrás, salió y, al entrar en un pequeño patio, tuvo que entrecerrar los ojos por el sol, después de haber estado a oscuras en el cuarto frío. Su padre estaba allí, con la espalda vuelta hacia él: su aparición había pasado inadvertida. Aquellos reiterados quejidos provenían de un cochinillo que su padre sujetaba entre las rodillas, cubiertas por un delantal de cuero. Había llegado justo en el momento en el que descendía el pesado mazo que tenía su padre en la mano. Cuando chocó contra la cabeza del lechón, se oyó un repugnante golpe seco y el ruido cesó. Su padre dejó el mazo, sacó un cuchillo de hoja ancha de un bolsillo del delantal y lo pasó rápidamente por el cuello y la nuca del animal. Los chorros de sangre que cayeron en los adoquines y el desagüe fueron mermando hasta, finalmente, cesar.

27

En ese momento, su padre se percató de su presencia. Le puso las manos en los hombros, le dio la vuelta para que no viera al agonizante cochinillo y lo acompañó de vuelta al cuarto frío. Colgó el delantal manchado de sangre en la puerta de la despensa, llevó a su sollozante hijo a la tienda, lo sentó y le habló, delicada y pacientemente, de la triste necesidad de utilizar la violencia en esta vida.

Su padre había sido carnicero.

En esa habitación que se había convertido en un epítome del infierno, había evocado ese recuerdo. El capitán Lukáš Smolák, de la Policía Local de Praga, hijo de un carnicero muerto hacía tiempo, llevaba veinte años investigando asesinatos y había sido testigo de toda clase de actos violentos que imaginarse puedan. Había visto decapitaciones, personas abrasadas, tiroteos, cabezas aplastadas con piedras o barras de hierro, cuerpos desgarrados y acuchillados. Pero las peores escenas que había presenciado habían sido los asesinatos cometidos por el maniaco al que toda la ciudad conocía como Delantal.

Sin embargo, aquello, aquel último infierno, era insuperable.

Alguien había hecho una carnicería con la mujer (su sexo solo podía determinarse por los fragmentos de ropa esparcida) que estaba en la cama. No había otra palabra para describirlo: se habían extirpado partes del cuerpo y la vacía caldera del abdomen y el tórax estaba abierta, como la superestructura de un buque naufragado; los blancos huesos de las costillas brillaban en medio de la sangre. El asesino había amontonado perfectamente los intestinos color marrón grisáceo y rosa en una esquina de la cama. En el suelo, a los pies, había colocado una jofaina de porcelana en la que demostraba haber puesto el mismo cuidado a la hora de distribuir su contenido: los riñones y el corazón de la víctima.

La cabeza estaba vuelta hacia Smolák, pero ni siquiera con ella podía establecerse el sexo o personalidad de la víctima. Se había arrancado la piel de la cara y las blancas órbitas sin párpados de los ojos lanzaban una enérgica mirada acusatoria a Smolák desde la carne viva sobre una blanca y brillante sonrisa desprovista de labios.

28

Todo aquel horror se concentraba en la cama, cuya colcha estaba empapada en sangre. No había indicios de lucha o de violencia en ningún otro lugar del dormitorio. Si alguien se pusiera de espaldas a la cama y mirara la habitación, todo parecería normal, excepto por la mancha en la alfombra junto a la puerta, donde el portero, que había descubierto el cadáver, había vomitado.

Desde que habían llegado, Smolák había tenido que enviar a varios agentes a vomitar en la calle. Y él mismo, a pesar de la cantidad de años que llevaba viendo asesinatos, no fue capaz de mirar el cadáver sin sentir náuseas. El único que parecía mostrar verdadera templanza profesional era un hombre bajo y algo grueso vestido con un traje holgado, que se inclinaba hacia los restos con aire de experto y llevaba la corbata sobre el hombro para evitar que se balanceara sobre la sangre. El doctor Václav Bartoš, el médico forense de la policía, lupa en mano, era el único que se concentraba en los detalles y no en el conjunto. El subinspector Mirek Novotný, subordinado de Smolák, se le acercó. Novotný era un agente pelirrojo, ambicioso y joven, que habitualmente exhibía una expresión de seguridad en sí mismo que rayaba el engreimiento. Aquel día no la mostraba. Smolák se fijó en que las pecas resaltaban en su pálida cara.

—¿Ha encontrado algo? —preguntó Smolák.

—Lo tenemos, capitán. Delantal ha sido muy torpe esta vez.

—¿Y eso? —inquirió Smolák sin apartar la vista de la carcasa de huesos y sangre que, por increíble que pareciera, había sido un ser humano.

—Tenemos huellas dactilares que no son de la víctima. Y en ese rincón… —le informó Novotný indicando hacia una zona del suelo cercana a la cama—, pisó la sangre y dejó una huella parcial.

Smolák frunció el entrecejo.

—No es típico de él —comentó mientras se inclinaba para examinar la huella. Era perfectamente distinguible, media huella de un zapato o bota de suela lisa. Una huella de hombre, aunque pequeña—. No es nada típico de él. No es descuidado. Nunca ha cometido este tipo de errores. Opino lo mismo sobre las huellas dactilares.

Novotný se encogió de hombros.

—Quizá quiera que lo detengamos. A veces eso es lo que buscan esos chiflados, se sienten culpables o alguna tontería parecida y quieren que los capturemos y los castiguemos. A veces también eligen el estúpido juego del gato y el ratón.

—Este no. Este artesano disfruta demasiado de su trabajo. Si ha cometido ese error deliberadamente, es porque quiere burlarse de nosotros. Demostrarnos que no podemos atraparlo. Pero incluso dudo que sea eso. —Miró la huella—. Es muy extraña. ¿Tenemos algo más?

—Como sabe, no se forzó la entrada —le informó Novotný—. Según el portero, hace tres días tuvo que abrir la puerta del apartamento a la inquilina, cuando volvió del mercado de la plaza Malá Strana. Había perdido las llaves, creía que se le habían caído.

Smolák asintió pensativo.

—¿Cree que el asesino le robó el bolso en el mercado?

—Es posible. Eso explicaría cómo entró. Pediré a un par de chavales que pregunten si robaron a alguien más en el mercado ese día.

—Y compruebe si alguna de las otras víctimas perdió las llaves los días anteriores al asesinato —pidió Smolák—. Es el tipo de cosas que quizá no se han mencionado o se han pasado por alto.

En cuanto Novotný se fue, Smolák se volvió hacia el forense, que, tras haber finalizado su examen, se había puesto en pie y se había colocado la corbata en su sitio.

—Lleva muerta un día o más —aseguró el doctor Bartoš—. Es difícil establecer la causa de la muerte: presenta muchos cortes y faltan demasiadas partes, pero le cortaron el cuello. Si esa fue la primera herida, le habría causado la muerte instantánea, afortunadamente para ella. Solo podemos desear que así fuera y que eso le evitara enfrentarse a lo que le hizo después. Pero lo que sí puedo decirle con certeza es que todo se hizo a la perfección.

—¿A la perfección?

—Si se trata de otro asesinato del llamado Delantal, es una prueba de que se ha vuelto más ambicioso, que demuestra más destreza en el descuartizamiento. No se aprecian signos de vacilación en los cortes del cuchillo. Quienquiera que fuera sabía perfectamente lo que estaba haciendo y lo llevó a cabo con absoluta meticulosidad.

—¿Un médico?

—No de forma necesaria. Podría tratarse de un cirujano, un disector o simplemente un matarife… o un carnicero. En cualquier caso, he oído decir que quizá ya han encontrado al culpable.

—¿Qué? —preguntó Smolák confuso.

—Me han dicho que es un judío aprendiz de carnicero. Retuvo a una mujer en la estación Masaryk y la amenazó con un cuchillo, antes de que uno de sus agentes le disparara.

Smolák negó con la cabeza.

—No era judío. No sé de dónde han sacado esa historia, pero no es nuestro hombre. Solo era un lunático con un cuchillo.

—¿Y esto no le parece obra de un loco? —preguntó Bartoš con incredulidad, haciendo un gesto con la cabeza hacia las partes del cuerpo desmembradas.

—Por supuesto, pero se trata de otro tipo de loco. Pertenece a una categoría diferente. El que hiciera esto vive en este mundo, no en uno de fantasía. Es metódico y, tal como ha comentado, sabe perfectamente lo que hace. Lo que no sé es por qué eligió a esta mujer.

Smolák volvió a estudiar la habitación, lujosamente amueblada. La vivienda ocupaba dos pisos en un distinguido edificio de apartamentos situado en una curvada hilera de casas barrocas en Malá Strana. Era un barrio suntuoso tan tradicionalmente alemán que también se conocía como Prager Kleinseite. Antes de subir al apartamento, Smolák se había fijado en que en la mesa del vestíbulo había un ejemplar del periódico en alemán *Prager Tagblatt*. Además, casi todos los libros de la estantería estaban escritos en alemán. El nombre de la víctima, según le habían informado, era Maria Lehmann. Alemana. Las anteriores víctimas también tenían apellidos checo-alemanes, pero Smolák había prestado poca atención a tal coincidencia y había asumido que el motivo de que se las eligiera había sido la profesión, no la procedencia.

Lo último que necesitaba era un asesino loco con ese tipo de motivaciones.

—En fin. —Se despidió Václav Bartoš mientras se dirigía a la puerta—. Redactaré un informe y se lo enviaré.

Antes de salir se volvió hacia Smolák con el entrecejo fruncido.

—¿Algo más, doctor?

El forense se encogió de hombros.

—Es más bien una observación. Algo que quizá no entre dentro de mi competencia.

—Créame, doctor, le agradecería cualquier observación que quiera hacer. Es el cuarto asesinato de este tipo.

—Todo esto… —empezó a decir indicando con un dedo hacia la cama— me resulta muy familiar. Hace unos cincuenta años se cometieron una serie de asesinatos muy parecidos en Inglaterra. En Londres. Al igual que en los anteriores crímenes de Delantal, esos asesinatos se perpetraron en la calle o en callejones. Pero uno de ellos se llevó a cabo en la habitación de la víctima. Y la escena era muy parecida a esta. Quizás haya oído hablar del caso, en Inglaterra se ha convertido en parte del folclore. Al asesino, a quien nunca se detuvo, se le llamó Jack el Destripador.

Smolák arrugó el entrecejo y contempló aquella horrible escena, pero intentando ver más allá, pensando en esos otros casos, en una cronología de asesinatos y mutilaciones.

—¿Cree que debería buscar a un inglés? ¿A uno que tenga entre setenta y noventa años?

El médico negó con la cabeza.

—A las personas que saben algo del tema, el Londres victoriano les evoca tres cosas: la reina Victoria, Charles Dickens y Jack el Destripador, y no precisamente en ese orden. Tal como le he dicho, el perturbado que desató semejante pánico y dolor a esas mujeres se ha convertido en una especie de figura romántica para los ingleses, casi folclórica. Al igual que Charles Dickens influyó a nuestro Jan Neruda, quizá Delantal se crea heredero de Jack el Destripador. Hay muchas similitudes que podrían tenerse en cuenta.

Smolák asintió. Se le había pasado por la cabeza, pero no sabía tanto como el doctor sobre los escenarios de los crímenes londinenses.

—Creo que aquellas víctimas eran prostitutas. Esta no lo era —continuó Smolák, haciendo un gesto hacia la carne desgarrada que había sobre la cama—. Era una joven acomodada.

El médico se encogió de hombros.

—Tal como le he dicho, solo ha sido una observación.

—La tendré en cuenta, gracias, doctor.

—Acabo de acordarme de otra cosa —añadió Bartoš antes de abandonar el escenario del crimen—. Cerca del lugar en el que Jack el Destripador había cometido un crimen, se vio a un sospechoso. Llevaba un delantal de cuero.

Smolák no se percató hasta que el médico se fue: algo pequeño y brillante había rodado por las tablas del suelo hasta llegar a un rincón junto a la cama.

4

«*U*na de las ventajas del retraso es que hacer el viaje de día es mucho más agradable», se dijo a sí mismo. Viktor profesaba ese amor tan checo por el país: una profunda conexión con la naturaleza, el paisaje y la cultura, desprovista de profundos sentimientos nacionalistas, un bien con el que el vecino teutón de Checoslovaquia parecía estar acaparando el mercado. Tras los sucesos de la noche anterior, nada como sentarse y mirar a través de la ventanilla para ver cómo la ciudad se rendía ante la naturaleza.

El día estaba frío, pero resplandecía cuando el sol se filtraba entre las finas ramas y el translúcido rojo y dorado de los árboles de hoja ancha que bordeaban las vías férreas. Y más allá de esa otoñal linde dorada, se veían bosques de pinos, compactos y de color verde esmeralda, llenos de leyendas y mitos, que se ondulaban en las laderas y colmaban las montañas, solo interrumpidos por campos, pueblos y ciudades. El oscuro corazón de Europa.

Sin embargo, mientras se acomodaba al ritmo de campo-bosque-prado-bosque que veía por la ventanilla, la cara del joven en la estación se coló en sus pensamientos. Sobre todo, la desesperada expresión de terror y odio que había puesto cuando se abalanzó sobre él cuchillo en mano. En ese momento, el hombre estaría en un pabellón del Hospital General Universitario de Praga, en esa tenebrosa zona entre la vida y la muerte.

A pesar de sus estudios, de todos los casos de delirios y paranoias que había visto o tratado, Viktor Kosárek seguía sin conseguir situarse en el centro del universo de un loco y ver el mundo retorcido, caótico y aterrador a través de sus ojos. ¿Qué era lo que provocaba semejante miedo a morir? ¿Ver demonios y monstruos a tu alrededor?

Cuando la cara de aquel desquiciado desconocido dejó de empañar la visión del campo que iba dejando atrás, otra más familiar apareció en su mente. La de Filip Starosta la última vez que lo había visto, tres noches antes de su salida de Praga.

Filip tenía un alma cálida, afable y relajada, con la que Viktor disfrutaba, y una personalidad oscura, vehemente y obsesiva, demasiado intensa para él. Desde que se lo presentaron, había aprendido a disfrutar de la primera y a tolerar la segunda. Había llegado a la conclusión de que Filip Starosta tenía personalidades múltiples, algo que le habría estimulado de ser un caso de estudio, pero que le preocupaba en un amigo. Y últimamente aquella preocupación se había acentuado: las temporadas en las que Filip se apartaba de la sociedad, sus repentinas, intensas y siniestras pasiones eran cada vez más frecuentes y prolongadas.

Que no hubiera cumplido su promesa de despedirse de él era alarmante. Y le angustiaba que, cuando estuviera lejos de su amigo, se dejara llevar a la deriva en unos mares tenebrosos y coléricos.

Decidió que haría viajes periódicos a la ciudad para ir a verlo. Al fin y al cabo, Hrad Orlů no estaba tan lejos de Praga.

En el compartimento solo había otro pasajero, un hombre de unos cincuenta años con aspecto de campesino, que le había saludado amablemente en alemán al entrar y se había sentado frente a él. Se había fijado, no sin cierta consternación, en que estaba impaciente por entablar conversación.

—¿Va a Mladá Boleslav? —preguntó innecesariamente su compañero, pues hasta el destino final había pocas paradas importantes.

—Sí —contestó Viktor.

—Una hermosa parte del país. ¿Qué le lleva allí?, si me permite que se lo pregunte.

—Voy por trabajo —contestó Viktor, con la vana esperanza de agotar la curiosidad de aquel viajero. Su alemán, sin rastro de acento bohemio o bávaro, dejaba claro que era extranjero. Quizá de algún lugar más al norte de Alemania.

—Yo también —prosiguió el alemán—. ¿A qué se dedica?

—Soy médico.

—¡Ah! —exclamó el compañero de viaje—. Así que ha estado de visita en Praga. Hermosa ciudad, verdaderamente bonita. Muy rica en historia.

—No, vivo…, vivía en Praga. He aceptado un nuevo trabajo.

—*Toi, toi, toi!* —dijo en alemán—. Felicidades y buena suerte. Le deseo lo mejor.

Viktor sonrió y le dio las gracias. A pesar de haberse entrometido en su deseado aislamiento, el amistoso comportamiento del alemán hacía difícil no tenerle simpatía.

—Catedrático Gunnar Pedersen, de la Universidad de Hamburgo. Encantado de conocerle —se presentó inclinándose hacia delante y ofreciéndole la mano.

—Doctor Viktor Kosárek —contestó estrechándosela y sonriendo resignado. Sabía que iba a ser imposible no mantener una conversación con él.

—¿Ha aceptado un nuevo cargo en el hospital o es médico de familia?

—Ninguna de las dos cosas, soy psiquiatra. Voy a trabajar en el sanatorio psiquiátrico Hrad Orlů.

—Lo conozco —dijo Pedersen—. Soy catedrático de Arqueología en la Universidad de Hamburgo, voy a visitar la zona a la que va. —Pareció pensativo un momento—. ¿El sanatorio psiquiátrico Hrad Orlů? ¿No es allí donde han encerrado a esos asesinos? ¿A los Seis Diabólicos?

Viktor ahogó un suspiro. Desde que había aceptado el trabajo, todo el mundo lo había bombardeado con preguntas sobre esos pacientes, tan tristemente célebres. Los más famosos de toda Centroeuropa.

—No es un apodo muy conveniente, y sus crímenes no tienen ninguna conexión…, pero sí, ese es.

—Me encantaría conocer ese castillo —dijo Pedersen—. No por su actual uso como sanatorio psiquiátrico, sino porque arqueológicamente es prodigioso.

—¿Sí? Que yo sepa se construyó a principios de la Edad Media.

35

—Está equivocado. El castillo actual quizá, pero lo que hay debajo... —comentó el alemán haciendo un gesto en el aire con el dedo—. Lo que hay debajo es muy anterior. Hrad Orlů (el castillo de las águilas) se construyó sobre una fortaleza neolítica. Creemos que de la cultura danubiana o de la cerámica de bandas. De hecho, el muro exterior del castillo sigue el círculo trazado por la estructura neolítica. ¿Sabía que cuando se construyó no había ni cocinas ni habitaciones? ¿Que originalmente no estaba destinado a habitarse?

—Entonces, ¿por qué lo construyeron?

—Es una de las fortalezas más sólidas de Bohemia, a pesar de no haber tenido nunca importancia estratégica. Se construyó rápidamente, no para no dejar entrar nada, sino para mantener algo dentro. Algo que estuviera encerrado para siempre. Lo que parece apropiado, dado su actual uso.

—¿Sí? —Muy a su pesar, Viktor estaba intrigado—. ¿Y a quién se recluyó en él?

—No a quién, sino a qué —contestó Pedersen—. Bajo el castillo hay una red de cuevas que se creía que eran la boca del infierno. El castillo se construyó para taparla. Por supuesto, todo eso son tonterías, pero sí que es verdad que el emplazamiento neolítico se encontraba en la entrada de una red de cuevas. ¿Se ha fijado en que parece estar unido a la roca? Es como el castillo Predajma en Eslovenia, cuya robustez como fortaleza proviene tanto de la naturaleza como de la mano del hombre. No se sabe cuánto tiempo lleva habitado. Es lo que lo hace tan atractivo para los arqueólogos. A lo largo de los siglos, los campesinos y vecinos han encontrado todo tipo de artefactos en los campos cercanos al pueblo.

—¿Qué tipo de artefactos? —preguntó Viktor.

Pedersen se inclinó hacia delante, encantado de tener público.

—Principalmente, cerámica: fragmentos de vasijas, discos pequeños de cerámica con un agujero en el centro (de esos hay muchos) y herramientas de piedra. También se encontraron abundantes cuentas de cristal ornamentales, pero son de un periodo muy posterior. Por supuesto, las piezas más importantes acabaron en museos de Praga y de Viena. Todas aparecieron en los alrededores del castillo.

36

—¿De verdad? No lo sabía.

—Sí, créame, doctor Kosárek, su nuevo lugar de trabajo se construyó en un importante emplazamiento arqueológico. De hecho, hace unos cincuenta años, Josef Ladislav Pič, padre de la arqueología checa, inició una excavación en el bosque cercano al castillo. También hizo hallazgos muy importantes: dos estatuillas de cerámica de la Madre Tierra similares a la Venus de Dolní Věstonice y a la Venus de Willendorf. En la actualidad, se encuentran en el Museo Checo de Praga. Y, por supuesto, mucho, mucho antes de todo eso, se descubrió al hombre-oso, pero nadie sabe qué pasó con él.

—¿El hombre-oso? —preguntó Viktor.

—Al parecer estaba tallado en hueso humano, según se dice. Aunque lo dudo, más bien sería de oso. Mostraba una figura con el cuerpo de un hombre corpulento, con los hombros y la cabeza de un oso. Se encontró hace unos ciento cincuenta años, pero se perdió. Cuando lo encontraron, el clérigo husita local aseguró que era una representación de Satanás y lo relacionó con Jan Corazón Negro y sus intrigas. Imagino que sabe quién es Jan Corazón Negro.

—Me temo que no.

—¡Ah! —exclamó Pedersen, decepcionado.

A Viktor siempre le sorprendía que los expertos esperaran que los demás estuvieran versados en su especialidad, algo con lo que también se había tropezado en el campo médico.

—No importa —aseguró el alemán—. Jan Corazón Negro era el antiguo señor del castillo. Aparte de que esa figura esté en el escudo de armas de la familia, no tiene otra relación con el hombre-oso. En cualquier caso, algunos lugareños dijeron que la talla del hombre-oso era una representación de Veles, ya sabe, el señor del inframundo parte hombre y parte oso de la tradición eslava. Pero, por supuesto, eso también son tonterías. La talla era un siglo anterior a la llegada de los eslavos. Sin embargo, todo el mundo parecía estar de acuerdo en que ese artefacto poseía algo oscuro y poderoso.

Viktor se sobresaltó cuando un tren pasó como un rayo al otro lado de la ventanilla. Esperó a que desapareciera antes de preguntar:

—¿A qué se refiere con oscuro y poderoso?

37

—Ya sabe, adoración satánica y ese tipo de cosas —explicó Pedersen quitándole importancia con un ademán—. Es irrelevante y anacrónico. Pero cuando desapareció la talla del hombre-oso, el sacerdote husita acusó a los lugareños de haberla robado y de utilizarla en misas negras. Ahí es donde aparece Jan Corazón Negro. Se rumorea que incluso František Rint la tuvo en sus manos y que la escondió entre los miles de huesos humanos que utilizó en sus macabras creaciones con esqueletos en el osario de la iglesia de Todos los Santos de Sedlec, en 1870. Personalmente, pienso que la verdad es más prosaica, que el hombre-oso estará acumulando polvo en el almacén de algún museo.

Viktor siguió hablando con el arqueólogo durante el resto del viaje y se alegró de que lo hubiera sacado de sus sombrías reflexiones.

El trayecto duró un poco más de una hora. Cuando estaban llegando a la terminal de Mladá Boleslav, Pedersen se puso de pie.

—Me temo que he de dejarlo. —Se despidió sonriendo y extendiendo la mano hacia Viktor—. Tengo que supervisar la descarga de mi equipo. Quizá nos veamos algún día.

Cuando el alegre alemán se fue, Viktor permaneció en silencio viendo aparecer Mladá Boleslav a su alrededor.

5

*C*uando el tren se detuvo, la estación estaba en penumbra y las vías parecían hundirse entre dos grandes diques. Mladá Boleslav, o Adlersburg, tal como se la conocía en alemán, era la población más grande cercana a Hrad Orlů, el castillo de las águilas.

En ella todo tenía dos nombres: en checo y en alemán. Era el tipo de escisión de la personalidad en el que había crecido Viktor: un país de múltiples personalidades superpuestas. Su país, sus contemporáneos, su propia identidad siempre habían sido heterogéneos. Había crecido en un pueblo pequeño de Moravia. Su madre era alemana; su padre, checo. En cualquier otro lugar, aquello habría propiciado un sentimiento de desapego o desplazamiento. Pero allí, no. Allí era lo normal. Por supuesto, muchas de las personas de la recién creada república se identificaban principalmente con una identidad: checa, morava, silesia, eslovaca, alemana, polaca, rutena, húngara o judía. Pero más que una definición, solo precisaba el nombre del ingrediente principal de un guiso profusamente condimentado.

La República de Checoslovaquia quizá solo tuviera diecisiete años, pero también era, tal como había indicado Pedersen, antigua: labrada en una piedra angular que cambiaba, se fundía, se mezclaba y se reformaba constantemente. Ningún otro pueblo que hubiera pisado la Tierra era como los bohemios: para ellos, todo era fluido, siempre cambiante. Al igual que los inmortales, habían observado con alegre desinterés las triviales pasiones de los mortales: la ampliación y reducción de fronteras; el izar y arriar de banderas, de imperios, de patriotismos y prejuicios.

A Viktor, cuya profesión le obligaba a estudiar la arquitec-

39

tura de las mentes, el desdoblamiento de personalidad de aquella tierra le fascinaba. Había oído decir muchas veces que la lengua materna de uno es aquella en la que sueña. Viktor Kosárek soñaba en checo y en alemán.

Cuando bajó del tren, vio a un hombre corpulento de altura mediana cercano a la cincuentena en la entrada de la estación. Vestía un abrigo de caza verde oscuro y sombrero tirolés. Enseguida se dio cuenta de que era el doctor Hans Platner, subdirector del sanatorio. Platner sonrió afablemente, le saludó y se acercó con un mozo de estación.

—Espero que haya tenido un viaje agradable, doctor Kosárek. —Platner lo saludó en alemán estrechándole la mano—. Y más después de lo que pasó anoche: el profesor Románek me lo ha contado todo. Algo espantoso. Nos alegramos de que haya llegado sin haber sufrido más incidentes.

—Bueno, imagino que, simplemente, estaba allí.

—Pero podría haberle herido o haberle matado —dijo el doctor enérgicamente—. Estoy seguro de que la policía se habría ocupado de ese asunto, pero da la impresión de que salvó la vida de esa desventurada mujer. Quizá sea mejor que ese joven no sobreviva a las heridas.

—Pero entonces no habría posibilidad de ponerlo en tratamiento y de que se recuperara… —Viktor estaba desconcertado.

—Si puede recuperarse, doctor Kosárek —continuó Platner—. Estamos hablando de alguien que es una amenaza crónica para sí mismo y para una sociedad sana.

Viktor se fijó en la insignia que Platner lucía en el cuello del abrigo: un estrecho escudo rojo con letras estilizadas tipo cinta que formaban una S, una D y una P entrelazadas. Lo había visto antes, durante la entrevista que había mantenido con el profesor Románek y con él. Platner era sudete. La insignia indicaba que era miembro del recién creado Partido Alemán de los Sudetes y, por ello, que no estaba de acuerdo con la idea de un guiso étnico profusamente condimentado: ese partido, al igual que el de sus primos al otro lado de la frontera, tenía una visión muy intransigente de la identidad nacional.

En Checoslovaquia había casi tres millones y medio de sudetes, en su mayoría en Bohemia, Silesia y Moravia. En las elecciones de aquel año, el Partido Alemán de los Sudetes había conseguido tener la mayor representación tanto en el Senado como en la Cámara de Diputados. Los nacionalsocialistas de la vecina Alemania habían fundado ese partido y mantenía relaciones estrechas con ellos y las ideas que representaban. La oscuridad a través de los árboles, tal como los definía Viktor.

—Vaya —dijo Platner al ver el equipaje de Viktor que había traído el mozo—. Creo que tendremos problemas para meterlo en el coche —añadió dándole una efusiva palmada en la espalda—, pero lo intentaremos.

Viktor miró hacia el andén en el que se estaba descargando el resto de los equipajes con la esperanza de ver a Pedersen, pero no había rastro del arqueólogo alemán.

—¿Vamos? —preguntó Platner mientras guiaba a Viktor hacia un nuevo Opel P4 estacionado en la entrada de la estación.

A pesar de las dudas de Platner, consiguieron poner las dos maletas de Viktor en el asiento trasero. Y es que, aunque el P4 no tenía maletero, sí que contaba con una rejilla para el equipaje sobre el guardabarros trasero, en la que sujetaron el baúl de Viktor.

—Así que es medio alemán, creo que lo comentó en la entrevista —dijo Platner con falsa naturalidad mientras conducía.

Era un agradable día de otoño. Viktor estaba deseando empezar en su nuevo puesto de trabajo. También recordó la advertencia telefónica del profesor Romának sobre las opiniones de Platner y deseó que aquel viaje en coche no derivara en una discusión política. Aunque, en aquellos tiempos, casi todo acababa siéndolo.

—Al menos, medio —explicó Viktor—. Mi madre era de Gnadlersdorf. En checo es Hnanice. ¿Lo conoce?

—Por desgracia, no —admitió Platner.

—Es un pueblo pequeño de Moravia, cerca de la frontera con Austria. Mi padre era checo, pero su madre también era alemana. Por eso tenemos el apellido Němec en la familia, que indica procedencia alemana.

—¿Lo ve? —Platner parecía encantado con el árbol genealógico de Viktor—. Su apellido, Kosárek, significa «segador», ¿no?

Viktor asintió.

—O «fabricante de guadañas».

—Debería cambiarse el apellido —le recomendó alegremente Platner—. ¿Cómo se diría en alemán? Posiblemente, Sensenmann. Pero no creo que a los pacientes les guste que se les recuerde a la Parca. Aunque también podría ser Sensemann. Ahora que lo pienso, hubo un misionero en el siglo XVIII que se llamaba Sensemann: Gottlieb Sensemann. También era moravo-alemán. Quizá Kosárek sea la eslavización de Sensemann. A lo mejor es más alemán de lo que cree —concluyó Platner sonriendo.

—La verdad es que no tiene mayor importancia —respondió Viktor—. Ese tipo de cosas no define quién se es. Es mi opinión, claro está.

Platner no hizo ningún comentario, pero, al mirarlo de reojo, Viktor se dio cuenta de que ya no sonreía.

Mientras continuaban el viaje en silencio tuvo la impresión de que los árboles se volvían más espesos, más altos, más oscuros en el borde de la carretera, que serpenteaba y se curvaba como si se retorciera para librarse de la intensa opresión del bosque.

Como psiquiatra, Viktor sabía que la ansiedad y los traumas podían convertirse en miedos extrañamente específicos. En tiempos, había tratado a un paciente neurótico que había desarrollado una hilofobia extrema: un miedo malsano a los bosques, a su densidad, a su oscuridad, a las cambiantes sombras que encierran. Cuando empezó a tratarlo, descubrió que él mismo mostraba algunos de esos síntomas, pero en su caso era comprensible, atribuible a un episodio traumático específico, a una experiencia de su niñez.

Había sucedido hacía mucho tiempo. Viktor estaba jugando en el bosque. Lo tenía prohibido, pero había encontrado un lugar tranquilo, secreto, un claro al que había ido muchas veces con Ella, su hermana pequeña. Pero cuando esta se ahogó accidentalmente, se había visto obligado a jugar allí solo y triste. Ella había sido una leal compañía, su única compañera de juegos. Su muerte había dejado un profundo agujero en su mundo, un enorme vacío que aun así era menor que el que había desgarrado el corazón de su madre.

Ese día, cuando el sol moteó de colores el suelo del bosque e hizo bailar las sombras entre los árboles como si estuvieran vivas, Viktor fue al claro que había sido su lugar secreto y el de su hermana. Entonces fue cuando hizo un tétrico descubrimiento.

Su madre le estaba esperando. Lo miró con ojos ciegos, con la cara y las manos anormal y lívidamente oscuras, como si se estuviera convirtiendo en otra sombra entre los árboles. El crujido de la rama de la que colgaba fue el único sonido que oyó en aquel bosque oscuro y espeso.

El suicidio de su madre dejó dos marcas indelebles en el joven Viktor. La primera, un impreciso e indefinido miedo a estar en un bosque. Seguía siendo capaz de reconocer su belleza cuando los veía de lejos, pero sentía algo parecido a un pánico claustrofóbico cuando se encontraba rodeado de árboles. La segunda marca que le había dejado había sido la determinación de entender y curar las enfermedades mentales; aliviar la gran pena que conducía a las personas, a gente como su madre, a la perturbación y a poner fin a su vida, o la de otros.

Aquello había orientado a Viktor hacia la medicina, la psiquiatría y a aceptar aquel trabajo en el sanatorio Hrad Orlů para delincuentes psicóticos.

Solo faltaban veinte minutos para llegar al castillo. Durante los últimos, era necesario emprender una empinada y serpenteante ascensión por la falda de la montaña tapizada de árboles, en la que el castillo (en ese momento sanatorio psiquiátrico) se alzaba por encima del pequeño pueblo que había debajo y los campos que lo rodeaban. Había respondido al primer equipo entrevistador en la Academia de Medicina de Praga, pero la segunda entrevista se la habían hecho allí, en el castillo. Y de nuevo, al igual que cuando había ido por primera vez, volvió a sentir un intenso sobrecogimiento, casi miedo, cuando la carretera salió de entre los árboles y dejó al descubierto el castillo.

Un enorme peñasco semejante a un diente surgió del bosque. A su vez, el castillo emergió sobre ese monolítico risco. El edificio parecía estar fusionado con la roca, tal como lo había descrito el arqueólogo Pedersen. El alto muro exterior con empalizada mostraba columnas cilíndricas en sus esquinas; turgencias coronadas con techos semejantes a sombreros de bruja. Una de ellas, en la que las murallas se unían formando un ángulo más agudo, era más alta que las demás. Daba la impresión de ser la proa de un barco. Dentro de las murallas, pero más altos que ellas, había tres grandes edificios. El mayor y más prominente, la torre del homenaje, contaba con un enorme, oscuro e inclinado techo coronado por puntiagudas agujas que atravesaban el cielo.

En la prehistoria, un fenómeno geológico similar al hachazo de un iracundo dios primigenio había hendido el risco en el que se hallaba la fortaleza. La barbacana se había quedado en la parte más pequeña, y el castillo, en la principal. Pero después se habían conectado con un puente de piedra que cruzaba la sima.

Al ver el castillo y su imperiosa y agresiva embestida contra el cielo, Viktor entendió por qué se llamaba Hrad Orlů o Adlersburg: el castillo de las águilas.

Pasaron por la barbacana, en la que se estaba la primera casa del guarda. El portero saludó a Platner desde detrás del cristal y las pesadas puertas de roble del castillo se abrieron solas, como empujadas por unas manos invisibles.

—Son automáticas —le informó Platner, orgulloso.

Cruzaron el puente de piedra que se extendía sobre la profunda sima y pasaron por otra casa de guarda hasta llegar al patio adoquinado del castillo. Al entrar, Viktor tuvo una sensación que no había sentido la última vez que había estado allí.

A pesar de ser un luminoso día de otoño, notó como si el castillo se cerrara a su espalda, a su alrededor, encima de él y no pudiera escapar a su pétreo abrazo.

6

$\mathcal{A}$ pesar de que el exterior del castillo reflejaba su adusta antigüedad y los siglos pasados, todo en el interior del sanatorio psiquiátrico evidenciaba modernidad, la urgencia del progreso, un futuro prometido.

Los muros de un metro de espesor y los pasillos abovedados seguían siendo medievales, pero se habían pintado con colores claros: con tonos azules en unos pasillos y rosas en otros. Todas las partes encaladas se habían teñido con colores cálidos.

Cuando había estado en el castillo para la segunda entrevista, hacía un mes, Viktor se había fijado en la combinación de colores y se había dado cuenta de que aquello beneficiaba a los pacientes: era una medida intencionada para evitar las páredes blancas de los hospitales, conseguir que el interior del sanatorio pareciera menos institucional y desviar la atención de su intimidante arquitectura y de su ineludible confinamiento.

En aquella visita, esos colores habían alegrado su camino hacia la entrevista, pues demostraban que los directores del sanatorio compartían algunas de sus ideas progresistas. Para Viktor, las enfermedades mentales eran una tristeza (la gran tristeza, tal como la imaginaba él) que llevaba consigo miedo y aislamiento. Había visto muchas instituciones devotas de las ideas del siglo anterior y dedicadas al confinamiento; demasiados pacientes abandonados a su solitaria tristeza. Y demasiados pacientes confinados en condiciones apenas humanas. En lo que a él respectaba, cualquier intento de desterrar la tristeza del entorno en el que se les trataba era buena señal.

A pesar de que, para él, Hans Platner era completamente diferente al profesor Románek, era evidente que estaba muy orgulloso del sanatorio psiquiátrico y de su modernidad. Conforme avanzaban por los pasillos, Platner se iba deteniendo para enseñarle alguna sala de tratamiento y determinado instrumento que era siempre: «lo último en tecnología».

Sabía que Platner no era psiquiatra, sino el médico generalista encargado de la salud y el bienestar de los pacientes del sanatorio. Por ello no le extrañó que el ala del hospital fuera su mayor motivo de orgullo ni que, tras comentarle que no había visto todo el castillo en su anterior visita, sugiriera hacer un pequeño desvío para poder enseñárselo.

En la enfermería, habían retirado las pesadas puertas de madera del interior y habían colocado puertas de hospital sin pomos y con bisagras de muelles, todas con una ventanilla redonda a la altura de los ojos. Cuando su acompañante sudete abrió la puerta para que entrara, se dio cuenta de que el orgullo de Platner no estaba fuera de lugar. La enfermería relucía, centelleaba y estaba equipada con el instrumental y mobiliario más novedoso. Había una sala de rayos X, un quirófano totalmente equipado, tres salas de consultas y cinco salas estándar para el tratamiento de los pacientes, que el sudete mostró con orgullo.

Todo era brillante, estaba limpio y ordenado, pero se fijó en que la enfermería también estaba vacía de pacientes. Platner presentó en checo a dos de las enfermeras, pero cambió al alemán cuando se dirigió a un médico al que presentó como el doctor Krakl. Este era muy alto, rubio y de constitución angulosa. Tenía esa ligera inclinación que suelen adoptar las personas muy altas. Aquello, combinado con su nariz aguileña y unos ojos caídos, le confería un aspecto depredador semejante al de un halcón. Viktor sonrió y estrechó la mano de Krakl, pero sintió una instantánea e instintiva aversión hacia ese hombre. También se fijó en que, por encima del cuello de la bata, tenía sujeto el nudo de la corbata con una insignia del Partido Alemán de los Sudetes, idéntica a la que llevaba Platner en la solapa.

Dejaron a Krakl con sus ocupaciones, a pesar de no tener pacientes, y continuaron la visita. A primera vista, lo único que diferenciaba a la enfermería de un hospital corriente, aparte de su reducido tamaño, era que esta tenía tres salas «de seguridad», con sujeciones extra en las camas y bordes y esquinas almohadillados. También contaba con un laboratorio y un gimnasio bien equipado, algo inusual en una enfermería.

—Soy tan responsable de la prevención como de la cura —explicó Platner—. Una vez a la semana traemos a los pacientes cuyos síntomas se han controlado o están en fase de remisión de sus episodios psicóticos para hacer terapia física y ejercicio. *Mens sana in corpore sano.*

—Impresionante —comentó Viktor con auténtico entusiasmo—. Realmente extraordinario, doctor Platner.

Platner sonrió.

—¿Y dónde está mi sala de tratamiento? —preguntó Viktor.

—Ah, ¿para sus sesiones narcoanalíticas? O narcosintéticas, o como quiera llamarlas… —contestó Platner con escepticismo—. Creo que le han asignado una habitación en la parte antigua de la torre. Sin embargo, el profesor Románek sabe mejor qué disposiciones específicas se han establecido.

Cuando iban hacia la oficina del director, Viktor y Platner se cruzaron con varios miembros del personal. Viktor se fijó en que los uniformes blancos de las enfermeras eran sobrios, menos formales que los habituales, así como en que los celadores vestían chaquetas cortas de auxiliar, también blancas, con pajarita negra. La única característica común con el resto de los sanatorios psiquiátricos en los que había trabajado era la constitución de algunos de los celadores; por muy progresista que fuera el lugar, por desgracia solían necesitarse hombres corpulentos para contener a los pacientes.

Pasaron cuatro entradas abovedadas, dos a cada lado del pasillo, cerradas con una pesada puerta de roble. Una nueva era se superponía a la antigua. Todas las puertas tenían un sólido cerrojo tradicional, que se había reforzado con una moderna cerradura de seguridad empotrada. Además, había dos pequeñas cajas grises de metal en cada una: junto al cierre y junto a las bisagras.

—Esas puertas conducen a las habitaciones de los pacientes —dijo Platner—. Cada una a un pabellón, y cada pabellón tiene cuatro habitaciones. Nuestros actuales internos incluso disfrutan de un ala para ellos solos. Y los que comparten un ala están separados por dos habitaciones vacías. Como sabe, el profesor Románek tiene su propia teoría sobre el «contagio mental», tal como él lo llama. Y le gusta que los pacientes estén alejados unos de otros, siempre que sea posible. Más tarde verá que los aposentos son muy diferentes a los que conoce: son más alojamientos privados que habitaciones de psiquiátrico. Hay un grupo de habitaciones al otro lado del castillo, pensado para los aislamientos, pero se utiliza como almacén. De momento, solo hay seis unidades ocupadas por pacientes. Y seguiremos así por un tiempo. Aunque el objetivo es tratar a dieciséis a la vez.

Viktor asintió. Por su primera entrevista, sabía que debía ser prudente y evitar el nombre de «Seis Diabólicos» para denominar a la media docena de pacientes del castillo. Sabía que el Estado estaba invirtiendo una gran cantidad de dinero y recursos para confinar solamente a seis pacientes en una fortaleza impenetrable. Parte de ese compromiso se debía al deseo de encerrarlos para siempre, para eliminar el trauma de sus crímenes de la memoria de la todavía joven república. Y parte de la eliminación de la mitología que los rodeaba debía conseguirse no llamándolos nunca oficialmente como hacía el resto del mundo: los Seis Diabólicos.

Platner señaló con la cabeza hacia la parte superior de una de las puertas.

—Imagino que se habrá fijado en esas extrañas cajas grises: contienen imanes eléctricos, conectados con la oficina de los conserjes. Si alguien abre una puerta mientras el sistema está en funcionamiento, el contacto magnético se interrumpe y suena una alarma en la oficina. Lo más moderno del mercado, querido doctor Kosárek, lo más moderno.

Pasaron por delante de más puertas. Una de ellas estaba abierta y dejó ver a varios empleados vestidos de blanco trabajando en los fogones. El olor a comida inundaba el pasillo.

—La cocina —indicó Platner innecesariamente.

Junto a la cocina había un arco sin puerta mucho más ancho que los demás, que daba a un comedor en el que había media docena de mesas. Viktor se fijó en que los cuadros que decoraban las paredes del comedor eran del mismo estilo que el de los pasillos. Dada la antigüedad e importancia histórica del castillo, esperaba haber encontrado retratos de Carlos IV, de aristócratas locales muertos hacía tiempo o de paisajes antiguos, desvaídos y oscurecidos por los años. En vez de eso, las paredes mostraban grandes reproducciones enmarcadas de cuadros del movimiento Der Blaue Reiter (el jinete azul). Viktor reconoció obras de Feininger, Klee, Macke y Kandinsky, todas llenas de color e intensa geometría. Preguntó a Platner quién los había elegido, pero el sudete se encogió de hombros:

—No tengo nada que ver en ello. Fue cosa del profesor Románek.

—Parece un café de la ciudad —comentó Viktor.

En efecto, la sala parecía una cafetería, una incongruente simulación de una vida denegada para siempre a los pacientes del psiquiátrico.

—La verdad es que muchos pacientes cenan en su habitación, por voluntad propia o por necesidad. Sin embargo, cuando están lo suficientemente estables, les animamos a que hagan vida social aquí. Excepto al encantador señor Skála, al que conocerá luego. Incluso servimos vino y cerveza con moderación en los casos en los que no puede haber contraindicaciones por sus síntomas o su medicación. Y sí, tiene razón, podría ser un restaurante o una cafetería, excepto por la vajilla.

—¿La vajilla?

—Baquelita. Las tazas y los cubiertos son de baquelita. En el comedor para pacientes, no hay ni cristal ni metal. El personal también come aquí. No se preocupe, nosotros utilizamos cubertería normal, pero se comprueba la entrada y salida de todo cuchillo, tenedor y copa.

Los siguientes pasillos llevaban a una sala de música bien equipada y a un estudio de arte, pero Platner no hizo ningún comentario cuando pasaron a su lado. Viktor se dio cuenta de que aquel médico no estaba interesado en ninguna terapia que no fuera práctica y cuyo resultado no pudiera cuantificarse inmediatamente.

Giraron hacia otro pasillo. Viktor se fijó en que llevaba al otro lado del castillo. Estaba completamente bloqueado por una estructura de barras de hierro y una puerta, como las de una jaula. Platner sacó unas llaves y abrió la puerta, que chirrió al moverla para que pasara Viktor.

49

—Dispondrá de su propio juego de llaves —dijo—. Esta es el ala administrativa y del personal. Aquí no hay habitaciones para pacientes. Bueno, hubo una en tiempos, la sala de aislamiento de la que le he hablado, pero ahora se utiliza para almacén de material.

En cuanto Platner cerró la puerta con llave, Viktor se dio cuenta de la diferencia de ambiente: allí el castillo volvía a ser castillo. No se había encalado con tonos cálidos y los cuadros que colgaban en las paredes no mostraban la luminosa geometría de los que había en las alas de los pacientes. Las paredes estaban vacías y eran de piedra o estaban forradas con oscuros paneles de madera.

—Sí, lo sé —dijo Platner sonriendo—. Es muy gótico. Así es como debía de ser el castillo en tiempos. Uno se acostumbra.

—Ya veo —comentó Viktor sin prestarle mucha atención.

Se había parado para mirar un par de paneles de madera cuyo marco estaba minuciosamente tallado. Le llamó la atención un friso de intrincados lazos en espiral, que adornaban la oscura madera. Lo siguió hasta la parte superior del marco, en cuyo centro se veía la talla de lo que en un principio creyó que era un hombre-lobo. Las sinuosas cintas se unían en lo alto del marco y salían hacia fuera formando un busto: el pecho, los hombros y los brazos de un hombre corpulento del que sobresalía la cabeza de una bestia que gruñía. Se dio cuenta de que no era un lobo, sino un oso.

«El hombre-oso», pensó.

El doctor Platner, que se acababa de dar cuenta de que su acompañante ya no estaba a su lado, se dio la vuelta.

—El profesor Románek le está esperando, doctor Kosárek —dijo.

$\mathcal{M}$aldijo la niebla. Toda Praga estaba envuelta en ella; proyectaba auras espectrales alrededor de las farolas y convertía su arquitectura en un teatro de sombras chinescas con amenazadoras y angulosas formas en tonos grises y negros. La niebla era mal tiempo de caza para la policía.

El capitán Lukáš Smolák pasó por delante de la dirección del sospechoso. En otra situación, habría aparcado en la acera de enfrente y habría esperado a que el hombre llegara a casa, pero ese barrio era el más pobre y degradado de Praga; y aquella zona, la más pobre y degradada del barrio. Incluso velado por la niebla, un Praga Piccolo nuevo, como el suyo (o cualquier coche, ya puestos), habría estado fuera de lugar. Y dado que detrás de él iba un Alfa con tres policías uniformados, decidió aparcar al otro lado de la esquina e ir caminando hasta donde pudiera vigilar la entrada de la casa desde las sombras de un portal en la acera de enfrente. Había explicado a sus subalternos que cuando llegara el hombre que buscaban haría una señal hacia la esquina con dos destellos de linterna.

Después esperó, vestido en sombras y niebla, a su sospechoso. La policía, y él también, conocía el nombre que se había relacionado con las huellas dactilares halladas en el escenario del crimen de Prager Kleinseite. Correspondían a un tipo pequeño, hábil y astuto que (aunque tenía antecedentes por fraude y no por violencia) podía ser muy diestro con una navaja o un estilete, llegado el caso. No había dudas en la coincidencia con las huellas halladas en la escena del crimen, y pertenecían a alguien que tenía suficiente habilidad como carterista para haber sacado las llaves del bolso de Maria Lehmann. A pesar de todo, y por conocer al sospechoso, le resultaba difícil relacio-

51

narlo con los horrores que habían descubierto en el apartamento de Kleinseite.

Llegaría enseguida. Sabía que los criminales eran tan animales de costumbres como cualquiera. Además, había motivos
suficientes para pensar que aparecería allí, esa noche, como
acostumbraba a hacer.

La policía disponía de un extenso historial del sospechoso;
era una persona cuyo desprecio por la ley le había llevado ante
la justicia con una descorazonadora regularidad. Pero, por otra
parte, pertenecía a un grupo marginado: era alguien marcado
desde su nacimiento para ser rechazado, para que se desconfia-
ra de él, para que se sospechara de él. Y cuando se sospecha lo
bastante de alguien, durante el suficiente tiempo, normalmente se convierte en alguien digno de desconfianza.

El sospechoso en cuestión, según sus antecedentes, mantenía una relación con una prostituta joven del mismo grupo de
marginados, que trabajaba cerca del barrio Žižkov. Esa noche,
miércoles, era su día libre. El hombre al que buscaban (del que
se sospechaba que era su chulo, además de su amante) la llevaría al apartamento que compartían.

De pie en el frío y oscuro cobijo de un portal, solo había
fumado tres cigarrillos cuando vio a dos figuras envueltas en
sombras que doblaban la esquina hacia aquella calle escasa-
mente iluminada. Había dispuesto que detuvieran al tipo cuando llegara al edificio de apartamentos, pero aquella pareja iba
por la acera en la que estaba él y no por la de los apartamentos.
Quizá no fuera su hombre.

Cuando la pareja se acercó cogida del brazo y sus cuerpos
dibujaron una sola silueta iluminada por una farola, se fijó en
que la mujer cojeaba ligeramente. Era una cojera crónica; no
el resultado de una lesión reciente. Aquello encajaba con lo
que sabía de la prostituta. En ese momento, seguro de que era
su objetivo, apagó el cuarto cigarrillo, a medio fumar, y se
puso de espaldas a la pareja para que no vieran la señal que le
hacía con la linterna al centinela que estaba en la esquina.
Después volvió a introducirse en las sombras del portal en el
que se había refugiado.

Cuando la pareja estuvo cerca, los oyó hablar con tono
adusto: sin alegría ni cariño. La voz masculina sonaba tensa

por la ansiedad. Y no era esa la reputación del sospechoso. La de la mujer parecía intentar calmarlo, tranquilizarlo.

Tras la señal de Smolák, el Praga Alfa salió por la esquina opuesta y entró rápidamente en la calle oscura. La niebla amortiguaba el resplandor de los faros. Con todo, era lo bastante intenso como para iluminar a la pareja, que durante un momento se quedó quieta con los ojos muy abiertos, sorprendida por aquella difuminada luminosidad. Smolák reconoció al sospechoso, pero le extrañó el repentino y evidente pánico escrito en su pequeña y oscura cara: un terror genuino e intenso. Fue otro de los detalles que no le cuadraron: aquel hombre era famoso por no mostrar ningún tipo de miedo ante la policía, solo desprecio.

—¡Tobar! —gritó cuando el Alfa se detuvo a su lado. Salió del portal y lo sujetó con fuerza cerrando los dedos sobre uno de los codos.

La reacción del sospechoso le desconcertó. Soltó un grito. Un agudo grito aterrorizado, con los ojos muy abiertos, enloquecidos y vacíos. Se zafó de la presa de Smolák y le empujó violentamente. A pesar de su mayor corpulencia, la inesperada fuerza de aquel empujón desesperado de ese enjuto y nervudo hombre le pilló desprevenido y se tambaleó hacia atrás, tropezó con el bordillo del escalón del portal y cayó contra la puerta.

El sospechoso aprovechó la oportunidad, se volvió hacia la dirección por la que había llegado y echó a correr. Mientras Smolák se recobraba, un agente uniformado salió en pos del sospechoso. La mujer, que no se había movido, le dio una patada en la espinilla y el agente cayó de bruces en la sucia acera.

—¡Sujétala! —le gritó Smolák a uno de los agentes mientras salía corriendo—. ¡Vosotros dos, venid conmigo!

Smolák, que se movía con rapidez a pesar de su tamaño, aceleró. Cuando llegó a la esquina, vio una sombra en la niebla que iba hacia un cruce de calles. El capitán sabía que, al igual que el casco antiguo de Praga, aquel barrio era un laberinto de calles y callejones: si perdía de vista a su presa en la niebla, quizá no la volvería a ver.

Smolák y los dos agentes corrieron a toda velocidad detrás del sospechoso. El más joven se les adelantó y redujo distancia con el fugitivo, que desapareció en una esquina. Cuando llegaron Smolák y el agente de más edad, el joven estaba apoyado en una pared sujetándose la cara. Tenía sangre entre los dedos.

—¡El muy cabrón me ha cortado! ¡Lleva una navaja!

Smolák miró hacia la calle envuelta en niebla, pero no consiguió divisar al fugado y se volvió hacia el agente.

—Estoy bien —aseguró el joven—. No es tan grave como parece. Me eché hacia atrás y solo ha sido un rasguño —El otro agente había doblado su pañuelo y el joven lo apretó contra la cara antes de indicar con la cabeza la dirección por la que había huido el fugitivo—. Desde allí solo hay dos caminos. Y ambos son callejones sin salida. A no ser que se haya refugiado en alguna casa, lo tenemos. —El joven se incorporó, pero Smolák lo volvió a apoyar contra la pared.

—Quédate aquí. Podemos ocuparnos nosotros de este asunto.

Smolák y el otro policía echaron a correr al tiempo que comprobaban los portales de las dos aceras. En el otro extremo, la calle se bifurcaba a ambos lados de un edificio de apartamentos. Smolák dirigió al uniformado hacia una dirección con un rápido movimiento de la barbilla.

—Ten cuidado —le previno—. Esta vez puede intentar hacer daño —dijo mientras sacaba la reglamentaria automática del bolsillo del abrigo.

El policía, jadeante, desenfundó la suya:

—No corras ningún riesgo —le advirtió—, pero, si es posible, lo quiero vivo.

El agente asintió y se internó en la calle que le había indicado, mientras Smolák hacía lo propio en la otra.

En la calle, la oscuridad era casi total: una cortina de espesa niebla colgaba en el aire y amortiguaba la luz de las farolas. Los adoquines estaban húmedos; en algunos había caído aceite de motor. Pisó un trozo resbaladizo, patinó y cayó pesadamente al suelo. La caída le dejó sin aliento y tardó unos segundos terribles en introducir suficiente aire en sus maltrechos pulmones.

Maldijo en voz alta mientras se ponía de pie. Se había hecho daño en la rodilla, no era serio, pero aquello le obligaría a avanzar con más lentitud. La niebla redujo el universo de Smolák a un limitado campo de visión de unos tres o cuatro metros de radio. El resto de Praga y del mundo parecían distantes e inverosímiles, como si esa pequeña burbuja fuera lo único que existiera. Y su sospechoso no estaba en ella.

Deseó que el fugitivo hubiera ido en la otra dirección y su subordinado lo tuviera acorralado. Pero no había oído ningún silbato. «¡Joder! —pensó—. Ese cabrón se ha esfumado.» Cuando iba a ponerse en marcha otra vez, vio algo con el rabillo del ojo: un movimiento apenas distinguible en la niebla. No miró en esa dirección y fingió no haberse fijado. El sospechoso estaba a su izquierda, apretado contra la pared de un edificio de apartamentos, intentando esconderse tras la cortina de densa niebla. No tenía sentido, a su lado había una entrada a un oscuro portal, que le habría ofrecido un escondite infinitamente mejor. De haberse ocultado en las sombras de ese portal, jamás lo habría visto.

Maldijo con gran teatralidad y se miró los pantalones para ver dónde se habían manchado con la suciedad y la grasa de los adoquines.

De repente giró sobre sus talones y dio tres decididos pasos hacia aquella figura con la linterna encendida. El pequeño y nervudo hombre siguió apretado contra la pared, deslumbrado. La hoja de una navaja relucía a la luz de la linterna.

—Se acabó, Tobar —dijo Smolák dando otros dos pasos hacia el hombre y manteniendo el rayo de luz en sus ojos—. Es hora de irse.

El fugitivo levantó la mano libre para hacer visera y entrecerró los ojos. Hizo amagos de ataque con la navaja, sin objetivo concreto.

—¡Atrás! ¡Atrás o te rajo!

—No seas idiota, Tobar —dijo Smolák con voz cansada—. Estoy armado. ¡Tira la navaja ahora mismo! ¡Vámonos!

—No voy a ningún sitio. Te ha enviado, ¿verdad? No va a poseerme. Antes me muero. Antes, te mato.

—¿Quién?

—Ya sabes quién. Lo sabes muy bien.

—No tengo tiempo para historias, Tobar —replicó Smolák dando otro paso hacia delante.

El hombre dejó escapar un grito agudo, estridente e inhumano; todavía cegado por la luz, se abalanzó sobre Smolák, agitando la navaja.

El detective se hizo a un lado a tiempo y la hoja cortó la tela de su pesado abrigo, pero no llegó a la carne. Cuando la inercia del ataque lanzó al tipo hacia delante, Smolák le embistió de lado y le dio un fuerte golpe con la pistola en la sien. El hombre cayó a los adoquines, aturdido. Smolák pisó la mano que sujetaba la navaja y aplastó los dedos hasta que se abrieron.

Mientras el hombre permanecía inmóvil en el suelo, con la mano aplastada contra los adoquines por la bota, sopló tres veces su silbato.

—Estás perdiendo reflejos, Tobar —dijo mirando al tipo que tenía a sus pies—. ¿Por qué no te has escondido en el portal? No te habría visto.

—Las sombras —contestó el hombre con voz débil y quebrada—. Se oculta en las sombras.

Smolák iba a preguntar quién, pero oyó la respuesta de dos silbatos y ruido de botas corriendo sobre los adoquines. El Praga Alfa de la policía apareció en la esquina y alumbró a Smolák y a su presa.

Mientras esperaba a que se acercara, volvió a mirar al hombre, que empezaba a recuperar la consciencia. ¿Qué había aterrorizado tanto a aquel experto ladrón de poca monta?

¿Quién creía que había salido de las sombras para apoderarse de él?

8

*E*l profesor Ondřej Románek les esperaba en su oficina. Románek era un hombre de aspecto agradable, con barba, cercano a los sesenta años, no muy alto, pero sí robusto. Su escaso y brillante pelo rubio estaba oscurecido por la brillantina con la que lo peinaba hacia atrás y despejaba su amplia frente. La cara de aquel psiquiatra tenía una expresión inteligente y amable: era el tipo de cara de médico de pueblo en la que se confiaba instintivamente. Viktor imaginó que aquello le ayudaba a ganarse la confianza de los pacientes.

Él carecía de esa ventaja: la agraciada seriedad de sus rasgos quizá le concediera autoridad, pero cuando sus pacientes lo veían por primera vez, y hasta que llegaban a conocerlo, parecían asustados.

Dado el discreto diseño de interiores y del uniforme del personal, le sorprendió encontrarlo con una bata larga. Tenía el cuello estilo mandarín, con una solapa abotonada en el hombro. Cubría por completo la ropa que llevaba debajo y parecía más un especialista o cirujano que un psiquiatra.

—¡Querido Kosárek! —exclamó sonriendo Románek. Rodeó el escritorio de caoba estilo húngaro y le estrechó la mano al tiempo que le colocaba la otra sobre el hombro—. Me alegro de volver a verle. Siento no haber podido recibirle a la estación, pero tenía una reunión con los administradores. Aunque estoy seguro de que el doctor Platner se ocupó de usted —dijo en checo.

—Por supuesto —aseguró Viktor sonriendo—. Es un placer estar aquí.

—He de decir que estoy más tranquilo ahora que ha llegado, sobre todo después de ese espantoso episodio en la estación. ¿Se encuentra bien?

Viktor le aseguró que lo estaba y repitió el informe que le había dado a Platner sobre el estado de Šimon, el joven descarriado en otra dimensión, perseguido por demonios y diablos imaginarios.

La sonrisa de Románek se desvaneció.

—Me temo que he de decirle que he recibido una llamada del Hospital General de Praga hace unos minutos. Me han informado de que el desafortunado caballero ha sucumbido a las heridas.

—¿Ha muerto? —preguntó Viktor, sorprendido.

—Hace una hora, me temo. Un asunto trágico.

—Llamé antes de salir y me dijeron que su estado era estable. —Volvió a recordar los ojos de aquel joven, perdidos en los terrores de su gran tristeza—. Pensaba que sobreviviría.

—Es una pena —se compadeció Románek—. Si realmente era el llamado Delantal, la policía habría tenido la posibilidad de interrogarle.

—Dudo mucho que lo fuera —dijo Viktor—. Su comportamiento no parecía seguir ningún plan. Era simplemente un pobre hombre a la deriva en una psicosis esquizofrénica. Por lo que sé de Delantal, es un asesino muy meticuloso.

—Bueno, en cualquier caso, deje que le ayudemos a instalarse. Tal como le explicamos en la entrevista, tenemos una unidad altamente especializada. Por favor, siéntese.

—Y muy bien equipada —añadió Viktor mientras le obedecía. Platner permaneció de pie—. El doctor Platner ha tenido la delicadeza de enseñármelo todo. He de confesar que tienen muchísimas instalaciones para solo seis pacientes. No es que me queje, es el sueño de todo médico.

—Mmm… —murmuró Románek—. Es cierto que solo tenemos seis pacientes, pero se trata de los seis casos con peor reputación de toda Centroeuropa: los de personas que han provocado un terror y un sufrimiento desproporcionados para ser tan pocos; seis psicópatas que han cometido actos indignantemente brutales. Espero que esté preparado. Tal como comentamos en la entrevista, como médico tratará con estados mentales, deseos y actos que el resto de la humanidad consideraría atroces, inimaginables. Se acostumbrará a hablar con toda naturalidad sobre asesinatos, violaciones, torturas, necrofilia y canibalismo. Me temo que nuestra normalidad parecería aberrante y detestable a cualquiera que no estuviera en nuestro círculo.

—Lo entiendo —aceptó Kosárek.

—¿Sí? Tenga cuidado, mi querido doctor Kosárek: hablar de esos actos en abstracto consigue que resulte fácil olvidar que los cometieron nuestros pacientes. Algunas de nuestras ocupaciones pueden parecer engañosamente normales, incluso encantadoras. Su predecesor cometió ese error y casi le costó la vida. Perdió un ojo. Recuerde siempre que esos pacientes están recluidos aquí porque es el lugar más seguro para ellos y porque siempre, siempre, deben estar apartados de la sociedad.

Viktor asintió. Le habían dicho todo eso antes, en la entrevista. El psiquiatra al que reemplazaba, el doctor Slavomír, había dejado un lápiz a uno de los pacientes y había perdido un ojo. En la entrevista le habían insistido en que no debería ocupar el puesto si no estaba preparado para aceptar los riesgos que conllevaba. No era un trabajo para ingenuos ni para débiles.

También le habían explicado que en ese momento había únicamente seis pacientes en el sanatorio Hrad Orlů, no solo porque representaran las formas más extremas de locura y hubiera sido necesario buscar el lugar más seguro para ellos en Checoslovaquia, sino porque se les había confinado allí para estudiarlos: para evaluar y examinar sus demencias, para diseccionarlas y analizarlas. Se esperaba que el estudio de esos casos extremos pudiera mejorar el tratamiento de las personas con locuras menos graves. La contratación de Viktor se debía a las teorías que había expuesto en uno de sus trabajos recientes: al igual que había sucedido con Románek, algunos compañeros de profesión consideraban innovadoras las ideas de Viktor; otros muchos, controvertidas.

—Somos la vanguardia de la medicina psiquiátrica —le explicó Románek—. Ahora que está con nosotros, nos repartiremos el trabajo. Gran parte de él implica protocolos estándar de terapia, pero Hrad Orlů nos ofrece la oportunidad de aprender y entender algunos de los estados mentales más desafiantes. A cambio, y debido a que nuestros pacientes están destinados a

59

acabar sus días aquí, hacemos todo lo posible para que se sientan como en casa en el castillo.

—¿Y qué pasará si los curamos? —preguntó Viktor.

Románek negó con la cabeza.

—Por desgracia, se trata de una enfermedad que no solo aflige a los pacientes. Aunque fuéramos capaces de curar sus psicosis gracias a un milagroso tratamiento, no podríamos ponerlos en libertad. Los crímenes que cometieron conllevan que jamás se les acepte de nuevo en la sociedad, ni se perdonen sus espantosos actos. Nuestra función es en gran parte paliativa, en vez de rehabilitadora, pero nos ofrece una oportunidad única para desarrollar nuevas terapias y ayudar a otras personas en el futuro. Quizá no podamos salvar esas almas, pero podemos evitar que otras tengan el mismo destino.

El profesor Románek hizo una pausa.

—Cuando hablamos en sus entrevistas, me impresionó sobremanera su hipótesis sobre la naturaleza diabólica. Los pacientes de Hrad Orlů son casos con psicosis especialmente pronunciadas que incluyen delirios no solo extremadamente complicados, sino extrañamente coherentes en su lógica interna. Y hay una insólita «comunalidad» en esas psicosis. Imagino que está al tanto de los rumores que corren sobre la gran confabulación que se está fraguando entre estas paredes.

—¿La de que los llamados Seis Diabólicos son en realidad uno solo? ¿Que se trata de un caso de desorden de personalidad múltiple y únicamente tenemos un paciente? —preguntó Viktor.

—Sí. Entiendo cómo se ha podido llegar a esa conclusión. Estos seis pacientes no habían mantenido ningún contacto entre ellos antes de llegar a Hrad Orlů. Y el que han tenido aquí ha sido mínimo. Sin embargo, cuando se estudian sus casos, se descubre que comparten características sorprendentes. Todos aseguran haberse topado con algún tipo de demonio, una especie de figura demoniaca que los obligó a cometer sus crímenes. Ya sea una estratagema pergeñada por el ego para protegerse de la culpa o se haya dado forma a su teoría de la naturaleza diabólica casi literalmente, estoy seguro de que entenderá por qué creo que estos casos son ideales para su terapia con narcoanálisis.

—Sí, claro —aseguró Viktor, asintiendo.

—No es la primera vez que veo este tipo de cosas. A lo largo de mi carrera en psiquiatría, me he percatado de extrañas... —frunció el entrecejo mientras buscaba la palabra adecuada—, extrañas «comunalidades». Coincidencias y similitudes que aparecen en casos que no tienen ninguna relación, como los seis de aquí. A menudo me pregunto si algunos tipos de locura son, digamos, contagiosos: una poderosa pero distorsionada forma de pensar que se propaga y se apodera de una mente susceptible.

—¿Como un sistema inmunológico debilitado?

—Exactamente. En la medicina física sucede a todas horas: en los grupos de personas expuestos a un virus, hay quien se contagia y hay quien no lo hace. Las personas propensas a la infección suelen tener un sistema inmunológico vulnerable. Así que entre usted y yo hay una intersección de teorías: si su teoría de la naturaleza diabólica es correcta, entonces la enfermedad está presente (es omnipresente en todos nosotros), a la espera de un detonador que la desencadene. Todos estamos infectados con una locura o maldad potenciales, pero solo las personas psicológicamente débiles desarrollan la enfermedad.

»Quiero que profundice en su teoría con nuestros pacientes, doctor Kosárek. Tendrá oportunidad de probar algunas de sus ideas, pero le exigiré una documentación y una verificación rigurosas. Los ojos de la comunidad psiquiátrica están puestos en nosotros y su mirada es crítica, como poco.

—Puede confiar en mí —dijo Viktor.

—Si no creyera en usted, no estaría aquí. —Una sonrisa de médico de pueblo acompañó el tono autoritario del profesor Románek—. Usted y yo somos los únicos que estamos a cargo de su tratamiento psiquiátrico. Tal como sabe, el doctor Platner es el responsable de las cuestiones relacionadas con la salud, incluida la del personal.

—Así que si tiene resaca, llámeme con toda libertad —bromeó Platner dándole a Viktor una fuerte palmada en la espalda—. Si me permiten, les dejaré continuar. —Después añadió en alemán—: Me alegro de que esté con nosotros, doctor Sensemann.

Cuando Platner se fue, Románek arqueó las cejas de forma inquisitiva.

—Es mi apellido en alemán —explicó Viktor con una sonrisa—. El doctor Platner parece estar interesado en establecer mi ascendencia, pero me temo que sus conclusiones no superarían un análisis algo minucioso.

Fue un comentario despreocupado, pero el director del sanatorio psiquiátrico no pareció entenderlo de esa forma. Por un momento, Viktor pensó que quizás había hablado con demasiada ligereza sobre el subalterno de Románek.

—Me resulta difícil decírselo, dado lo poco que nos conocemos —se excusó Románek—, pero le recomiendo encarecidamente que evite todo tipo de discusiones políticas con el doctor Platner. Hace mucho tiempo que conozco a Hans y hemos sido buenos amigos, a la vez que colegas. Hans es una buena persona, pero, al igual que muchos otros alemanes-bohemios, se sintió agraviado por la ley de reforma territorial. Me inquietan los resultados de las últimas elecciones y me preocupa que nos veamos arrastrados por la locura que se ha extendido al otro lado de la frontera. Mucho me temo que nuestro pequeño cabo austriaco sería la persona idónea para convertirse en nuestro paciente número siete.

—¿Cree que los nazis son una amenaza para Checoslovaquia?

—Creo que son una amenaza para todo el mundo. Y nosotros somos los que tienen más a mano. Nuestro sabio y liberador presidente fue muy claro desde el primer momento sobre el peligro que representa Hitler. —Románek cogió una pitillera y ofreció un cigarrillo a Viktor—. El Partido Alemán de los Sudetes no es otra cosa que un grupo de nazis vestidos con traje regional. El entusiasmo del doctor Platner por ese partido representa un problema para mí. En mi opinión, la política debería dejarse fuera del castillo.

—Lo siento, profesor Románek, no tenía intención de...

—No se preocupe, muchacho. —La expresión de Románek se había distendido—. Sé que no la tenía. En cualquier otro momento no habría dicho nada, pero vivimos tiempos difíciles. Como especialista en enfermedades mentales, me resulta difícil no diagnosticar una cuando la reconozco, tanto en forma colectiva como individual. Le ruego que me disculpe si le he avergonzado con mi franqueza, pero me parece una persona que entiende la complejidad de nuestra pequeña república.

Viktor asintió. Sabía que se estaban dando muchos tirones a la tela de la recién tejida identidad de Checoslovaquia: sudetes como el doctor Platner y su adjunto Krakl, con su germanismo bohemio; paneslavistas; fervientes nacionalistas checoslovacos; incluso Alfons Mucha y sus mitos de la pureza eslava hermosamente representados.

Románek movió la cabeza como si estuviera enfadado consigo mismo.

—Perdone las paranoias de este anciano. —Apretó un timbre que había en el escritorio y al poco se abrió la puerta que había detrás de Viktor.

Se dio la vuelta y vio entrar a una mujer alta y delgada, de pelo negro. Llevaba un traje de falda y chaqueta de color neutro, así como una blusa azul claro. Tenía una belleza triste y oscura que dejó atónito a Viktor.

—Señorita Blochová, este es el doctor Viktor Kosárek. Doctor Kosárek, la señorita Blochová es nuestra administradora jefe.

Viktor se levantó y le estrechó la mano. Tenía una mano esbelta y suave, y una sucinta sonrisa, pero el carmín carmesí resaltaba la carnosidad de sus labios. Sus ojos color avellana eran grandes, intensamente inteligentes y el pelo negro como el azabache, espeso y brillante. Además de sentir una intensa atracción por ella, tuvo la sensación de que la conocía, de que la había visto antes.

—Usted estudió con mi padre —le dijo a Viktor.

—¿Es la hija de Josef Bloch? —preguntó él, desconcertado.

—Judita Blochová, sí —contestó con otra sonrisa, algo más expresiva.

—Su padre me inspiró mucho y me influyó tanto como el doctor Jung. Sabía que el profesor Bloch tenía una hija, pero creía que estaba estudiando Medicina.

Un mecanismo de defensa se cerró en los inteligentes ojos de la mujer y su sonrisa se desvaneció.

—Tuve que tomarme un descanso en los estudios. Mientras tanto, estoy muy contenta de poder trabajar con el profesor Románek.

—Por supuesto, igual que yo. Es una excelente oportunidad.

63

Se produjo un incómodo silencio, que Románek rompió:

—La señorita Blochová le mostrará el equipo con el que contamos para sus sesiones. Estoy seguro de que le impresionará: tenemos lo último en grabación, el magnetófono AEG K1, comprado directamente en la Exposición Internacional de Radio celebrada este año en Berlín. Utiliza cinta magnética en vez de alambre —explicó Románek con el mismo tipo de orgullo que había mostrado Platner—. La señorita Blochová también le ofrecerá toda la ayuda administrativa que precise.

El profesor se acercó y colocó una mano en el hombro de Viktor.

—Pero ahora, doctor Kosárek —empezó a decir sonriendo—, creo que ha llegado el momento de que entre en la guarida del león. Venga a conocer a sus nuevos pacientes...

9

$\mathcal{M}$uy a su pesar, Judita Blochová se sintió tremendamente atraída por el nuevo médico. Lo que más la confundía era la extraña y firme convicción de que lo conocía: que no solo lo había visto antes, sino que lo conocía. Sin duda, era una persona atractiva: alto y guapo, aunque en una forma ligeramente imperiosa y cruel. Pensó que era alguien que se sentía como en casa en un castillo. En ese castillo.

A diferencia de ella, Viktor Kosárek nunca tendría que cuestionarse su capacidad ni nadie la pondría en duda. En esa 65 situación tenía motivos más que suficientes para estar resentida contra él. A lo que había que añadir que ocupaba un puesto que habría sido suyo, si sus estudios y su carrera hubieran salido como tenía planeado. Pero no había sido así.

Lo único que Kosárek tenía en su favor eran los comentarios que había hecho sobre su padre, su evidente cariño a su antiguo mentor. Esa misma noche llamaría a su padre y le preguntaría qué recordaba de su alumno.

Mientras tanto, trataría al doctor Kosárek con la adecuada cortesía y respeto profesional, pero manteniendo las distancias. Las distancias empezaban a ser la forma habitual de enfocar las relaciones. Esa era la situación: había que analizar y evaluar a todo el mundo, a todo nuevo contacto, a todo nuevo conocido, por si eran una amenaza.

Su herencia judía, presente en su vida sin dominarla, había empezado a ensombrecer su interacción con los que la rodeaban. Además de todas las personas, todo tenía que verse como una potencial amenaza.

Y allí ya había suficientes amenazas. El joven doctor Kosárek parecía haber congeniado con el doctor Platner, que era

nazi, a pesar del nombre que se hubieran puesto en Checoslovaquia. Y en la forma en que los nazis veían a los judíos sí que
no había ambivalencia. En su relación con Judita, Platner se
había mostrado amable y educado, incluso simpático, sin evi-
denciar el menor indicio de sus tendencias antisemitas, aunque
las tenía. Sabía que las tenía.

Con Krakl, el subalterno de Platner, no era necesario cer-
tificar tales tendencias; cada vez que se tropezaba con ella, la
miraba con expresión de desdén. Cuando hablaba con ella, lo
hacía con un tono cargado de una cansina impaciencia que
sugería que se veía obligado a dirigirse a alguien a quien consideraba inferior en todos los sentidos. Una molestia que
Krakl toleraba porque, en el fondo, sabía que se trataba de
una situación temporal.

En ese momento, había un nuevo paisaje de identidades;
se había dibujado un nuevo mapa étnico en el que Judita no
conseguía orientarse. Lo más irónico de la situación era que
siempre había creído que formaba parte de una comunidad
minoritaria, y no como judía, sino como alemana-checa. El
alemán, no el dialecto *mauschel* de algunos de los judíos de
Praga, había sido siempre su idioma principal. Además, hablaba checo con fluidez, aunque no a la perfección. Otra de las
grandes ironías era que hablaba alemán con acento checo. Su
padre, toda su familia y ella se sentían identificados como
alemanes-checos y habían aceptado la cultura alemana como
su cultura. De repente, le habían arrebatado todo eso.

Y también estaban los sueños que la atormentaban. Sueños terribles sobre los horrores que le esperaban a ella, a su
familia y a su pueblo.

Cada vez que hablaba con su padre, intentaba tranquilizarla, le decía que no les diera tantas vueltas a esos sombríos
pensamientos y le recordaba los peligros de hacerlo. Judita
se esforzaba en convencerle de que sus miedos estaban bien
fundados, de que nada era como antes. Nada era como cuando estaba estudiando Medicina y se había sentido angustiada
por ansiedades, sospechas y miedos irracionales e inexplicables. Sus miedos actuales eran racionales y explicables. Sin
embargo, siempre que su padre conseguía calmarla, se esforzaba en evitar una frase: la que describía el suceso subyacen-

te en casi todas sus conversaciones, pero que nunca se mencionaba directamente.

Su crisis nerviosa.

En la que había sufrido Judita Blochová cuando estaba estudiando Medicina habían aparecido amenazas imaginadas, enemigos invisibles. Había sido un episodio del que se había recuperado, pero que había puesto fin a su credibilidad, para siempre. Así que, en ese momento en el que las amenazas eran reales, cuando los enemigos estaban a plena vista y aquella enfermedad se alojaba en otros y no en ella, nadie prestaba atención a sus advertencias.

Todo el mundo parecía ciego ante lo que tenía delante de los ojos: todos se daban cuenta de la gradual acumulación de crueldades, pero no de su concentración en una monstruosa y extrema maldad. Veían las nubes, pero no predecían la tormenta.

Los periódicos anunciaban las leyes raciales de Núremberg aprobadas por los alemanes el mes anterior, que prohibían las relaciones entre judíos y no judíos, e imponían restricciones antisemitas en la educación, el trabajo y la interacción social. Judita se sentía más que frustrada cuando no conseguía convencer a su padre de la amenaza inminente que se cernía sobre su pueblo: de la lenta e irreversible división de la humanidad.

Por eso Judita Blochová consideraba a todas las personas que le presentaban y a todo encuentro con desconocidos como una potencial amenaza. Pero se sentía atraída por Kosárek. Además, cuando se lo habían presentado, él no había hecho esfuerzo alguno por ocultar que también ella le atraía. ¿Significaba aquello que no estaba infectado con la locura que los rodeaba?

Aquella noche, cuando telefoneara a su padre, le preguntaría por Kosárek.

*L*levaban dos horas repasando los historiales psiquiátricos de los seis pacientes. El profesor Románek tenía una voz extrañamente dulce, un tono relajante que con toda seguridad le había sido muy útil cuando trataba con pacientes problemáticos. Sin embargo, cuando leía y comentaba esos historiales, sonaba como si fuera un narrador: como si cada caso fuera una especie de sórdido cuento de hadas. Dados los horrorosos y casi surrealistas detalles de esos casos, también era fácil pensar que dichos horrores solo podían existir en la mente de un escritor o ser un cuento popular contado y adornado a lo largo de muchas generaciones.

—Consigue que estos casos parezcan líricos, folclóricos, profesor —comentó Viktor.

—No me he dado cuenta de que me estaba poniendo poético, no hay nada más prosaico que la violencia psicótica. Pero a menudo he pensado en lo enigmáticamente creativos que somos los checos; contamos con más desórdenes mentales y creatividad musical, artística y literaria que prácticamente cualquiera de nuestros vecinos europeos. Quizá tengamos un inconsciente cultural más profundo.

Románek se levantó, fue hacia la ventana de su oficina y miró hacia el paisaje nocturno de los bosques y el barranco que había debajo.

—Quizá por eso estamos aquí, en este castillo. Vivimos en una tierra antigua. En ningún otro lugar es más antigua nuestra tierra que en este sitio. Las raíces de la gente que vive abajo, en el pueblo, y en los campos y bosques de más allá, se hunden en tiempos remotos. Suya es la sangre de las madres y padres de Europa; de gente que vivió en esta tierra antes que los boyos celtas, antes que los suevos germanos y mucho, mucho antes que los eslavos checos. Lo crea o no, nuestro pequeño pueblo tiene una historia que data de hace siete mil años.

—Lo sé —respondió Viktor—. En el compartimento del tren en el que vine había un arqueólogo alemán que me habló de la fortaleza neolítica sobre la que se construyó el castillo. También dijo algo sobre una red de cuevas.

—Se supone que la hay, pero exista o no, no tenemos acceso a ella desde el castillo, por mucho que digan los lugareños.

Románek se retiró de la ventana, fue a la vitrina que había en un rincón de la oficina y sacó dos copas de licor con el pie muy fino. Las colocó en el escritorio y las llenó con aguardiente de cerezas de una licorera, antes de ofrecerle una a Viktor.

—Quizás el estar sustentada por siete mil años de inconsciente cultural colectivo convierta a nuestra pequeña fortaleza en el mejor lugar para estudiar el folclore de las mentes trastornadas. —Románek se sentó al otro lado del escritorio y cerró el último historial antes de elevar su copa para hacer un brindis—. Por usted, joven Viktor. Ahora que conoce nuestras seis historias de horror, ¿se arrepiente de haber aceptado el trabajo? Todavía está a tiempo de subir al último tren a Praga.

—No compré billete de vuelta. —Viktor sonrió y levantó su copa—. En cualquier caso, he trabajado con pacientes muy violentos y con psicosis muy complicadas en el sanatorio psiquiátrico de Bohnice. He de reconocer que no tan extremas como las de estos pacientes. Tal como me explicó, estos casos están aquí porque son los más extremos en Europa. Lo sabía cuando acepté el trabajo.

Románek sonrió.

—Entonces, bebamos y vayamos a ver a su primer paciente.

69

11

El capitán Lukáš Smolák era un hombre comedido: alguien que no llegaba a conclusiones precipitadas, que se tomaba tiempo para evaluar las situaciones, para meditarlas, para sopesarlas. En su carrera había visto a muchos oficiales llegar a conclusiones demasiado rápidas, para después dar forma a una teoría que se ajustara a esas conclusiones y llevar a cabo investigaciones que probaran esa teoría.

Por eso Smolák tenía mucho cuidado y aprovechaba todo el tiempo del que disponía para evaluar los hechos, para ver más allá de lo que resultaba obvio.

Sin embargo, la culpa del pequeño y sombrío hombre que se encontraba en el centro de la sala de interrogatorios era tan evidente que resultaba difícil ver más allá. Al fin y al cabo, no era la primera vez que se sentaba en esa misma sala frente a Tobar Bihari y, en todas las ocasiones anteriores, Bihari había resultado ser culpable.

A unos cuatro metros de donde estaba sentado el acusado, atado a una sólida silla de roble, que a su vez estaba sujeta al suelo, había una mesa. Dos policías uniformados hacían guardia a ambos lados del hombre esposado. Se habían quitado la guerrera y la habían colgado en una percha en la pared y se habían remangado la camisa hasta el codo. El fruto de su trabajo empezaba a florecer en la contusionada cara del sospechoso.

Cuando Smolák entró en la habitación y se sentó detrás de la mesa, los dos policías se pusieron firmes y saludaron al capitán, que vestía de paisano. Leyó el expediente antes de tomarse el tiempo necesario para estudiar al sospechoso: Tobar Bihari era pequeño, con tez morena y complexión corpulenta. El traje era demasiado grande para él y (a pesar del cuidado que había

70

puesto el sastre para que pareciera moderno) estaba confeccionado con tela barata. Smolák sabía que había mucha gente que opinaba que el propio Tobar Bihari estaba hecho de tela barata: su alborotado pelo era negro como el carbón y el espectro de un sol distante, de un subcontinente distante y de un tiempo distante pervivía en una piel varios tonos más oscura que cualquiera de las del resto de las personas que había en la sala.

Tobar Bihari, Smolák lo sabía bien, era *cikán*, gitano. Ese simple hecho habría bastado para convencer de su culpabilidad a la mayoría de los policías de Plzeň a Košice. Pero Smolák también sabía que los prejuicios eran el camino más rápido a las falsas inculpaciones. Muchas celdas de las cárceles de Pankrác y Ruzyně estaban llenas de sombras de tez oscura, en lugar de realidades más pálidas, que habían dejado libres.

Independientemente del color de su piel, Bihari seguía pareciendo culpable: su cara mostraba una arrogante belleza, pero el curso de los interrogatorios había conseguido que sus finos rasgos se hincharan, tenía una mejilla muy inflamada y un ojo empezaba a cerrársele. Smolák estaba en contra de todo maltrato a los detenidos, pero no dijo nada a los policías sobre el estado del preso: Bihari había herido a un compañero y le había atacado con una navaja. En esos casos, se seguía un procedimiento tácito. Un mensaje sobreentendido para el resto de los delincuentes.

Smolák había detenido a Bihari varias veces. Y en todas las ocasiones, culpable o no, Bihari había mostrado la misma insolencia, la misma arrogancia desafiante que ninguna paliza conseguía quebrantar.

En esos encuentros anteriores, Smolák había pensado que aquel gitano era mentiroso y taimado, totalmente deshonesto. Sin embargo, había admirado a regañadientes su resistencia, su fuerza de voluntad y su valor. Donde otros solo veían la peor malicia, él había detectado inteligencia. Incluso había pensado en más de una ocasión que, de haber llevado una existencia libre de prejuicios y de la absoluta pobreza en la que vivía su pueblo, quizás habría llegado a hacer algo de provecho.

Sin embargo, ese día Bihari parecía cambiado: desprovisto de arrogancia, de confianza, de desafío. Smolák sabía que aquello no tenía nada que ver con la paliza que le habían dado. Sabía que ni siquiera tenía que ver con la gravedad del crimen del que se le acusaba, un crimen que podía enviarle a la horca.

Algo más había doblegado la voluntad del gitano.

—A partir de ahora me ocupo yo... —dijo Smolák indicando con la cabeza hacia la puerta. Los dos policías recogieron sus guerreras y salieron de la sala de interrogatorios—. Estás metido en un lío, Tobar —continuó cuando se quedaron a solas—. Como ninguno en el que hayas estado metido antes. Lo sabes, ¿verdad?

Bihari le lanzó una sombría mirada, vacía de resistencia u hostilidad.

—Sé en qué problema estoy metido. Sé muy bien el peligro que corro. Usted es el que no lo sabe. Cree saberlo, pero no es así. Usted no tiene nada que ver con el problema en el que estoy metido o con el peligro que corro.

—¿A qué te refieres?

—No lo entendería —aseguró con amargura—. No puede entenderlo. No ha visto...

—¿No he visto qué?

—Déjelo —respondió negando con la cabeza—. ¿Dónde está Tsora? ¿La ha soltado?

—Está en el pasillo —dijo Smolák. Tsora Mirga era la mujer que estaba con Bihari, la que le había puesto la zancadilla al policía que lo perseguía—. También tenemos que hacerle algunas preguntas.

—Ella no tiene nada que ver. No sabe nada.

—Entonces podrá irse. Pero interfirió en un arresto.

Smolák pensó en la joven que habían detenido. Al igual que Bihari, Tsora Mirga también era gitana. Cuando habían vuelto a la comisaría y la había visto a la cruda e inflexible luz del vestíbulo, le había sorprendido su extraordinaria belleza. Vestida con un traje azul oscuro que se ajustaba al cuerpo, su figura y su aspecto chocaban con la fea bota ortopédica que ocultaba su pie izquierdo.

—Es coja. ¿Por qué no la deja en paz?

—¿Qué le pasa en el pie? —preguntó Smolák.

—Cuando su madre estaba embarazada, pisó una tumba sin darse cuenta. Por eso tiene un pie deforme.

—Eso son supersticiones, Tobar.

—Es lo que cree mi pueblo —lo contradijo soltando una risita extraña y amarga—. También piensa que está a salvo del diablo. Si quisiera seguir sus huellas, no sabría hacia dónde ir, debido a su pie deforme.

—La que me importa a mí es tu huella. Nos llevó directamente hasta ti. ¿Por qué lo hiciste, Tobar?

—¿El qué? Yo no he hecho nada…, pero nunca me creería.

Smolák suspiró, cansado.

—Muy bien, Tobar, entiendo que mataras a la mujer. No sueles ser violento, lo sé, pero si te sorprendió cuando entraste en su apartamento y te pilló robando… Bueno, entiendo que la situación se te fuera de las manos rápidamente. Empezó a gritar; incluso te atacó o intentó sujetarte hasta que llegara ayuda. En ese tenso momento (en una situación como esa), puede pasar cualquier cosa. Un forcejeo se convierte en lucha; intentaste que se callara, calculaste mal un golpe o se cayó y, antes de que te dieras cuenta, un simple robo se había convertido en un asesinato. O, al menos, en un homicidio. Eso lo entiendo. Un riesgo laboral, por así decirlo. —Hizo una pausa—. Pero que la mataras como a un novillo en un matadero, que metieras las manos en sus entrañas y sacaras sus órganos… Eso no lo entiendo.

—Yo no hice nada de eso. —La voz de Bihari era monótona, sin vida, pero cerró los ojos, como si quisiera que algo no entrara en él—. No hice nada de eso.

Smolák, que ya le había oído a Bihari todo tipo de negaciones a todo tipo de crímenes, fue consciente de que al gitano no le importaba en absoluto que le creyera o no. Y aquello le preocupaba. Empezaba a ver más allá de lo que era obvio.

—¿La reconoces? —le preguntó dejando sobre el escritorio la pequeña bolita de cristal que había encontrado en el lugar en el que se había cometido el crimen. El gitano se estiró para verla—. ¿Qué es?

Smolák la recogió y se dirigió hacia el detenido. La sostuvo delante de él para enseñársela y la movió entre los dedos.

—Es la primera vez que la veo. —La voz del gitano carecía de emoción.

—Se te cayó en el escenario del crimen. Se le pasó por alto a todo el mundo. A mí casi se me escapa. Estoy seguro de que, cuando registremos tus pertenencias, encontraremos más. Una sola, una bolita de cristal como esta, será suficiente para mandarte a la horca.

—Me colgaréis de todas formas —respondió Bihari sin alterar la voz.

—¿Por qué admiras tanto al destripador de Londres, Tobar? ¿Por qué un gitano húngaro de Checoslovaquia se interesa por un asesino inglés de hace cincuenta años?

Bihari miró a Smolák como si no entendiera lo que acababa de decir.

—¿De qué está hablando?

—De Jack el Destripador, del auténtico Delantal, de tu ídolo. —Smolák simuló un terror fingido abriendo desmesuradamente los ojos y moviendo las manos en el aire.

—No sé de qué me está hablando —replicó Bihari.

Smolák volvió a tener la sensación de que a aquel hombre le daba igual que le creyera o no. Suspiró.

—Muy bien, vamos a hablar en serio. ¿Por qué mataste a la señora Lehmann, Tobar? Vamos a acabar esto rápidamente. No hacen falta más situaciones desagradables con los dos chicos uniformados de ahí afuera. No es necesario que nadie se altere y se ponga nervioso. Dime que la mataste y por qué la mataste…, y por qué asesinaste a las otras mujeres. Quizá podamos alegar locura y que te envíen a un sanatorio psiquiátrico. Evitarte la horca.

Bihari miró a Smolák con ojos oscuros y vacíos.

—Cuélguenme. Quiero que me cuelguen.

—¿Por qué quieres que te cuelguen?

—Porque no puedo seguir viviendo así. Quiero liberarme de todo esto. Quiero que vuelva a haber oscuridad, nada, en vez de esas imágenes que dan vueltas en mi cabeza una y otra vez.

—Entiendo —dijo Smolák—. Haber hecho cosas tan terribles debe de ser difícil de soportar. ¿Por qué no me lo cuentas todo desde el principio? Quizás eso te ayude.

—No entiende nada. Tiene una mente demasiado pequeña. No la maté. No maté a esa mujer ni maté a las demás. Con eso sí podría vivir. —Aquel hombre pequeño y atrevido soltó una risa cargada de amargura y dolor—. Con eso podría vivir, pero no puedo vivir con él. Con que me posea. Con que un día venga a por mí. Y si eso… —Señaló con la cabeza hacia la bolita de cristal que Smolák tenía en la mano—. Si eso le pertenece, vendrá a buscarlo. Y como se lo quedó usted, vendrá a por usted también.

—¿Quién, Tobar? ¿Quién es? ¿De quién estás hablando?

Entonces Smolák vio algo que no había visto nunca: Tobar Bihari se echó a llorar.

—Lo vi. Lo vi y él me vio. Me obligó a mirarlo.

—¿Quién, Tobar? ¿Quién?

—Beng. Lo hizo Beng. Beng la mató y me obligó a mirarle mientras le hacía todas esas cosas.

—¿Quién es Beng, Tobar? ¿Es un miembro de tu banda? ¿Fue a cometer el robo contigo?

Bihari negó con la cabeza.

—Beng no es un hombre. ¿No lo ve? ¿No se da cuenta? Beng es el nombre que mi pueblo le ha dado al más oscuro de todos los demonios. Beng es el nombre romaní del diablo.

Smolák fue hasta la mesa. Era una estratagema para poder pensar en lo que acababa de oír. Aquel gitano estaba loco. Maldijo en voz baja, los asesinos locos siempre eran los peores. Eran los que más papeleo generaban: informes psiquiátricos, opiniones contradictorias de expertos sobre su capacidad mental, datos estadísticos sobre la locura… Sabía que, si conseguía una confesión, todo sería más fácil.

—¿Estás diciendo que viste a alguien matar a Maria Lehmann? —Volvió a sentarse y colocó la bolita de cristal sobre la mesa—. ¿Que estuviste allí, pero no la mataste? ¿Que simplemente viste a alguien haciéndole todas esas cosas?

Bihari, sujeto a la silla, magullado y roto, lo miró con unos ojos que se iban agrandando por el terror. Quizá los había dirigido hacia el detective, pero el gitano estaba viendo a otra persona, en otro lugar, en otro tiempo.

—¡Fue Beng! —gritó—. ¡Vi a Beng hacerle todas esas cosas! ¡Fue Beng el que me obligó a mirar!

Empezó a temblar. De nuevo, no era el insolente Tobar Bihari que conocía.

—De acuerdo, Tobar —dijo Smolák en voz baja—. ¿Por qué no me cuentas toda la historia? La verdad, tal como tú la ves. Empieza desde el principio y no me ocultes nada.

75

12

El informe de cada paciente tenía un alias, algo muy en consonancia con el lírico estilo del profesor Románek. El primer paciente de los Seis Diabólicos que Viktor iba a conocer era la «Vegetariana».

Las habitaciones en las que estaba recluida Hedvika Valentová eran tal como las había descrito Platner: más aposento privado que celda de sanatorio. En las paredes colgaban cuadros relajantes, no representativos, un sillón y un sofá muy cómodos y una mesita de café. Junto a la ventana con barrotes había un escritorio y una silla. Viktor se fijó en que en la mesa no había ni papel ni nada para escribir, pero su ubicación ofrecía una sosegada vista del profundo y arbolado barranco que había bajo el castillo y de la campiña de la meseta central bohemia. En la estancia había dos puertas: una comunicaba con el dormitorio; la otra, con el baño.

A primera vista, y excepto por los barrotes de la ventana y la ausencia de cocina, parecía un apartamento pequeño, aunque perfectamente normal. Sin embargo, cuando estudió la habitación con mayor detenimiento, se dio cuenta de que los cuadros estaban fijados a las paredes, en vez de colgados, y que los muebles eran inusualmente sólidos y estaban atornillados al suelo. Incluso el vidrio de la ventana estaba laminado con una fina malla metálica para evitar que se fragmentara. No había nada que pudiera romperse para fabricar un arma y herir a algún miembro del personal o a sí misma.

Lo más desconcertante de la habitación era la paciente. La locura, incluso la más violenta, puede habitar en cualquier tipo de portador; no existe el lunático típico. Pero le sorprendió que Hedvika Valentová fuera una portadora tan insólita.

La señora Valentová era una mujer extremadamente delgada, de aspecto mojigato y de unos cuarenta años. Era el tipo de mujer que uno se cruza en la calle sin prestarle atención. Vestía falda, blusa y chaqueta de punto comunes y corrientes. Tenía aspecto de maestra de pueblo. Más que una tendencia natural a la delgadez, sus hundidos ojos y mejillas sugerían desnutrición. Antes de entrar en la habitación, el profesor Románek le había explicado que la más que especial actitud hacia su dieta les planteaba «problemas».

Cuando entraron, Hedvika Valentová estaba sentada con la espalda recta, en el borde del sofá, con una postura como de pájaro. A Viktor le pareció inconcebible que esa sencilla, corriente y delgada mujer fuera una de los Seis Diabólicos.

Ella miró a los dos médicos, antes de bajar la vista y empezar a juguetear con las manos en el regazo.

El profesor Románek le presentó a Viktor y le explicó que a partir de ese momento se ocuparía de su tratamiento.

—¿Qué le ha pasado al doctor Slavomír? —preguntó, aparentemente preocupada, pero en voz muy baja y suave.

—El doctor Slavomír ya no está con nosotros —le explicó Románek—. Quizá lo recuerde. El doctor Kosárek la cuidará bien. Es uno de los jóvenes médicos con más talento de Checoslovaquia.

—Estoy deseando trabajar con usted —dijo Viktor—. Utilizaremos nuevos métodos para llegar al fondo de sus problemas.

Cuando acabó de explicarle en términos profanos los principios y las teorías de su terapia de hipnosis inducida con sedación, la señora Valentová mantenía la vista baja. Sin embargo, cuando la levantó y miró a Románek, se puso roja del cuello a las mejillas.

—Debería quejarme —dijo para expresar su incómoda protesta—. Debería quejarme mucho.

—¿Del tratamiento que ha propuesto el doctor Kosárek? —preguntó Románek.

—Eso me da igual —contestó volviendo a bajar la vista—. No necesito tratamiento. No me pasa nada, a excepción del malhumor que me produce que me envenenen con carne. Si me alimentaran debidamente, si pudiera cocinar, no tendría mal genio. Y es mi mal genio lo que les preocupa, ¿no?

—¿Otra vez, señora Valentová? —Románek parecía ligeramente irritado—. Hacemos todo lo posible por satisfacer su dieta.

—Manteca —lo cortó.

—¿Perdone?

—No tiene sentido que me ofrezcan una dieta vegetariana si la verdura está cocinada con grasa animal. Es asqueroso. Tengo que vaciarme el estómago para librarme de ella dos veces al día.

—Haré las debidas averiguaciones —aseguró Románek, más calmado—. Ahora debo presentar al doctor Kosárek al resto de los pacientes.

—Estoy deseando trabajar con usted —dijo Viktor, pero Valentová no le prestó atención.

—Me temo que este es un trabajo justo a su medida —dijo Románek en cuanto salieron.

Viktor y su jefe recogieron sus pertenencias: bolígrafos, lápices, monedas y otros objetos pequeños que habían depositado en unas bandejas metálicas antes de entrar en las habitaciones de Valentová.

—¿Tengo que dejarlo todo aquí cada vez que venga a verla? —preguntó Viktor—. No parece que pueda representar una amenaza física.

El profesor Románek se volvió hacia él con una expresión inusualmente severa.

—Me temo, querido doctor Kosárek, que corre el peligro de cometer el mismo error de juicio que, por desgracia, cometió su predecesor. Nunca, jamás, debe entrar en esa habitación con algo que pueda utilizarse como arma.

—¿Fue ella la que atacó a Slavomír con un lápiz?

Románek asintió.

—Según ella, la había mirado con lujuria. Tal como dijo, deseaba su carne. Su ojo la había ofendido, así que se lo sacó.

—¿Perdió el ojo?

—Podría decirse así. Para cuando los celadores oyeron los gritos de Slavomír y entraron en la habitación, nuestra mojigata y «vegetariana» Valentová, ya le había arrancado el ojo y se lo había tragado.

13

—*T*uve una idea. —Tobar Bihari hizo una pausa y después se le iluminaron los ojos como si de repente se hubiera dado cuenta de algo—. No, no fue así. Ahora lo recuerdo, alguien me dio una idea. Una forma de conseguir más, corriendo menos riesgos. Ahora lo veo claro, ahora lo entiendo, debió de ser él. No había pensado en ello hasta ahora, pero debió de ser Beng el que me dio esa idea. Esa noche salió de las sombras y me metió esa idea en la cabeza. Dios mío, fue él, ¿no se da cuenta?

—Cálmate, Tobar. Respira hondo. —Smolák sabía que tenía que conseguir que siguiera hablando. Que dejara de delirar—. ¿Qué idea? ¿De quién fue esa idea?

Bihari tardó un momento en calmarse, pero Smolák notó que la blanca electricidad del miedo recorría la cara de aquel hombre.

—Estaba en un bar de Vršovice, un establecimiento *Skopčáci*, alemán, ya sabe. El dueño me echó en cuanto se dio cuenta de que soy gitano. Dijo que no quería basura como yo en su local. Se puso muy bravucón, solo porque tenía amigos germanos que le respaldaban. Así que me fui, pero una vez fuera, un tipo apareció en las sombras. Me preparé para pelear, pero me dijo que había oído lo que había pasado y que no debería dejar que los godos me hablaran de esa forma. Que debería vengarme. No sé por qué estaba ese tipo en una taberna alemana, porque parecía que los odiaba. En cualquier caso, me explicó que había visto que me habían echado y me había seguido porque me conocía, sabía que era del oficio. Hablamos y me contó que tenía un secreto para ganar a lo grande y que él también estaba en el negocio. Pero no se parecía a ninguno de los carteristas o ladrones que he conocido.

—¿Qué aspecto tenía?

—Era muy alto, es lo único que sé con seguridad. Muy alto y algo desgarbado. Llevaba un abrigo negro largo que parecía demasiado grande para él. Estaba oscuro y se había bajado el ala del sombrero. Pero, por lo que pude ver, necesitaba un baño y un afeitado. La ropa no era de mala calidad, pero parecía que había dormido con ella puesta.

—¿Te dijo algún nombre?

Bihari frunció el entrecejo.

—No me acuerdo. Dios mío, era él. Era Beng también. Debí de habérmelo imaginado por cómo salió de las sombras.

—Cálmate, Tobar. Cuéntame todo lo que te dijo.

—Me dijo que había estado haciéndolo todo mal, que cada vez que metía la mano en un bolsillo o robaba un bolso estaba corriendo un gran riesgo por muy poco beneficio. Que por muy bueno que se sea, la víctima te descubre una de cada cinco o seis veces. Y que una de cada cinco o seis veces que te descubren, la policía te pilla. Que por eso era mejor trabajar en aglomeraciones, en las que se puede desaparecer rápidamente, para ir a por otra víctima. Aunque también tenía su riesgo. Así que me dijo que se le había ocurrido una idea: que yo era bueno robando carteras y que sabía cómo entrar en una casa o un apartamento silenciosamente. Entonces, ¿por qué no era más exigente con las víctimas? Me dijo que cuando se ha sido carterista tanto tiempo como yo, los dedos se convierten en ojos en los abrigos y los bolsos de la gente. Se sabe lo que hay dentro y lo que merece la pena robar. Su gran idea era que debería dejar ese sistema, que no debería llevarme las carteras o los bolsos. En vez de eso, debía hacerme con las llaves. Si desaparecen las llaves, pero se sigue teniendo el bolso o la cartera, uno no piensa que le han robado. Es decir, uno cree que un ladrón se llevaría el dinero, no solo las llaves. No, nadie pensaría que le han robado, sino que había perdido las llaves.

—Hasta que alguien robara en su apartamento —sugirió Smolák.

—Eso es. Me dijo que la mayoría de la gente no busca las llaves hasta que está en la puerta de casa. Así pues, una vez que me hubiera apoderado de ellas, solo tenía que seguir a la víctima. Después, lo único que debía hacer era esperar a que se hiciera de noche o a que la casa estuviera vacía y robar en ella. Entrar sin más.

—¿Así que seguiste el consejo de ese desconocido? —preguntó Smolák. No creía ni una palabra de aquella historia, pero le preocupaba que Bihari pareciera realmente convencido de que estaba diciendo la verdad.

El hombre asintió.

—Decidí ir a la Malostranské Náměstí los días de mercado, cuando la plaza está llena de alemanes.

—¿Fuiste a por los alemanes-checos? ¿Tienes algo contra ellos?

—No. —Bihari meneó su oscura cabeza lentamente—. No, no tiene nada que ver con eso. Solo que son más ricos, al menos casi todos. Tienen más cosas que robarles. En cualquier caso, cuando se instala el mercado en la plaza y hay mucha gente dando vueltas y tropezando unos con otros, es el mejor momento para robar. Así pues, todos los días de mercado me mezclaba con los compradores de Malá Strana, incluso compraba algo, mientras buscaba alguna víctima, ya sabe, a los que más aspecto de rico tenían. Una vez localizada una, me acercaba y le quitaba las llaves. Cuando se iban del mercado, los seguía a su casa. Esperaba a que alguien les abriera o encontraran otra copia de las llaves. Si llamaban a un cerrajero y cambiaban la cerradura, ya podía olvidarme del trabajo, pero nunca lo hacían. Esperaba hasta que se iban a la cama. Cuando me sentía seguro, los desvalijaba. Hice media docena de trabajos de ese tipo. Un buen botín cada vez. El mejor. Y era muy fácil.

—¿Y así fue como acabaste en el apartamento de Maria Lehmann?

—La vi en el mercado de Malostranské Náměstí. Por cómo iba vestida, sabía que estaba forrada. También me fijé en que iba sola. Estaba en un puesto de verdura comprando algo y tenía el bolso abierto, así que me acerqué lo suficiente para coger las llaves. Había un monedero y otras cosas, pero solo me llevé las llaves. Luego la seguí por el mercado hasta que se dirigió hacia su casa, que resultó estar en un elegante edificio de la calle Sněmovní.

»La observé riendo para mis adentros mientras buscaba las llaves para abrir la puerta de la calle. Incluso miró a su alrede-

81

dor para ver si se le habían caído por allí. Finalmente llamó a un timbre y el portero la dejó entrar. Yo estaba escondido al otro lado de la calle, en una esquina, observando.

»Por supuesto, entrar en el edificio era una cosa, pero la mujer no tenía llave para el apartamento. Así que esperé a ver si llegaba algún cerrajero. Si lo hacía, tendría que darme por vencido. Si cambiaba la cerradura del apartamento, no me servía para nada tener una llave para entrar en el edificio. Esperé una hora, luego otra. Merecía la pena esperar por un trofeo como ese.

—¿Un trofeo? —lo interrumpió Smolák—. ¿Te refieres a la mujer? ¿Era ella tu trofeo?

—¿La mujer? —Bihari frunció el entrecejo, confundido—. No me interesaba. No iba tras la mujer, aunque fuera una rica puta alemana. Me interesaban sus cosas, no ella.

—Si eso es cierto, ¿por qué no robaste nada? Excepto quizás el compañero de esto… —dijo indicando hacia la bolita de cristal que había en la mesa.

—Ya se lo he dicho. No sé nada de eso. Jamás lo había visto. No me llevé nada del apartamento porque él estaba allí.

—¿Te refieres a Beng? ¿A tu diablo gitano?

—Sé lo que está pensando, pero era Beng, era el diablo. Ningún hombre puede ser tan malvado. Ningún ser humano podría hacer esas cosas a un semejante. Sé que cree que estoy loco o que me lo estoy inventando todo, pero es la verdad. Y, ahora que lo pienso, debió de ser él a quien vi aquella noche cerca de la taberna en Vršovice.

—Cuéntame lo que pasó. Cuéntame lo que recuerdes.

—Esperé hasta pasada la medianoche, quizá cerca de la una. No me moví hasta que todas las luces llevaban apagadas al menos media hora. Entonces entré. El apartamento tenía dos pisos, los dos últimos del edificio. Sabía que lo mejor, las joyas, estaría en su dormitorio. Sin embargo, para empezar, registré las habitaciones de la planta baja. Siempre se corren riesgos cuando se entra en un dormitorio en el que hay alguien durmiendo. Pensé que quizás encontraría suficientes cosas en el resto del apartamento sin tener que correr ese riesgo extra. El secreto es no llevárselo todo, incluso si todo es valioso.

»Había llevado una maleta pequeña conmigo, como la de

un hombre de negocios. No cabría mucho, pero tampoco era cuestión de que pesara. Ya sabe cómo son sus polis: ir por la noche cargado con una maleta pesada os atraería como moscas a la mierda. El secreto está en elegir solo las mejores piezas. Además, quería salir de allí rápidamente. En cuanto entré, tuve una mala sensación.

—¿Qué tipo de mala sensación?

—De que había alguien más. De que había algo más allí. Se trabaja en la oscuridad con solo una pequeña linterna y a veces las sombras bailan a tu alrededor, los ojos te engañan. Crees que las sombras se mueven de forma extraña, pero solo es la linterna y los nervios. Pero allí, no lo sé, tuve la sensación de que las sombras se movían. Que se movían realmente y que me estaban observando. Ya sabe, esa sensación que se tiene en la nuca.

»Me encontraba en el cuarto de estar rebuscando en una especie de mueble escritorio cuando creí que me había tocado el premio gordo. Dinero. Cuando se encuentra un montón de dinero, no se necesita un perista. Había un grueso fajo de billetes de cien, otro de quinientos e incluso algunos billetes de mil coronas. En cuanto los vi, supe que había encontrado una mina de oro y que no necesitaba llevarme nada más. Mi mejor botín hasta ese momento.

—Pero el dinero seguía en el buró cuando se encontró el cadáver. ¿Por qué no te lo metiste en el bolsillo?

Nada más hacer esa pregunta, Smolák vio que algo recorría la cara del gitano, como una especie de corriente eléctrica fría: un miedo tan intenso que su frialdad llegó hasta el policía.

—Creí ver una sombra y me volví rápidamente. Y allí estaba. De pie en la oscuridad, como si hubiera brotado de las sombras, mirándome.

—Descríbemelo.

—Era Beng. —Bihari volvió a echarse a temblar y sus estrechas muñecas hicieron tamborilear la cadena de los grilletes—. ¿Cómo se describe al diablo?

83

14

*L*ukáš Smolák salió de detrás de la mesa, sacó un cigarrillo de la pitillera, lo colocó en los labios del gitano y lo encendió. Bihari dio una calada ansiosa. Como estaba sujeto de menos a la silla y no podía sostener el cigarrillo, fumar requería cierta concentración e inclinó la cabeza hacia atrás para evitar que el humo le entrara en los ojos. Era el efecto que Smolák deseaba, relajarlo y evitar que siguiera concentrado en su miedo.

Al poco, Smolák estiró una mano en dirección al cigarrillo y Bihari le hizo un gesto con la cabeza para que se lo quitara de los labios. Seguía agitado, pero los temblores habían desaparecido.

—Mira, Tobar —dijo Smolák sentándose en el borde del escritorio—. No sé lo que viste, o lo que crees que viste, pero no era el diablo. Si realmente había alguien más en ese apartamento, lo mejor que puedes hacer para salvar el cuello de la horca es que me des una descripción.

Bihari asintió.

—Era alto. No conseguí ver su ropa porque llevaba un delantal de cuero encima y guantes de cuero hasta el codo. El delantal y los guantes tenían manchas oscuras, unas más oscuras que otras. Unas eran marrón oscuro; otras, marrón rojizo. Eran manchas antiguas, donde el cuero había empapado sangre y se había secado. Olía, sentí el olor a sangre y muerte que emanaba.

—La cara, Tobar. Descríbeme la cara.

El gitano empezó a temblar otra vez. Con mayor intensidad. Una lágrima rodó por la oscura mejilla. Cuando habló, lo hizo con un susurro aterrorizado.

—Tenía… Tenía la cara del diablo. ¡Que Dios me ayude! ¡Por favor, ayúdame Dios mío!

84

—¿Cómo era la cara? —exigió Smolák.

—¡Ya se lo he dicho! Tenía la cara del diablo. Era una cara larga y oscura, con una horrible sonrisa que mostraba unos dientes afilados. Le salían unos cuernos negros de la cabeza. Como las máscaras que llevan los alemanes en Navidad.

—¿Como las *Perchtenmasken*?

—Sí, como esas —confirmó Bihari—. Como la de Krampus.

—Así que llevaba una máscara.

—¿Una máscara? —Bihari frunció el entrecejo—. No sé, quizá fuera una máscara, pero creí que era su cara.

—¿Qué pasó entonces?

—Me quedé quieto. Tenía mucho miedo. Quería gritar. Lo intenté, pero no conseguí que ningún sonido saliera de mi garganta. Quise correr, pero no pude moverme. Entonces se me acercó. Salió de las sombras, pero era como si las sombras se movieran con él. Sacó un cuchillo de debajo del delantal: un cuchillo grande y largo, como los que se utilizan para sacrificar animales. Dio unos pasos hacia mí y me agarró el cuello. Tenía los dedos muy largos, muy finos, muy duros, como si solo fueran hueso. A través de los guantes sentí que era muy fuerte y que me apretaba tanto que no podía respirar. Cuando conseguí aspirar un poco de aire, olía a sangre antigua, a muerte. Volví a notar el olor de los guantes y del delantal. Me miró, miró en mi interior, en mi cabeza. Me miró fijamente y vio todo lo que hay en mí.

Hizo una pausa. Por un momento, pareció recobrarse del recuerdo que le atenazaba. Los grilletes seguían tamborileando por los temblores de sus finas muñecas.

—Empuñó el cuchillo y me puso la punta en una mejilla, en el párpado inferior, justo debajo del ojo. Sentí la sangre en el ojo, como si fueran lágrimas. Dijo que tal vez se llevara mis ojos como recuerdo. Dijo que coleccionaba ese tipo de cosas.

—Y entonces, ¿qué pasó?

—Me soltó. Me dijo que tenía que conservar los ojos porque quería que viera algo, que lo recordara siempre. Dijo que iba a ser su testigo. Según él, teníamos trabajo que hacer. Él tenía trabajo que hacer. Yo miraría. Subimos al dormitorio. Fuimos a donde estaba la mujer.

—¿Y lo seguiste sin más?

—No lo entiende.

—Tobar, creo que lo entiendo. Dime qué pasó.

—Ya sabe lo que pasó. Ya vio lo que le hizo a esa mujer —contestó con la cabeza caída entre los hombros, que subían y bajaban por los sollozos.

—Así pues, ¿me estás diciendo que ese hombre con la máscara del diablo fue el asesino? ¿Que no fuiste tú? —preguntó—. A pesar de que admites que robaste las llaves de Maria Lehmann y las utilizaste para entrar en su apartamento y de que no hay pruebas de que nadie más estuviera allí... Solo encontramos tus huellas.

—Mis guantes. Me obligó a quitarme los guantes. Me obligó a tocar cosas. Quiso que tocara a la mujer, que me quedara al lado de la cama.

—La mujer, Maria Lehmann, ¿todavía estaba viva?

—Estaba durmiendo.

—Continúa....

—Beng se inclinó hacia mí. Empezó a susurrarme al oído y me dijo cosas horribles.

—¿Qué tipo de cosas?

—Que solo era una *Fotze*. Es una palabra alemana. Muy fea. ¿Sabe lo que quiere decir?

—Sé que significa «puta».

—Dijo que solo era una *Fotze* y que merecía lo que le iba a pasar. Me contó todo lo que le haría, todo lo que tendría que presenciar. Aseguró que iba a enterarme de lo que era apoderarse de un alma. Así lo describió: ver los ojos cuando la vida los abandonaba. Cómo olería, cómo sabría, cómo se sentiría al abrirla y sacarle todo lo que tenía dentro.

—¿Y por qué se lo iba a hacer? ¿Te lo explicó?

—Dijo que ella le serviría cuando estuviera muerta.

—¿Qué significa eso?

—Solo dijo que nadie vive eternamente, que nadie muere eternamente. Que se vuelve, una y otra vez. Pero me contó que había un lugar después de la muerte, un lugar de sombras entre las vidas. Allí se pasa más tiempo. Me dijo que estaba consiguiendo esclavos, almas que le servirían allí.

—¿Y durante todo ese tiempo no hiciste nada para detenerlo?

86

Los hombros de Bihari volvieron a moverse cuando estalló en sollozos.

—¡Lo intenté! ¡Tiene que creer que lo intenté! Le supliqué una y otra vez que no lo hiciera. Me dijo que podía salvarla, que la dejaría viva. Lo único que tenía que hacer era morir en su lugar. Dijo que me mataría rápidamente y que no estaba interesado en hacer nada con mi cuerpo después. Según él, mi vida era despreciable, pero podía darle algún sentido si salvaba a esa mujer.

—Pero no lo hiciste.

Bihari volvió a sollozar.

—No pude. Tuve miedo. No quería morir. Me obligó a mirar. Dijo que el precio por salvar la vida era verlo trabajar.

—Podías haberlo parado. O, al menos, intentarlo. Podrías haber echado a correr y dar la voz de alarma.

—¡No pude! ¡No pude! No lo entiende, me sentí impotente. Tenía ese…, ese poder sobre mí, estaba como paralizado. Y me obligó a mirar. Dijo que esa era la única razón por la que no me había sacado los ojos: para que fuera testigo. Me advirtió de que si miraba a otro lado o cerraba los ojos, me cortaría los párpados.

—¿Y miraste?

—¡Me obligó a hacerlo! —Bihari estaba casi histérico—. ¡Dios me ayude! ¡Beng me obligó a mirar! ¡El diablo me obligó!

15

Viktor sabía que existían diferentes arquitecturas de la locura. La gran tristeza podía tomar cualquiera de sus infinitas formas. Cuando una mente se quiebra o se desmorona, el inconsciente rápidamente coloca un andamio, que después convierte en un contrafuerte o en un muro defensivo. Algunas de estas estructuras, que todos poseemos hasta cierto punto, pueden ser lo bastante sólidas: sustentos reforzados y protecciones que nos ayudan a sobrellevar los traumas emocionales o psíquicos.

Sin embargo, otras se adornan hasta convertirse en algo grotesco; se convierten en grandes deformidades de la personalidad. Algunas incluso se acumulan en los oscuros palacios de la locura que angustian la mente: monstruosos miradores que oscurecen y distorsionan la vista en todas las direcciones.

Viktor se dio cuenta de que esas arquitecturas encajaban con todos los casos recluidos en Hrad Orlů. Cada uno de los Seis Diabólicos había construido una locura diferente sobre un antiguo defecto. Unas eran más elaboradas que otras, pero todas, monumentales.

Y todos los informes tenían un apodo. Tras su encuentro con la Vegetariana (la señora Valentová), Románek le presentó a los otros cinco pacientes.

El «Leñador» era Pavel Zelený, de la Silesia checa, que trabajaba en los bosques y había cometido sus atrocidades con la herramienta que solía utilizar: un hacha. Le habían advertido de que Zelený era impredeciblemente violento; dos celadores los habían acompañado a Románek y a él a sus aposentos.

El siguiente caso era más dócil, Leoš Mládek, conocido por el epíteto de «Payaso», era un hombre infantil y delgado que parecía afable e inocuo, y que había sido un exitoso artista de circo que había actuado en Checoslovaquia, Hungría, Austria, el sur de Alemania y Polonia.

El cuarto de los Seis Diabólicos era el «Nigromante», el profesor Dominik Bartoš. La extraordinaria inteligencia de Bartoš, un destacado científico que había llevado a cabo una innovadora investigación sobre física cuántica, se había extraviado en un laberinto de ideas abstractas y arcanas que le habían provocado el delirio de poder comunicarse con los muertos.

Michal Macháček, el «Coleccionista de Cristal», era unególatra cuyos reputados conocimientos sobre el cristal de Bohemia se habían convertido en una obsesión mortal.

Todas las reuniones introductorias fueron breves y los pacientes se mostraron sumisos, sin llegar a cooperar. Sin embargo, la entrevista que más precaución requirió fue la última, la que le hizo a Vojtěch Skála, el sexto de los Seis Diabólicos.

El «Demonio».

Se había destinado un pabellón solo para Skála; ocupaba la habitación número seis, la más alejada de la puerta reforzada y el vestíbulo principal.

—En un principio, lo internamos en la sala de aislamiento —le explicó Románek cuando iban a entrar en los aposentos de Skála—. Padece la manifestación de locura más violenta y contagiosa. Lo mantenemos lo más alejado que podemos del resto de los pacientes.

Viktor asintió. Sabía que Vojtěch Skála era un hombre con creencias tan enraizadas como las del sacerdote más ferviente. Pero la fe de Skála residía en lo que él consideraba el poder de la pura maldad. Creía que la maldad era la fuerza más poderosa del universo y había llevado a cabo sus fantasías de crueldad suprema en la forma más horrenda posible.

La psicosis de Skála era la más profunda y oscura de los Seis Diabólicos. Y, por esa razón, el monstruo que ocupaba la habitación seis personificaba la mayor esperanza de alcanzar lo que pretendía aislar en el inconsciente.

La naturaleza diabólica.

—¿Está listo? —preguntó el profesor Románek en el pasillo del pabellón.

—Lo estoy.

Románek, preocupado por la entusiasta respuesta de Viktor, le puso una mano en el brazo.

—Skála no es un genio, pero posee una forma singular de entrar en la mente de las personas. Y, si lo hace, nunca se librará de él. De todos los individuos con tendencias homicidas violentas encerrados entre estas cuatro paredes, es el más peligroso, con diferencia. Así que volveré a preguntarle: ¿está listo?

—Sí, profesor Románek, lo estoy.

Era la menos científica de todas las sensaciones. Viktor se censuró a sí mismo en silencio. Como psiquiatra sabía que no existía nada diabólico. En su corta carrera había trabajado con mentes dañadas, retorcidas y crueles, con personalidades desprovistas de empatía por los demás; pero lo diabólico era un constructo social, anticuado. Sin embargo, cuando se encontró cara a cara con Vojtěch Skála, tuvo la espontánea impresión de que en esa habitación había algo más que locura. La sensación de una descomunal maldad.

Habían atado a Skála para la visita. Era enorme, con un pelo tan negro como el de Viktor y con rasgos marcados, gruesos y brutales. Esos ojos demasiado pequeños que vieron entrar a los dos psiquiatras tenían un brillo malévolo bajo su acentuado arco superciliar.

A pesar de ser un elemento nuevo del instrumental del hospital, la silla a la que estaba sujeto no desentonaba en el castillo. Parecía un instrumento medieval de tortura, de roble macizo, con bandas metálicas y sujeciones de cuero atornilladas a la madera. Unas ruedas pequeñas de goma en cada pata permitían deslizarla por las losas, con los pies del paciente sujetos por los tobillos al reposapiés. Una ancha banda metálica, sujeta con un perno deslizante sobre el pecho de Skála, daba la extraña impresión de ser el peto de una armadura. Unos aros de hierro más pequeños sujetaban sus muñecas a los brazos de la silla, y tenía una sujeción acolchada en la frente y una serie de fuertes correas de cuero que sujetaban sus antebrazos imposibilitándole todo movimiento.

Románek le presentó a Viktor y le pidió que le explicara brevemente al paciente el tratamiento al que deseaba someterlo. Skála se mantuvo en silencio todo el tiempo y sus pequeños ojos llenos de maldad se clavaron en el joven psiquiatra.

—¿Le gustaría hacerme alguna pregunta? —dijo Viktor cuando acabó la explicación.

—¿Sabe lo que he hecho? —La voz de Skála era baja y ligeramente aguda. No se correspondía en absoluto con su aspecto físico, por lo que resultaba aún más perturbadora.

—Estoy al tanto de los detalles de su caso, Vojtěch.

—¿Cree que hay que estar loco para hacer algo así?

—Creo que sufre un desorden y quiero entenderlo.

—He violado, torturado, mutilado. Y he cometido canibalismo. Hombres, mujeres, niños, bebés, animales... He tanteado la capacidad de prácticamente toda especie sensible de sentir miedo y dolor. Y después les arrancaba la cara y me la ponía a modo de máscara para poder ver lo que veían y que ellos pudieran ver lo que yo veía. Les mostré la verdadera naturaleza diabólica. La más pura. —Skála sonrió con maldad—. Y eso, doctor Kosárek, es lo que usted describe como desorden.

—¿Cómo lo llamaría usted?

—Mi fe. Mi religión. Mi creencia en la maldad todopoderosa.

—Sea lo que sea lo que cree que es —dijo Viktor—, no es otra cosa que una psicosis. Quiero llegar al fondo de ella y ayudarle a vencerla. Estoy deseando trabajar con usted.

Skála, con el cuerpo inmovilizado en la silla de sujeción, mostraba una ligera expresión de desprecio.

—Es un hombre muy apuesto, doctor Kosárek —comentó cuando los dos psiquiatras se levantaron para irse.

Viktor no dijo nada.

—Estoy seguro de que le han prevenido sobre mí —continuó Skála—. Que ha de tener cuidado siempre. Pero la cuestión es que ha de tener suerte siempre, yo solo he de tenerla una vez. Veo la oportunidad y la aprovecho. Yo también estoy deseando trabajar con usted, doctor Kosárek, porque a la menor oportunidad que tenga voy a cortarle y arrancarle esa bonita cara, mientras está vivo, y me la pondré como si fuera una máscara. Entonces todo el mundo dirá que soy muy guapo. —Se echó a reír—. ¿No le parece fantástico?

91

16

—*S*i me permite hacerle una sugerencia —empezó a decir Románek cuando salían de los aposentos del paciente—, creo que le convendría pasar su tiempo libre fuera del castillo. Pueden darse paseos muy bonitos por los alrededores. En el pueblo hay una posada muy agradable. Además, Praga está lo suficientemente cerca como para visitarla los días libres.

—No he pensado todavía qué haré en mi tiempo libre.

—Debería de hacerlo. En la mayoría de las instituciones al menos hay un espectro de enfermedades mentales: algo de normalidad repartido entre la anormalidad. Pero aquí... —El profesor buscó las palabras adecuadas—. Aquí todos nuestros casos están en el extremo de ese espectro: son casos de locura en su forma más concentrada. Se dará cuenta de que algunas de esas personas a su cargo cuentan con una considerable inteligencia y habilidad para racionalizar lo irracional. Casi le convencerán de que es usted el que tiene una visión sesgada de la realidad, mientras que ellos disponen de una percepción especial de la verdad de la existencia. Le contagiarán sus delirios. Créame, le conviene pasar tiempo alejado de este lugar, reconectar regularmente con el mundo verdadero y las mentes sanas.

—Tengo los pies en el suelo...

—Se lo digo por experiencia propia —le interrumpió Románek, con una franqueza inusual—. Hace muchos años permití que la relación con una de las pacientes me afectara. La seguí por demasiados caminos y me perdí durante un tiempo. Empecé a cuestionarme la verdad de todo.

—¿Y qué pasó?

—Tuve que ausentarme unas semanas... Con la distancia,

el encantamiento dejó de tener efecto: me di cuenta de que su demencia había sido más compleja, más persuasiva y más convincente que mi cordura.

—¿Fue una paciente de aquí? —preguntó Viktor.

En la cara de Románek se dibujó una extraña expresión.

—No, no fue aquí. Además, murió hace tiempo. De tuberculosis. En cualquier caso, aprenda de mí: estudie detenidamente las redes que tejen los pacientes, pero no se acerque tanto como para quedar atrapado en ellas. Pase tiempo disfrutando de la vida entre los sanos. ¿Tiene novia?

—Ahora no. Hubo alguien, pero… —Viktor no acabó la frase.

—Bueno, pues búsquese otra. —Románek sonrió, había recuperado su habitual buen humor y le dio una palmada en la espalda—. Disfrute de la vida.

Al igual que en el resto del ala administrativa, la oficina que se le asignó a Viktor seguía teniendo su aspecto original, excepto por los cables de electricidad y las voluminosas tuberías de la calefacción que había en las paredes de piedra. Era grande, con dos ventanas insertadas entre piedras de medio metro de espesor. Mientras que el ala destinada al alojamiento ofrecía unas vistas agradables al barranco, la serpenteante carretera al pueblo y el mosaico de la campiña, desde las ventanas de las oficinas solo se veía un feo afloramiento rocoso en la parte posterior del castillo, que parecía la giba de un jorobado. Viktor se acercó a una de las ventanas y pensó en lo que le había dicho Pedersen, el arqueólogo que había conocido en el tren, sobre la red de cuevas que discurría por debajo del castillo. Imaginó espacios en aquella roca negra y fría, oscuros y húmedos, llenos del aire de un mundo y tiempo distantes.

—Le he traído algunas cosas.

Viktor se dio la vuelta y vio a Judita Blochová detrás de él, con una caja llena de material de oficina.

—Lo siento, no quería asustarle —se excusó, y le dedicó una sonrisa más cálida, según creyó Viktor—. Las vistas no son muy buenas, ¿verdad?

—¿Qué? Ah, no, no lo son. Deje que la ayude. —Tras depositar la caja sobre el escritorio, hizo un gesto a su alrededor—. Tengo que confesar que no esperaba algo tan grandioso.

—Encaja a la perfección aquí —dijo Judita—. Tiene un... —Pensó un momento—. Un aspecto muy dinástico. Si hay algo más que pueda hacer por usted, dígamelo. Le acompañaré al almacén para que elija el equipo de grabación y el resto de los instrumentos necesarios para las sesiones con los pacientes.

—Gracias, señorita Blochová.

Judita no hizo ademán de irse.

—¿Puedo preguntarle cómo ha acabado aquí, doctor Kosárek?

—El profesor Románek leyó mi trabajo sobre la teórica naturaleza diabólica. De hecho, la entrevista se centró en mi teoría.

—Leí algo al respecto. Cree en el diablo, ¿verdad? —dijo con un tono que no era ni burlón ni serio. Aquello pilló ligeramente desprevenido a Viktor.

—La verdad es que sí. Creo que el diablo es responsable de todos los males y sufrimientos de la sociedad; de la locura y de la violencia de algunas personas. Pero el diablo en el que creo no es un ser sobrenatural: es una fuerza viva en todos nosotros, y más viva en los dementes violentos. Y como el diablo se esconde en el lado oscuro de la identidad, a menudo se niega su existencia. Por eso tantos pacientes psicóticos no recuerdan sus actos violentos. —Viktor volvió a hacer un gesto a su alrededor—. Y por eso estoy aquí. Creo saber dónde se oculta el diablo. Y he descubierto la forma de llegar a él y sujetarlo.

—¿Y cree que todos tenemos esa naturaleza diabólica?

—Sí. Al igual que Jung, creo que las religiones, los mitos y las supersticiones provienen de arquetipos compartidos. Que todos tenemos una parte que queremos negar y que, sin embargo, es de la que provienen todos nuestros sueños y pesadillas, donde residen nuestros instintos y la creatividad. Y en ella se encuentran todos los arquetipos compartidos y aspectos que toman forma en nuestras culturas, en las historias que nos contamos. Como las historias sobre el diablo. El diablo no es un ser, solo es uno de esos ingredientes universales. El diablo habita, oculto, en todos nosotros.

—¿Y va a cazarlo utilizando con los asesinos hipnoterapia asistida con fármacos? —preguntó Judita.

—Sí, estoy seguro de que puedo llegar a la naturaleza diabólica con narcoanálisis. El uso de fármacos hipnóticos permite despojarles del ego y llegar a lo más profundo del inconsciente. Una vez allí, puedo guiar al paciente para que se enfrente a su propia naturaleza diabólica y extirparla. O, al menos, confinarla. Es una cura para las psicosis violentas. O, si lo prefiere, es cirugía del alma.

Judita Blochová le lanzó una mirada inquietantemente perdida y franca. No cabía duda de que estaba pensando en lo que acababa de escuchar.

—Quizá fuera mejor dejar que el diablo siguiera en paz en su escondrijo —dijo finalmente.

95

17

—¿*T*iene un momento?

La figura del capitán Lukáš Smolák llenaba el umbral de la puerta de la oficina del médico forense con su impresionante corpulencia. En cambio, el doctor Bartoš, pequeño y grueso, fumaba sentado detrás de su escritorio y parecía tan arrugado como el traje oscuro que llevaba. Václav Bartoš tenía la habilidad de conseguir que pareciera que había dormido con el traje puesto y siempre tenía restos de ceniza en las solapas, pero su escritorio estaba inmaculadamente ordenado, con los archivadores correctamente apilados, y los bolígrafos, papel secante y libretas cuidadosamente dispuestos. A veces, Smolák se preguntaba cuál era el verdadero reflejo de la mente del médico, si el orden del escritorio o el caos de su figura.

Bartoš, que estaba inclinado sobre un expediente, se enderezó y sonrió.

—Encantado de que me interrumpa. ¿Qué puedo hacer por usted?

—Sé que no es psiquiatra, doctor. —Smolák aceptó la silla que le había ofrecido, pero no el cigarrillo—. Pero sabe que he detenido a un sospechoso de los asesinatos de Delantal.

—Lo sé.

—Me ha contado una historia increíble. Tengo una teoría al respecto y me gustaría que me diera su opinión.

El doctor Bartoš se echó hacia atrás en la silla e hizo un gesto con las manos abiertas.

Smolák le contó todo lo que le había dicho Bihari: un relato que uno de sus agentes estaba pasando a limpio como declaración oficial. Le habló de los demonios del gitano, del hombre con la máscara *Perchten* apareciéndose en las sombras y de su alegato de impotencia mientras estaba bajo el hechizo de un demonio con delantal de cuero. Después le dio su opinión sobre todo aquello.

Cuando acabó, aquel médico pequeño y desaliñado siguió sentado, fumando. Eran dos actividades que parecían estar íntimamente relacionadas con su personalidad.

—Es probable que tenga razón —dijo—. Parece poco probable que un asesino que lleva meses sin ser capturado simplemente decidiera dejar que su sospechoso le viera cometer un asesinato y le dejara ir. Como usted, creo que ese Beng, ese demonio, es una historia que su iluso sospechoso se ha inventado para negar toda responsabilidad en tal horror.

—Supongo que podría haberlo cometido otra persona —dijo Smolák—. La misma que según Bihari le metió en la cabeza la idea de robar llaves, aunque lo veo improbable. —Hizo una pausa mientras meditaba—. Cuanto más pienso en ello, más seguro estoy de que estamos tratando con un asesino con desdoblamiento de personalidad.

Bartoš frunció el entrecejo.

—No parece muy contento de haber detenido al culpable.

—Es que este tipo de casos psicológicos son casi imposibles de explicar ante un jurado. Para ellos es un galimatías.

—Me sorprendería que llegara a un juzgado de lo penal. Internarán a Bihari en un sanatorio psiquiátrico. Pero si necesita presentar pruebas de desdoblamiento de personalidad, le sugiero que se ponga en contacto con el profesor Ondřej Románek, en el sanatorio psiquiátrico Hrad Orlů. Allí son expertos en ese tipo de casos.

Smolák asintió. Durante el interrogatorio había llegado a la conclusión de que el gitano estaba loco. En el interior de Bihari había algo asesino y monstruoso. No había habido un misterioso desconocido compartiendo ideas sobre robos ni un demonio gitano enmascarado. Solo una naturaleza que Tobar Bihari negaba tener.

Se cometían actos tan crueles y horrendos que la mente solo podía entenderlos en tercera persona.

—Gracias por su tiempo, doctor Bartoš.

—¿Por qué quería saber mi opinión?

—Porque es médico y sus conocimientos nos han sido útiles en otras ocasiones.

—¿No porque crea que tengo un conocimiento personal?

Smolák entendió a qué se estaba refiriendo.

—No, no le he pedido consejo por lo que le pasó a su hermano.

Bartoš asintió.

—Gracias de nuevo.

Smolák dejó que el médico volviera a concentrarse en sus expedientes, pero, cuando iba por el pasillo en dirección a su oficina, se preguntó si haberle pedido su opinión tenía algo que ver con la vida del forense. Le asaltó otro pensamiento. Le había parecido raro que Bartoš le hubiera sugerido ponerse en contacto con el sanatorio psiquiátrico.

Allí era donde habían recluido a su hermano demente.

SEGUNDA PARTE

El Payaso y la Vegetariana

1

*D*urante la primera semana, Viktor se concentró en familiarizarse con los informes de sus pacientes. También mantuvo
otra reunión con Judita Blochová, que parecía mostrar una mejor disposición hacia él.

Tal como le había sugerido, se vieron en el almacén de instrumental que se había instalado en una habitación para pacientes que estaba vacía. Esas habitaciones eran similares a las
otras, aunque ligeramente diferentes. Además de la decoración, tenían más luz y la vista era más agradable: la profunda
y verde cicatriz del valle y la aglutinada geometría de paredes
blancas y techos rojos del pueblo. Más allá, el tapiz de campos
y bosques de Bohemia Central se extendía teñido de colores
esmeralda, jade y laurel. Sin duda, era una vista muy diferente
a la que tenía la oficina de Viktor.

Sin embargo, a pesar de la luz y la relajante vista, había
algo más en esa habitación que desconcertó a Viktor. Por alguna razón, volvió a sentir que el pétreo abrazo del castillo se
cerraba en torno a él.

—¿Lo siente también? —preguntó Judita, que parecía haber leído la mente de Viktor—. Esta habitación me produce
escalofríos. No me gusta nada tener que venir de noche si se
necesita alguna cosa.

Viktor asintió.

—Es raro. Me parece más agradable que otras habitaciones,
pero transmite, no sé, una mala sensación. ¿La ha ocupado alguna vez un paciente?

—En un principio, el profesor Románek quería utilizarla
para aislar a los pacientes que estuvieran experimentando episodios psicóticos extremos. Ya sabe, los que chillan, vociferan

y gritan. El resto de las habitaciones están más o menos inso-
norizadas y los seis están recluidos lo suficientemente distantes el uno del otro, pero ya sabe lo resueltos que se muestran
algunos pacientes a que les oigan. —La pálida y suave piel de
su frente se arrugó—. Es de lo más extraño, ya sabe, la forma
en que una idea insensata, un delirio se pueda propagar como
un virus. El profesor Románek parece muy preocupado porque
esté sucediendo aquí.

—Así que este lugar estaba pensado para pasar una cuaren-
tena psicótica. —Viktor asintió. A pesar de que la teoría de
Románek no le convencía del todo, aquella idea tenía sentido:
la locura afectaba al sistema inmune mental del paciente y lo
hacía propenso a la infección ilusoria—. He visto casos en los
que ha sucedido algo similar. No muchos, pero sí alguno. Principalmente *folie à deux*. Uno de ellos era un síndrome de Lasè-
gue-Falret o *folie en famille*. Pero creo que es raro que la locura sea contagiosa.

—En eso discrepamos —dijo Judita, con tono repentinamente sombrío—. No conozco la *folie à deux*, pero he visto la
folie à plusieurs a nuestro alrededor. Si realmente quiere ver
un caso de locura de la mayoría, solo tiene que fijarse en lo que
está sucediendo en Alemania. Si eso no es una epidemia psicótica, no sé cómo llamarlo. Nuestros doctores Platner y Krakl
parecen haberse contagiado.

—Hay quien cree que la vacuna es el comunismo.

Judita soltó una risita desdeñosa.

—¿Una vacuna que protege contra el virus matando al paciente? Lo siento, ¿es comunista? Parece demasiado aristocrático para ser comunista.

—No, pero soy socialista. En cualquier otro momento, sería apolítico, pero nadie puede permitirse el lujo de ser apolítico en estos tiempos. —Hizo una pausa—. En cualquier caso,
¿por qué ahora es un almacén?

—Casi nunca se utilizó para aislar a pacientes. Solo tuvimos un caso: el encantador señor Skála, al que sin duda habrá
tenido el placer de conocer.

—¿El Demonio? Sí, lo vi brevemente.

—Cuando se le internó, desvariaba durante horas como un
predicador demente anunciando la llegada de la gloria del día-

blo. Vociferaba hasta la saciedad que el mundo iba a cambiar radicalmente, que el desolador y destructor estaba próximo, que se nos obligaría a llevar la marca de la bestia. Ese tipo de tonterías. A menos, por supuesto, que el destructor tenga un bigote parecido al de Charles Chaplin y la marca de la bestia sea una esvástica. —Judita se encogió de hombros—. Skála sigue perfectamente aislado ahora que está en su propio pabellón. El profesor Románek mantiene la medicación con sedantes, pero todavía se le considera el paciente más peligroso. Si se compara con el resto, eso es decir mucho.

—Sé un poco al respecto —aseguró Viktor sombríamente—. Prometió que me arrancaría la cara y se la pondría como si fuera una máscara.

—Ese es nuestro encantador señor Skála.

—¿Ha tenido algún contacto con él?

Judita negó con la cabeza.

—Lo más extraño del trabajo que hago aquí es que llego a conocer íntimamente a los pacientes a través de la transcripción de sus informes, pero nunca los conozco. Es demasiado peligroso que el personal no sanitario esté cerca de ellos. Por desgracia, no soy sanitaria.

Viktor quería preguntarle qué desastre había evitado que acabara sus estudios de medicina, pero sus defensas acababan de bajar y no quería arriesgarse a que perdiera esa creciente franqueza que estaba demostrando con él.

—Quizá tenga la opinión más objetiva de ellos. La de la distancia.

—Convierte sus historias en ficción. Historias de horror que no me dejan dormir, pero que en realidad solo son historias. Quizá por eso no me gusta venir aquí —dijo haciendo un gesto a su alrededor—. Me acerca demasiado a la realidad. Bueno, hemos venido para que elija todo lo que necesita. ¿Dónde va a llevar a cabo sus sesiones?

—En la parte de abajo de la torre del homenaje hay una habitación, la única que se ha renovado —dijo Viktor.

—Es la única habitación en la que se puede entrar. Nadie ha sido capaz de hallar la forma de entrar en las demás. Quizá le cuente la historia algún día —dijo Judita con malicia.

—¿Historia?

—Actos siniestros y adoración al diablo en la Edad Media. Es una larga historia.

—Ya veo —respondió Viktor—. Me han contado parte de la historia del castillo. Quizá pueda relatarme el resto algún día. Mientras tanto, el profesor me dijo que la habitación de la torre es perfecta para llevar a cabo mi trabajo. Está lo suficientemente cerca del ala del alojamiento como para permitir un traslado seguro de los pacientes y está equipada con un timbre, por si necesito un celador rápidamente.

—Y allí es donde va a necesitar la grabadora. ¿Las ha visto? —Lo llevó hasta donde había unas grandes cajas negras con bordes metálicos—. Son magnetófonos K1. Le pediré a algún celador que lleve uno a la torre.

—Sé que el profesor Románek y el doctor Platner son tecnócratas confesos, pero ¿son buenos esos magnetófonos?

—El sonido no es fantástico, pero sí lo suficientemente bueno para lo que los va a utilizar, siempre que el micrófono esté entre el paciente y usted. El profesor Románek utiliza uno en sus sesiones y lo entiendo casi todo lo bastante claro como para transcribirlo. El único problema es que tendrá que estar más cerca de los pacientes de lo que quizá le gustaría.

—Eso no supondrá ningún problema. Estarán sedados y en una camilla de sujeción.

—Bueno —dijo Judita pensativa mientras ponía una pálida y delgada mano en una de las cajas—. Son mejores que las grabadoras de cilindros, pero no tan buenas como las de alambre. En mi opinión, claro está. Si prefiere una de esas, tenemos un par guardadas.

—No —dijo Viktor sonriendo—. No quiero que el profesor piense que estoy contra el progreso. Quiero causarle una buena impresión.

—Le gusta el profesor Románek, ¿verdad? —Judita sonrió.

—Se preocupa por sus pacientes. Considera que todo el mal que hacen es una enfermedad, no un indicador de su verdadera naturaleza.

—¿Eso es lo que cree usted también?

—Sí. Podemos enfermar mentalmente de la misma forma que podemos enfermar físicamente. Y todos lo hacemos, de una forma u otra, en un momento u otro. Creo que la psiquiatría está acercándose a ese punto de vista. Por fin. ¿Le ha hablado el profesor Románek de los míos?

—No. Mi padre me dijo que era uno de sus mejores alumnos y que se preocupaba mucho por sus pacientes. Me dio saludos para usted.

—Fui muy sincero cuando dije que su padre había ejercido una gran influencia en mí, al igual que el doctor Jung. Lo recuerdo con mucho cariño. —Se produjo un incómodo silencio y se dio cuenta de que había estado mirando fijamente a Judita, empapándose de ella: sus intensos ojos oscuros, sus carnosos labios, la inmaculada piel blanca—. Bueno... —dijo con torpeza.

—Avisaré a un empleado —respondió Judita antes de que empezaran a organizar el resto del material que necesitaba Viktor.

Cuando acabaron y el empleado llevó el equipo a la habitación de la torre, Viktor le dio las gracias a Judita por su ayuda y esta se despidió.

—Señorita Blochová —dijo Viktor cuando había llegado a la puerta. Ella se dio la vuelta—. En el pueblo hay un café. No es gran cosa, pero ¿le gustaría tomar un café conmigo algún día? Podría contarme la lóbrega historia del castillo. —Viktor puso una mueca por su torpeza.

Judita se quedó en la puerta, callada durante lo que pareció un momento eterno, con sus ojos oscuros muy abiertos, como tragándose a Viktor y con una expresión imposible de descifrar.

—Me encantaría —dijo finalmente, sonriendo—. Tengo un día libre a finales de semana.

Viktor asintió mientras se iba. Cuando se quedó solo, su cara (seria y apuesta) esbozó una amplia sonrisa.

2

Viktor llevó a cabo su primera sesión de narcoanálisis tres días después. Empezó con el paciente más sumiso y menos agresivo, en opinión de todo el personal.

Leoš Mládek, el Payaso.

Tras ayudar a instalar el equipo, Viktor decidió familiarizarse con el lugar en el que haría las sesiones. Sin embargo, en cuanto entró, sintió el mismo pánico claustrofóbico, como si las paredes del castillo se cerraran en torno a él.

En vez de bajando escalones, a aquella habitación circular con techo alto en la parte baja de la torre del homenaje se accedía por una rampa que descendía con mucha pendiente hasta un nivel inferior al del alojamiento de los pacientes. Viktor imaginó que en tiempos debía de haberse utilizado para almacenar grano o comida, pues sus paredes curvas de dos metros de grosor sin ventanas mantenían una temperatura más o menos constante tanto en verano como en invierno. Seguramente, la rampa hasta el nivel superior se había instalado para poder transportar con facilidad los víveres hasta la cocina del castillo.

Gracias a la pesada puerta de roble con refuerzos de hierro y las gruesas paredes, la habitación estaba prácticamente insonorizada. Cuando Románek se había enterado de que Viktor quería realizar las sesiones él solo con los pacientes, había insistido en que se instalara un timbre de alarma y en que hubiera siempre un celador de guardia junto a la puerta.

—Por muy sedados que estén —repitió el profesor—, se trata de los enfermos mentales más peligrosos de Centroeuropa. He de asegurarme de que se toman todas las precauciones posibles.

En el centro de la habitación había una mesa y una silla para

Viktor, además de una camilla reclinable. Sus tres secciones ajustables y los reposabrazos estaban cubiertos con cuero acolchado, al igual que las sujeciones para las muñecas y los tobillos. Otra de las condiciones que había impuesto Románek era que, incluso sedados, los pacientes estuvieran siempre sujetos.

Para que el narcoanálisis funcionara, la luz debía atenuarse, de forma que condujera la mente del enfermo hacia una penumbra artificial, por lo que Viktor había colocado una lámpara tipo flexo en la mesa y otra en el suelo orientada hacia la pared, con la que suavizar el ambiente de aquel frío y crudo emparedamiento.

Leoš Mládek, el Payaso, era un hombre bajo y delgado, cuya cabeza parecía demasiado grande en relación con el cuerpo, y sus ojos azul claro, demasiado grandes comparados con la cabeza. Esa desproporción le hacía parecer más joven: un chico o un chaval, y no un treintañero. Tenía el pelo negro, corto y graso, dividido por la raya blanca del cuero cabelludo. Eso hacía que pareciera que tenía el pelo dibujado. La cara era muy pálida y su piel parecía un lienzo que esperara ser pintado. Para Viktor, se parecía mucho a un Pierrot, incluso sin maquillaje.

—¿Qué estoy haciendo aquí? —preguntó Mládek mirando a su alrededor con ojos desconcertados cuando dos celadores lo metieron en la habitación y lo llevaron hacia la camilla—. ¿Qué van a hacerme?

—No tiene por qué preocuparse, Leoš: vamos a hablar, eso es todo —lo tranquilizó Viktor mientras abría una cajita de acero inoxidable que contenía una jeringuilla y dos ampollas cerradas con un tapón de goma—. Le voy a poner una inyección para que se relaje. Le ayudará a recordar cosas con más claridad. —Viktor introdujo la aguja por el tapón, extrajo el viscoso líquido y se acercó al paciente—. Le prometo que será una experiencia agradable y relajante. Quiero que confíe en mí.

—Pero no necesito ningún tratamiento —protestó Mládek con tono desesperado—. No estoy loco. Se lo digo a todo el mundo. No hice nada. El que tendría que estar aquí es Teuffel. Fue Teuffel, el Arlequín, quien lo hizo todo.

Viktor encontró una vena fácilmente, su color azul resaltaba en la casi translúcida piel del antebrazo del paciente. No

107

prestó oídos a las crecientes protestas de Mládek e introdujo la aguja antes de hacer un gesto con la cabeza a los celadores para que salieran de la habitación.

Esperó a que la inyección surtiese efecto. El paciente enseguida empezaría a acceder a su consciencia, a descender en las capas de su ser. Mládek dejó de hacer fuerza contra las sujeciones; la urgencia abandonó su esbelto cuerpo, su suave voz y sus grandes ojos. Tal como esperaba, no perdió el conocimiento ni parecía estar demasiado adormilado. Era como si su ligera estructura se hubiera vaciado de miedos y preocupaciones. Viktor encendió el magnetófono y esperó a que las bobinas de alambre de acero empezaran a girar.

—¿Es usted Leoš Mládek?

Mládek asintió lentamente, con la mirada perdida.

—Por favor, responda en voz alta a todas mis preguntas para que la respuesta se grabe. ¿Es usted Leoš Mládek? —continuó Viktor con tono bajo y relajado. Sabía que la escopolamina ya estaría debilitando la voluntad de Leoš, su capacidad para gobernar sus pensamientos sin recibir órdenes.

—Soy Leoš Mládek.

—¿A qué se dedica?

—Soy payaso: Pierrot. Pongo triste a la gente y les hago reír.

—¿Es también Arlequín?

—No, nunca he interpretado el papel de Arlequín. Solo el de Pierrot.

—¿Nunca ha hecho de Arlequín?

—Nunca.

Viktor hizo una anotación en su cuaderno.

—¿Sabe dónde está?

—Estoy en un manicomio —contestó Mládek sin acritud ni ira—. Encerrado con lunáticos.

—¿Es usted un lunático?

—No.

Viktor hizo una pausa y después dijo:

—Leoš, quiero que imagine que está en un mar inmenso. En un océano vasto y profundo. Quiero que imagine que está flotando en ese océano. ¿Lo ve?

—Un océano.

—El agua es profunda, muy profunda, pero está en calma. Necesito que imagine que, por debajo de nosotros, el océano está lleno de todas las cosas, de todos los recuerdos, de todo lo que le ha sucedido en esta vida. Y nadando entre ellas están todas las versiones de usted que existen o han existido: Leoš, el payaso; Leoš, el amigo; Leoš, el amante; Leoš, el niño. ¿Puede imaginarlo? ¿Lo ve?

—Un océano profundo.

—El lugar donde estamos ahora, donde sabe que está, aquí, en el castillo, es la superficie. Quiero que lo deje todo atrás y se sumerja en el agua, en los recuerdos. Quiero que encuentre el primer momento, el primer suceso que provocó que le trajeran aquí. El principio de su historia. ¿Puede encontrarlo?

Hubo una pausa. Mládek cerró los ojos.

—Lo he encontrado.

—Muy bien, Leoš. ¿Qué fue lo que dio comienzo a su viaje hasta aquí?

—Pasó cuando llegó.

—¿Cuando llegó quién?

109

—El diablo. El día que llegó el diablo. El día en que Manfred Teuffel entró en el circo.

3

—Cuando la gente piensa en payasos, solo ve risas y pelucas extrañas. —En la penumbra artificial de la habitación, en un estado de consciencia artificialmente difuminado, Leoš Mládek habló en voz baja, con el tono apagado de una pasión atenuada por los fármacos—. Eso no es lo que soy. Pierrot es una figura de la comedia del arte, de un tiempo en el que el circo era el verdadero teatro del pueblo. Ser Pierrot es ser un actor, no un bufón; tener capacidad de improvisar, de entender al público y canalizar sus emociones. No es un trabajo: es una vocación, una maravillosa tradición. Cuando estoy en la pista, no interpreto a Pierrot, me convierto en él. Soy Pierrot.

—¿Y qué le llevó a ser Pierrot? —preguntó Viktor.

—La gente cree que provengo de una familia circense, que llevo la pista en las venas. Pero no es así. El circo me llamó. Pierrot me llamó. Nací en el seno de una familia de provincias moderadamente acomodada. Mi padre era médico rural en Doudlebsko. Por su parte, mi madre satisfizo toda ambición que pudiera haber tenido al convertirse en la mujer del médico. Es difícil imaginar un pasado más aburrido o burgués. Antes de que dejara de dormir en la cuna, ya habían decidido que estudiaría Medicina. ¿Qué padres predestinan a su hijo a la mediocridad?

—Ser médico es un trabajo importante, Leoš —intervino Viktor—. Un médico puede influir en la vida de las personas, hacer cambios importantes. Soy médico y no creo que haya nada mediocre en serlo. Espero hacer grandes cambios en su vida.

—Mi padre nunca fue ese tipo de médico. Era un simple médico generalista de campo: un técnico de pueblo que arreglaba los huesos de los agricultores, aplicaba cataplasmas para la difteria y cosía y vendaba las heridas de los jornaleros. Con cosas más serias era tan inútil como cualquier otro. Trataba a niños cuyas enfermedades no podía curar. Se ponía de pie, fruncía el entrecejo y a veces les ponía el termómetro y negaba con la cabeza con seriedad profesional. Después los veía morir. Esa es la vida que tuvo, no ambicionaba nada más, y me parece bien, pero no quería nada más para mí tampoco. Me vio como una continuación: me titularía, entraría en la consulta y me haría cargo de ella cuando se jubilara. Una continua mediocridad sin fin. Pero para mí era imposible hacer algo así. No podía quedarme de brazos cruzados y ver morir niños. Niños... No protesté. Primero, fui un niño obediente; después, un adolescente sumiso. En el colegio destaqué, pero solo sirvió para que mi padre confirmara mi idoneidad para la profesión médica, a la que había que sumar mi docilidad y mi falta de imaginación.

—¿Qué sucedió para que cambiara su destino? —preguntó Viktor.

Una luz se filtró a través de la niebla producida por el sedante y brilló en los grandes ojos de Mládek.

—El circo. El circo fue lo que sucedió. El circo vino al pueblo. Tenía diecisiete años. Fue durante *Masopust*, el carnaval. Era el primero que se celebraba después de la guerra, durante las hostilidades no hubo ninguno. Y lo que era más importante: era el primero en nuestro nuevo país, libre del Imperio austrohúngaro. El nombre de Checoslovaquia todavía nos sonaba flamante y extraño, todo el mundo profesaba un auténtico fervor austro-eslavista, y la naciente savia de la adolescencia corría por mis venas. Todo parecía nuevo y reciente, nada parecía imposible. Nos habían dado un país, pero fue como si nos hubieran dado el mundo entero.

»En Doudlebsko viven tantos alemanes como checos, quizá más. Y nuestro pueblo no era una excepción, pero hasta ellos parecían más..., bueno, entusiasmados. Que hubiera tantos alemanes implicaba que nuestro *Masopust* se mezclaba con su *Fasching*, y siempre empezaba con el desfile de máscaras. Recuerdo esas máscaras, esos desfiles. Creía realmente que estaba ahuyentando a los malos espíritus de nuestras tierras.

—¿Qué tipo de máscaras, Leoš? ¿*Perchtenmasken* alemanas? ¿Las máscaras que se parecen al diablo?

—Sí.

—¿Le asustaban?

—Tenía diecisiete años, eso lo tenía superado.

—Pero las máscaras son importantes para usted, ¿verdad? La pálida frente de Mládek se arrugó.

—¿A qué se refiere?

—Llevaba máscaras en sus actuaciones, ¿no?

—Pierrot no lleva máscaras.

—Pero Arlequín sí —continuó Viktor.

—Nunca hice de Arlequín.

—Pero incluso Pierrot se pone una máscara alguna vez, ¿no? La máscara negra. A veces, Pierrot se pone la máscara negra para encubrir sus sentimientos u ocultar su identidad. ¿No es así?

—Tal vez en algunas tradiciones. Pero yo nunca la llevé. Arlequín sí lleva una máscara.

—Y también el Capitán..., y Pantaleón y el Doctor. Las máscaras son una parte muy importante en la tradición de la comedia del arte.

—Nunca me puse máscaras. Y actuaba solo.

—Entiendo —dijo Viktor—. Eso me intriga. Al igual que la psicología junguiana, la comedia del arte se basa en los arquetipos. Para que el personaje de Pierrot funcione, para que tenga sentido, ha de interactuar con otros arquetipos: Arlequín, Colombina, el Capitán. Sin embargo, dice que actuaba solo. Asegura que hasta la llegada de Manfred Teuffel no había Arlequín. ¿Cómo era posible? ¿Cómo podía haber un Pierrot sin un Arlequín?

—Trabajé con otros. Trabajé con el público, con los niños. Pierrot tiene la inocencia y la malicia de los niños. Realmente, solo es un niño, crecido, pero niño. El niño eterno.

—Muy bien. —Viktor hizo una pausa—. Hábleme más del *Masopust*, del circo que llegó a su pueblo.

—Aquel año fue especial. Además de los desfiles, los bailes y las fiestas, estaba el circo: una pequeña *troupe* de la comedia del arte instaló una carpa en un prado cercano al pueblo. Fue la primera vez que vi a Pierrot. Encandiló a todos los niños del pueblo. Tendría que haber visto sus caritas: estaban fascinados. En ese preciso momento, supe que eso era lo que quería hacer. Quién quería ser.

—Así que decidió unirse al circo. ¿Cómo reaccionaron sus padres?

—No les dije nada. Se suponía que al año siguiente iba a ir a estudiar Medicina a Praga. Sabía que, si se lo decía, encontrarían la forma de retenerme. Así que hablé con la gente del circo y me dijeron que podía ir con ellos cuando se fueran. Mi hermana intentó convencerme de que no lo hiciera, pero nunca había estado tan repentina y totalmente seguro de nada. Le dejé una carta para que se la diera a mis padres. No era una disculpa, no tenía nada de lo que disculparme.

»Ese fue el comienzo de mi carrera. Pasé de esa *troupe* a otra más grande y después a una mayor. Finalmente, me contrató el Circo Pelyněk. Me convertí en una gran estrella, su principal atracción. Hicimos giras por toda Europa. Tardé diez años en llegar a lo más alto de mi profesión, pero, una vez que lo conseguí, nadie pudo arrebatarme ese puesto. Era muy feliz. Totalmente feliz. —A pesar de los fármacos, la expresión y el tono de voz de Mládek se ensombrecieron—. Entonces apareció Manfred Teuffel, el Arlequín. En cuanto llegó, todo se vino abajo. Engañó a todo el mundo, desde el primer momento, pero no a mí. Vi lo que había debajo del disfraz. Vi lo que era.

—¿El diablo? —preguntó Viktor.

—¿No se da cuenta de que por eso vino como Arlequín? El nombre original en francés significa «diablo», «demonio». Y Teuffel, en alemán, significa «diablo». Se llamaba Manfred Teuffel, actuaba como Arlequín y nadie vio que se trataba del diablo. Excepto yo. —De nuevo, un profundo sentimiento quedó anulado por el manto represor de los fármacos—. Maravillaba a todo el mundo con sus actuaciones. Todo el mundo le quería. Pero yo solo podía ver lo que era. No era un gran artista, era un gran hechicero. Teuffel hechizaba al público. Sobre todo a los inocentes, porque así trabaja el diablo. A los niños. Se ponía la máscara de Arlequín, tal como mandaba la tradición, pero por debajo tenía pintada la cara de Pierrot, un insulto hacia mi persona. Su forma de pintarse era un ultraje, una distorsión y perversión del Pierrot tradicional. Pierrot tiene la cara blanca, labios fruncidos de color rojo, contornos negros y una lágrima pintada en la mejilla. Teuffel hacía todo eso, pero de forma retorcida, contraída, demoniaca.

»Se ponía la máscara de dos colores y la nariz larga del Arlequín. Y nadie podía ver lo que había debajo. Sin embargo, de vez en cuando se acercaba al borde de la pista y se inclinaba hacia el público. «Venid, niños. Acercaos y prestad atención, queridos niños. Dejad que os diga un secreto al oído», les decía. Cuando le obedecían, se quitaba la máscara, gruñía y los niños gritaban y lloraban de miedo. Después se ponía otra vez la máscara y se iba a otro lado del público para hacer lo mismo. Los niños le rodeaban entusiasmados, alegres, deseando sentir ese repentino miedo. Les encantan los sustos. Eso es lo que pasa con los niños: les gusta que los asusten. Mientras que Pierrot reflejaba sus mejores y tiernas emociones, Arlequín alentaba las más burdas y oscuras.

»Llegó a ser una gran atracción. Incluso más grande que yo. Arlequín desplazó a Pierrot. Fuimos de gira por toda Centroeuropa: Austria, Hungría, Yugoslavia, Polonia y Alemania. Nuestro espectáculo tuvo mucho éxito. En todas las actuaciones, Arlequín consiguió que los niños sacaran la parte más oscura de ellos, ridiculizó y derrotó a Pierrot. Lo humilló. Lo convirtió en el hazmerreír de la actuación.

»Le odiaba. La *troupe* adoraba a Teuffel tanto como el público. Pero yo conocía sus intenciones. Sabía que estaba endemoniado, que era el demonio. Solo yo veía lo que disfrutaba asustando a los niños en las actuaciones. Cómo alimentaba su miedo.

»Nos enteramos de que en el último pueblo en el que habíamos actuado había desaparecido una niña. Fue en Polonia. La policía nos paró en la carretera antes de que llegáramos a la frontera y registró nuestras caravanas y nuestros coches. No tenían ninguna sospecha fundada, pero ya sabe lo que desconfía todo el mundo de la gente ambulante. Estábamos cerca de Těšín Silesia, y los polacos aún andaban un poco susceptibles por la guerra de los Siete Días, y recelosos con los checoslovacos en general. Nos interrogaron a todos, pero nadie sabía nada de la niña. Nadie recordaba haberla visto, siempre había muchos niños. Así pues, aquel asunto se olvidó, ni siquiera yo le di mucha importancia en aquel momento.

»Pero seis meses después volvió a suceder. Dos niños, un chico y una chica, en esa ocasión en Baviera. También pasamos al otro lado de la frontera antes de que nadie pudiera relacionarlo con el circo. Entonces lo supe, supe que era Teuffel. Sabía que se había estado deleitando con el miedo de los niños.

—¿Le dijo a alguien que creía que Arlequín estaba secuestrando a niños? ¿A alguien del circo?

—No me habrían creído. —Mládek hizo una pausa. A pesar de los fármacos, mostró una sinceridad que sorprendió a Viktor—. Tiene que entenderlo, el diablo oculta su presencia por naturaleza. La verdad es que el diablo entra en nuestras vidas al menos una vez, en un momento u otro. La gente culpa a la maldad que hay en los demás, o en sí mismos, por todo lo malo que les pasa. Pero la verdad es que ya nadie cree en él, lo que se ha convertido en su arma más poderosa.

»Necesitaba encontrar pruebas. Tenía que demostrar quién y qué era Teuffel. Una vez que estábamos actuando en Ostrava, en Přívoz, la parte morava de la ciudad, instalamos las tiendas en unos campos cercanos al río Óder. Llenamos la carpa durante dos semanas seguidas, cada noche. A los más jóvenes les encantó el espectáculo, les gustaba yo, Pierrot. Pero Teuffel, Arlequín, siempre lo estropeaba todo. Siempre distraía su atención lejos de mí con sus sustos. Todos gritaban asustados y después le pedían que volviera a hacerlo, una y otra vez. En cuanto aparecía Arlequín, se olvidaban de mí.

»Había una niña que parecía obsesionada con Arlequín y que vino a casi todas las funciones. La primera vez fue con su madre; después venía sola. Imagino que vivía cerca de donde instalamos las tiendas. Tendría unos nueve o diez años. Tenía esos ojos verdes y rizos castaños tan silesios. Pero cuando Arlequín se quitaba la máscara, por muchas veces que lo hubiera visto, chillaba asustada, encantada y aplaudía con sus manitas.

»Teuffel le prestaba atención, se concentraba en ella más que en el resto de los niños. Pero la última noche que vino, no hizo el truco de la máscara. Se pasó toda la función ridiculizando y humillando a Pierrot, ridiculizando y humillándome a mí. Aquella noche no me importó. Sabía lo que había planeado hacerle a esa niña y me alegré de que se cebara conmigo y no con ella.

»Pero lo tenía todo planeado. Más tarde me enteré de que después de las dos primeras veces que había ido a ver la función, Teuffel había conseguido que le dieran un pase para que fuera cuando quisiera.

»Aquella noche no le hizo caso y me fijé en la cara de desilusión que puso. Pero mientras hacíamos nuestro número, vi que debajo de la máscara de Arlequín se había pintado la habitual corrupta y retorcida versión de Pierrot.

»De repente, inesperadamente, fue hacia la niña. Vi que estaba contentísima y tenía los ojos muy abiertos, brillantes y entusiasmados. Entonces se quitó la máscara. Gritó, pero no como otras veces. Nunca olvidaré ese grito. En esa ocasión, no había exquisitez en su miedo: fue puro terror. No sé lo que vio debajo de la máscara, pero salió corriendo de la carpa hacia la noche, sin dejar de gritar. Teuffel volvió a ponerse la máscara tranquilamente, no se la quitó en el resto de la actuación, vino hacia mí y continuó con el espectáculo como si no hubiera pasado nada.

»Pero yo lo sabía. Sabía que iba a ser su próxima víctima. La había probado: había comido un poco de su miedo, cosa que había agudizado su hambre. Sabía que Arlequín iba a darse un festín con ella. Ni siquiera tuve tiempo de quitarme el maquillaje. Me puse un abrigo y un sombrero sobre el disfraz y salí corriendo para buscarla.

—¿Y la encontró?

—La encontré en los arbustos en los que se había escondido, cerca del Óder. Pero fue demasiado tarde. —Una lágrima cayó por la pálida mejilla de Mládek—. Estaba inmóvil y callada, destrozada en el barro y la oscuridad. Teuffel había estado allí, Arlequín la había encontrado antes que yo.

»Otras personas también habían salido en su busca. Antes de que pudiera hacer nada, me hallaron allí. Con ella. Me atacaron y me habrían matado de no haber llegado la policía. Me acusaron. No lo entendían. Dijeron que había sido yo el que la había matado a ella y al resto de los niños, dijeron que era un monstruo. Intenté explicárselo. Intenté que comprendieran que el verdadero asesino era Manfred Teuffel. Que era el mismísimo diablo el que lo había hecho. Pero nadie me creyó, y por eso me encerraron en este manicomio para lunáticos.

—Muy bien, Leoš —dijo Viktor—. Estamos llegando al final de esta sesión. Necesito que vuelva a la superficie del océano.

Que regrese aquí y ahora. —Abrió el archivador marrón que había encima de la mesa y sacó un folleto impreso con el nombre de Circo Pelyněk. Se acercó a Mládek y lo colocó delante de él para que lo viera—. ¿Puede decirme qué es esto, Leoš?

—Es un folleto del circo. Un anuncio.

—Lo es. ¿Puede decirme lo que ve en él?

Asintió y enfocó sus ojos oscuros demasiado grandes en la hoja de papel.

—Me veo a mí como Pierrot y a Manfred Teuffel como Arlequín. Las dos atracciones principales del circo.

—Vuelva a mirarlo, Leoš. Obsérvelo con cuidado. ¿Ve lo que dice? Dice que usted es el único payaso del circo. El mejor de Europa. ¿Ve las fotografías? En esta… —Viktor indicó hacia la primera imagen— aparece como Pierrot. Pero en esta… —indicó la segunda imagen—. ¿Puede decirme quién es?

—Es él. Es Teuffel. Teuffel vestido de Arlequín.

—No, no lo es, Leoš —aseguró Viktor rotundamente—. Es usted. Nunca existió Manfred Teuffel. Usted es Arlequín y Pierrot. Interpretaba los dos papeles. Siempre lo hizo. Siempre actuó solo.

—Eso no es verdad. —A pesar de los fármacos, negó con la cabeza con vehemencia—. Ya intentaron hacerme creer eso. Lo dijeron cuando me arrestaron, dijeron que yo le había hecho todo eso a aquella pobre niña. También a los otros niños. Todos creyeron las mentiras del diablo.

—Pero mire, Leoš. Lo veo. Veo que usted es los dos payasos. Leoš Mládek como Pierrot y Leoš Mládek como Arlequín. Fue usted el que asustaba a los niños. Era Pierrot debajo de la máscara de Arlequín. Arlequín era otra parte de usted.

Movió con cansancio aquella cabeza demasiado grande, los fármacos le arrastraban al sueño.

—Está equivocado —dijo en voz baja—. El diablo le está engañando, como engañó a todos los demás…

4

$\mathcal{L}$a mañana que bajaron por el sendero forestal que salía del castillo era luminosa y fresca. El otoño parecía quejarse por su final con una llamarada de color en los árboles de hoja ancha, mientras los pinos se erguían en un silencio oscuro y eterno. Conforme paseaban, el fino velo de nubes se había desgarrado en estratos deshilachados y el sol convertía las hojas otoñales en brasas. Viktor sintió que estaban lejos de todo: del castillo, de lo que pasaba a su alrededor. Era un momento intemporal y sin contexto, y se dio cuenta de que Judita también se sentía libre de preocupaciones.

Iban charlando. Viktor procuraba allanar el camino que le llevaría a conocer los detalles de la vida de Judita. Hablaron del profesor Bloch: de la experiencia de Viktor como discípulo y la de Judita como hija. Hablaron de sus vidas antes de llegar al castillo, de amigos y de familia, de ambiciones y de esperanzas. Viktor tuvo la precaución de no inmiscuirse en la parte de la historia de Judita que la había apartado de sus estudios de Medicina. Después, durante un rato, caminaron en un cómodo y agradable silencio. Viktor pensó en lo fácil y rápidamente que aquella chica se había acostumbrado a su presencia. En lo relajado que se sentía con ella.

—¡Qué bonito! —dijo Judita finalmente, inspirando con fuerza, sin dejar de mirar el bosque que los rodeaba.

Viktor sonrió.

—Lo es, aunque siempre estoy un poco intranquilo en los bosques.

—¿Sí? —preguntó sorprendida antes de volverse hacia él—. ¿Por qué?

—No lo sé. Probablemente es algo junguiano, ya sabes que

los bosques son como el inconsciente: profundos, oscuros y llenos de secretos. —Se sentía relajado con ella, pero todavía no lo suficiente como para contarle sus secretos: el descubrimiento del suicidio de su madre en un bosque y que incluso entonces cualquier sombra cambiante entre los árboles le evocaba el recuerdo de un cuerpo colgado, sin vida, con la cara oscurecida. Que aquel descubrimiento fue determinante en su vocación de psiquiatra—. La verdad es que me alegro de haber salido un rato del castillo. El profesor Románek tenía razón: si no vuelves a conectar con el mundo exterior, te afecta.

—¿Ondřej Románek dijo eso? —preguntó Judita, sorprendida.

—Sí, ¿por qué?

—Por nada. Solo que no parece seguir sus consejos. Pasa la mayor parte del tiempo en el sanatorio. Y acostumbra a desaparecer en su estudio durante horas.

—¿De verdad?

—Sí. Además, da órdenes estrictas de que no se le moleste. Pobre hombre.

—¿Por qué pobre hombre?

—Porque lo único que tiene es su trabajo. Es viudo. Sin hijos. Al parecer, estaba muy unido a su mujer, pero creo que murió relativamente joven. No sé mucho de esa historia. Para ser sincera, no sé mucho sobre el profesor Románek: es una de esas personas que crees entender cuando las conoces, pero tiene una personalidad muy compleja. Y no dejes que su carácter alegre te engañe; de vez en cuando, también se pone de mal humor. Por eso se encierra.

—¿Dices que su mujer murió?

—Sí.

—¿No moriría de tuberculosis?

Judita se paró y se volvió hacia Viktor.

—¿Cómo lo sabes?

Viktor le mantuvo la mirada y meditó si confesarle que Románek le había contado que casi se pierde en la locura de una paciente. Pero no había sido una paciente, sino su mujer.

—Creo que el doctor Platner mencionó algo al respecto.

Tardaron media hora en llegar al pueblo. Era un bonito lugar, sin ser excepcional, con más o menos el mismo aspecto que habría tenido hacía dos siglos. Checoslovaquia estaba llena de aldeas y pueblos como ese: en el corazón de Europa, pero aislados de él por una represora envoltura de bosques, tradiciones y provincianismo. Todos se conocían. Las familias del pueblo, tal como le había contado Románek, habían vivido en él generación tras generación desde tiempos inmemoriales. A Viktor le asaltó una leve claustrofobia cultural que le hizo añorar el ruido y el bullicio de Praga, las anónimas caras de los desconocidos. Tenía esa sensación, y lo sabía, porque había crecido en un pueblo parecido. En otra punta del país, pero más o menos igual.

Las cuatro o cinco personas que había en el café volvieron la vista hacia Viktor y Judita cuando entraron; los miraron con la perpleja curiosidad de los aldeanos: sin hostilidad, pero sin darles la bienvenida. Viktor se fijó en que miraban más a Judita. No supo si era su sorprendente belleza lo que atraía su atención o si notaban esa dimensión extra en su alteridad. Él era un extraño en el pueblo; ella era una extraña en su país.

—Aunque haga un poco de frío, es un día precioso —le dijo Viktor a Judita—. ¿Nos sentamos fuera?

Ella asintió y se acomodaron en una mesa cerca de la puerta, que les permitía ver la calle principal y el barranco lleno de árboles por el que acababan de bajar. Encima, el castillo se alzaba oscuro, inhóspito y dominante, con una joroba de roca negra en la espalda. Viktor volvió a sentir un escalofrío claustrofóbico: la sensación de que el castillo era ineludible, como si estuviera condenado a vivir entre sus muros o entre sus sombras.

El dueño del café, un hombre corpulento y agradable de unos cincuenta años, con bigote enhiesto, salió, les sonrió y tomó nota de cómo querían el café. Cuando volvió, les trajo un plato de pasteles *koláče*. Viktor le dijo que no los habían pedido, pero el dueño sonrió.

—Invita la casa. —Sorprendentemente, el acento y el dialecto eran muy diferentes, a pesar de estar tan cerca de Praga—. ¿Vienen del castillo?

Viktor contestó que sí, le dijo su nombre y le presentó a Judita.

—Han de perdonar que los parroquianos les miraran: no solemos tener clientes tan guapos —dijo, haciendo una ligera reverencia en dirección a Judita—. Y los únicos desconocidos que vemos suelen venir de Hrad Orlů. Me avergüenza admitir que los vecinos desconfían de todo el que tenga relación con el castillo. Ya saben, por todos los locos que hay encerrados en él. Y después por toda la historia de ese lugar, claro está.

—¿La historia?

—Yo te la contaré —intervino Judita—. Es larga.

—Lo es, ciertamente —continuó el dueño del café—. Dejaré que se la cuente. Disfruten del café y de los pasteles. Y recuerden que aquí siempre les recibiremos con los brazos abiertos. —Se despidió con una ligera reverencia.

—¿Qué tal fue la sesión con Leoš Mládek? —preguntó Judita subiéndose el cuello del abrigo antes de dar un sorbo al café.

—Ha sido un primer paso, digámoslo así. Ya lo oirás cuando te dé las cintas. Solo conseguí llegar a la parte superficial de su personalidad, el dulce Pierrot que se cree inocente de todo delito y que se niega a admitir que permitió que su personalidad adoptara dos formas. La persona con la que realmente quiero hablar es con Arlequín, o Manfred Teuffel, tal como llama Mládek a esa parte de su personalidad.

—¿Crees que encontrarás la naturaleza diabólica allí?

—Si lo hago y consigo sacarla de Mládek, habrá alguna posibilidad de curarlo. Desalojar a Manfred Teuffel y dejar que Leoš Mládek sea su único inquilino.

—Parece más un exorcismo medieval que psiquiatría del siglo XX.

—Quizás eso era el exorcismo medieval: identificar la naturaleza diabólica. Pero sin entenderla y sin empatía. Algo de lo que en la actualidad todavía somos culpables.

—Te imagino perfectamente como un cazador de brujas —comentó Judita con malicia—. Quizás ha sido el destino el que te ha traído al castillo.

—¿Ah, sí? Entre lo que dices y esas crípticas referencias del camarero, habéis despertado mi curiosidad. Me prometiste contarme la oscura historia de la habitación de la torre.

—¿Sabes cómo llaman los lugareños al castillo?

Viktor sonrió, se inclinó hacia delante y apoyó los codos en la mesa.

—Dímelo.

—Hrad Čarodějek.

—¿De verdad? —Viktor miró a lo alto del valle, a la estructura que dominaba la montaña—. ¿Por qué «el castillo de las brujas»?

—Hechos siniestros y artes ocultas. Y un hombre con el corazón negro. —Judita tomó un sorbo de café y miró a Viktor burlonamente—. Lo habitual era que allí donde llegaba el cristianismo hubiera que borrar el paganismo eslavo —explicó tras dejar la taza en el plato—. A veces con la espada y la pira. La aristocracia estaba a la cabeza. Imponer la Iglesia cristiana era una forma de subyugar a los lugareños y cimentar el poder de la nobleza. Por supuesto, las antiguas supersticiones de la fertilidad se consideraban brujería. Todo el que creyera en ellas se arriesgaba a que lo quemaran en la hoguera o a que lo ahorcaran.

—Pareces saber mucho del tema.

—La historia me interesa. Me ayuda a comprender el presente. Y, cómo no, los buenos y sencillos campesinos de entonces no eran contrarios a quemar a algún judío. La verdad es que a los checos nunca les preocupó demasiado la caza de brujas, a excepción de Boblig, en el norte de Moravia, y aquello tuvo más que ver con la Austria católica que intentó suprimir a los protestantes checos con cargos falsos. La caza de brujas llegó a Bohemia en el siglo XVI. La trajeron los alemanes. Tal como he dicho, la historia me ayuda a comprender el presente.

—¿Por eso se llama el castillo de las brujas? —preguntó Viktor, entusiasmado, para que Judita volviera a su historia y se alejara de los oscuros pensamientos que tenía sobre el presente—. ¿Porque había muchos paganos en esta zona?

—No, no fue por eso. Aquí fue muy diferente. El aristócrata local no era el pilar de la comunidad y la fe. Era justamente lo contrario, según se dice. Lo llamaban Jan Černé Srdce, o Jan Corazón Negro.

—Sí, el profesor Románek lo mencionó, y también el arqueólogo que conocí en el tren. Pero lo único que sé es que, en tiempos, fue el señor del castillo. —Sonrió y se deleitó con su oscura belleza—. Presiento que está a punto de comenzar un relato de actos terribles.

—No lo sabes bien… —dijo Judita—. La leyenda pervive en el castillo, tal como ha dicho el dueño del café. Jan Corazón Negro era el hijo del duque local; no el primogénito, tenía dos hermanos mayores. Se dice que Corazón Negro era tan malvado, ambicioso y despiadado que vendió su alma al diablo cuando era niño. Sus hermanos murieron antes de poder acceder al ducado. Uno se ahogó mientras nadaba en el lago que hay detrás del pueblo; el otro, en un accidente de caza en el bosque. —Hizo un gesto con la cabeza hacia el castillo—. No era la casa solariega, sino el castillo de caza. Con el tiempo, ambas muertes se atribuyeron al diablo, pero la verdad es que Jan estuvo presente. De hecho, fue el único testigo de las dos desgracias. Cuando se convirtió en duque, pasó más tiempo aquí que en el castillo de la familia, en el que vivían su mujer y sus hijos prácticamente como prisioneros y casi abandonados.

—¿Y por qué prefirió estar aquí ese diabólico duque?

—Hoy en día es un lugar bastante remoto, pero es que en aquellos tiempos estaba totalmente aislado. Era bastante salvaje, por lo que había mucha caza. Dicen que gobernaba el valle y más allá como un auténtico monarca. Poder absoluto y corrupción absoluta. Todo el mundo le temía y le odiaba en secreto. Corrieron todo tipo de rumores y se complicaron tanto con el paso de los años que ahora se han convertido en una leyenda local. Baste decir que los lugareños jamás se acercan al castillo. Casi todos los celadores, el personal de mantenimiento y de la cocina vienen desde Mladá Boleslav y se alojan en el castillo en turnos de cinco días.

—Las leyendas suelen tener una base real.

—Bueno, era un chico malo, de eso no hay duda. Se supone que Jan Corazón Negro practicaba las artes ocultas en el castillo y congregaba a brujas y hechiceros de toda Bohemia. Se dice que consiguió invocar a Černobog, el dios negro, el diablo de los mitos eslavos, o Veles, el señor del inframundo. Se cuentan historias de misas negras en el bosque o en el castillo, ese tipo de cosas. Sea cierto o no, lo que sí es verdad es que secuestró y mató a mujeres y jóvenes de los pueblos cercanos. Muchas. Quizá más de cien.

123

—¿Y por qué es eso creíble?

—Forma parte de los registros históricos. El rey envió una comisión para investigarlo y descubrió que era verdad. Por supuesto, no hubo juicio. Si Jan Corazón Negro hubiera sido un campesino, lo habrían colgado o lo habrían desmembrado en una rueda por sus crímenes. Pero a él lo emparedaron en el castillo: un castigo muy habitual entonces para los aristócratas delincuentes. En vez de encarcelarlos o ejecutarlos, se les encerraba en una habitación sellada en la que había una rendija por la que les entregaban agua y comida. Vivían así durante años, a veces décadas. Dependiendo qué versión de la leyenda se crea, el sirviente al que se asignó cuidar del emparedado Jan Corazón Negro era sordomudo o se le habían cerrado los oídos con plomo fundido y se le había cortado la lengua.

—¿Para qué?

—Se creía que Jan Corazón Negro podía convencer a cualquiera para que cumpliera sus órdenes, persuadir al más pío para que se convirtiera al satanismo. Hay quien dice que no era un discípulo del diablo, sino el propio diablo, que Jan Černé Srdce era en realidad Jan Černobog y que el que está vinculado al castillo para siempre es Satanás. En cualquier caso, el criado tenía que ser sordo a sus súplicas para que lo liberase. Sordo literalmente. —Judita se acercó a Viktor y bajó la voz para decir en un tono fingidamente conspiratorio—: Quizás hayas oído hablar a Jan Corazón Negro cuando has estado practicando tus artes ocultas en las sesiones en la torre. Dicen que lo emparedaron en una habitación de esa torre porque era la que tenía los muros más gruesos, pero nadie ha conseguido encontrarla.

—No puedo decir que lo haya oído. Ya tengo suficientes demonios que exorcizar tal como están las cosas.

—Quizá deberías prestar atención. Una leyenda asegura que se le oye golpear con el puño en la piedra y llamar a su maestro Satanás para que lo libere. —Judita puso cara de caer en la cuenta burlonamente—. Quizás eres tú el que lo liberará. Tal vez Jan Corazón Negro sea la naturaleza diabólica que estás buscando. O quizás él vendrá a buscarte a ti. Otra historia dice que el cantero que construyó la habitación sellada era un hechicero y compañero del noble en su depravación. Y que construyó una puerta oculta y un pasadizo hasta la red de cuevas de la montaña por debajo del castillo. Según esa versión, el malévolo espíritu de Jan sigue en la habitación sellada de la torre, pero, cuando hay luna llena, sale por el túnel y las cuevas al bosque en busca de víctimas para saciar su sed de sangre. —Sonrió pícaramente con una ceja enarcada.

Judita Blochová era delicada y fuerte: Viktor se sentía totalmente seducido.

—El arqueólogo que conocí en el tren me dijo que se supone que las cuevas y los túneles que hay debajo del castillo son la boca del infierno y que el castillo se construyó para cerrarla. ¿Lo sabías?

Judita se echó a reír.

—Sí, esa también la he oído. El otro nombre que utilizan los lugareños para referirse al castillo es Pekelná Brána, «la puerta del infierno». Seguramente, la torre tiene muros más gruesos porque se utilizaba como baluarte defensivo, pero, dependiendo de qué historia se crea, Hrad Orlů se construyó como castillo de caza o como tapón para la boca del infierno. En cualquier caso, no era un punto estratégico y nunca se pensó que pudiera sufrir ataques. Pero la torre era una prisión ideal.

—¿No dijiste algo sobre la sala de tratamientos? ¿El almacén de grano?

—¡Ajá! —exclamó Judita arqueando una ceja—. Quizá se construyera para que fuera un almacén de grano, pero se dice que Jan Corazón Negro lo utilizó para otros propósitos, todos ellos siniestros. Dice la leyenda que agasajaba a sus huéspedes allí, posiblemente porque las paredes ahogarían los gritos. Y, por supuesto, es otro de los sitios que los lugareños dicen que se utilizaba para hacer misas negras e invocar al diablo. Y ahora estás haciendo tu propia invocación del diablo en la misma habitación.

—Creo que has estado transcribiendo demasiados historiales clínicos —replicó Viktor riéndose. Sin embargo, cuando dirigió la vista más allá de Judita, hacia el castillo, volvió a tener esa sensación de siniestro cautiverio—. Quizá deberíamos volver…

125

5

*N*o tenía una confesión. No habría confesión.

Smolák había interrogado a Tobar Bihari media docena de veces y la historia del gitano seguía siendo la misma. O, al menos, lo había sido las tres o cuatro primeras veces, después Bihari parecía haberse encerrado en sí mismo. No había respondido a sus preguntas, y no porque las rehuyese, sino porque no las oía. Se sentaba en silencio y miraba como si estuviera concentrado en un punto lejano en la distancia, en el tiempo, o en ambos. Ningún tipo de seducción, súplica, incentivo o amenaza lo traía de vuelta del lugar en el que su mente se había retraído.

En cada interrogatorio, con cada día que pasaba, menos parte de Tobar Bihari habitaba este mundo o el cuerpo que se movía en él. Ya no se le esposaba ni se le sujetaba a la silla durante los interrogatorios: el pequeño gitano iba donde se le decía, se sentaba cuando se le llevaba a la silla y se levantaba cuando se le agarraba por los codos.

Smolák aceptó con amargura que ya no había nada entre su sospechoso y el manicomio. Jamás conseguiría que diera detalles sobre las otras mujeres que había asesinado. En el registro realizado en las habitaciones que compartía con la prostituta del pie deforme, no se había encontrado ningún delantal de cuero manchado de sangre ni arma asesina afilada ni bolita de cristal igual a la que había encontrado Smolák.

Al ver que su sospechoso se hundía en una locura muda e inmóvil, pidió al doctor Bartoš que acudiera a uno de los interrogatorios y le diera su opinión sobre el estado mental del detenido.

—Tal como le he dicho, capitán —dijo Bartoš cuando acabaron otra infructuosa sesión con Bihari y estaban fumando

126

en el pasillo—, debería traer a un experto en psiquiatría. Yo no me siento capacitado.

—Su opinión, doctor. Lo único que le estoy pidiendo es que me dé su opinión. Estoy perdido con Bihari. No se comporta como alguien que sea culpable y tampoco como alguien que sea inocente. A veces es como si yo no estuviera en la sala.

—O, mejor dicho, él no está con usted —lo corrigió Bartoš—. ¿Se ha dado cuenta de que solo se mueve cuando se le da un ligero empujón? ¿O que solo se sienta cuando se le coloca físicamente en la silla? Se llama flexibilidad cérea, un estado previo a la catatonia. Por lo que he visto, y le repito que no soy un experto, da muestras de oneirofrenia, una ensoñación mientras se está despierto. Pronto dejará de hablar, de moverse, de reaccionar ante estímulos. Como le he dicho, entrará en una catatonia avanzada.

—¿Qué cree que lo ha causado?

El forense de la policía se limpió un resto de ceniza de su arrugado traje.

—Se encuentra en un estado de choque extremo, provocado por haber tenido que estar cara a cara con el diablo, incluso aunque el diablo sea una parte monstruosa de él, el diablo que lleva dentro. O quizá sí que había alguien con él esa noche, alguien que resultó ser Delantal y cuya voluntad era más fuerte y más dominante que la de Bihari. Pero le repito que debería llamar a un psiquiatra. Es su única oportunidad de descubrir si Bihari es Delantal o no.

—Gracias, doctor, llamaré al profesor Románek para ver si puede ayudarnos.

Estaban en el pasillo cuando se abrió la puerta. Bihari, con el rostro carente de expresión, parecía muy pequeño al lado del policía que lo sujetaba por los codos y lo sacaba de la sala de interrogatorios para llevarlo a su celda.

Smolák y Bartoš observaron en silencio hasta que el detenido desapareció al final del pasillo.

—Yo haría esa llamada lo antes posible —dijo Bartoš—. Antes de que se aleje completamente del mundo.

Smolák iba a contestar, cuando se oyó un gritó en la esquina del pasillo. Smolák echó a correr antes de reconocer la voz de Bihari. El doctor Bartoš fue tras él.

Cuando torció la esquina, Smolák se encontró cara a cara con Bihari. Su guardián estaba en el suelo, inconsciente. Parecía que le habían roto la nariz. Una mancha de sangre en la pintura color crema y verde de la pared indicaba el lugar en el que le había aplastado la cara al policía.

Smolák se quedó quieto y levantó un brazo para detener al doctor Bartoš.

—Vuelva al otro lado de la esquina —le pidió sin alterar la voz.

—Pero...

—Hágalo, doctor —dijo Smolák sin darse la vuelta ni apartar la vista de Tobar Bihari y de la automática que le había arrebatado al agente que había en el suelo.

—Tobar... —Smolák alargó una mano en dirección al gitano—. Tobar, te vas a meter en más líos. Dame la pistola.

Bihari respondió apuntándole a la cara.

—Quédese donde está. —Su voz calmada y la seguridad en sus actos desconcertó al policía.

Bihari ya no parecía asustado ni tenía la apagada pasividad sonámbula que había mostrado en los últimos interrogatorios. Smolák se preguntó si habría estado fingiendo, si era la mente calculadora y organizada que había detrás de una serie de asesinatos brutales, pero cuidadosamente planificados.

Smolák midió mentalmente la distancia entre Bihari y él; calculó lo rápido que podría recortar el espacio que los separaba y cuántos balazos se llevaría en el intento.

—Quédese donde está —repitió Bihari—. No quiero hacerle daño. No quiero hacer daño a nadie.

—Entonces, dame la pistola, Tobar.

—La tendrá, pero antes quiero que me prometa algo.

—No puedo hacer tratos, Tobar.

—No he dicho que quiera hacer un trato. No hay nada que pueda pedir ni tiene nada que ofrecerme. No he pedido un trato, le he pedido que me prometa algo. Quiero una promesa.

—¿Qué tipo de promesa?

—No puedo seguir viviendo con él en mi cabeza. Quiero que lo entienda. Está en mi cabeza. Lo que hizo está dentro de mi cabeza, y ya no puedo vivir más.

Smolák oyó a otros agentes corriendo hacia donde estaban, seguramente alertados por el doctor Bartoš.

—Dame la pistola, Tobar. ¡Ahora!

—Haga la promesa.

—¿Qué promesa?

—Es el diablo —dijo Bihari casi con naturalidad—. Es Beng, el diablo. Hay que detenerlo. Ha de prometerme que lo detendrá.

—Te lo prometo —dijo Smolák.

—Gracias —dijo Bihari.

El sonido del disparo sonó ensordecedor en el reducido espacio del vestíbulo de la comisaria. Todos los músculos del cuerpo de Smolák se tensaron instintivamente para recibir la bala. Pero no hubo impacto. Solo vio una columna de humo y trozos de hueso y cerebro de la cabeza del pequeño gitano. Tenía la parte inferior de la mandíbula, donde había colocado el cañón del arma y había apretado el gatillo, negra y gris por la quemadura de la pólvora.

Smolák vio cómo se doblaba su pequeño cuerpo y caía al suelo sin vida. Era el final de un hombre pequeño, de una vida pequeña.

Cuando los agentes de paisano se arremolinaron alrededor de Smolák y el doctor Bartoš se agachó para examinar el cuerpo de Bihari, un oscuro halo carmesí apareció alrededor de aquella cabeza destrozada. Entonces el capitán de policía intentó adivinar si lo que acababa de oír era una confesión o no lo era.

129

6

Cuando subieron por el camino que conducía al castillo, ya había oscurecido. Las nubes empezaron a apiñarse alrededor de los tejados de sombrero de bruja y de las agujas del sanatorio psiquiátrico. Dejaron el barranco envuelto en una repentina y fría sombra.

A mitad de camino, el cielo estaba aún más oscuro, azulgrisáceo, cargado y amenazador. Cuando cumplió su amenaza, lo hizo con vehemencia: la lluvia torrencial fue como un repentino y rápido ataque en las hojas que los rodeaban, y empapó sus abrigos en cuestión de minutos.

—Ven conmigo —le pidió Judita, agarrando a Viktor por la muñeca y tirando de él hacia un estrecho sendero que salía del camino principal.

—¿Dónde?

—No te preocupes, ven —insistió—. Vamos a cobijarnos.

La siguió corriendo, con sus esbeltos dedos, fríos por la lluvia, apretados en su muñeca. Los árboles se iban cerrando y oscurecían el sendero. Viktor notó que le inundaba esa antigua y claustrofóbica sensación, ese extraño y perturbador miedo.

—¡Venga! —le urgió Judita sonriendo y tirando con más fuerza al sentir su reticencia.

Viktor la siguió, sin saber todavía qué refugio podían encontrar en medio del bosque. A unos sesenta metros, entraron en un claro entre los árboles de unos veinte metros cuadrados. En el centro, elevado en un afloramiento rocoso, había un decorado edificio de madera con techo de cadera muy inclinado, con intrincadas tallas en las esquinas y oscuros pilares de troncos. La madera estaba manchada y engrasada, era de color casi negro. En la lluvia y la penumbra parecía un espíritu del bosque al acecho. Una estrecha aguja con forma de sombrero de bruja se elevaba hacia el cielo, coronada con una esfera en la que sobresalía una cruz ortodoxa con dos travesaños y un soporte torcido.

Una antigua capilla eslava en el bosque.

Por el estilo y las tallas, Viktor supuso que llevaba allí desde la Edad Media. Era un entorno aislado, incluso secreto, para un lugar de culto. Pero, dada la historia de cambios religiosos y afiliaciones políticas de Bohemia, tampoco era nada extraordinario. Lo que sí sorprendió a Viktor fue que, a pesar de su antigüedad, la capilla estaba en excelente estado: evidentemente, alguien del pueblo la cuidaba.

Judita tiró de él.

—¡Ven! —le ordenó.

Se acurrucaron en el pórtico poco profundo. Viktor retiró la barra y empujó la pesada puerta de roble, pero, aunque no parecía haber cerradura, la puerta no se movió.

—He intentado ver el interior otras veces, pero la puerta es muy sólida —dijo Judita—. Debe de tener algún tipo de cerrojo escondido, pero el toldo nos resguardará.

Se quedaron en silencio, observando la acerada lluvia que atronaba en el denso y verde oscuro bosque que los rodeaba. Las tormentas en el bosque tenían una extraña belleza y los dos estaban contentos de poder observar la naturaleza desde el cobijo del pórtico. Viktor se asombró de lo relajado que se sentía, a pesar del habitual desasosiego que le producían los bosques. Debía de ser por estar con Judita.

—Tenía razón con los bosques —dijo Viktor—. Esconden todo tipo de secretos. ¿Cómo te enteraste de la existencia de este sitio?

—Suelo dar paseos por el bosque. Tal como dijiste, hay que salir del castillo. Me contaron que había una antigua capilla entre el pueblo y el castillo, y decidí buscarla. Debe de llevar siglos aquí.

Viktor observó la estructura que los rodeaba. Oscura y pesada, se sentía perfectamente acomodada en el bosque, pero contradictoriamente fuera de lugar.

—Tal vez es donde Jan Corazón Negro hacía sus rituales.

Sonrió y se inclinó hacia ella con un burlón ademán amenazador. Un gesto inocente que acercó sus caras, a la distancia de un beso.

—La lluvia está amainando —dijo Judita con torpeza—. Deberíamos volver antes de que empiece a diluviar de nuevo.

Viktor mantuvo fija la mirada en ella.

—Sí, supongo que deberíamos volver.

Cuando Judita iba a salir, algo en el pilar de madera del pórtico le llamó la atención y se detuvo. Se acercó para verlo mejor, frunció el entrecejo y pasó el dedo gordo por la madera.

—Qué raro. No lo había visto nunca.

—¿Qué es? —preguntó Viktor.

—Es algo tallado en la madera.

Viktor se echó a reír.

—Toda la capilla está llena de tallas.

—No, mira. —Se apartó para que Viktor pudiera inclinarse y examinarlo.

—Ya veo. Es una especie de escritura, tallada con un cuchillo.

—¿Qué tipo de escritura es? No son caracteres latinos ni cirílicos. ¿Son glagolíticos?

—Exacto —afirmó Viktor—. Los han tallado con mucho cuidado. Y han perfilado meticulosamente las graciosas curvas y ángulos de ese antiguo alfabeto. Hay cuatro líneas de caracteres grabados en la madera oscura. Es muy extraño.

—¿El qué?

—Encontrar caracteres glagolíticos en un edificio como este. Lo normal sería que tuvieran siglos, pero parecen relativamente nuevos.

Judita volvió a examinar la talla y se encogió de hombros.

—Tienes razón. Estoy segura de que no estaban ahí la última vez que vine. Parece que hay un vándalo suelto.

—Bueno, pues, si utiliza el antiguo eslavo eclesiástico, estamos ante un vándalo de lo más sofisticado. ¿Qué querrá decir? —Viktor sacó una libreta y un bolígrafo del bolsillo y copió los caracteres—. El amigo del que te hablé, Filip Starosta, estudió este tipo de cosas. Cuando vuelva a verle, le preguntaré si puede traducirlo.

Viktor pasó la semana siguiente haciendo entrevistas a cada uno de los pacientes, sin la ayuda del cóctel de fármacos. Era una forma de conocer la superficie de su psicosis y de preparar las sesiones de narcoanálisis, en las que intentaría profundizar más en los oscuros pliegues de las complejidades de sus mentes.

Curiosamente, Leoš Mládek no parecía diferente cuando lo entrevistó los fármacos. Le ofreció el mismo relato de sus actos. Viktor decidió que en la siguiente sesión tendría que utilizar una dosis mayor para poder eludir la personalidad superficial de Mládek y hablar directamente con Arlequín. Quizás en él encontraría la naturaleza diabólica manifestada de forma concreta y podría probar su teoría.

Obtuvo distintos resultados en las entrevistas sin narcóticos con el resto de los pacientes. A pesar de la locura violenta que compartían, eran un grupo muy dispar. Algunos, como Leoš Mládek o el sencillo leñador Pavel Zelený, parecían genuinamente perplejos de que se les hubiera internado, de las acusaciones que se habían formulado contra ellos o de que se hubiera diagnosticado que tenían un trastorno mental. También estaban los casos egodistónicos en los que los crímenes que habían cometido eran tan ajenos a su personalidad que rechazaban ser responsables de ellos.

Otros, como la mojigata y correcta Hedvika Valentová o el coleccionista de cristal Michal Macháček, parecían pensar que su internamiento era una burda reacción desmedida ante lo que habían sido sus comprensibles e incluso justificables actos de violencia. Al igual que muchos otros perturbados, habían ajustado sus expectativas del mundo para que fueran

133

coherentes con sus delirios; que encajaran en su demencia. Esos eran los pacientes egosintónicos, para los que el tratamiento era especialmente difícil, porque creían que su anormalidad era lo normal; veían a las personas a su alrededor como desviados y desquiciados, mientras ellos mantenían una comedida y explicable lógica.

Sin embargo, Vojtěch Skála era un caso completamente diferente. Incluso sometido y contenido por los sedantes, solo podía entrevistársele en una silla de sujeción o con camisa de fuerza, y con dos celadores cerca. A Viktor le sorprendió el magnetismo de ese asesino en serie, el aire que lo rodeaba parecía cargado con una siniestra y poderosa electricidad. Le recordó lo que Judita había dicho sobre tenerlo aislado para que no infectara al resto de los pacientes con el poder de sus delirios. El profesor Románek le explicó después que los celadores que se ocupaban de Skála rotaban con más frecuencia que los del resto de los pacientes.

—Haga lo que haga —le aconsejó—, asegúrese de que es usted el que entra en la mente de Skála y no al revés.

Durante la primera entrevista, Skála disfrutó contándole sus fechorías. En cuanto tenía oportunidad, cantaba las alabanzas de cometer maldades. A pesar de no negar ninguno de sus actos (de hecho, se regocijaba de ellos), sí que, como muchos de los pacientes, rechazó su diagnóstico de trastorno mental.

Según declaró, no estaba loco, solo era malo.

Esa semana, Viktor telefoneó dos veces a Filip; en ninguna de las dos obtuvo respuesta. Empezó a preocuparse todavía más por su amigo. Además, tenía que enseñarle el escrito en glagolítico tallado en el pilar de la capilla del bosque, que había copiado en su cuaderno de notas. Si alguien podía traducirlo, ese era Filip.

El profesor Románek solía hablar con Viktor, pero a finales de esa primera semana se recluyó en sus habitaciones, con instrucciones de que no se le molestara. Era tal como lo había descrito Judita. Todo el mundo, excepto él, parecía ver la reclusión de Románek como algo normal.

Una vez que entrevistó a todos los pacientes, Viktor preparó un calendario para las sesiones de narcoanálisis y sacó los narcóticos que necesitaba de la farmacia, cuya gestión estaba a cargo del doctor Krakl. Viktor tuvo que disimular su natural antipatía por él; conforme fue conociendo mejor al ayudante del doctor Platner, esa antipatía se convirtió en una aversión fundamentada.

Krakl parecía sospechar continuamente de Viktor y le hacía preguntas cada vez que le solicitaba amital sódico, pentotal sódico, fenobarbital o escopolamina, pero se cuidaba de que aquellos interrogatorios sonaran a interés personal en los métodos de Viktor. Aquella táctica llegó a su punto menos convincente cuando le preguntó para qué necesitaba picrotoxina, ya que era muy tóxica.

—El narcoanálisis es una nueva terapia, que todavía se está perfeccionando —le explicó encubriendo su indignación—. Mezclo amital sódico con otros barbitúricos en pequeñas dosis muy calculadas. Cada paciente los metaboliza y reacciona de forma distinta, pero, en el poco probable caso de que alguno sufriera una sobredosis de barbitúricos, la picrotoxina es el antídoto más potente.

Krakl permaneció en silencio un momento, como un buitre con bata de laboratorio que le lanzara una evaluadora mirada vacía.

—¿Qué cree que conseguirá con esa terapia? —preguntó finalmente el sudete—. ¿Una recuperación? ¿Una cura?

—Sé bien que ninguno de estos pacientes volverá a vivir en sociedad, pero, al menos, intentaré que vivan en paz.

—¿Paz? ¿De verdad cree que esos monstruos merecen vivir en paz después de todo lo que han hecho?

Viktor negó con la cabeza con incredulidad.

—No son responsables de lo que hicieron. ¿No se da cuenta? Están enfermos y nuestro deber como médicos, asumido bajo juramento, es hacer todo lo que podamos para ayudarlos. Y creo que si llego a la naturaleza diabólica de cada uno de ellos y consigo someterla al ego, sus aberraciones cesarán. Es cirugía del inconsciente: la extirpación de un tumor psíquico.

Krakl esbozó una retorcida sonrisa de buitre, que más bien parecía de desprecio.

—Esa gente es deforme, horriblemente deforme, en una forma que no ve. Ningún tipo de cirugía puede arreglar una joroba

135

o reparar la ausencia congénita de un miembro. Esa gente tiene una deformidad oculta que no puede curarse.

—Me parece una postura muy extraña para un médico —protestó Viktor—. ¿Me está diciendo que no deberíamos intentar curar a los enfermos?

—El deber de un médico es proporcionar un remedio. A veces, ese remedio es más social que individual. —Krakl echó la cabeza hacia atrás para intentar mirarlo con redoblada superioridad—. Y, en ocasiones, la función de un médico es más preventiva que curativa. Hemos de asegurarnos de que el mayor porcentaje de población esté sano en cuerpo y mente. La mayor amenaza para la evolución humana es la degeneración. Si impedimos que se reproduzcan los degenerados física y mentalmente, si los suprimimos de esta sociedad, la sociedad saldrá beneficiada. Todos nos beneficiaremos.

—Así pues, ¿cree que la solución es la eugenesia? —preguntó Viktor con incredulidad.

—La mejor cura para la imperfección es que no exista.

Viktor meneó la cabeza.

—Lo siento, doctor Krakl, me temo que no me gustaría vivir en su mundo perfecto —replicó recogiendo los productos farmacológicos—. De momento, voy a seguir haciendo todo lo que pueda por mis pacientes. Por ellos y por la sociedad.

8

*L*as sesiones con Leoš Mládek no habían conducido a ninguna parte, ni a aislar la psicosis específica del Payaso ni a estar más cerca de demostrar la teoría de la naturaleza diabólica. Había permitido que Mládek se pusiera el maquillaje de payaso con la esperanza de que aquello liberase algo profundamente oculto en su inconsciente. Al menos, esa era la razón profesional. Por otra parte, Viktor sentía pena por esa inofensiva y delicada personalidad, confundida por un internamiento que respondía a unos crímenes de los que se creía inocente. En muchos aspectos, Mládek tenía razón: se había condenado al inocente Pierrot por los crímenes que había cometido el malvado Arlequín.

Viktor confiaba en que su siguiente sesión de narcoanálisis diera más frutos: Hedvika Valentová, la Vegetariana.

Tras notar cierta reticencia por parte de las enfermeras a que las sesiones se llevaran a cabo por la noche, tuvo que explicarles que quería sincronizar esa terapia inducida con fármacos con el ritmo cardiaco natural de los pacientes. Para convencer a esas mentes de que estaban entrando en un sueño crepuscular, el cuerpo también tenía que creerlo.

Por ello llevaron a la señora Valentová al reformado granero de la torre dos horas después de la cena. Viktor volvió a tener la impresión de estar ante una mojigata maestra rural. Extremadamente delgada, vestía de gris de pies a cabeza: falda, blusa, chaqueta y medias; apagadas, deformadas y pasadas de moda. Le preocupó comprobar que había perdido peso desde la primera vez que la vio.

Cuando la entraron, a pesar de que ya le habían administrado algunos sedantes, Hedvika Valentová miró a su alrededor con recelo, en especial a Viktor. Solo permitió que la enfermera la subiera a la camilla. Cuando insistió en que era indecente estar sola y «recostada» en una habitación con un hombre, Viktor permitió que la camilla se ajustara y pudiera sentarse.

Cuando la enfermera estaba cerrando las sujeciones, Viktor le pidió que permaneciera en la habitación hasta que administrara el preparado de escopolamina a la paciente y le hiciera efecto, para así mitigar su desconfianza. Finalmente, la rigidez de su postura disminuyó y el ego de Hedvika Valentová, el timonel de su consciencia, cedió el control. A partir de entonces, Viktor pudo dirigir sus pensamientos hacia donde quiso.

Después de dejar que se familiarizara durante unos minutos con las partes más profundas de su mente, más allá de los diez años que había estado encerrada en instituciones psiquiátricas, Viktor le pidió que eligiera un momento que precisara quién era realmente Hedvika Valentová.

—Quiero que vaya al momento en el que comenzaron sus problemas. Que sea una espectadora, que se vea como la ven los demás. Encuentre ese momento y llévenos a los dos a él.

Hedvika cerró los ojos, tal como le había pedido. Se quedaron en silencio. Mientras su paciente viajaba por el tiempo y el espacio internos, Viktor la miró de perfil. Le pareció extraño, tenía una cara proporcionada, sus rasgos no evidenciaban ninguna deformidad o anormalidad, aparte de los pómulos acentuados y los ojos hundidos, producto de la desnutrición. No podía decirse que fuera fea, aunque tampoco era atractiva. Viktor cayó en la cuenta de que no podía decirse nada de ella. Era una de esas caras en la que nadie se fija; una cara que se olvida al poco de verla.

Cuando acabó su viaje interior, dijo:

—He llegado.

—¿Dónde está?

—En una fiesta. En una fiesta de cumpleaños.

—¿El suyo?

Negó con la cabeza.

—El de una compañera de clase. Es guapa y rica. Su padre es alguien importante en la fábrica de coches Škoda. Para empezar, ni me ha invitado a la fiesta, lo sé, pero creo que mi madre le dijo algo a la suya.

—¿Tiene una relación muy próxima con su madre?

—Sí. Mi madre decía siempre: «Tenemos que cuidarnos la una a la otra. Estamos solas y tenemos que cuidarnos entre nosotras».

—¿No tiene hermanos o hermanas?

—Ni hermanos ni hermanas. Ni amigos. Mi padre murió cuando era niña. Solo tengo a mi madre —explicó con voz infantil.

—¿Eres una niña feliz, Hedvika?

—No, no soy feliz. Nunca he sido feliz. Estoy muy sola. Mi madre hace todo lo que puede por ayudarme, pero siempre estoy sola. Nadie se fija en mí. —Se le empezó a quebrar la voz, por un dolor arrastrado durante treinta años.

—Hedvika, necesito que salga de usted. Recuerde lo que le he dicho de ser una espectadora, de que se distancie. Siga en la fiesta, pero quiero que se vea como la ven los demás. Quiero que me describa lo que pasó como si lo estuviera viendo, no como si estuviera participando. ¿Lo entiende?

—Lo entiendo —contestó con voz adulta.

—Describa a la niña que ve.

—Una niña invisible. Una niña destinada a estar sola.

—¿Por qué dice eso? ¿Por qué estaba destinada a estar sola?

—Porque era poco atractiva. Era tímida. No es que me acosasen o se burlaran de mí. En cierto modo, eso habría sido mejor: al menos, eso habría demostrado que se fijaban en mí. Sencillamente, pasaba inadvertida. Si alguien me miraba, le parecía extraña. Era extraña. Creo que el confinamiento solitario durante mi niñez me volvió rara. Lo único que deseaba es que se me prestara atención.

—Hábleme de la fiesta.

—Mi madre me hizo un vestido. El más bonito que había visto en mi vida: seda y encaje de color rosa. «Estás muy guapa», me dijo cuando me lo puse. Por una vez, la creí. Me miré en el espejo y me sentí muy feliz. Muy feliz. Imaginé lo que dirían las otras niñas del vestido. Lo que nos divertiríamos. Los nuevos amigos que haría. Iba a ser el día en que cambiaría todo.

—¿Qué pasó en la fiesta?

—Nada. El vestido no cambió nada. Nadie se fijó en mí,

139

nadie habló conmigo. Le di un regalo a Markéta, la niña que cumplía años. Ella me dio las gracias y sonrió, pero no me habló durante el resto del día. No estaba siendo cruel, no estaba siendo maleducada. Simplemente, se olvidó de que estaba allí. Lo único que podría haber hecho era ponerme delante de ella... Es lo que pasó con todo el mundo. Nadie se fijó en mi vestido. Me di cuenta de que el vestido era bonito, pero no había nadie dentro. Empecé a pensar que no existía. Que solo era una historia que me contaba a mí misma. Todos jugaban, pero se olvidaron de que estaba allí. Entonces sus padres le dieron el regalo a Markéta: un perrito. Era una preciosidad.

—¿Lo tuviste en las manos?

—Un poco. Me encantaba aquel perrito. Ojalá pudiera uno igual. Pensé que, a diferencia de las personas, los perros se fijarían en mí y me querrían sin que les importara mi aspecto. Pero cuando Markéta llamó al perrito, fue hacia ella. Lo acaricié, le hablé suavemente y le supliqué que se quedara, pero se retorció y forcejeó para librarse e ir con Markéta. Todos volvieron a divertirse, a reírse, a jugar y a abrazarse con la alegría de ser niños y ser felices. Me senté y los miré. Desde entonces, siempre ha pasado lo mismo.

—Pero algo pasó en la fiesta, ¿no? ¿Fue al final?

—Quería irme, pero mi madre insistía en que jugara con los otros niños. Y después hasta ella se olvidó de mí y se puso a hablar con el resto de las madres. Conseguí tener en brazos al perrito otra vez, pero volvió a forcejear para alejarse de mí, para estar con los otros, para unirse a las risas y la diversión. Así que lo solté. Me senté en el fondo del jardín y los miré. Era un día soleado y brillante. Y hacía calor. La gente no se da cuenta, pero entonces es cuando la soledad es más aguda, cuando los cortes son más profundos: cuando brilla el sol y todo es cálido y luminoso.

»De repente, Markéta se echó a llorar, a chillar. Tenía la cara crispada y roja. Ya no parecía tan guapa. Todo el mundo lloraba y corría de un lado a otro.

—¿Qué había pasado?

—Habían perdido al perrito. Debió de irse mientras estaban jugando y nadie le prestaba atención. Eso no le habría pasado si se hubiera quedado conmigo. Yo le habría hecho caso.

Habría cuidado de él. Todos buscaron al perrito, pero no lo encontraron. Entonces empezaron a decir que yo era la última que lo había visto. Les contesté que se había ido con Markéta, allí donde todos estaban jugando sin mí. Pero todos me miraron, miraron el vestido.

»Encontraron al perrito en los arbustos del fondo del jardín. Lo que le había pasado fue horrible. Debió de ser un animal salvaje, un zorro, un ave de presa o algo así. Si hubiera visto al pobrecito... Markéta empezó a gritar cuando lo vio. Después me gritó a mí. Dijo que lo había matado. Todos dijeron que yo lo había matado..., pero no lo había hecho. Solo lo había acunado. Sin embargo, incluso mi madre me miró de forma extraña, sorprendida, triste y preocupada.

»Los padres de Markéta dijeron que iban a hablar con la dirección del colegio, incluso con la policía. Pero no había hecho nada. No podría haberle hecho eso a aquella cosita. Les pregunté: «¿Dónde está la sangre? ¿Por qué está mi vestido limpio y reluciente? Mis manos también lo están». Cuando llegué a casa, mi madre me dijo que fuera a mi habitación y me quitara el vestido, pero quería volverme a ver en el espejo. Quería volver a ver el vestido y fingir que estaba guapa, que era feliz.

—¿Y lo estabas?

—No. Cuando me miré en el espejo, el vestido seguía siendo bonito. Pero después vi el reflejo de mi cara. Debí de gritar, porque mi madre vino corriendo a la habitación.

»En el espejo, encima del vestido bonito, no había cara. No tenía ojos ni boca ni nariz, solo piel tersa sin rasgos. Una máscara de carne, vacía y lisa. —Volvió los ojos, vacíos por los fármacos, hacia Viktor—. ¿Lo entiende? Ahora sé lo que veía todo el mundo cuando me miraba. Ahora sé qué era: nada. Y cuando volví a mirar, vi que alguien me había manchado el vestido. Alguien lo había llenado de sangre. Vi mi reflejo sin cara y vi un vestido bonito, lleno de sangre.

—¿Y qué pasó después, Hedvika?

—Entonces fue cuando me enviaron a un colegio de educación especial.

141

9

*L*a tienda era mucho más majestuosa de lo que había imaginado. Estaba en la planta baja de un gran edificio modernista (la excepcional versión checa del *art nouveau*) en la esquina de la calle Křemencová. El nombre que se leía encima de la tienda: «Petráš Sklo, bisutería de cristal» estaba escrito con letras doradas, también estilo *art nouveau*. Una temática que continuaban las elegantemente sinuosas líneas y molduras de la mampostería.

Tal como sugería el nombre, los escaparates de la tienda Petráš estaban llenos (aunque no abarrotados) de objetos de cristal de todo tipo, utilidad y tamaño: jarrones, joyas, copas, decantadores, lámparas y pisapapeles. Todo estaba diseñado con mucho estilo y (como pudo distinguir al acercarse para ver los precios, unos números pequeños escritos con tinta negra) era muy caro.

La mujer de la caja puso una expresión de previsible desdén arrogante cuando lo vio acercarse. Apenas superaba los cuarenta, era delgada, desenvuelta, morena y elegante. Evidentemente, marcaba la línea del establecimiento. Se había peinado a conciencia y llevaba el pelo negro recogido, tenía los ojos maquillados con un color oscuro, y los labios, carmesí. Cuando llegó a su lado, vio que los ojos eran impresionantes, de un brillante color esmeralda claro que parecían atravesarle. Pensó que quizá la habían contratado por el brillo de aquellos ojos, el complemento perfecto para los artículos que vendían.

Iba vestida completamente de negro y llevaba una blusa de satén con cuello mandarín alto. Se fijó en que había elegido ese color para resaltar, no para desviar la atención del iridiscente

142

destello del recargado collar *art déco* que llevaba al cuello y se desplegaba por la blusa de seda: una serie de cadenas de oro blanco y cierres articulaba la geometría de la joya y los rombos de iridiscente cristal esmeralda, verde y turquesa.

Era otra de las piezas en venta. Entendió que la mujer era tanto maniquí como vendedora.

—Me gustaría ver al dueño. Imagino que es el señor Petráš —anunció sin rodeos al tiempo que le mostraba la placa de bronce de la policía criminal. Le había molestado la arrogancia de la vendedora y el hecho de que se sintiera muy atraído por ella—. Soy el capitán Lukáš Smolák, del Departamento de Investigación Criminal.

—¿De qué se trata? —preguntó manteniendo la distancia, tremendamente atractiva.

Smolák suspiró, cansado.

—Eso se lo diré al dueño. ¿Dónde está?

La vendedora indicó una puerta al otro lado de la tienda, en la pared más alejada.

—Son las oficinas. Espere allí.

—No tengo tiempo… —empezó a decir, pero la dependienta ya se había vuelto hacia una mujer de mediana edad con abrigo de piel y hablaba en alemán con ella.

Smolák atravesó la tienda. Los mostradores parecían relucientes islas en un mar de mármol, llenos de artículos de cristal hermosamente elaborados. Las columnas recubiertas de ónice y las paredes estaban coronadas por cornisas clásicas. Smolák imaginó que el sueldo de un capitán de policía no alcanzaría para pagar cualquiera de los precios de ese lugar. Las otras tres dependientas, cada una detrás de un mostrador y vestidas con un estilo similar a la que había preguntado, evidentemente opinaban lo mismo: no le prestaron atención cuando pasó a su lado.

Llamó a la puerta. Como nadie respondió, entró en la oficina. Estaba vacía, a excepción de un gran escritorio con bandejas llenas de papeles. Un cenicero de cristal medio lleno era el único ejemplar de los artículos que se vendían en el establecimiento. Comparado con la grandiosidad de la tienda, era un espacio práctico y sin adornos. Smolák se sentó en la silla que había frente al escritorio y esperó.

143

Cuando la puerta se abrió, se dio la vuelta y se levantó, pero era la atractiva dependienta. Volvió a sentarse.

—Creía que iba a ir a buscar al dueño —dijo con tono impaciente.

La mujer de pelo negro caminó hasta detrás del escritorio y se sentó en la silla de cuero.

—Soy la dueña —se presentó—, Anna Petrášová.

—Entiendo. Lo siento...

—¿Qué puedo hacer por usted, capitán? —lo cortó.

Smolák no estaba seguro de si su brusquedad se debía a que notaba que le atraía y eso le molestaba, o si simplemente era que no le gustaban los policías. Sabía que, en general, la gente solía tener antipatía a la policía. Buscó en un bolsillo interior del abrigo y sacó un pañuelo, que desplegó con cuidado encima del escritorio. En el centro había una bolita de cristal del tamaño de un guisante. Parecía que en su interior había un capullo de rosa de color blanco.

La señora Petrášová sacó una lupa de joyero de un cajón, se la colocó en un ojo y examinó la pieza haciéndola girar entre sus dedos con uñas pintadas color carmesí. Después se quitó la lupa y dejó la bolita en el pañuelo.

—No es nuestra —dijo con desdén—. Además, no nos han robado ningún objeto recientemente.

—No es esa la razón por la que he venido, señora Petrášová. Me gustaría saber de dónde procede esa bolita de cristal.

Petrášová se encogió de hombros.

—Es difícil saberlo. No es un buen trabajo en cristal de Bohemia. Podría haberse hecho en cualquier sitio.

—Le estaría muy agradecido si pudiera ayudarme —la presionó Smolák—. No se trata de la investigación de un simple robo. Es un asunto muy importante.

—¿Y eso? Si me permite preguntarle.

—Una mujer ha aparecido muerta. Esta bolita estaba cerca del cadáver y no hace juego con nada que tuviera la mujer.

Los ojos de Anna Petrášová se abrieron y relajó ligeramente la distante compostura que reflejaba su actitud.

—¿Ha sido Delantal? ¿Esa pobre mujer despedazada en Prager Kleinseite? Creía que ya habían detenido a alguien. Leí que se había suicidado mientras estaba detenido.

—Me temo que no puedo hacer ningún comentario sobre ese tema, señora Petrášová. Lo único que puedo decirle es que se trata de un asunto muy importante.

Anna Petrášová lo miró un momento, lo estudió y se inclinó hacia delante para levantar la bolita y examinarla con mayor detenimiento.

—Nunca había visto este diseño antes, aunque podría ser nacional…, me refiero a cristal de Bohemia. Podría ser de Gablonz. Gran parte del cristal de Bohemia proviene de allí. Algunos artesanos de Gablonz se trasladaron a la Renania alemana, así que podría ser de allí. Los extranjeros llaman *estrás* a las piezas con facetas, aunque solo son una versión alemana del cristal de Gablonz. —Volvió a encogerse de hombros—. Pero podría ser de Bohemia, Alemania, Francia, Polonia, Rusia, de cualquier sitio. Siento no poder ayudarle más —se excusó.

Smolák se dio cuenta de que lo decía sinceramente. La mujer volvió a dejar la bolita en el pañuelo y el capitán lo dobló con cuidado antes de metérselo en el bolsillo.

—Gracias por su tiempo —se despidió mientras se ponía de pie.

Anna Petrášová permaneció sentada y frunció el entrecejo, como si acabara de acordarse de algo.

—Hay una persona que quizá pueda ayudarle. Si está lo suficientemente desesperado, claro. Es un experto en cristal de Bohemia. Un experto obsesivo, podría decirse.

—Estoy más que desesperado, ¿de quién se trata?

—Michal Macháček. Nadie sabe más que él sobre el cristal de Bohemia. Tiene…, tenía una de las colecciones más grandes y más completas del mundo.

—¿Y dónde podría encontrarlo?

—¿No lo sabe? —Anna Petrášová parecía genuinamente extrañada—. Bueno, supongo que todas esas cosas desagradables sucedieron en Plzeň, no en Praga. Créame, capitán Smolák, no le costará nada encontrarlo.

—¿Por qué? —Smolák intentó no parecer impaciente.

—Michal Macháček —dijo manteniendo sus ojos color esmeralda fijos en el policía— es uno de los Seis Diabólicos, encerrados todos en el sanatorio psiquiátrico Hrad Orlů.

10

Viktor fumó un cigarrillo en silencio mientras la acostumbrada tensión de su paciente, que seguía sedada y medio tumbada, desaparecía completamente. El tenue rubor del flexo parecía resaltar la esencia aislante e impenetrable de la torre del castillo. Volvió a sentir el pétreo abrazo del sanatorio. Por un momento, le resultó difícil imaginar los siniestros y oscuros bosques, así como las llanuras aterciopeladas por el crepúsculo al otro lado de los muros.

Hedvika Valentová había cometido crímenes horrendos, aparentemente sin ninguna compasión o empatía, pero también había sido una niña triste y solitaria; una niña normal y tímida que daba vueltas frente a un espejo, esperando ir a una fiesta llena de expectativas que nunca se cumplieron.

Sin embargo, a Hedvika le había pasado algo peor, algo a lo que Viktor no había conseguido llegar, ni siquiera en el estado semialetargado de la paciente, inducido por los fármacos.

La habían enviado a un colegio de educación especial: un lugar sobre el que habían corrido siniestros rumores en los reservados círculos profesionales. Hedvika había estado allí tres años, pero tenía lagunas en sus recuerdos de aquellos tiempos. Lo que había pasado en esas sombras sin recuerdo había sido tan malo que se había negado a salir a la luz de la memoria. Había intentado entrar en esa oscura experiencia, desde todos los ángulos posibles. Pero no lo había conseguido.

—¿Qué pasó cuando salió del colegio? —preguntó tras decidir que volvería a las experiencias escolares en otras sesiones.

—Volví con mi madre. Cuidó de mí, pero ya no volvió a ser lo mismo. Siempre estaba vigilándome, asegurándose de que sabía dónde estaba y qué estaba haciendo. Envejeció mientras estuve fuera, envejeció mucho, mucho más de lo que corresponde a solo tres años. Pasé los dos años siguientes en un colegio normal. Después empecé a trabajar en la fábrica de cristal.

—¿Tuvo novios en ese tiempo? Quiero decir, antes de casarse.

—Nunca me prestaron la misma atención que a las chicas guapas. Había chicas que no eran muy atractivas, pero sí que les prestaban atención porque eran descaradas con los chicos. Pero yo no quería ser así. Era demasiado sumisa, demasiado tímida. En cualquier caso, todo el mundo sabía que había estado en ese colegio para niños locos. Todos pensaban que era extraña.

—Pero ¿quería casarse?

—Tenía muchas ganas de casarme. Temía estar sola. Temía estar sola el resto de mi vida. Pero sabía que nadie me lo pediría. Sabía que nunca conseguiría al tipo de hombre que realmente deseaba. Había posibilidades de que no consiguiera a ningún hombre, de que no me casara nunca. Sin embargo, siempre he sido muy normal, pero también muy práctica. Así que decidí ser excepcional de otra forma.

—¿Y en qué forma decidió ser excepcional?

—Cocinando. Me propuse ser la mejor cocinera de la zona. De la ciudad, de la región. Preparaba platos de carne (sobre todo de cerdo), sopas, postres, pan y pasteles. De todo.

—¿Platos de carne? ¿Creía que era una estricta vegetariana?

—Entonces no lo era. Eso fue antes de que me diera cuenta de lo sucia y asquerosa que es la carne. En esos tiempos, mis platos de carne eran muy populares. Y, sobre todo, mis platos de cerdo. Lo cocinaba de forma que se desmenuzaba al cortarlo y se derretía en la boca. Conseguía convertir la carne cruda más dura en la mejor preparada.

»No había destacado en nada, pero sí en la cocina. A todos los hombres les gusta la carne; lo único que quieren es carne. Así que decidí que la mejor forma de conquistar a un hombre era servirle la carne más sabrosa y delicada. Lo que no deseaban en mi cuerpo, lo desearían en mi mesa.

»Al principio, cociné para mi madre y para mí, hasta que estuve segura de que lo hacía a la perfección. Mi madre me

147

decía lo maravillosa que era mi carne, lo buena cocinera que era. Después empecé a llevar comida en una fiambrera a las otras chicas de la fábrica. Entonces sí que se fijaban en mí. Se olvidaban de mi cara, pero recordaban el sabor de mis platos. Al cabo de un tiempo, me ofrecieron trabajar en la cantina de la fábrica. Incluso los jefes, que solían ir a un restaurante, venían a comer a la cantina. Y también trajeron clientes.

—¿Así conoció a su marido?

Un recuerdo la aguijoneó, a pesar de los fármacos.

—Mi madre murió en la primavera de ese año. Sin la única persona que se había preocupado por mí, me sentí totalmente sola. Tenía miedo de desaparecer, de dejar de existir sin que nadie se hubiera fijado en mí. Me asustaba mirarme al espejo y volver a verme sin cara. Pero entonces apareció Mořic. Mořic solía comprar en nuestro departamento de joyería y a veces venía a la cantina. Finalmente, me invitó a salir con él.

—¿Le pidió casarse?

—Sí. Me lo pidió por mis platos. O, al menos, en parte. Creo que quizá pensó, equivocadamente, que mi madre me había dejado algo de dinero. Su hermana debió de meterle esa idea en la cabeza. Cuando Mořic Valenta me pidió que me casara con él, le contesté que sí. A pesar de que yo tenía diecinueve años y él andaba por los cuarenta, a pesar deque era gordo, bajo y feo, acepté.

—Se casó. ¿Estaba enamorado de usted?

De nuevo, la escopolamina y el amital no consiguieron enmudecer completamente sus respuestas emocionales: rio con amargura.

—¿Enamorado? ¿Qué tiene que ver el amor con el matrimonio? ¿Qué tiene que ver el amor con nada? No lo entiende; nadie entiende lo que es estar verdaderamente solo. Todo el mundo se siente así alguna vez, pero lo que experimentan es un contagio pasajero, como un resfriado. La soledad que sentí de niña, de joven, era un cáncer.

»Mořic Valenta sabía lo que era estar solo, pasar inadvertido. Mořic y yo nos casamos para salvarnos el uno al otro de la soledad, pero lo único que conseguimos fue estar solos juntos. Mořic se convirtió en un hombre amargado, rencoroso; siempre estaba criticándome, siempre señalaba mis errores. Le gustaba cómo cocinaba, siempre quería más. Pero ¿lo dijo alguna vez? ¿Me elogió alguna vez? Nunca.

»Me ha preguntado si me amaba. Le diré lo que amaba: amaba mis sopas *kulajda* y *bramboračka*, mi *svíčková*, mi *karbanátek*. Y, sobre todo, aunque nunca me lo dijo, amaba mi *vepřo knedlo zelo*. Sí, lo que realmente deseaba era mi asado de cerdo, con bolas de masa rellenas y chucrut.

—¿No había afecto entre ustedes?

—No. Me menospreciaba en todo momento: me decía lo fea y aburrida que era. Me decía que era un ratón. Que le podría haber ido mucho mejor. «No eres Adina Mandlová ni Anny Ondra», me acusaba. Decía ese tipo de cosas porque sabía que creía que las actrices de cine eran inmortales, o quizá porque sabía que, en secreto, envidiaba su aspecto. Por supuesto, nunca tuve valor para contestarle y decirle: «Bueno, tú tampoco eres Karel Lamač».

—¿Y usted? ¿Qué sentía hacia su marido?

—No sentía nada. Era un hombre por el que era fácil no sentir nada. Pero tenía un buen negocio —comentó, como si eso equilibrara algo—. Era un viajante especializado en joyería de cristal y se ganaba bien la vida. Por eso iba a la fábrica a veces. Cristal con talla de diamante y cuentas de cristal con pequeñas flores de porcelana dentro. Collares, pendientes, pulseras. Después de casarnos, insistió en que dejara de trabajar. Vivíamos en un amplio apartamento en el centro de Mladá Boleslav y guardaba sus piezas en una caja de caudales en la despensa. En ocasiones se iba de viaje una semana y viajaba por toda la república. Tenía una moto Jawa, se ataba el muestrario a la espalda y se ponía el casco de cuero y las gafas en su gorda y pequeña cabeza. El casco le apretaba demasiado y estaba ridículo, parecía un cerdito bien cebado subido a una moto. Se iba tambaleándose por la calle y me alegraba de perderlo de vista.

—¿Disfrutaba de esos descansos?

—No eran grandes descansos. Cuando estaba de viaje, su hermana mayor, Jitka, venía y se quedaba al menos una noche. «Para vigilarme», decía. Estando con ellos, nunca me dejaban olvidarme de que había estado en «el colegio para dementes», como lo llamaban ellos. Jitka era una bruja cruel,

149

rencorosa y amargada. Era igual de gorda que Močic. Tenía la misma cara rechoncha de cerdo. Solía aprovechar cualquier ocasión para alabar a su querido hermano y degradarme a mí. Y yo, bueno, era demasiado sumisa para protestar. Pero sabía que a los dos les gustaba cómo cocinaba, por eso venía tanto Jitka. Aunque ninguno de los dos alabó ni una sola comida de las que preparaba.

—Muy bien, Hedvika. Quiero que busque un momento concreto. Quiero que nos lleve a los dos al día de su detención. ¿Recuerda cómo empezó?

—Ah, ¿ese día?

—Ese día. ¿Podemos ir a él?

Se calló un momento. A Viktor le parecía extraño que sus pacientes siempre necesitaran tiempo para localizar un recuerdo específico. No era como si estuvieran hojeando historiales mentales para encontrarlo, sino que parecía que realmente viajaban por su espacio interno y navegaban por un universo que solo ellos ocupaban.

—Empezó en la cocina —dijo finalmente—. Todos mis días comenzaban, transcurrían y acababan en la cocina. Močic estaba de viaje, pero iba a volver. Su hermana vendría a comer. Así pues, me levanté pronto para preparar las bolas de masa. Ese día me sentí extraña. No sé por qué, pero decidí que iba a preparar la mejor comida que hubiera hecho en toda mi vida: obligar a Jitka y a Močic (si llegaba a tiempo) a, finalmente, admitir que era una buena cocinera.

»Por alguna razón, la noche anterior apenas había dormido. Por la mañana, cuando me levanté pronto, me sentí extraña. —Frunció el entrecejo—. No, no era yo la que se sentía extraña, el mundo me parecía extraño. Como si la luz fuera diferente, ¿sabe? Como si todo fuera igual (el apartamento, la calle, el patio trasero a través de la ventana de la cocina), pero lo hubieran llevado todo a otro planeta, con un sol diferente que hacía sombras distintas. Era muy extraño. Y entonces entró en la cocina.

—¿Močic?

—No.

—¿Quién entró en la cocina, Hedvika?

—Un ángel. Un hombre. Era las dos cosas y ninguna de las

dos. Era lo más bonito que he visto nunca. Estaba desnudo y era perfecto. Su cuerpo, su cara…

—¿No le pareció raro que de repente apareciera un hombre desnudo en su cocina?

—No, no lo entiende. No era un hombre cualquiera. Era hermoso y era un ángel. Tenía la piel como de bronce, el pelo dorado brillante y había una aureola a su alrededor, como si el aire centelleara. Era más que un ángel hermoso, ¿no lo ve? Era el ángel más hermoso. El ángel caído.

—¿Satanás? ¿Me está diciendo que el diablo se apareció en la cocina de un apartamento de Mladá Boleslav?

—Eso es exactamente lo que estoy diciendo. Me habló, pero de sus labios no salió ningún sonido. Sus palabras aparecieron en mi mente. Me lo explicó todo. Se quedó en la habitación, pero como si no perteneciera a ella, como si lo hubieran proyectado desde otra dimensión. Su belleza era deslumbrante. Esperó a que me acostumbrara a ella para hablarme del perrito.

»Me dijo que había sido él el que le había hecho esas cosas al cachorrito. Me enseñó lo que había pasado, puso el recuerdo en mi cabeza. Había sido él quien había conseguido que me enviaran a ese colegio. Dijo que no lo sentía y que le daba igual el perdón, pero que estaba allí para compensarme.

—¿Y cómo iba a hacerlo?

—Procurándome maestría en toda comida, en el apetito de los hombres. Consiguiendo que fuera la mejor cocinera del mundo, para que todos recordaran quién era Hedvika Valentová. Me explicó todo lo que debía saber sobre comida, sin hablar, poniendo palabras e imágenes directamente en mi cabeza. Me dijo que la comida era su medio, que el diablo tenía las mejores recetas. En un instante, puso toda la historia de la cocina en mi mente. Toda su filosofía. Me hizo ver que cada comida es un regalo, un pacto y una expresión; que la carne muerta resucita, que trasciende y se convierte en la alegría transmisible más pura. Me habló de bocas y lenguas, de mentes y recuerdos.

»Después me enseñó a mejorar mi *vepřo knedlo zelo*. Me dijo cómo preparar un asado de cerdo que sería legendario, con la receta del diablo, un plato que mi marido y mi cuñada jamás olvidarían. Metió la receta en mi cabeza, y era perfecta. Absolutamente perfecta. Me costaría más prepararla porque había que cocinar el cerdo a fuego lento, a temperatura más baja y durante más tiempo. Así que empecé a preparar la carne, a seleccionar los mejores trozos y hacer la marinada de romero.

La habitación se quedó en silencio un momento, a excepción del ruido que hacían las bobinas del magnetófono K1 y la suave respiración de Hedvika.

—Trabajé toda la mañana en ese plato e imaginé cómo reaccionarían Jitka y Močic. Muy a su pesar, no serían capaces de ocultar su placer y se verían obligados a elogiarme.

Tal como habíamos acordado, Jitka vino a comer. Preguntó dónde estaba Močic y le dije que llegaría más tarde. «¿Por qué está su Jawa aquí?», preguntó. Le contesté que había decidido dejarla e ir en tren. Me di cuenta de que me miraba con recelo, pero no sabía mirarme de otro modo. «Entonces, menos mal que he venido a vigilarte», dijo.

—¿Sirvió la comida?

—Lo hice. Empecé con *jelito* casero, esa morcilla que los alemanes llaman *Grützwurst*. Lo preparé según la receta que me había dado el ángel hermoso: mezclé sangre, hígado cortado en trozos muy pequeños y harina con mejorana, comino y pimienta. El ángel me pidió que lo sirviera frío y en rodajas finas, como entrante, seguido del *vepřo knedlo zelo*.

—Y el diablo, ese ángel luminoso, ¿estuvo todo el día con usted?

—Lo estuvo; a veces, su brillo me hacía daño en los ojos. Otras, su aureola cambiaba de color, pero siempre era hermoso.

—¿Le daba miedo?

—En ocasiones cambiaba. Su luminosidad se convertía en oscuridad. Pero no se parecía a ninguna oscuridad conocida. Era una oscuridad brillante que inundaba la cocina y absorbía el color y la luz de todo. Pero eso solo duraba un instante.

»Después del entrante de *jelito*, serví el plato principal. Le aseguro que ese *vepřo knedlo zelo* fue el mejor que había preparado en toda mi vida. El asado de cerdo era perfecto. Todos los platos lo fueron. Me fijé en que Jitka pensó lo mismo, a pesar de que no dijo nada. La observé mientras comía. Era como una cerdita gorda, como su hermano. Comió con tanta avidez que la salsa le caía por la barbilla. En sus ojos, vi que era la mejor comida que había probado nunca. Me di cuenta de la alegría que le producía su sabor. Pero, como era Jitka, estaba resuelta a no decir nada, a ocultar su deleite todo lo que pudiera.

—¿Y el diablo? ¿Estaba el diablo en esa habitación mientras comían?

—Sí, claro que sí. La iluminó con su brillo. El ángel se sentó en el otro extremo de la mesa, nos miraba y se reía de Jitka. Tenía un resplandor de color bronce, rojo y dorado. Era tan hermoso y brillante que hacía daño mirarlo. Me dijo mentalmente que nos veía y que yo lo veía a él, pero que Jitka no podía hacerlo. Me dijo que se alegraba de lo que había hecho con su receta.

»Jitka se comió hasta el último bocado. Untó pan en la salsa e incluso continuó con las bolas de masa que había dejado en mi plato. Cuando acabó, continuó sin decir lo buena que estaba la comida. Seguía siendo demasiado miserable y mezquina como para admitirlo. Pero sí que me preguntó dónde había comprado el cerdo.

153

—¿Y se lo dijo?

—Sí, claro que se lo dije. ¡Cómo se rio el ángel hermoso cuando se lo dije! Su risa resonó en mi cabeza, pero Jitka no podía oírla y empezó a gritar y gritar, o más bien como chillar, demasiado asustada como para levantarse.

—¿Gritaba porque le dijo que se había comido a su hermano? ¿Que lo había asesinado, despedazado y cocinado?

—Le dije que había llegado la noche anterior y que el ángel hermoso me había indicado por la mañana que le cortara el cuello con el cuchillo de filetear mientras estaba dormido. Luego debía llevar un cuenco para recoger la sangre y hacer el *jelito*. También me explicó que tendría que cortar un trozo de intestino y limpiarlo para hacer la piel de la morcilla.

»Al tiempo que el ángel iba detallando la receta, Močic se agitaba y tenía contracciones mientras la sangre salía a borbotones y caía en el cuenco. Era buena, espesa, grasienta, perfecta para hacer *jelito*. ¡Cómo nos reímos el ángel y yo! Cuando Močic dejó de retorcerse, el ángel hermoso me explicó detalladamente cómo tenía que trocear la carne: cómo extraer los cortes más suculentos. Fue muy interesante, fascinante. Intenté contarle a Jitka algunas de las cuestiones técnicas más importantes, pero no me escuchó. Solo gritaba y gritaba.

»Los vecinos debieron de oírla chillar y llamaron a la puerta, pero no hice caso. Seguramente, fueron ellos los que llamaron a la policía. Mientras tanto, el ángel hermoso me cantaba. Eran unas canciones muy bonitas. Cuando llegó la policía, encontraron lo que quedaba de Močic en la bañera.

—¿Y Jitka?

—Cuando la policía me encontró en la cocina, tenía la cabeza de Jitka en una cazuela y la hervía a fuego lento con sal, pimienta, mejorana y perejil. Ya sabe, para hacer caldo.

Viktor no dijo nada. La habitación volvió a vaciarse de todo ruido, excepto por el suave zumbido de la grabadora y la acompasada respiración de la paciente, que seguía sedada. Tenía la mano sobre el historial clínico, que incluía fotografías del escenario del crimen y declaraciones de la policía. También había testimonios de vecinos desconcertados y de otras personas que aseguraban que Močic Valenta era un marido amable, cariñoso y preocupado por su esposa, tan frágil emocionalmente, y por su hermana Jitka, que sentía devoción por su cuñada, por la alegría que procuraba a su hermano.

—¿Ha vuelto a ver al diablo? —preguntó Viktor.

—Sí, muchas veces. De hecho, está aquí en este momento, en esta habitación. El ángel hermoso está en esta habitación, en toda su gloria.

Viktor sintió un escalofrío; quizá conseguiría establecer contacto directo con lo que había estado buscando: la naturaleza diabólica del inconsciente de Hedvika.

—¿Puedo hablar con él?

—No —respondió Hedvika frunciendo el entrecejo—. No puede. No se pondrá en contacto con usted.

—¿Dónde está?

—¿No lo sabe? —preguntó Hedvika—. ¿No lo nota? Está detrás de usted. Tiene al diablo a su espalda…

11

La temperatura había descendido y el calor de la comida y los comensales empañaba los gruesos cristales de la ventana que quedaba junto a la mesa. Todo en ese lugar era espeso, denso o robusto. Era un lugar de cristal rugoso y madera oscura, de piedras sólidas y asentadas tradiciones. De una forma u otra, seguramente había sido una posada desde hacía dos siglos.

No había sido fácil encontrar un establecimiento en Praga que satisficiera sus necesidades. En una ciudad y un país en el que el cerdo era el alimento más habitual, encontrar un restaurante que ofreciera de todo en su carta había sido todo un desafío. Probablemente habría sido más acertado comer en casa y prepararse la comida, pero no tenía ni tiempo ni ganas de pasar cocinando lentejas los pocos ratos de los que disponía.

Hacía unos años que lo había encontrado y le conocían. Se había convertido en el lugar en el que comer algo y tomarse una copa. Todo sargento de guardia en cualquier comisaría de policía de la ciudad sabía que, si quería encontrar al capitán Lukáš Smolák cuando no estaba en su comisaría o en casa, su primer puerto de escala debía ser el café U Hipodromu.

Por qué se llamaba así escapaba a su conocimiento, interés o curiosidad. No podía imaginar que en aquel compacto barrio del casco antiguo de Praga pudiera haber existido algún tipo de hipódromo o estadio. Quizás era un nombre reciente y una afición de los dueños, que habían pintado un caballo azul en el cartel de encima de la puerta. Pero, por otro lado, quizás el nombre era más antiguo que la posada que había precedido al café, anterior incluso al casco histórico, y había ido pasando de mano en mano desde los remotos tiempos del primer asentamiento.

«Es lo que pasa en este país —pensó Smolák mientras hurgaba distraídamente en un guiso de verduras—, lo antiguo y el pasado están siempre ahí, por mucho que intentemos apresar lo nuevo y el futuro.»

Estaba sentado, con el plato delante, rodeado por gruesas y antiguas paredes que lo separaban de la ciudad que había detrás de ellas. Smolák estaba cansado y deprimido. Desde el suicidio de Bihari en la comisaría, había dormido poco. Además, cuando lo había hecho, el pequeño gitano le había acechado en sueños. Todo el mundo, excepto él y quizás el doctor Bartoš, parecía convencido de que las últimas palabras de Bihari equivalían a una confesión: que el diablo que no podía sacar de su cabeza era la parte de Bihari que había matado y mutilado a aquellas mujeres.

Todos estaban de acuerdo: el gitano había matado al diablo y a Delantal cuando se había suicidado.

Sin embargo, Smolák no estaba del todo convencido. Mientras estaba sentado a su mesa habitual junto a la ventana de cristal rugoso y empañado mirando al fantasma del casco antiguo de Praga, se preguntaba si su falta de acción e indecisión estarían dejando a la ciudad en manos del verdadero Delantal. Entre las espesas paredes de aquel café se sintió culpable de que un monstruo, un demonio con forma humana, pudiera estar recorriendo las calles y tomándose el tiempo necesario para seleccionar a su próxima víctima.

Antes de salir de la oficina, la breve conversación telefónica con el matasanos jefe del sanatorio psiquiátrico Hrad Orlů no había mitigado su irritación. El profesor Románek, que al principio le había parecido razonable y cordial, se había mostrado renuente ante la idea de que fuera a ver al paciente Michal Macháček, al que aquella mujer tan atractiva, Anna Petrášová, había descrito como el principal experto en cristal de Bohemia.

Rápidamente, Smolák se dio cuenta de que la reticencia de Románek podía provenir de la sospecha de que el capitán de policía quizá quisiera interrogar a Macháček por crímenes de los que podría ser sospechoso. Le había asegurado a Románek que estaba interesado en Macháček por ser un experto en cristal y no por ninguna tortura o asesinato. Habían acordado que podría ir de visita al cabo de cuatro días. Según Románek, ese retraso se debía a que para que el policía consiguiera extraer algo inteligible de Macháček era necesario que ese paciente, con propensión a alterarse, se hiciera a la idea de que iba a recibir una visita. A lo que había que añadir que, en ese momento, uno de sus colegas, el doctor Viktor Kosárek, estaba a punto de someterlo a un tratamiento revolucionario, había dicho algo sobre una terapia profunda inducida por fármacos que podía dejarlo desorientado durante un par de días. A pesar de su insistencia en que era un asunto urgente, Románek se había mostrado afable, pero educadamente obstinado.

No le había dicho nada sobre su otro motivo para ir al sanatorio: obtener un diagnóstico psiquiátrico póstumo de Tobar Bihari. Quizá sus expertos podrían expresar su opinión sobre si aquel hombre se había debatido contra sus demonios personales o si realmente había vivido atemorizado por alguien. El doctor Bartoš tenía razón: debería haberles pedido ayuda antes.

Probó el guiso. Estaba bueno, aunque quizá demasiado condimentado. Tenía la impresión de que Marta, la jefa de cocina y madre del dueño del U Hipodromu, creía que debía compensar la falta de carne en su dieta con una buena dosis de especias, sal y pimienta. Afuera ya había oscurecido. Cuando limpió con la manga el vaho del cristal, lo único que vio fue su propio reflejo y el interior del café.

Nunca se sentía del todo cómodo con su imagen. Era un hombre bastante apuesto, ligeramente corpulento, con rasgos marcados y una cara franca y honrada. Pero siempre había pensado que había algo engañoso en su aspecto, quizá por la ordinaria y previsible sencillez, hasta monótona, de su apariencia. Pero algo sí sabía de sí mismo: no era sencillo ni ordinario.

Sin embargo, aquello le había venido bien: muchos sospechosos se habían delatado al infravalorar la inteligencia que había detrás del agradable aspecto del detective.

La imagen de Anna Petrášová, la rica y hermosa mujer de negocios, se coló de repente en sus pensamientos. Su cara había aparecido en su mente varias veces desde que la había conocido. Mientras comía y bebía cerveza, se preguntó distraídamente qué había visto al mirarle. ¿Había visto su refinamiento y sofisticación reflejados en su tosquedad y sencillez? ¿Había visto la cara agradable pero sumamente fácil de olvidar de un policía algo lerdo?

Intentó librarse de la imagen, pero seguía presente. No volvería a verla, lo sabía. E incluso si lo hacía, incluso si reunía el suficiente valor para volver a la tienda y preguntarle si querría tomar una copa o ir a cenar, al cine o a ver un espectáculo, ¿se reiría de él? ¿De su vulgaridad? Empezó a enfadarse con ese encuentro imaginado. No se produciría nunca. No volvería a ver a Anna Petrášová, esa mujer tan hermosa.

Fue muy extraño. Sin levantar la mirada del guiso, en cuanto oyó cerrarse la pesada puerta de roble de la calle y los urgentes pasos en los escalones de piedra y a través del arco abovedado del café, supo que venían a buscarlo. Que le traían malas noticias.

Cuando levantó la vista, vio a Mirek Novotný, uno de los detectives de servicio, acompañado por dos policías uniformados.

12

*P*ara ser alguien que trabajaba todos los días con los caprichos de la mente, Viktor Kosárek siempre se sorprendía de cómo desconocía la suya. Tenía pensado comprar un coche para hacer más fácilmente los viajes a Praga, pero había estado demasiado ocupado adaptándose a su nuevo trabajo como para encargarse de ello. Así que había vuelto a la ciudad en tren. No se le había ocurrido que entrar en el vestíbulo de la estación Masaryk le traería el angustioso recuerdo de un esquizofrénico desesperado peleando con demonios imaginarios. Un alma en pena a cuya gran tristeza le había puesto fin la bala de un policía y no la curación de un médico.

Más que evocar la amenaza a su seguridad, la estación, despojada ya de todo rastro de aquel suceso, le ratificó que había sido el escenario de un gran fracaso profesional. La normalidad del vestíbulo no ayudó a aliviar aquel sentimiento. Cuando salió, pasó fortuitamente junto al mozo adolescente con uniforme y quepis demasiado grandes para él, que le lanzó una sombría mirada al reconocerlo.

Quizá no había pensado en ello durante el viaje, porque había salido decidido a llevar a cabo una misión. Sus pensamientos, ciegos al paisaje que se veía al otro lado de la ventanilla, se habían concentrado en localizar a su amigo Filip Starosta, o en darle vueltas al espantoso estado en que podía encontrarlo. Había intentado llamarlo por teléfono varias veces, sin éxito. Sabedor de que su amigo sufría depresiones graves y profundas, así como crisis maníacas terribles e incontroladas, su intranquilidad estaba a punto de convertirse en alarma: en miedo a que su amigo se hubiera dado miedo a sí mismo.

ϒ

Tomó un taxi y fue directamente de la estación al apartamento de Filip, en el último piso de lo que fue en tiempos una
vivienda modernista, en el extremo oriental del casco antiguo.
Sabía que hacía años que el elegante ascensor de hierro forjado
y cristal *art déco* no funcionaba bien. Fue a las escaleras para
acometer los cinco pisos. Mientras subía, el sonido de sus pasos
sobre la piedra resonó en el hueco de la escalera. Le alivió oír
una cerradura que se abría en lo alto: su cercanía parecía haber
alertado a Filip, cuyo apartamento era el único destino de todo
aquel que se atrevía con el último tramo de escalones.

Sin embargo, cuando llegó al rellano, se sorprendió al ver a
una joven de pelo negro en el umbral de la puerta. Al tiempo,
el cortante lloro de un bebé apuñalaba sus oídos desde el profundo interior del apartamento y retumbaba insistentemente
en el rellano.

Se quitó el sombrero, se presentó y le explicó que estaba
buscando a Filip Starosta.

—Ah, el último inquilino —dijo la mujer distraídamente,
alterada por los urgentes gemidos de su oculto hijo—. Espere
un momento. —Desapareció y lo dejó en la puerta. Cuando
volvió, llevaba al niño, callado, en el brazo izquierdo—. No
llegué a conocerlo, se llevó sus cosas semanas antes de que nos
mudáramos, pero encontré esto —dijo ofreciéndole un trozo
de papel—. Imaginé que sería su nueva dirección, ya sabe,
para el correo y esas cosas. Es lo único que dejó. Quizá lo encuentre allí.

Viktor observó el trozo de papel, confuso por un momento.
Después, tras memorizar la dirección, le entregó el papel a la
mujer para que lo guardara.

—Puede quedárselo. No ha llegado nada para él. Y usted es
la única persona que ha venido a verle desde que llegamos. No
creo que nadie más pregunte por él.

—¿Por qué? —preguntó aturdido—. ¿Cuándo se instaló
aquí?

—Hace dos meses, casi tres.

—¿Dos meses? —preguntó.

Después le desconcertó caer en la cuenta de que su amigo

no le había invitado a ir a su apartamento desde hacía tres o cuatro meses; se habían visto en la ciudad. ¿Por qué había sido tan reservado acerca de su mudanza?

Frunció el entrecejo mientras pensaba. Luego recordó algo.

—Pero tengo un número de teléfono —protestó—. De este apartamento...

—Aquí no hay teléfono.

Aquella joven tenía una cara amplia de eslava del este y cierto acento. «Quizá ruteno», pensó Viktor. En ese momento, tanto la cara como la voz parecían teñidos por algo más: una creciente sospecha hacia el desconocido de la puerta. La mujer miró detrás de él, hacia la escalera, y después a su espalda, hacia el apartamento.

Le molestó la desconfianza que había provocado su presencia, pero después se dio cuenta de que, desde que habían comenzado los asesinatos de Delantal, los periódicos de Praga habían publicado advertencias sobre los desconocidos. Sonrió, se disculpó por haberla molestado, le dio las gracias por su ayuda y volvió a bajar a la calle.

161

Era imposible describirlo como una mejora de estatus. La dirección que le había proporcionado la mujer estaba en un oscuro patio de adoquines partidos en Vršovice, al sureste del casco antiguo. No era una parte recomendable de la ciudad. El esplendor de algunos edificios se había desvanecido, empañado por su proximidad a talleres mecánicos y fábricas.

Todos los apartamentos en los edificios *art nouveau* oscurecidos por el humo y el hollín que rodeaban ese patio parecían ocupados, pero, sin embargo, se percibía un débil indicio de desuso: la posibilidad de un abandono inminente. En uno de los rincones había una motocicleta y un coche, viejos y oxidados, que daban la impresión de que hacía tiempo que la movilidad estaba fuera de su alcance.

No vio a nadie a quien preguntar y pasó una eternidad intentando encontrar el número que había anotado en el trozo de papel. Estaba a punto de llamar a una puerta y pedir ayuda cuando vio un pasaje entre las viviendas; una placa sucia y esmaltada en la pared indicaba que los números 71 y 73 estaban en él. El pasaje era largo y oscuro. La puerta lateral de uno de los apartamentos despedía olor a col hervida. Le sorprendió que el pasaje acabara en otra especie de patio. El número 73 no era un apartamento, sino, al igual que el de al lado, una cochera que se había convertido en vivienda por poco dinero y con poca pericia.

Un hombre mayor, con los codos apoyados en el alféizar de una ventana del segundo piso, fumaba en pipa y observó cómo cruzaba el patio.

Cuando abrió la puerta, la cara de Filip mostró extrañeza al ver a su amigo allí, quizás una extrañeza poco grata, pensó Viktor. Imaginó que su propia expresión sería también de sorpresa: Filip Starosta estaba delgado, pálido y demacrado, tenía el pelo rubio alborotado y llevaba una camisa que necesitaba un buen lavado, sin corbata. Al parecer, hacía días que no se afeitaba. El traje estaba arrugado y deforme. Filip siempre había vestido con elegancia; no de forma llamativa, pero sí con estilo. A Viktor le preocupó su deterioro tanto en el vestir como en su persona.

—¡Dios mío! ¿Qué te ha pasado? —exclamó Viktor.

—¿Qué me ha pasado? —preguntó Filip con cara de sorpresa. Sus ojos azules parecían menos brillantes de lo que su amigo recordaba—. No me ha pasado nada. Nunca me pasa nada.

—¿Puedo entrar?

Filip permaneció un momento con la mirada perdida.

—Sí, claro —dijo, al tiempo que se apartaba para que su amigo pasara.

La cochera se había transformado en una amplia habitación, con la cocina en un extremo y la sala de estar en el otro. Unas escaleras conducían a un altillo en el que se veía una cama. En la sala principal había dos puertas, pero ambas estaban cerradas. Viktor se tranquilizó al comprobar que, a pesar del desorden, el apartamento estaba limpio y mostraba detalles propios de Filip. Había libros por todas partes: cajas de volúmenes amontonadas ocultaban las paredes, la mesa de comedor estaba llena de ellas. Filip tuvo que retirar un montón del sillón de cuero que había en una esquina para que Viktor pudiera sentarse.

—¿Qué te ha pasado? —volvió a preguntar Viktor—. Y no me digas que no te ha pasado nada. Evidentemente, algo no va bien. ¿Por qué no me dijiste que te habías cambiado de casa? He estado muy preocupado.

Filip se encogió de hombros.

—No hay nada de lo que preocuparse. Perdí el trabajo en la universidad, eso es todo. Ya sabes que soy un bocazas, que soy muy terco. He tenido que acomodarme a mis nuevas circunstancias —aclaró haciendo un gesto a su alrededor—. Imagino que no quería decirte nada hasta haber solucionado algo en cuestión de trabajo. Supongo que me daba un poco de vergüenza —confesó antes de sentarse en el raído sofá de cuero que había frente a él.

—Vaya, Filip. Lo siento mucho. ¿Qué vas a hacer?

—Estoy en ello. Sigo escribiendo. He acabado dos obras de teatro y se las he enviado a František Langer, al Teatro Nacional. Todavía no me ha contestado, pero tengo esperanzas. Son las primeras obras de un ciclo de funciones surrealistas sobre antiguos dioses eslavos que viven en el mundo moderno, aquí, en Praga. Si el Teatro Nacional produce obras espantosas sobre hombres mecánicos, las mías no tendrán ningún problema. —En aquellas palabras había indicios de su antiguo entusiasmo, paradójicamente unido a su obvia apatía—. Y eso no es todo. Estoy escribiendo un libro.

—¿Un libro? ¿Qué clase de libro?

Un nuevo fuego pareció avivarse en los ojos de Filip.

—Un gran libro. Un libro importante. La historia sobre los mitos y leyendas bohemios más detallada hasta la fecha. El panteón eslavo al completo y todos los cuentos populares entretejidos en nuestra consciencia. Ya verás, Viktor, llamarán la atención. Daré que hablar.

—¿Y de qué vas a vivir mientras tanto? ¿Cómo vas a pagar esto? —En esa ocasión, fue Viktor el que hizo un gesto a su alrededor.

—De mi asignación —contestó Filip—. Es la ventaja de tener un padre rico que no tiene tiempo para ocuparse de ti e intenta compensar la falta de contacto con dinero. No es mucho, pero sí lo suficiente para ir tirando hasta entonces.

—Filip, he de hacerte una pregunta: ¿has estado tomando algún tipo de narcótico? Si padeces alguna enfermedad, solo la empeorará.

Filip resopló.

—¿Tengo aspecto de drogadicto, amigo mío? Creía que me conocías mejor. —Después, con rotundidad, como para burlarse de Viktor, añadió—: No, no estoy tomando narcóticos. Mi buena disposición depende de mí, y solo de mí.

Se sentaron y hablaron. De vez en cuando, Filip se quedaba callado y se mostraba sombrío y huraño. Viktor tenía que animarle a seguir la conversación. Se sintió aliviado al comprobar que su amigo estaba vivo y relativamente bien, pero le preocupó tener que utilizar sus conocimientos profesionales para sacarlo de sí mismo. En otras ocasiones, Filip se mostraba excesivamente animado y locuaz, e iba de un lado al otro de la habitación haciendo gestos mientras enumeraba sus aspiraciones. Daba la impresión de que hablar de lo que escribía, los mitos y las leyendas bohemios, era lo que más le estimulaba. Pero esa vitalidad también intranquilizó a Viktor, pues vio que podría ser la semilla de una monomanía. Aunque eso tampoco era lo único que le preocupaba: recordó la conversación con Románek sobre la relación del inconsciente y los mitos y las leyendas, y pensó que, al escribir una obra exiguamente grandiosa sobre la mitología eslava occidental, quizás estaba explorando la mitología de su interior y acosando a sus propios demonios.

—Creía que mi trabajo te interesaría. Las antiguas creencias bohemias tienen tres pilares —dijo Filip, repentinamente animado de nuevo—. El primero es el dualismo: todo pertenece a la luz o a las sombras. Svarog el Brillante reinaba sobre la luz, mientras que Chernobog el Oscuro y Morana, diosa de la noche, el invierno y la muerte, sobre las sombras. El segundo es el reino de los espíritus elementales: los dioses y los demonios que proceden de las fuerzas de la naturaleza. El tercero es el culto a la muerte, que habita en el otro mundo, gobernado por Veles, y al que se accede a través de cuevas. —Meneó la cabeza, asombrado—. ¿No tiene sentido para ti, Viktor? Es decir, para un junguiano como tú. ¿No es lo mismo que en lo que crees tú?

—Hay similitudes —admitió Viktor, que volvió a preocuparse al ver el mismo fuego en los ojos de Filip—. Creemos que la razón por la que los dioses y los demonios tienen la misma forma en diferentes culturas es porque provienen de arquetipos compartidos. En cualquier caso, parece que has encontrado un tema que te apasiona.

—Ciertamente, así es.

Al cabo de un rato, Filip fue a la cocina y volvió con dos copas y una botella de Becherovka. Viktor se fijó en que las copas eran muy finas: unas tiras de cristal iridiscente de color violeta, verde y azul se retorcían por el pie hacia el cuerpo en forma de campana, de cristal esmerilado.

—Son nuevas —comentó Viktor dando vueltas al pie de la suya entre los dedos—. No las había visto antes.

Filip se encogió de hombros.

—Son un regalo, de una admiradora que entiende de esas cosas.

Llenó las copas y se sentó frente a Viktor. Hablaron y bebieron. Conforme lo hacían, Viktor se fijó en que su amigo apuró dos copas mientras él tomaba solo una.

Después, obviamente animado por el licor, Filip le preguntó a Viktor por su vida y su nuevo trabajo. Este contestó en términos generales, sin mencionar a ningún paciente en particular. Entonces se acordó de la nota del pórtico de la capilla del bosque. Describió aquella iglesia, al igual que lo recientes que eran las tallas que había en esa madera antigua.

—Creo que es escritura glagolítica. Quizás antiguo eslavo eclesiástico.

—Déjame verlo —pidió Filip alargando la mano.

Cuando Viktor le entregó la nota, Filip empezó a transcribir las palabras en un cuaderno. No tuvo que consultar ningún libro de referencia, a pesar de estar rodeado de ellos.

—Es muy interesante… —dijo mientras arrancaba la hoja con su traducción y se la entregaba a su amigo junto con el original.

Viktor la leyó y, sin saber por qué, sintió un frío muy profundo en su interior.

> Aquí estoy y aquí permanezco,
> porque el mal reside aquí.
> Aquí estoy y aquí permanezco,
> porque el diablo se oculta aquí.

$\mathcal{A}$ veces las casas reflejan a sus habitantes. Y ese era el caso. Mientras Smolák esperaba en el elegante vestíbulo (reprimiendo los sentimientos que le producía la idea de volver a ver a Anna Petrášová, de su inminente e ineludible presencia), notó a su alrededor detalles de su fría elegancia. Deseaba que aquel momento durara, apreciar su delicadeza, sentir su invisible personalidad antes de tener que enfrentarse a ella.

La casa era como la había imaginado, excepto que había pensado que estaría más cerca del negocio que regentaba en el centro. Sin embargo, Anna Petrášová vivía en una amplia villa que daba a una plaza con jardín en Bubeneč, al otro lado del Moldava, en el norte de la ciudad.

Gran parte del ambiente en el que vivía le recordó al de la tienda en la que trabajaba: reminiscencias de Petráš Sklo, bisutería de cristal. Las columnas y el suelo eran del mismo mármol y ónice; las paredes mostraban la misma decoración fría; brillante, sencilla, para no desviar la atención de la geometría y colores de los cuadros modernistas y suprematistas que colgaban en ellas.

Y, por supuesto, había cristal: radiantes espirales e intensos colores violeta, verde y azul en jarrones de cuello estrecho y en las bocas abiertas de bandejas y cuencos. En el vestíbulo estaba lo que creyó que era la pieza más bonita de creación en cristal que había visto nunca: un jarrón de metro y medio de cristal de uranio. Parecía amenazadoramente orgánico, con flautas similares a zarcillos que se elevaban desde la base bulbosa y se arremolinaban alrededor del esbelto cuello, antes de fundirse en él y de que se abriera para formar una boca abstractamente parecida a una humana. La talla del cristal impresionaba, pero lo que más llamó la atención del policía fueron sus iridiscentes colores: tonos de pavo real que parecían titilar y resplandecer.

Estar allí, que le hubieran citado en aquel lugar, le parecía irreal. Y en aquellos tiempos se necesitaba mucho para que algo le pareciera irreal al capitán Lukáš Smolák. Los policías, en especial los detectives de homicidios, ven aspectos de la vida que pasan inadvertidos a otras personas. Estaba acostumbrado a lidiar con situaciones que podrían parecer surrealistas, extrañas. Aunque, en una profesión en la que las coincidencias se consideran sospechosas, también había visto incontables casos de casualidades inexplicables.

Sin embargo, mientras estaba en el vestíbulo de Anna Petrášová, acobardado de tener que verla cara a cara y mirando maravillado el remolino inmóvil de un jarrón de cristal iridiscente, el suelo que había a sus pies no parecía nada seguro.

Esa coincidencia era demasiado grande, incluso para él.

—¿Capitán? —le llamó Mirek Novotný, su joven y ambicioso subordinado, que le había recogido en el café U Hipodromu y estaba a su lado en el frío y silencioso vestíbulo de mármol.

—¿Dónde? —preguntó Smolák.

—En el dormitorio —contestó Novotný indicando la escalera con una mano.

Smolák subió primero la curvada escalera hasta el rellano. Las voces que oyó le indicaron a cuál de los tres dormitorios tenía que dirigirse. Al entrar descubrió que las voces pertenecían al médico forense, Bartoš, y a un suboficial uniformado.

Y allí estaba. Anna Petrášová.

Tumbada en la cama mirándolo a través de sus pesados párpados. Deseó estar abajo, en el vestíbulo, admirando el jarrón: un lugar en el que reinaba la calma, la elegancia, el gusto. Con lo que se enfrentó en esa habitación fue caos, horror y angustia. Y una cara que conocía.

El mayor horror era la cara de Anna Petrášová. Estaba perfecta. Intacta. Hermosa. El maquillaje seguía cuidadosamente aplicado, sin defectos, tal como lo había visto por última vez; el pelo, peinado y recogido detrás de sus facciones perfectamente proporcionadas. Sus labios carmesíes estaban algo abiertos y dejaban entrever sus dientes, blancos e impecables. La cara estaba inmaculada, intacta e ilesa; sin manchas de sangre.

Sin embargo, todo lo demás, todo por debajo del cuello, era carne desgarrada, sangre y hueso.

Se había preparado para aquello durante el viaje, sabiendo lo que le esperaba. Había remoloneado en el vestíbulo, endureciéndose para la conmoción, pero, aun así, le impresionó. Se le revolvió el estómago, notó el insistente pulso en las sienes, vio girar la imagen y sintió un ligero temblor.

Václav Bartoš estudiaba lo que había quedado de la víctima. Se dio la vuelta e hizo un gesto con la cabeza en dirección a Smolák.

—Después de todo, nuestro pequeño gitano era inocente —dijo.

—O trabajaba con un compañero que ha decidido seguir solo —apuntó Smolák.

—Se llama Anna Petrášová —intervino Novotný—. Es propietaria de una lujosa tienda de cristal en Nové Město.

—Lo sé —dijo Smolák.

—¿Lo sabía?

—Sé cómo se llama y dónde trabaja. La conozco.

—¿Conoce a la víctima?

—Eso he dicho. Hablé con ella en su tienda hace dos días.

—¿Hace dos días?

Smolák se volvió hacia Novotný con una sombría expresión en la cara.

—Sí, hace dos días. ¿Tengo que repetir todo lo que digo?

Novotný negó con la cabeza y frunció los labios.

—No, no, capitán. Es solo que, bueno, que es una...

—¿Coincidencia?

—Sí. ¿De qué habló con ella? —preguntó Novotný.

Smolák miró fijamente a los ojos del joven. Si este se sintió incómodo ante la atenta mirada de su superior, no lo exteriorizó. Solo estaba haciendo su trabajo. Excepto que lo estaba haciendo con Smolák: comprobando cuál era la conexión de su jefe con la víctima; qué relación tenían cuando la había visto viva por última vez.

—La bolita de cristal —explicó Smolák—. La que encontré en el último escenario del crimen. Se la enseñé para que me diera su opinión. No pudo ayudarme, pero me sugirió que hablara con un experto llamado Michal Macháček. Por desgracia, está internado en Hrad Orlů, aunque he solicitado mantener una entrevista con él.

El doctor Bartoš, que estaba inclinado sobre el cadáver de la mujer, completamente masacrado, se volvió a medias y habló por encima del hombro.

—¿Va a ir a Hrad Orlů?

—Iba a ir. O, al menos, iré. Este nuevo asesinato me obligará a posponer la visita unos días.

Václav Bartoš asintió y dio la impresión de que un pensamiento desaparecía de su mente, antes de volverse hacia su trabajo. Smolák conocía la existencia del hermano del médico forense, de un escándalo que, aunque no había tenido nada que ver directamente con Bartoš, casi había arruinado su carrera. Un escándalo por el que el hermano del doctor Bartoš, un eminente científico, había pasado a formar parte de los Seis Diabólicos y por el que se le había internado en ese remoto sanatorio.

—Esto lo cambia todo —dijo Novotný—. Delantal ha matado a alguien relacionado con la investigación de sus asesinatos.

—Solo relacionada de forma tangencial. Y, tal como ha comentado, seguramente es una coincidencia. Aunque una coincidencia tremenda.

—¿Fue a verla para preguntarle por la cuenta de cristal que encontró en Prager Kleinseite?

Smolák asintió. Seguía observando la cara de Novotný; casi podría haber jurado que su subordinado se había detenido en la palabra «encontró». Sí, la había encontrado él, después de que se les hubiera pasado por alto al resto de los oficiales que habían inspeccionado el escenario del crimen antes que él. Otra coincidencia.

Sabía que Novotný no lo consideraría sospechoso, pero también sabía que aquel joven oficial era tremendamente ambicioso. A pesar de su juventud, mostraba una dureza calculada. Crueldad incluso. Novotný era consciente de que la sospecha era una mancha que podía ensombrecer la carrera de una persona y acelerar la de otra. Eran tiempos inciertos en los que

169

el futuro cambiaba de forma constante; ese tipo de situaciones solían fomentar el frío oportunismo entre los ambiciosos y los jóvenes.

Algo estaba claro: Smolák tenía que calmarse. No podía hacer nada que le insinuara al oficial que ese escenario del crimen le afectaba excesiva o especialmente, que la víctima le había atraído sobremanera; que había pensado en ella desde que la había conocido. Incluso se convenció de que se le había acelerado el corazón no por su relación con ella, sino por la sangre. Por tantísima sangre.

Por muy a menudo que uno se hubiera enfrentado a algo así como policía, por mucha experiencia que se tuviera, la sangre inspiraba una respuesta visceral e instintiva. Las sábanas de color gris pálido estaban empapadas en negro y pegajosas. Las paredes del dormitorio, pintadas de blanco para que destacaran las obras de arte que había colgadas, en ese momento resaltaban la pericia de su asesino: grandes salpicaduras de sangre se curvaban en ellas. Y había algo más que contrastaba en ese prístino color blanco. Unas manos manchadas de sangre habían escrito una palabra en alemán en la pared de la cabecera de la cama: *FOTZE*.

—¿Cree que es alemán o que quiere que pensemos que es alemán? —preguntó Novotný.

Smolák negó con la cabeza. Recordó que, durante los interrogatorios, Bihari había asegurado que Beng, el demonio que según el ladronzuelo le había obligado a ser testigo de su carnicería, había utilizado esa palabrota alemana para describir a Maria Lehmann.

—¿Sabe lo que significa esa palabra? —preguntó a Novotný.

—Por supuesto, significa «puta». Es una difamación sexual contra la víctima.

—Es más que eso. Lo ha escrito en alemán. Está diciendo que era una puta alemana. Hasta ahora, todas las víctimas tenían sangre bohemia alemana en parte o completamente. Excepto que en esta ocasión se ha equivocado. Petrášová no es un apellido alemán. A menos que estuviera casada —dijo volviéndose inquisitivamente hacia el suboficial uniformado.

—No que yo sepa, capitán. Según los vecinos, vivía sola.

He ordenado a algunos hombres que los interroguen para ver qué información nos proporcionan.

—¿Sabe alguien si recibía visitas? ¿Algún hombre? —preguntó Novotný mirando a Smolák.

—De momento, nadie. Al parecer, era una persona muy reservada.

—¿Qué ha encontrado, doctor? —preguntó Smolák a Bartoš.

—La han eviscerado completamente. Eso lo puede ver usted mismo. En esta ocasión, se ha llevado partes del cuerpo. Y eso reafirma lo que dije en su día sobre un homenaje a Jack el Destripador: le han arrancado la vagina y el útero, como en los asesinatos de Londres.

—Así que de verdad está imitando a ese asesino inglés... —dijo Smolák, tanto para sí mismo como para los demás.

En ese momento, entró un policía joven y uniformado con unos papeles en la mano y habló con el suboficial, que a su vez se acercó a Smolák.

—Hemos hablado con los vecinos y hemos encontrado sus documentos en un escritorio en el piso de abajo.

El suboficial le entregó un carné de identidad. Smolák lo examinó.

—¡Maldita sea! —exclamó dándoselo a Novotný—. Ese carné dice que es checa-alemana de Silesia. Su nombre de soltera era Anna Dietrich.

—Según lo que han averiguado mis hombres entre los vecinos —informó el suboficial—, se casó y pasó a formar parte de la familia Petráš, pero era viuda. Su marido murió hace cuatro o cinco años y le dejó el negocio.

—Así que nuestro asesino tiene un plan. —Novotný miró a Smolák—. ¿No sabía que era checa-alemana?

Smolák intentó fulminarlo con la mirada.

—Si lo hubiera sabido, lo habría dicho desde el principio, subinspector Novotný. Solo la vi una vez y durante menos de veinte minutos, para tratar asuntos que no eran personales.

—Por supuesto, capitán, disculpe —se excusó Novotný, aunque había conseguido lo que se proponía: Smolák se fijó en la cara de sorpresa que habían puesto el policía joven uniformado y el suboficial. Había creado un rumor.

171

—Hay algo más —intervino el suboficial—. Algo que tiene que ver, afuera.

El policía guio al suboficial, a Smolák, a Novotný y al doctor Bartoš por la puerta de entrada hacia el lateral de la villa y alumbró la pared encalada con una linterna.

—Debió de hacerlo cuando se iba —conjeturó el joven—. Creo que es sangre de la víctima.

—¡Maldita sea! ¡Lo que nos faltaba, otra declaración política! —exclamó Smolák.

—No es política —dijo Bartoš—. O, al menos, eso creo. Forma parte del homenaje del asesino. Pintaron un mensaje prácticamente igual en una pared cerca de uno de los escenarios del crimen de Jack el Destripador en Londres. Lo que pasa es que, aquí y ahora, tiene una interpretación política más grave.

Smolák suspiró y volvió a leer aquella frase escrita con sangre. Como la palabrota de la pared del dormitorio, estaba en alemán: «*Die Juden müssen getadelt werden*».

Hay que culpar a los judíos.

TERCERA PARTE

El coleccionista de cristal y el leñador

1

*D*espués del licor, Viktor no quiso tomar nada más, pues sabía que esa parte de la ciudad no era segura. De hecho, recordó consternado que habían encontrado a dos víctimas del asesino llamado Delantal a pocas calles del actual domicilio de su amigo.

Sin embargo, también se dio cuenta de que la actitud de Filip se había relajado: estaba más tranquilo, gracias en parte a todo el alcohol que había ingerido. La energía nerviosa que parecía estimularlo unas veces y enervarlo otras se había mitigado. Viktor quería que siguiera relajado para poder entender mejor su estado mental. Así pues, cuando Filip propuso ir a una taberna, accedió.

Viktor pensó con ironía que, en cierta forma, estaba aplicando en su amigo la misma metodología que utilizaba en sus sesiones de narcoanálisis. En ese caso, lo que estaba permitiendo calmar a la persona para poder llegar a sus pensamientos más íntimos era la cerveza y Becherovka, en lugar de escopolamina y amital sódico.

Cuando salieron del apartamento, ya había oscurecido. Viktor reconoció el abrigo largo y oscuro que se puso Filip. Cuando lo había comprado, era elegante y caro, y le quedaba a la perfección; sin embargo, en ese momento, parecía demasiado holgado, andrajoso y dado de sí, por pura negligencia. El sombrero que se puso también parecía ajado y se lo caló hasta los ojos, como si quisiera ocultárselos a su amigo y al mundo en general.

Salieron por la puerta trasera a un patio pequeño y oscuro que Filip compartía con su vecino. La vieja cerradura emitió un débil chasquido al cerrarla. En vez de meterse la llave en el bolsillo, Filip se agachó, levantó una de las losas junto a la puerta y la puso debajo.

—Lo pierdo todo —dijo a modo de explicación—. En especial si he tomado un par de copas.

Una débil muselina de niebla en forma de fina lluvia parecía flotar húmeda y fría en el aire nocturno. Viktor se alegró de que la taberna estuviera solamente a tres manzanas. Vršovice era un arracimado laberinto, poblado de tiendas, fábricas y almacenes, con calles largas y estrechas de edificios en tiempos elegantes, atravesadas por profundos callejones con altos muros.

Fuera cual fuera el pasado que había tenido ese barrio, en ese momento era decididamente de clase obrera, con predominio de vecinos checos y grupos de checo-alemanes. Mientras que en las zonas rurales se llamaba *Skopčáci* o palurdos a los sudetes, en Praga, gracias al legado del Imperio austro-húngaro, solían ser la élite. En aquel barrio obrero, esa distinción parecía no existir, pero los alemanes seguían teniendo los mejores empleos: encargados de talleres, capataces de fábricas y trabajadores cualificados.

Le sorprendió que el establecimiento al que le llevó Filip tuviera nombre alemán. Estaba en una bodega a la que se accedía por unos empinados escalones; solo los remates en arco de las ventanas estaban por encima del nivel de la calle, como los ojos de un hipopótamo mirando por encima del agua. El interior era cálido y animado. Olía a cerveza y abrigos húmedos. La mayoría de los clientes parecían obreros, aunque también había algunos personajes siniestros. Conforme Filip y Viktor se abrieron paso hasta la barra, oyeron tanto alemán como checo. La inquietud de Viktor no mejoró cuando se dio cuenta de que su ropa, elegante y cara (camisa y corbata, traje, sombrero y abrigo), parecía llamar la atención.

Pidió dos cervezas y decidió que la suya durara un rato, pero Filip se inclinó hacia delante y añadió dos *jablkovicas* al pedido. Cuando una mesa se vació en una esquina, Filip fue hacia ella con la cerveza y el licor de manzana; le hizo un gesto con la cabeza a Viktor para que llevara allí su bebida.

Mientras bebían y hablaban, Viktor intentó conseguir más información sobre el despido de la universidad y acerca de si había posibilidades de interponer un recurso. Filip se mostró poco comunicativo a la hora de aportar detalles, incluso evasivo. Viktor tuvo la impresión de que había sido algo más que un simple despido lo que le había hecho descarrilar.

—Elena y yo nos separamos —admitió finalmente encogiéndose de hombros y con fingida despreocupación.

—Lo siento —dijo Viktor—. Era una chica encantadora, buena para ti.

—No, no lo era. Era una bruja. Una puta. Y, todavía peor, era una puta alemana —soltó Filip, con un tono tan repentina e imprevisiblemente ponzoñoso y en voz tan alta que dos hombres de la mesa de al lado se volvieron hacia él.

Viktor, abrumado por la vehemencia de su amigo, les envió una nerviosa sonrisa a modo de disculpa; decidieron continuar con sus bebidas.

—Son todas unas putas. Todas las mujeres —continuó Filip, de nuevo con expresión ensombrecida—. Mienten y engañan y follan a tus espaldas, pero siguen queriendo que comas en la palma de su mano. Creen que pueden hacer lo que quieran. Pero te diré algo: el tipo ese que las está cortando en pedazos, ya sabes, el que llaman Delantal, está consiguiendo que se lo piensen dos veces. Quizás un maníaco homicida sea el único capaz de entender al género femenino.

—¡Por Dios, Filip! No lo dices en serio.

—¿No? —Filip miró a su amigo con ojos desafiantes. Después, otra vez de forma repentina, la rabia y el desafío se evaporaron y se le hundieron los hombros—. Por supuesto que no. No sé qué me pasa. Últimamente me… enfado a todas horas. Me enfado con todo el mundo, incluso con gente a la que aprecio, como tú. Por eso me despidieron. —Sus hombros se hundieron aún más y miró a Viktor casi con sumisión—. La verdad es que no hay ninguna posibilidad de que un recurso me devuelva mi empleo en la Carolina o en ninguna otra universidad. Le di un golpe a Ferentz, el jefe de departamento.

—¿Le pegaste?

Filip asintió.

—Y no me contuve, le partí dos dientes. Me despidieron en el acto y llamaron a la policía. Pasé cuatro días en un calabozo, pero finalmente Ferentz se ablandó y retiró los cargos, a con-

177

dición de que nunca volviera a ensuciar los pasillos de la universidad. Me pareció justo.

—¡Santo cielo, Filip! —Viktor meneó la cabeza—. ¿Y por eso te abandonó Elena?

—No, se largó mucho antes. Podría decirse que éramos políticamente incompatibles. Y yo fui muy ingenuo, creí que se podía confiar en una alemana. Diría que fui doblemente ingenuo al creer que se puede confiar en una mujer. ¿Sabías que era del norte, de Liberec, y que toda su familia es checo-alemana? Se suponía que eran la parte buena y leal, moderados y miembros del Partido Socialdemócrata Obrero Checo-Alemán. Que estaban en contra de unirse a Alemania, excepto en el caso de que se concediera autogobierno a Checoslovaquia y todas esas chorradas. Pero Elena volvió las tornas y se puso de parte de Konrad Henlein y del Partido Alemán de los Sudetes. La muy idiota no lo entendía. No lo entendía en absoluto. Por mucho que se lo explicara, no entendía lo que iban a hacer estos malditos godos.

178

Filip empezó a despotricar y volvió a acalorarse. Viktor cada vez estaba más intranquilo, consciente de que muchas de las conversaciones que se oían a su alrededor eran en alemán.

—Dentro de diez años, no, de cinco o incluso menos, esta pequeña república nuestra habría desaparecido. Se lo dije. Le dije que entonces ella, Henlein y todos esos no tendrían dónde caerse muertos porque ese pequeño egomaniaco austriaco, Hitler, gobernaría este país como si fuera una provincia.

—Filip, baja la voz… —Viktor se había dado cuenta de que los hombres de la mesa de al lado, los que se habían vuelto antes, y un tercero habían dejado de hablar y se lanzaban miradas muy elocuentes.

—¿Qué? ¿No pueden tener una conversación dos amigos? ¿No pueden hablar de política dos amigos? —De nuevo volvió a hablar muy alto, como si fuera a la audiencia que había alrededor de ellos y no a Viktor.

Viktor se inclinó hacia delante, puso los codos en la mesa y habló con calma en voz baja.

—Por supuesto que pueden. Pero hay un momento y un lugar para todo. Y en este momento, este no es el lugar. Hoy en día, es mejor hablar de política con cuidado y no en público.

—Chorradas —dijo Filip volviendo a elevar la voz—. Tienen que oírlo. Todos tienen que oírlo. Han de saber dónde nos van a llevar ese pequeño cerdo cabrón austriaco y sus caniches sudetes.

En ese momento, uno de los hombres de la mesa de al lado dijo algo a sus amigos y los tres se pusieron de pie de repente y rodearon a Viktor y Filip. Tenían la mirada perdida y vacua de alguien que está a punto de ponerse violento. Filip se levantó.

—¿Qué? —gritó—. ¿Qué cojones queréis? —preguntó tirando lo que quedaba de su cerveza al suelo de la taberna y blandiendo el vaso vacío frente a la cara del más corpulento de los hombres.

Su falta de miedo y la predisposición a usar un arma consiguió que el tipo se contuviera y diera un paso atrás. Viktor aprovechó su vacilación y se interpuso entre ellos.

—Muy bien, caballeros —dijo levantando las manos y con el mismo tono tranquilizador que solía utilizar con los pacientes potencialmente violentos—. Mi amigo solo está enfadado y ha bebido demasiado. Eso es todo. Lo voy a llevar a casa ahora, para que no les moleste más. Les ruego que disculpen las molestias. —Buscó en un bolsillo y dejó un fajo arrugado de billetes de cinco coronas y un puñado de monedas en la mesa—. Tómense una copa, por favor. Nos vamos.

Se volvió hacia Filip, cuya cara seguía reflejando una rabia desafiante. Le puso las manos en los hombros. Habló con voz baja, pero firme.

—¡Por el amor de Dios, Filip! ¿Quieres que nos maten? Vámonos. Te llevaré a casa.

Le quitó el vaso vacío de la mano, lo dejó en la mesa y recogió su abrigo y su sombrero. Filip siguió lanzando una furibunda mirada a los tres hombres, pero permitió que lo guiara hacia la puerta.

—*Gute Nacht, die Damen* —se despidió Filip de los hombres cuando Viktor lo llevaba de espaldas hacia la puerta.

Cuando salieron a la calle, Filip se zafó bruscamente de él.

—No necesito tu ayuda. ¿Te la he pedido? ¿Quién te crees que eres para venir a buscarme y meter las narices en mis asuntos? No te he pedido nada. No soy uno de tus pacientes chiflados. No soy uno de tus lunáticos.

179

—No, no lo eres, Filip —aceptó Viktor—. Eres mi amigo y estoy preocupado por ti. Y lo que más me preocupa es que sabías que esta era una taberna alemana. Elegiste ir allí para armar jaleo, ¿verdad? Estás fuera de control.

Parte de la tensión desapareció del cuerpo de Filip, pero seguía inquieto.

—Deja que me vaya a casa, Viktor. Déjame solo con mi vida y tú regresa a la tuya. Vuelve a tu carrera y a tu futuro. ¿No te das cuenta de que tienes que alejarte de mí? Traigo problemas, lo sé. Parece que llevo el caos a todo lo que me rodea. Por eso me he apartado de ti. Si supieras… —Filip no acabó la frase.

—¿Si supiera qué? —Viktor se volvió hacia su amigo. A la luz de la farola parecía aún más pálido, menos sustancial, como si fuera un fantasma, la sombra de lo que había sido. Como si realmente no estuviera allí.

—Déjalo ya —pidió Filip—. Solíamos bromear con que éramos dos caras diferentes de la misma moneda. No lo somos. Somos diferentes monedas, distinto dinero acuñado con diferentes metales. Tú eres una buena persona. Yo soy malo. Es así de sencillo. No puedes impedir lo que me vaya a pasar. Pero, si te juntas conmigo, arruinarás lo que podrías llegar a ser. Tu futuro. Tienes que dejar que me vaya.

—Eres mi amigo, Filip, las cosas no son así. No me voy a…

Viktor no tuvo oportunidad de terminar lo que iba a decir. Acababan de llegar a un cruce de calles cuando tres hombres salieron de la esquina del edificio y los alumbró la luz blanca de una farola.

180

2

—¿ *C*uándo va a ir al sanatorio Hrad Orlů?

—¿Qué? —Smolák se volvió hacia el doctor Bartoš, que estaba en el asiento de al lado.

Aquella pregunta consiguió que el capitán dejara de prestar atención al tráfico. Tras concluir sus deliberaciones en la comisaría, había decidido llevar al médico forense a casa. Una vez cumplimentados los informes, verificadas las declaraciones, reveladas y positivadas las aterradoras fotografías del escenario del crimen, los dos estaban cansados por el efecto narcótico de un largo día de trabajo y el agotamiento emocional que, inevitablemente y por muy acostumbrado que se estuviera, se derivaba de presenciar otra muerte violenta.

—Le he preguntado que cuándo va a Hrad Orlů. Había pensado que, si no le importa, me gustaría acompañarle.

—¿Por qué? —preguntó Smolák.

—Por favor, capitán —le reprochó Bartoš con voz que denotaba cansancio—. Sabe muy bien que es donde internaron a Dominik. Me atrevería a decir que todo el mundo en la policía local de Praga sabe que mi hermano es uno de los Seis Diabólicos.

—Sí —corroboró Smolák—. Lo sé. ¿Por eso quiere ir?

—Nunca he ido. A verle, me refiero. He pensado que, si va, quizá podría ayudarme a solicitar un permiso de visita. Y agradeceré mucho ir acompañado. Quizá parezca una tontería, pero volver a verle me llena de desasosiego. Han pasado cinco años, pero cada vez que pienso en ir a ver a Dominik... —El médico forense suspiró en la oscuridad—. Supongo que siempre he creído que enfrentarme a mi hermano implicaría enfrentarme también a lo que hizo.

—Lo entiendo —dijo Smolák.

Por supuesto, conocía a Dominik Bartoš, el brillante físico hermano de Václav Bartoš. Se había convertido en un asesino. Tal como había dicho el forense, todo el mundo en la policía local de Praga lo conocía. Algunos, incluido Smolák, habían especulado con que el doctor Bartoš había elegido la carrera de médico forense para hacer frente a los asesinatos y entender los crímenes cometidos por su hermano.

—Haré todo lo posible para ayudarle a conseguir una visita y estaré encantado de que me haga compañía durante el viaje.

Tras llegar a ese acuerdo, se quedaron en silencio. La ciudad y la noche se iban deslizando por las ventanillas del Praga Piccolo de Smolák como una geometría expresionista de luz de farolas, siluetas barrocas y sombras angulosas. Finalmente, llegaron al edificio de apartamentos en el que vivía Bartoš.

—¿Le apetece una copa? —preguntó Bartoš inclinándose hacia la ventanilla, después de bajar del coche.

—No, gracias, doctor. Ha sido un día muy largo.

Era verdad. Además, Smolák se percató del alivio que mostraba la cara del Bartoš, que había hecho esa invitación por pura cortesía. Se le veía muy cansado.

—Entonces, nos vemos pronto. Gracias por traerme. —Bartoš hizo una pausa—. Lo que hemos visto esta noche. Lo que le ha hecho a esa mujer, todos esos símbolos que ha añadido…

—¿Sí?

—Va a más. Está enviándonos un mensaje por partes. Evidentemente, imita a Jack el Destripador, pero me temo que se inspira en algo más que en sus actos o sus métodos.

—¿Qué quiere decir?

—Tengo la impresión de que quiere alcanzar la fama de Jack el Destripador. No solo quiere ser tan famoso como el asesino de Londres, sino más aún. Quiere que su fama se conozca más y sea más duradera. Y ya sabe lo que eso significa.

—Que habrá más víctimas que las que hubo en Londres. Que no se detendrá. Continuará hasta que lo atrapemos.

Bartoš asintió.

—Cuando vayamos a Hrad Orlů, le recomiendo encarecidamente que pregunte a los expertos qué piensan de Delantal. Buenas noches, capitán.

—Buenas noches, doctor.

Smolák vio entrar en el edificio al médico forense, tan pequeño y desaliñado. Le gustaba Bartoš, pero le inquietaba que el hermano de un asesino en serie con tan mala reputación entendiera tan bien la mente de un homicida.

3

Viktor no tuvo tiempo de reconocer a los tres checo-alemanes de la taberna; ni siquiera vio llegar el golpe que le dio el tipo que se le puso delante. De repente, se encontró de costado sobre aquellos húmedos y grasientos adoquines. Tuvo la suficiente serenidad como para rodar de lado al tiempo que una bota caía sobre su cabeza; no consiguió impactar en su cara, aunque rebotó el golpe en la sien, fue doloroso. Viktor estaba aturdido en el suelo, expuesto al siguiente golpe. No recibió ninguno. Cuando se recuperó, oyó gritos. Gritos fuertes y casi inhumanos. Gritos enloquecidos. Gritos de sanatorio.

Se puso de pie y entendió por qué no habían vuelto a golpearle. Su atacante estaba apoyado en la pared de un edificio, con la cara desprovista de color, agarrándose el antebrazo derecho. A la luz de la farola, la tela de la manga de la chaqueta estaba teñida de color rojo oscuro. Sus dos amigos intentaron acercarse a él, pero Filip se interpuso entre ellos y el herido. Empuñaba algo largo y brillante que lanzaba destellos. Cada vez que alguno intentaba acercarse a su amigo, Filip agitaba delante de su cara un cuchillo de grandes dimensiones. Y en todo ese tiempo no dejó de gritar, vociferar y reírse como un loco mientras soltaba insultos abominables, ultrajantes; los desafiaba, ofendía su masculinidad, su grupo minoritario; se reía de su cobardía; los amenazaba con lo que iba a hacerles y lo que les haría a sus mujeres si las encontraba.

Viktor notó que los hombres ya no estaban rabiosos, se habían dado cuenta de que se estaban enfrentando a algo mucho peor, mucho más peligroso y mucho más fuera de su control que la pelea callejera que esperaban tener. Los cazadores se habían convertido en presas. Sus caras reflejaban el desconcertado miedo de los que no están acostumbrados a enfrentarse con la locura. Viktor se acercó a Filip.

—¡Déjalos! —gritó. Filip se dio la vuelta con ojos furibundos y le apuntó con el cuchillo—. Deja que ayuden a su amigo y se vayan —le pidió con más calma—. Han aprendido la lección.

Filip se volvió hacia ellos y los fulminó con la mirada. Después hizo un gesto con la cabeza hacia su amigo herido. Tras una breve vacilación, los dos hombres se acercaron a su amigo y se lo llevaron en dirección a la taberna.

—Será mejor que nos vayamos de aquí —dijo Filip—. A pesar de que han sido ellos los que nos han atacado, esos cabrones seguramente llamarán a la policía.

Viktor no pronunció palabra y empezó a seguir a su amigo hacia el apartamento en la cochera.

—No —lo cortó Filip, agotado, pero categórico—. Ha llegado el momento de separarnos. ¿No te das cuenta? Cada cual debe hacer lo que debe hacer.

—Pero, Filip, necesitas ayuda. No sé qué…

—Es mejor que te vayas de aquí. Esos godos pueden volver en cualquier momento con más gente o con la policía. Si te das prisa, tal vez llegues a tomar el último tren.

Sin decir más, sin más despedida, Filip Starosta entró rápidamente en la neblinosa oscuridad de Praga, dobló la esquina y desapareció de su vista.

Y Viktor supo que también desaparecía de su vida.

De pronto, solo en aquella calle vacía, Viktor se sintió desprotegido y vulnerable. Recogió el sombrero del suelo, alisó su abrigo y le quitó el polvo. A continuación, a paso rápido, anduvo en la dirección opuesta, camino de la estación.

185

4

Cuando Lukáš Smolák llegó a su casa, ya eran más de las cuatro de la mañana. Decidió dormir un par de horas antes de volver al trabajo. Sin embargo, cuando se tumbó en la cama, las imágenes de la noche se colaron continua y despiadadamente en sus pensamientos. Jamás había sentido un asesinato tan inmediato, tan personal. Estaba contrariado porque esa mujer muerta, a pesar de haber tenido un contacto mínimo, le hubiera impresionado tanto. ¿Por qué? ¿Qué tenía Anna Petrášová para que no pudiera dejar de pensar en ella?

Fumó un rato, con las piernas cansadas, pero el pecho agitado y una intranquila inercia que mantenía fuera de su alcance el sueño que tanto necesitaba. Intentó bloquear las imágenes que seguían acosándole. Un truco que utilizaba en momentos como ese era pensar en su niñez, en los tiempos felices que había pasado con su padre, pescando en el río que sinuosamente subrayaba su pueblo en el mapa o paseando entre el moteado y jaspeado sol y sombra de los densos bosques que había hacia el norte. Al cabo de un rato, ese refugio de su juventud distante lo relajaba lo suficiente como para que le venciera el sueño.

Y Lukáš Smolák soñaba.

El mundo y todo lo que había en él era enorme. A diferencia de la verdadera infancia, en la que las proporciones de las cosas se aceptan como son, el Smolák adulto se veía en sus sueños como el niño Lukáš, un chaval de diez años preocupado por su poca altura. Se sentía pequeño, débil, indefenso. Incluso el paisaje que soñaba (la topografía reconstruida de una infancia recordada a la que huía con tanta frecuencia) era amenazador. Todo lo que veía tenía unos nítidos bordes muy marcados y una textura granulosa; todos los detalles eran tan tremendamente austeros y claros que tenía la impresión de que las retinas le escocían a modo de protesta.

Corría por el pueblo, que seguía siendo como lo recordaba, excepto en que era consciente del abrumador tamaño de los edificios y de la intensa y dolorosa claridad con que los veía. El cielo sobre el pueblo había cambiado: las nubes se agitaban y se deslizaban por un horizonte tersamente grabado con una velocidad antinatural; sus burbujeantes formas oscuras estaban teñidas de rojo carmín.

Lukáš, el hombre convertido en niño, sabía bien cuál era su misión: su madre le había pedido que fuera a la tienda de su padre a por un kilo de salchichas de Ostrava para cenar. Lo había dicho en alemán, su lengua materna, algo que hacía siempre que podía, para inculcar ese idioma en la joven mente de su hijo. Lo había hecho desde que era pequeño.

Durante toda la infancia de Lukáš, el alemán también había sido la lengua de las reprimendas, del castigo.

187

Lukáš Smolák atravesó corriendo el pueblo, pasó la iglesia y su cúpula bulbosa roja rematada en una aguja le pareció mayor, más alta y afilada de lo que recordaba, como si fuera un alfiler hinchado de sangre que perforara el cielo. Llegó al edificio encalado de techo bajo en el que tenía la carnicería su padre. Al entrar, la tienda estaba vacía. Una vez más, tal como había hecho ese día antes de soñarlo, fue hacia la puerta que conducía a la trastienda, a la parte prohibida del negocio de su padre, atraído por unos extraños y agudos sonidos que provenían de detrás de ella.

Tal como había pasado en su realidad recordada, no obtuvo respuesta cuando llamó a su padre y entró por la oscura rendija de la puerta, agrandada en el sueño, a la trastienda y la habitación fría. De nuevo, sintió una repentina oscuridad y frío en la piel mientras permanecía rodeado de reses colgadas en canal y bandejas de carne y salchichas.

Siguió aquel insistente y agudo chillido.

Cuando entró en el patio de atrás, se vio con su tamaño de adulto. Su padre estaba allí, de espaldas. Durante un momento, Smolák se sintió extraño compartiendo ese lugar con su padre y advirtiendo que, de repente, los dos tenían la misma edad. Su padre se volvió y sonrió (fue una sonrisa cálida) mientras que el animal que sujetaba entre las piernas forcejeaba y se retorcía.

—Me alegro de que estés aquí —dijo su padre—. Así podrás ayudarme…

Smolák sonrió y miró al animal que iba a sacrificar. No era un cochinillo, sino Anna Petrášová. Desnuda, gritando, con su hermosa pero aterrorizada cara vuelta hacia él, suplicante, implorándole que la ayudara.

Su padre alzó el pesado mazo con la mano que tenía libre, listo para dejar sin sentido a su víctima.

—¡No! —gritó Smolák—. ¡Para!

Su padre contuvo la mano, pero frunció el entrecejo, confundido.

—¿Por qué?

—No puedes estropearle la cabeza —contestó Smolák—. La cara ha de quedar intacta.

—Ah, claro… —Su padre asintió—. Menos mal que estás aquí. Es importante hacer las cosas bien. —Hizo un gesto con la cabeza hacia la puerta de la tienda—. Ahí tienes todo lo que necesitas.

188

Smolák volvió a la habitación fría. Sin embargo, en esa ocasión, se fijó más en las reses abiertas en canal y en las bandejas de carne, o las vio con más claridad. Toda la carne era humana. Lo que había creído que eran cerdos colgados, eran mujeres, con los pechos caídos a ambos lados de los abdómenes cortados, vaciados y abiertos. En una de las bandejas estaba la cabeza sin cara y en carne viva de Maria Lehmann, la víctima de Prager Kleinseite: le lanzaba una acusación inexpresiva con los brillantes globos oculares blancos de unos ojos sin pestañas.

Fue a la despensa y encontró lo que buscaba, lo que su padre le había dicho que le llevara. Lo que necesitaba.

Sacó el gran cuchillo de filetear de un cajón y cerró con cuidado la puerta de la despensa para hacerse con lo que estaba colgando de un gancho, esperándole.

Agarró el delantal de cuero (uno igualito al de su padre) y se lo puso antes de ir al patio de atrás, con el cuchillo de carnicero en la mano.

Allí lo esperaba Anna Petrášová.

5

El alivio que sintió al volver al sanatorio Hrad Orlů lo sorprendió. Después de todo lo que le había pasado en Praga, el pétreo abrazo del castillo ya no era solamente opresivo; había una sensación de seguridad, de nutrida y cálida comodidad en él. Y cuando Viktor volvió a verla al cabo de dos días, se dio cuenta de que aquella sensación no se entendía sin Judita.

—¿Qué vas a hacer? —le preguntó mientras tomaban café en el falso cosmopolitismo de la cantina del sanatorio.

—¿Hacer? ¿No puedo hacer nada? Filip es mi amigo, pero no me escucha. Soy psiquiatra, pero no es mi paciente y ni siquiera sé si tendría razones clínicas para intervenir —dijo encogiéndose de hombros con pesimismo—. Me temo que después de lo que pasó en la calle, tendré que seguir su consejo y alejarme de él.

—¿Calle? —Judita frunció el entrecejo—. ¿Qué pasó en la calle?

Viktor suspiró. Había decidido no contarle aquella experiencia a nadie. Se sentía afortunado porque el golpe que le había aturdido o la inexperta patada en la sien no le hubieran dejado marca: no tenía moratones que explicarle a Románek o sus colegas. Pero Judita parecía la única persona en la que podía confiar. Le habló del incidente en la taberna y de lo que pasó después; del cuchillo y de la imprevisible y violenta irascibilidad de Filip.

—Ya no tiene dónde aferrarse —dijo Viktor cuando acabó de contarle la pelea en la calle—. Mantenía una relación con una mujer, Elena Kreusel. Era una chica encantadora y ejercía una buena influencia en él: lo estabilizaba. Pero también ha roto con ella. Yo he desaparecido, se ha quedado sin trabajo en la universidad, Elena se ha ido. Filip ha perdido el timón y no es el tipo de hombre que sepa mantener el rumbo.

—Parece que no puedes ayudarle.

Viktor se puso repentinamente triste.

—Incluso si hubiera algo que pudiera hacer. En cualquier caso, no puedo dejar que me arrastre a ese desastre. Está al borde. Creo que es maníaco-depresivo y, evidentemente, tiene problemas con el control de sus impulsos, pero eso no lo convierte en un loco. Y, sin duda alguna, no le excusa de la responsabilidad de sus actos. Tal como te he dicho, no puedo controlarlo como amigo, no tengo base para tratarlo como paciente y aquí estoy muy lejos de él como para cuidarlo. Tengo que pensar en mí, en mi carrera. ¿Te parece egoísta?

—No, me parece sensato —contestó con rotundidad—. Pero, por lo que sé de ti, creo que no vas a poder evitar que te preocupe.

—No puedo evitarlo.

—¿Hay algo más que no me hayas contado? —preguntó Judita al ver la lúgubre expresión de su cara.

Viktor le mantuvo la mirada un momento. Había algo más: una ligera y sombría sospecha sobre Filip que no quería poner en palabras; una sospecha que no quería admitir.

Negó con la cabeza.

—Solo estoy cansado y disgustado.

Se quedaron en silencio un segundo. Finalmente, Viktor dijo:

—Hay algo más. Filip tradujo las palabras glagolíticas.

—Ah.

Le entregó el trozo de papel con la traducción. Judita lo leyó en voz alta: «Aquí estoy y aquí permanezco, porque el mal reside aquí. Aquí estoy y aquí permaneceré, porque el diablo se oculta aquí». Soltó una risita.

—¿Lo ves? Te lo dije, Jan Corazón Negro está sano y salvo, y vive aquí, en el castillo. Se escabulle por la noche con una navaja para tallar mensajes en las iglesias. Para que los lugareños sepan que sigue haciendo magia negra.

—¿No te parece un poco… extraño? ¿Incluso siniestro?

Judita se encogió de hombros.

—Seguramente es algún adolescente que quiere asustar a los habitantes del pueblo.

—¿Un adolescente que sabe escribir en glagolítico? ¿Y espera que la gente pueda leerlo?

—¿Y qué crees tú, hombre de ciencia? —preguntó sonriendo con malicia, y tan hermosa—. ¿Que hay demonios del bosque ahí afuera? ¿O que es obra de Jan Corazón Negro?

—Me preocupan más los demonios que tenemos dentro. Me refiero al castillo.

—Eso es ridículo, esas inscripciones no pueden tener relación con ninguno de nuestros pacientes. No hay forma de que un interno consiga salir al bosque.

—Quizá no, pero léelo otra vez. Se puede interpretar de una forma completamente diferente, que el «diablo» es uno de los pacientes y que «aquí permanezco» no se refiere a regocijarse en el mal, sino a custodiarlo, a mantenerlo encerrado. Incluso a estar esperando una oportunidad para destruirlo.

—¿Qué? —Judita sonrió con escepticismo—. ¿Alguien del personal?

Viktor se encogió de hombros.

—O quizás un pariente de alguna víctima. Alguien que tenga algún tipo de conexión con uno de los paciente o con sus crímenes. Podría ser, ¿no crees?

—No, no tiene sentido. ¿Por qué ser tan críptico? Y, tal como has dicho, ¿por qué en antiguo eslavo eclesiástico? Somos personas cultas, pero, aun así, has tenido que pedir que lo traduzca tu amigo el experto.

—Supongo que tienes razón —aceptó sonriendo—. Pero me parece muy extraño.

—Pensaba que lo extraño era lo normal para ti. Para todos los que estamos aquí. —Tomó un sorbo de café—. Por cierto, ya he transcrito todas las sesiones que has hecho: no te preocupes por las inscripciones crípticas, esas declaraciones sí que me ponen los pelos de punta. ¿Quién es el siguiente?

—Tengo sesiones con Mládek, Valentová y Bartoš. Y, por supuesto, todavía he de hacer mi primera visita al encantador Vojtěch Skála. Será entretenida, estoy seguro. Además, quiero hacerles un seguimiento al Payaso, Leoš Mládek, y, sobre todo, a Hedvika Valentová, a ver si consigo que manifieste a su satánico ángel hermoso.

—¿Crees que la naturaleza diabólica se manifestará de forma tan obvia? ¿No te parece un poco…, bueno, prosaica?

—Sé a lo que te refieres, pero Valentová no es especialmente ingeniosa ni tiene una mente creativa. Incluso la imaginería de su psicosis es prosaica: los sabores de la carne que cocinaba y el placer que producía en las personas es una burda metáfora del concepto de la carne en un sentido moral o sexual. Su vegetarianismo es una analogía obvia de su abstinencia sexual. Me temo que el freudismo es así de burdo y crudo. En cualquier caso, lo único que he de hacer es esperar el momento preciso: estoy preparando una entrevista policial con el llamado Coleccionista de Cristal, Michal Macháček, para dentro de un par de días. Según el profesor Románek, la policía ha tenido que recurrir a los conocimientos expertos de Macháček.

—¿No te has enterado? —preguntó Judita—. Se ha pospuesto unos días. Delantal ha cometido otro asesinato en Praga, así que el detective que…

—¿Otro asesinato? —la interrumpió Viktor.

—Sí, una mujer de negocios. Alguien importante.

—¿Cuándo ha sido?

—Hace dos noches. ¿Qué pasa?

Viktor meneó la cabeza.

—Nada.

Sin embargo, la misma sospecha volvió a enturbiar su mente. Recordó el extraño y perturbado estado de Filip; lo rápidamente que se puso violento; su ponzoñosa misoginia. Y, sobre todo, recordó el mortífero aspecto del cuchillo a la luz de la farola.

—Así que la entrevista se ha cancelado —dijo al final.

—No, no se ha cancelado, solo se ha pospuesto. Según el profesor Románek, el detective de Praga todavía quiere hablar con Macháček. Al parecer, la última víctima tenía relación con el negocio del cristal. No obstante, la policía no quiere hablar con Macháček porque sea sospechoso de nada, sino porque es una eminencia en todo lo que tiene que ver con ese negocio.

Viktor asintió, pero otra imagen apareció en su mente: las copas de Bohemia elegantemente talladas y decoradas, tan fuera de lugar en el apartamento de Filip.

6

*C*uando lo conducían a la habitación de la torre para su sesión de narcoanálisis, la idea de que Michael Macháček fuera un asesino o un maníaco era tan inverosímil como la que habían suscitado Hedvika Valentová o Leoš Mládek. Macháček, un hombre pequeño y animado, con aspecto de ser quisquilloso y gafas sin montura, era rollizo hasta el punto de parecer gordo. Tenía la cabeza ovalada y ancha, casi con forma de huevo, prácticamente calva, bordeada por una franja de pelo negro muy corto.

La primera impresión de Viktor sobre el Coleccionista de Cristal fue que sufría de una inquieta y patológica impaciencia. Al entrar en la habitación donde se iba a llevar a cabo el tratamiento, pareció estar impaciente por la incomodidad de verse recluido; impaciente con Viktor, impaciente con los celadores.

Impaciente con el lento girar de la Tierra.

Esa intensa exasperación era un síntoma de megalomanía o narcisismo: de la sensación egomaniaca de tener derecho; de creer que el mundo y el planeta giraban a su alrededor; de que todos y todo en el universo existían únicamente para satisfacer sus deseos.

Para los propósitos de Viktor, era el tipo de voluntad más difícil de vencer: la de un ego morbosamente hinchado, que se interponía como un fornido portero entre él y las puertas del inconsciente. El principal objetivo de las sesiones de narcoanálisis era vencer al ego, someter la voluntad del paciente a la voluntad del psiquiatra y abrir de par en par esas puertas.

Para aquella sesión, Viktor había aumentado la dosis de hipnóticos.

El efecto que tuvieron en la personalidad de Macháček fue comparable al de una cebolla que fuera perdiendo capa tras capa. La primera fue la intranquilidad física, los inquietos dedos que se calmaban; después la tirantez de su expresión, de sus ojos. La impaciencia de Macháček desapareció. Aquel hombre pequeño y casi calvo pareció, por primera vez en presencia de Viktor, tranquilo. La escala de la transformación fue sorprendente, como ver el efecto de un paraldehído en un paciente epiléptico. Pero antes de hurgar en la mente de Macháček, decidió concederle un momento de paz.

Mientras esperaba, Viktor estudió de nuevo el granero en el que estaban. El techo alto y abovedado, un entrelazado de arcos y vigas de la misma centenaria madera que la de la puerta. Las paredes se combaban a su alrededor, densas y pesadas; las ondulaciones y grietas de la fina capa de enlucido contaban una historia más amplia: una historia pétrea de deterioro y reparación, de antiguos perpiaños, cadenas y ataduras. Quizás, escondida en esa historia, encajaba una puerta, tapiada para emparedar a un monstruo aristócrata.

Quizá también, tal como decía la leyenda local, había otra puerta secreta, pero para liberar al mismo monstruo. Viktor cayó en la cuenta de que era el cometido que tenía la habitación en ese momento y también el suyo: liberar monstruos.

Macháček no protestó cuando le administró la segunda inyección, quizá porque su fuerza de voluntad se iba debilitando o simplemente porque el Coleccionista de Cristal se alegraba de haberse librado de su habitual impaciencia e inquietud. Al cabo de un rato, Viktor apretó el sonoro botón de baquelita del magnetófono y comenzó la sesión con las preguntas preliminares que guiarían a Macháček por los primeros años de su vida y de su formación como contable. A pesar de la cantidad de sedantes e hipnóticos que le había administrado, Macháček seguía engrandecido, seguro y fabulador. Exageraba sus logros y su importancia en todas las etapas por las que había pasado.

En un par de ocasiones, incluso cuestionó el derecho de Viktor a hacerle esas preguntas. Pero conforme el cóctel de fármacos fue surtiendo efecto y le quitó más capas al enorme ego de aquel pequeño hombre, Macháček se volvió más dócil.

Tal como se le pidió, contó su historia a Viktor.

—Trabajé como contable en el Ayuntamiento de Plzeň —explicó—. Sin duda, era el empleado más importante y eficiente de mi departamento. De hecho, deberían haberme nombrado director inmediatamente, el propio alcalde me lo dijo. Nadie tenía la misma dedicación que yo. Ninguno era tan detallista ni mostraba la misma entrega hacia su jefe. Estoy seguro de que podrá imaginar que tuve muchas amantes, pero estaba tan resueltamente dedicado a mi trabajo que nunca me comprometí a casarme con ninguna de ellas.

—¿Y por qué no siguió trabajando allí? —preguntó Viktor, sabedor de que, a pesar del aumento de la dosis de hipnóticos, tendría que mantener el curso de la conversación con mano más firme que de costumbre. Las exageraciones de Macháček sobre su importancia hacían más difícil zarpar hacia los verdaderos y profundos canales de su mente, y dejar de ir a la deriva por los bajíos y arrecifes de su ego—. ¿Por qué lo abandonó todo para coleccionar cristal?

—Siempre he coleccionado cristal, cristal bohemio principalmente..., y algo de italiano. Lo hago desde que era niño. Mis padres eran muy ricos, mi familia era muy importante. Cuando mi madre murió, poco después que mi padre, heredé suficiente dinero, una pequeña fortuna, para poder dedicarme a coleccionar a tiempo completo. Pero enseguida tuve tanto éxito comerciando con piezas de cristal que pude vivir solo de esos ingresos.

Aquello había sido otra exageración. Viktor había leído en su historial que Macháček había pertenecido a una burguesía que definitivamente podría considerarse «pequeña». Y que, a pesar de que su herencia había sido considerable, no era tan abultada como había sugerido. Sin embargo, sí era cierto que se había convertido en una autoridad en todo lo relacionado con el cristal de Bohemia y su historia. Viktor sabía que unos conocimientos especializados podían ser la única ventaja de una fijación monomaníaca.

Macháček también había heredado la espaciosa, aunque algo deteriorada villa de sus padres en la calle Táborská, cerca de la estación de Plzeň. Según los informes de su expediente, la villa tenía tres pisos, una enorme bodega y un ático. En tiempos había sido el único ocupante de la casa familiar y había acondicionado el último piso y el ático para almacenar su colección de cristal. Conforme fue más obsesiva, tuvo que reformar y prote-

195

ger la bodega para guardar las piezas más valiosas: no quería que nadie más disfrutara de ellas, ni siquiera que las vieran.

—Entiendo —dijo Viktor—. Creo que su colección era muy prestigiosa. Una de las mejores de Bohemia.

—No era una de las mejores, sino la mejor. Tenía piezas muy hermosas.

—¿Y qué me dice de la colección Kalbáč? ¿No era igual de importante?

—No. —Los fármacos despojaron la respuesta de Macháček de toda pasión o vehemencia—. Ni de lejos.

—Pero conocía a Kalbáč...

—Anton Kalbáč era un cerdo creído y arrogante —soltó Macháček.

Su ego seguía presente, debilitado, pero presente. Seguía tergiversando y confundiendo. Intentaba dominar su universo. Viktor consideró la posibilidad de ponerle otra inyección para incrementar el efecto del potente cóctel de fármacos que le había administrado.

—Presumía de tener la mayor colección y la más completa de cristal de Bohemia en Europa —continuó Macháček—. Pero era mentira. Una maldita mentira. Yo tenía mucho más que él, mucho más. Él tenía piezas de Friedrich Winter y le envidiaba por eso, pero yo tenía varias piezas originales de Georg Schwanhardt, que eran mucho más valiosas comercial e históricamente. Incluso tenía un panel de cristal calcografiado por el gran maestro, el gran Caspar Lehmann, que empezó tallando gemas para el emperador Rodolfo II. Es prácticamente invaluable, el idiota que me lo vendió no tenía ni idea de su verdadero valor. Ya le he dicho, le daba mil vueltas a ese palurdo. En cualquier caso, también tenía una gama más extensa de cristal hialitado. Nunca supe cómo tuvo la caradura de decir que su colección era mejor que la mía.

—¿Mantuvo alguna discusión con él? Me refiero a una discusión sobre la propiedad de alguna pieza en particular, ¿sobre la llamada Copa Diablo?

—Sí, pero la conseguí. Se la arrebaté a Kalbáč delante de sus narices.

—Hábleme de la Copa Diablo.

7

—*L*a Copa del Diablo, no la Copa Diablo —lo corrigió—, es la pieza más increíble de la artesanía de cristal. No, no artesanía, sino arte. Es del siglo XVII. Es el mejor ejemplo de la utilización de cristal de uranio, mucho antes de que lo usara nadie. El cristal parece estar vivo: se retuerce y da vueltas alrededor del pie. Y el cuerpo tiene multitud de colores y de dibujos. Si se mira durante un rato, giran y cambian. Miré esa pieza durante horas, introduciéndome en el cristal, observando su profundidad, viéndola cambiar y moverse. Juro que vi caras en esa copa. La confeccionó Karl-Heinz Kleinfelder. ¿Sabe eso que dicen de que un gran compositor sigue vivo a través de su música, que su personalidad perdura en ella? ¿O de que un gran pintor vive en sus cuadros mucho después de estar muerto? Pues ese es el caso con la Copa del Diablo. Kleinfelder vive en el cristal que creó.

—Me ha dicho que hay una historia detrás de todo eso, ¿verdad? Sobre Kleinfelder y la Copa del Diablo. Ha comentado que hay una leyenda.

—La hay. Y, tras pasar muchas horas estudiando esa pieza, me la creo. Creo que esa leyenda es verdad. Vi la verdad en el cristal.

—¿Y cuál es esa leyenda? —preguntó Viktor, a pesar de que ya sabía la respuesta.

—Al igual que Schwanhardt, que era más conocido, Kleinfelder aprendió con el gran Caspar Lehmann. Trabajó con él durante veinte años y llegó a estar casi a la altura de su maestro, aunque nunca lo igualó. Recuerde que estamos hablando de los tiempos en los que se rumoreaba que el propio emperador se interesaba por la alquimia y lo oculto. Dicen que Klein-

197

felder era amigo de Jiří Bareš, el famoso alquimista, y que trabajó con él para crear un nuevo tipo de cristal con propiedades casi mágicas. Pero aquello no fue suficiente para Kleinfelder. Tenía tantos celos de la habilidad de Lehmann que, se dice, invocó al propio Satanás para que le ayudara a confeccionar la pieza de cristal más perfecta e impresionante.

»Hay quien dice que el cristal se fabricó fundiendo las antiguas cuentas de cristal conocidas como Lágrimas de Perún, el antiguo dios eslavo del trueno que se supone que creó el primer cristal cuando lanzó un rayo a un pozo de arena. Tras fundir las Lágrimas de Perún, el diablo mezcló llamas del infierno con el cristal, lo cual confirió un carácter hipnotizador a sus colores rojos y ocres.

»Pero aún había otro componente, el más importante de todos, un ingrediente que conseguiría que la copa fuera la pieza de cristal más excepcional jamás creada. El diablo dijo que solo le diría a Kleinfelder cuál era cuando la copa estuviera acabada.

»Kleinfelder estaba tan obsesionado con la copa que vendió su alma al diablo. Lo hizo de buen grado. A cambio, este dijo que no reclamaría el alma de Kleinfelder mientras la copa permaneciera intacta. Según la leyenda, el diablo fue al taller de Kleinfelder a medianoche para trabajar con él, fundió el cristal con su aliento: le dio forma y lo retorció con sus garras mientras le prometía al artesano que, cuando los primeros rayos de luz de la mañana atravesaran la ventana, vería y se maravillaría con la copa finalizada. Y así fue. Kleinfelder se emocionó al ver la copa, pero sintió que le faltaba algo.

—¿Y qué era lo que faltaba? —preguntó Viktor.

Macháček se quedó quieto un momento en la camilla, con los ojos fijos en el techo abovedado. El único sonido que se oía era el ruido de las bobinas del magnetófono. Viktor volvió a sentirse confinado: encerrado con una locura encapsulada.

—Los registros históricos dicen que Kleinfelder apareció muerto junto a su banco de trabajo esa misma mañana —continuó finalmente Macháček—. El pelo se le había vuelto blanco. Sus ojos, vacíos, estaban fijos en la Copa del Diablo, que se alzaba en todo su esplendor en el banco delante de él. Dicen que se le paró el corazón, pero yo sé la verdad.

»En el momento exacto en que el sol se elevó por encima del horizonte y los rayos empezaron a atravesar el cristal de la copa, el diablo añadió ese ingrediente final que le había prometido a Kleinfelder, el más especial, el mágico. Para conferir a la Copa del Diablo ese retorcido, ensortijado y atormentado elemento por el que es famosa, Satanás atrapó el alma de Kleinfelder en el cristal. Allí sigue hoy en día. Ha estado atrapado y gritando dentro de esa cárcel de cristal durante más de trescientos años. Y seguirá así hasta que la Copa del Diablo se rompa. No obstante, si algún día se rompe, entonces, por supuesto, el diablo vendrá para reclamar el alma de Kleinfelder.

—Entiendo —dijo Viktor—. Se obsesionó con esa leyenda, ¿verdad?

—¿Obsesionarme? No. Pero cuando se mira la Copa del Diablo durante incontables horas, tal como he hecho yo, le juro que la cara que se ve es la de Karl-Heinz Kleinfelder. Vi con mis propios ojos su alma atrapada allí, su ser, gritando en el cristal. Tal como le he dicho, la gente asegura que un gran compositor pervive en su obra. Ese fue el destino de Kleinfelder. Pero, en este caso, es algo literal. Una muerte en vida, insomne, interminable, gritando, encerrado en su diabólica obra maestra.

Viktor hizo una pausa. De nuevo, el lento girar de las bobinas del magnetófono inundó el silencio encerrado entre esas gruesas paredes.

—¿Y dónde oyó esa leyenda? —preguntó finalmente.

—¿Dónde? Todo el mundo conoce la leyenda de Kleinfelder y del diablo. Forma parte de la mitología de la fabricación de cristal.

—Es raro, porque no he logrado encontrar documentación sobre esa historia —dijo Viktor sin tono acusador—. No he conseguido averiguar nada sobre ese aprendiz de Caspar Lehmann. De hecho, parece que usted es la única persona que conoce la leyenda.

—Qué tontería. Todo el mundo la conoce —protestó Macháček con indiferencia, influido por los sedantes y los hipnóticos.

Viktor se dio cuenta de que su paciente estaba empezando a dormirse.

—Entiendo. ¿No cree que, en realidad, esa leyenda es una metáfora de su rivalidad con Anton Kalbáč?

—No, en absoluto. —Sin duda, sin los fármacos, la respuesta habría sido más vehemente—. Ya le había superado.

—Pero acepta que asesinó a Kalbáč. Admitió ser responsable de su muerte.

—Sí, merecía todo lo que le pasó.

—Dígame qué pasó.

—Empezó a demandarme, decía que había robado la Copa del Diablo de su colección.

—¿Y lo había hecho?

—Me llevé lo que era mío por derecho. Cuando me enteré de que habría un juicio, me puse en contacto con él y le pedí que viniera a mi casa a tratar el asunto. Le hice creer que le iba a devolver la copa. Era un hombre importante. Eso le permitía mostrarse arrogante y prepotente. Pensó que no corría ningún peligro por ir a verme. Creyó que no era una amenaza para él. Cuando llegó, le dije que lo sentía y que no quería problemas. Le aseguré que deseaba arreglar la situación, que le devolvería la copa y que podía llevarse cualquier pieza de mi colección, la que quisiese, siempre que retirara la denuncia.

»Tenía una excelente botella de tokaji eslovaco, serví un par de copas y lo adulé un poco. Ese cerdo arrogante pensó que me había ganado y humillado. Yo le dejé que lo creyera. Le supliqué que me perdonara; le dije que tenía piezas que rivalizaban con la Copa del Diablo y que podía llevarse una. Le conté la leyenda y le aseguré que tenía más cristales con almas atrapadas. Piezas de valor incalculable, mis mejores piezas. Le expliqué que las guardaba en el sótano. Le convencí de que jamás había visto nada fabricado en cristal (aparte de la Copa del Diablo, claro), que pudiera compararse con lo que tenía en la bodega.

—¿Y bajó con usted?

—Lo hizo. Estaba deseando ver cómo reaccionaba al ver todas las vitrinas de mi colección.

—¿Y cómo reaccionó?

—Se quedó atónito, impresionado. Después enloqueció y empezó a gritarme, a vociferar sin control. Me dijo que me había vuelto loco y que iba a llamar a la policía. Pero el veneno que había puesto en el vino ya había empezado a hacerle efecto. No consiguió subir ni la mitad de las escaleras.

—¿Murió?

—No en ese momento. Lo metí en el baño de esmalte que tenía en el sótano para preparar otras piezas. Lo desnudé y lo até de forma que no pudiera moverse. Después le coloqué un molde en la cabeza. Me había pasado con otras piezas: si se movían y se retorcían, hacían burbujas en el cristal fundido. —Hizo una pausa como si no pasara nada—. ¿Sabe?, que Anton Kalbáč estuviera en una de mis piezas me llenaba de orgullo. De no haber utilizado a alguien que conocía y con el que me podían relacionar, aún seguiría ampliando mi colección.

—Entiendo —dijo Viktor

Echó un vistazo a las fotografías que había hecho la policía en el sótano de Macháček. Había un horno y todo lo que necesitaría un fabricante de cristal aficionado. Una vitrina exhibía lo que parecían jarrones de pie ancho torpemente confeccionados, pero encima tenían una esfera cerrada y no un cáliz. Había doce. Once de ellas encerraban la cabeza de una joven en el cristal. Una joven secuestrada y asesinada cada año. Macháček había aprovechado los viajes en los que iba a comprar cristal para raptar a sus víctimas en diferentes zonas del país y llevar su cuerpo a Plzeň en el maletero del coche. Nadie lo había relacionado con esas desapariciones.

La más antigua de las once cabezas femeninas apenas mostraba signos de descomposición, atrapada en ese cristal hermético. La duodécima cabeza era masculina, la de Anton Kalbáč.

Cuando Viktor levantó la vista del historial, su paciente se había dormido. Intentó despertarlo, pero Macháček había sucumbido a los fármacos y no podría moverse hasta pasadas unas horas. Era el riesgo que había corrido al administrarle una dosis tan alta. No le quedaba más remedio que dar por finalizada la sesión. Anotó la hora y apagó el magnetófono.

Sucedió cuando Viktor le dio la espalda al paciente y fue hacia la puerta de ese antiguo granero para pedir a los celadores que llevaran a Macháček a su habitación.

—¿Sigue buscándome?

CRAIG RUSSELL

La voz provenía de detrás de él, pero no era la voz de Macháček. Era mucho más profunda que la del Coleccionista de Cristal y resonó en aquella sala atenazada por sus gruesas paredes.

Y lo dijo en inglés.

Viktor se dio la vuelta, molesto por aquella provocación.

—¿Qué ha dicho?

Nadie contestó. Macháček seguía dormido, o fingía seguir dormido. Fue hasta el paciente y le sacudió enérgicamente los hombros.

—¿Qué ha dicho? —volvió a preguntar.

El Coleccionista de Cristal se movió ligeramente, pero no consiguió atravesar la barrera del sueño.

Después de que un celador se llevara al paciente, Viktor se quedó en el centro de aquel granero convertido en sala de tratamientos, inmóvil y en silencio, como si intentara atrapar el eco de la extraña voz que había creído oír de labios de Macháček.

Y cuanto más pensó en ello, en lo absurdo de que un contable común y corriente de Plzeň convertido en depredador sexual le hablara alterando el tono y en otro idioma, más se convenció de que había oído mal.

Si no hubiera apagado el magnetófono...

8

*L*a primera vez que fue con Judita, Viktor pensó que aquella posada del pueblo, con gruesas paredes y techo bajo, debía de ser centenaria. Cada vez que cruzaba la puerta principal, tenía que agacharse ligeramente para sortear el pesado dintel de roble oscuro con tallas muy elaboradas. Sin embargo, hasta ese día no se había fijado en ellas: una representación del bosque muy estilizada, en la que las hojas y las ramas se entrelazaban. En el centro se veía a un hombre grueso, con un pesado abrigo y botas de campesino. La cabeza no era humana, sino de oso, y ladeada para que se viera de perfil. Era la misma imagen que había visto en el castillo, en un panel de madera del ala del personal; salvo que a esta se le había dado un estilo más tosco, más bucólico.

Entraron y se sentaron junto a una ventana. En la cafetería, había pocos clientes, pero en esa ocasión apenas prestaron atención a Judita y Viktor. Él pensó que, en ese tipo de comunidades, pasar inadvertido era lo más parecido a haber conseguido que te aceptaran.

El dueño de la posada esbozó una sonrisa bajo su majestuoso bigote y les deseó un cordial «buen apetito» en checo cuando les sirvió la comida.

Ya habían bajado cuatro veces atravesando el bosque para ir a cenar a la posada; cada vez, habían parado en la capilla de regreso al castillo. La naturalidad de aquella relación se había convertido en intimidad. Ambos sabían que estaban a punto de convertirse en amantes. Sin embargo, Viktor sabía que hacía falta tiempo: Judita, a pesar de su mentalidad abierta y el evidente cariño que le tenía, seguía siendo una persona muy frágil.

Mientras estaban sentados junto a una ventana en la que el ineludible y permanente castillo acaparaba la vista, se fijó en

203

que estaba pálida, tenía los ojos ensombrecidos y los párpados caídos. Pero cuando se lo comentó, Judita le quitó importancia haciendo un gesto con sus finos dedos.

—Anoche no dormí bien, eso es todo. Estábamos hablando de tu paciente. ¿Estás seguro de que le oíste hablar con otra voz? —preguntó en cuanto el posadero se retiró.

Cuando estaban solos, solían hablar en alemán.

Viktor arrugó el entrecejo.

—La verdad es que no sé qué oí. Sin duda fue Macháček quien habló, pero con voz muy cambiada. Y juraría que lo hizo en inglés…, aunque eso no tiene ningún sentido. En ese momento estaba inconsciente, así que podría haber dicho algo en sueños, una de esas frases al azar y sin sentido que se dicen cuando se está dormido. Ojalá no hubiera apagado el magnetófono.

—Pero eso te alteró.

—La verdad es que no sé si estoy siendo parcial en este estudio; quizá quería creer que oí una parte distinta e independiente en el discurso de Macháček, la parte de la naturaleza diabólica, cuando seguramente hay muchas más posibilidades de que emitiera un simple murmullo mientras dormía. —Meneó la cabeza—. Pero fue tan diferente…

—¿No es algo normal cuando se habla en sueños? Me refiero a que la voz se altere completamente.

Viktor se encogió de hombros.

—Sí, claro, tienes razón. Seguramente le estoy dando demasiada importancia.

—¿Vas a tener más sesiones con él? Con Macháček quiero decir.

—Sí, tengo que prepararlo para la policía. Pero también he de elegir al resto de los candidatos. Estoy empezando a perder la esperanza de que pueda encontrar pruebas para mi teoría. He programado una sesión con Pavel Zelený, el Leñador, tal como lo llama el profesor Románek en su historial.

Judita asintió mientras comía.

—Y eso es precisamente lo que es. Me refiero a su oficio, era guardabosques en alguna región… Creo que en la Silesia checa.

—Lo sé —dijo Viktor—. He estudiado su expediente.

—Una historia terrible.

—¿No lo son todas? A veces creo que debería haberme dedicado a la obstetricia. Tratar con vida y con luz, en vez de con muerte y oscuridad. Traer vidas al mundo.

Judita dejó el cuchillo y el tenedor en el plato, se recostó en la silla y arqueó las cejas con fingida seriedad, como si estuviera viéndolo por primera vez.

—No sé… Tendrías que suavizar un poco tu aspecto.

—¿Mi aspecto?

—Sí, que fuera un poco menos formal. Un poco menos… —simuló estar buscando la palabra— serio. Asustarías a los niños. Y seguramente a las madres.

—Gracias —dijo él, taciturno—. Trataré de enmendar mis modales con los enfermos.

Una mujer cargada con una cesta de verdura entró en la posada y pasó cerca de la mesa de Viktor y Judita. Al igual que el resto de los clientes, apenas les prestó atención. Cuando Viktor la saludó, no contestó y se limitó a lanzarles una mirada entre indiferente y desdeñosa. Después, sin decir palabra, se fue con la cesta hacia la cocina.

Mientras venía a retirar los platos, el posadero se fijó en el intercambio de saludos…, o en su falta, más bien.

—Es Růžena, que trae las últimas verduras de la temporada —explicó—. Cuida el mejor huerto del pueblo, pero tiene más mano con los nabos y los calabacines que haciendo amigos. Les pido disculpas si les ha parecido maleducada.

—¿Se comporta así con todo el mundo? —preguntó Judita.

El posadero se encogió de hombros.

—Supongo que sí. Pero, al igual que la mayoría de los vecinos del pueblo, no le gusta que se utilice el castillo de las brujas, bueno, que se le dé el uso que tiene ahora. Es decir, que estén allí los Seis Diabólicos y todo eso. A mí me trae sin cuidado, pero ya sabe cómo es la gente. Imaginan cosas y las exageran.

—¿Qué demonios creen que hacemos allá arriba? —preguntó Judita.

—En el pueblo corren distintos rumores sobre el castillo. Hay todo tipo de especulaciones descabelladas sobre lo que se hace. Experimentos extraños, ese tipo de cosas. No quiero ofender las ideas políticas de nadie y no sé cuáles son las suyas ni son de mi incumbencia, pero este es un pueblo checo muy

205

tradicional y se oye decir que Hrad Orlů es un vivero de sudetes nazis que hacen experimentos con los pacientes checos. —El posadero sonrió bajo su impresionante bigote y meneó la cabeza en un torpe intento por quitarle peso a sus palabras—. Aunque el rumor que más nerviosa pone a la gente es que uno de los asesinos locos ha encontrado la forma de salir, a través de uno de los pasadizos secretos de Jan Corazón Negro. No sé si han oído hablar de ella, pero hay una capilla de madera en el bosque, por encima del pueblo.

Judita estuvo a punto de decir que la conocía muy bien, pero Viktor la contuvo dándole un ligero apretón en una mano.

—¿Y qué pasa con esa capilla?

—También tiene su leyenda. Dicen que Jan Corazón Negro la utilizaba para sus rituales y ceremonias. Misas negras, ese tipo de cosas. Pero también se rumorea que hay un pasadizo subterráneo que lleva desde el castillo, pasando por la red de cuevas, hasta la capilla, hasta una trampilla dentro de ella... o cerca. Se supone que Jan Corazón Negro lo utilizó durante su cautiverio, que cuando estaba emparedado en el castillo salía por la noche y seguía matando a mujeres y niñas. Por supuesto, es un disparate. La capilla y la zona cercana se han registrado a conciencia a lo largo de los años, pero nadie ha sido capaz de encontrar la entrada secreta a un túnel. —El posadero encogió sus fornidos hombros—. Disculpen a Růžena. Esa vieja bruja nunca habla con desconocidos. En realidad, ¡apenas me habla a mí!

Cuando acabaron de cenar, Viktor y Judita pasearon por la orilla de un pequeño lago con forma de riñón, más bien un estanque grande, que había a las afueras del pueblo. Mientras seguían el curvado sendero, Viktor se fijó en que Růžena, que estaba al otro lado del oscuro espejo de agua, les lanzaba una mirada acusatoria. Finalmente, se dio la vuelta y echó a andar en dirección opuesta con la cesta vacía colgada del brazo.

Hacía un día sombrío, el cielo estaba gris, el sol parecía cubierto por una pálida muselina y Viktor deseó no haber tomado ese camino. El sendero que bordeaba el lago era estrecho; el bosque cercano, era especialmente denso y oscuro, como si los árboles avanzaran amenazantes hacia el lago y el pueblo.

La inexorable presencia de ese bosque lo puso nervioso. Los oscuros huecos entre los apretados troncos atrajeron su mirada. Intentó achacar su desasosiego a los informes que había leído para preparar la sesión con el Leñador esa noche. Pero sabía que algo en ese lago y en esa masa de árboles le recordaba su niñez. Evocaba un sitio y una fecha: Čertovo Jezero, el lago del Diablo, en el extremo occidental del país, donde la selva de Bohemia se agolpa junto al lago de la misma forma. Y le recordaba el día en que su hermana se había ahogado. Se dio la vuelta y miró las sombras del bosque, casi esperando ver la sombría cara de su madre, ahorcada.

—¿Estás bien? —le preguntó Judita, que había notado su intranquilidad.

—Perdona —se disculpó—. Estaba pensando en el trabajo. Quizá deberíamos volver.

Mientras regresaban por el camino forestal hacia el castillo, Judita enlazó un brazo en el de Viktor, colocó la otra mano en el antebrazo y se acercó a él. Fue una plácida y espontánea muestra de cariño. Le gustó tenerla tan cerca; había estado deseando ser él quien diera los primeros pasos para avanzar en aquella relación.

—¿Vamos a ver la capilla? —preguntó Judita con un impulsivo tono juvenil. Había algo en su alegría que resaltaba su tez, más pálida de lo normal, y la negrura que rodeaba sus ojos—. A ver si encontramos el atajo subterráneo secreto hasta el castillo.

—Sí, claro —aceptó Viktor tras dudar un momento.

Judita le llevó de la mano, tal como había hecho la primera vez que habían estado allí, cuando tuvieron que correr para refugiarse de la lluvia en la capilla. Los oscuros dedos de las ramas de los arbustos y los árboles parecían estirarse hacia el sendero, como para atraparlos cuando pasaran. Viktor volvió a tener una sensación de angustiosa inquietud, como si tuviera que huir del bosque.

Los árboles fueron abriéndose y, una vez más, dejaron ver el claro y la capilla de madera toscamente construida. Judita condujo a Viktor a la sombra del porche. De repente, lo atrajo

207

hacia ella, apretó su cálido cuerpo contra él y lo besó con ansia, con urgencia. Viktor se sintió perdido, dulce y alegremente perdido, pero algo en esa urgencia le intranquilizó.

—Quiero estar contigo —dijo delicadamente—. Quiero que estemos juntos.

—Estás conmigo. Estamos juntos —aseguroó Judita volviendo a besarle—. Estamos juntos aquí y ahora. Somos felices.

—No me refiero al ahora, sino al mañana, al futuro. Quiero que estemos juntos.

—El mañana no existe —dijo Judita. Se apartó de él y su sonrisa se desvaneció—. No hay futuro. No tenemos ningún futuro. ¿No te das cuenta de que tenemos que vivir ahora? Tenemos que aprovechar este momento y todos los que podamos. No estamos en situación de mirar hacia el futuro, de hacer planes, nadie lo está.

—¿Por qué? ¿Por lo que está pasando en Alemania? ¿Por la situación política?

—Lo que sucede a nuestro alrededor no puede llamarse «situación política», Viktor. Y no está pasando solo en Alemania, sino aquí: es el comienzo de algo monstruoso. Es una terrible tormenta que lo arrasará todo a su paso. —Le puso una mano en la mejilla. Viktor notó sus finos, ligeros y fríos dedos—. El futuro que imaginas para nosotros formará parte de ese desastre.

—¿Cómo puedes estar tan segura?

—Es evidente, solo hay que tener los ojos abiertos. —Arrugó el entrecejo con expresión distraída—. Tengo unos sueños horribles, Viktor. Por eso apenas dormí anoche. Son unas pesadillas horrorosas.

Viktor la sujetó por los hombros e inclinó la cara hacia ella.

—¿Qué pesadillas tienes?

—Sueño con muertos, con formas oscuras como sombras en la noche que se mueven silenciosamente, como si fueran fantasmas. Muchísimos, infinidad de ellos. Sé que es gente que no se da cuenta de que está muerta. Gente como yo.

—¿Qué quieres decir con gente como tú?

—Los judíos, Viktor. Miles de ellos. Judíos como yo.

9

$\mathcal{L}$a tienda estaba cerrada y no había ningún cartel que indicara cuándo volvería a abrir. Parecía que aquel negocio había llegado a su fin con el asesinato de Anna Petrášová. A pesar de haber perdido a su marido, la señora Petrášová no había previsto su prematura muerte y no había tomado las medidas necesarias. Al parecer, su abogado estaba intentando poner en orden sus papeles y encontrar alguna solución práctica para la tienda.

Smolák se puso en contacto con el abogado cuando quiso 209 localizar a algún socio o amigo que pudiera proporcionarle información sobre las costumbres y la personalidad de la mujer. Parte de su trabajo como detective de homicidios consistía en documentarse sobre las víctimas: conocer sus hábitos, rarezas y manías. Descubrir, una vez muertas, los secretos que habían guardado en vida. Estaba en estrecho contacto con la intimidad de gente que no había conocido.

A diferencia de Anna Petrášová, esa familiaridad con la muerte implicaba que Lukáš Smolák no tenía problemas a la hora de entender su mortalidad.

El abogado se llamaba Franz Schneider, un alemán de Praga de unos sesenta años que hablaba en voz muy baja. Dirigía un bufete de tamaño medio con oficinas en la calle Řeznická, cerca de la plaza de Carlos, en la Ciudad Nueva. El día que fue a verlo, el abogado no pudo ofrecerle mucha información, a pesar de su evidente deseo de ayudar. La señora Petrášová había sido una persona muy reservada. Su negocio o asuntos legales no mostraban haber seguido ningún otro derrotero. El abogado había admitido que era una persona a la que era difícil conocer de verdad.

Quizá Schneider no había llegado a conocer bien a su cliente, pero algo en la forma en que hablaba de ella hizo que Smolák sospechara que ese anodino abogado de mediana edad había estado un poco enamorado de ella. Smolák lo entendía: él tampoco había llegado a conocer bien a Anna Petrášová, pero seguía obsesionándolo.

Sin embargo, Schneider sí pudo darle los nombres de tres dependientas que habían trabajado con ella. También tenía un juego de llaves, por si el detective necesitara entrar en la tienda.

Smolák reconoció a Magda Tůmová como una de las dependientas que estaban en Petráš Sklo, el departamento de bisutería de cristal, cuando visitó la tienda. Tenía unos delicados y pronunciados pómulos, similares a los de su jefa, pero era ligeramente menos guapa. Tal como había deducido en su momento, Anna Petrášová contrataba al personal tanto por su valor decorativo como por su habilidad para vender.

Magda, cuyo nombre y cuya dirección le había facilitado el abogado de Anna, estaba en casa, un apartamento que compartía con dos amigas. Cuando Smolák fue a verla, estaban trabajando. Magda mantuvo la cadena puesta y solo dejó entrar a Smolák cuando este le enseñó la placa de policía. Todavía estaba visiblemente afectada por el asesinato de su jefa. Sin su trabajo cotidiano, parecía perdida, a la deriva.

—Me acuerdo de usted —dijo cuando el detective entró en el apartamento—. Vino a la tienda para hablar con la señora, antes de... —Bajó los ojos y no llegó a acabar la frase.

—No se preocupe —la tranquilizó Smolák—. No quiero angustiarla más, pero es importante que me conteste unas preguntas.

—Por supuesto —contestó Magda mientras lo acompañaba al cuarto de estar.

Magda, liberada del uniforme negro de la tienda de la calle Křemencová, vestía una blusa azul claro, chaqueta y pantalones anchos de tela *jacquard*, estilo Marlene Dietrich. Ya no llevaba el pelo recogido, sino suelto: le caía en ondas castañorojizas sobre los hombros. Aquella ropa cosmopolita y su cara contrastaban con su débil acento rural moravo, que intentó disimular cuando ofreció café a Smolák.

—Le ayudaré en todo lo que pueda —aseguró tras preparar el café y sentarse frente a él—. Pobre señora Petrášová. Era muy buena con nosotras. Estricta, pero muy amable también.

Smolák le formuló las preguntas habituales. Al igual que le había pasado con el abogado, tras las respuestas le quedó claro que Anna Petrášová también les había ocultado celosamente su vida personal a sus dependientas. Empezó a preguntarse qué habría estado escondiendo esa mujer. Se había tropezado con ese tipo de casos muy a menudo en su carrera: la gente que parece llevar una vida normal y encubre su vida privada sobre la que suele guardar algún secreto.

—¿Tenía amigos? Su marido murió hace cinco años. ¿Mencionó si mantenía alguna relación? ¿La vio alguna vez con un hombre?

—No, nunca. Aunque eso no quiere decir que no tuviera amantes —confesó Magda—. Sé que era mayor y todas esas cosas, pero seguía atrayendo a los hombres. Incluso a jóvenes. Nunca flirteó con un cliente, solía mostrarse muy…, bueno, distante, altiva, pero creo que solo era una pose. Parte de su atractivo sexual, supongo. Perdí la cuenta de la cantidad de veces que venía un hombre a la tienda a comprar un cenicero y se iba con un decantador y un juego de copas. Entonces, después de tanta formalidad y altivez, nos guiñaba un ojo mientras nosotras envolvíamos las compras de algún pobre hombre. Era su forma de decirnos que lo había vuelto a conseguir.

—¿Y no había nadie hacia el que sintiera un cariño especial?

Magda negó con la cabeza.

—Es una pena, pero, a pesar de su fortuna y de su belleza, creo que la pobre señora Petrášová estaba muy sola. Triste. La muerte de su marido le ha había afectado mucho. Sucedió antes de que empezara a trabajar para ella, pero es lo que me contaron. Y no parecía interesada en los hombres.

—Entiendo. —Smolák suspiró. Normalmente, si trabajaba a fondo en todo lo que rodeaba una investigación, al final siempre había un cabo suelto que podía empezar a desenredar.

—Usted le gustaba.

—¿Perdone?

—A la señora Petrášová. Usted le gustaba. Por eso recuerdo el día que vino a la tienda. Cuando se fue, no sé, se le notaba. Parecía diferente.

Aquello le sentó como un puñetazo en el pecho. Era algo que quería oír y al mismo tiempo deseaba no haber oído.

—¿En qué forma parecía diferente?

—No sé, en pequeños detalles. Se nota. Las mujeres notamos esas cosas en otras mujeres. Supe que le gustaba.

—¿Está segura de que no era por algo relacionado con lo que había estado hablando con ella? Llevé una bolita de cristal para que me diera su opinión. ¿Podría haber sido eso lo que le hizo parecer diferente?

Magda se echó a reír. Era la primera vez que se reía, sonreía o daba alguna muestra de frivolidad desde que Smolák había llegado.

—Los hombres no son muy intuitivos, ¿verdad? Estoy segura de que usted le gustaba a la señora. —La frivolidad desapareció—. Pobre señora, merecía tener alguna alegría.

Permanecieron sentados en un lúgubre silencio durante un momento y tomaron el café. De repente, Magda pareció recibir una descarga eléctrica en forma de idea.

—Hubo algo… Me ha preguntado si había notado algo diferente. Acabo de acordarme.

—¿De qué?

—Puede que no sea importante.

—Magda, por favor… —insistió Smolák.

—Vino un hombre que estaba interesado en joyería de cristal. No tenía aspecto de poder permitírsela, pero quería ver lo que teníamos con cuentas de cristal. Lo había olvidado por completo…

—¿Y le atendió la señora Petrášová?

—No, esa es la cuestión. No tuvo ninguna relación con él, ni siquiera se enteró de que había venido. Fui yo la que le atendió. Le enseñé las joyas, pero no parecía tener mucho interés en ellas ni en mí. Solo miraba a la señora. Todo el tiempo. Empecé a enfadarme con él.

—¿Cuándo fue eso?

—El día que vino a verla. Una hora o así después de que se fuera.

—¿Compró algo?

—No, estaba enseñándole un collar de cuentas cuando se dio la vuelta sin pronunciar palabra y se fue.

—¿Y dice que fue después de que yo hablara con la señora Petrášová?

—Así es.

—¿Qué aspecto tenía? ¿Puede describirlo?

—Ese es el problema. No me miró a los ojos en todo el tiempo en el que le estuve atendiendo. Era alto. Llevaba un abrigo negro arrugado y polvoriento. Parecía que no se había afeitado desde hacía dos días o más, pero no pude verle bien la cara porque llevaba un sombrero de ala ancha muy estropeado, calado casi hasta los ojos. Recuerdo que incluso pensé: «¿Cómo puede ver lo que le estoy enseñando?». Pero, ahora que lo pienso, no quería que le viera la cara.

—¿Creyó en ese momento que estaba tramando algo?

—¿Qué? ¿Un robo? Quizá. Puede ser. Pero estaba muy tranquilo. Hablaba en voz muy baja, profunda y educada. No parecía encajar con su ropa. Aunque quizás era cara cuando la compró.

—¿Habló en checo o en alemán?

—En checo. Puede que tuviera un ligero acento alemán. Pero no podría asegurarlo.

—¿Lo vio la señora Petrášová?

—No, estaba ocupada con otro cliente. Quise comentárselo, pero la tienda se llenó y se me olvidó. La estuvo mirando todo el rato, pero no creo que ella se diera cuenta de que estaba en la tienda. Debería habérselo dicho. —En la cara de Magda se dibujó una expresión de horror—. ¿Cree que fue él? Si le hubiera dicho algo… ¡Dios mío! ¿Cree que si le hubiera dicho algo le habría salvado la vida?

—No, Magda —contestó Smolák con tono tranquilizador, pero firme—. No hay ningún motivo para creer que esté involucrado en el asesinato. Pero, incluso si lo estuviera, que se lo hubiera dicho a la señora, no habría cambiado lo que pasó. No había nada que hubiera podido hacer.

—¿De verdad?

213

—De verdad, Magda —aseguró Smolák.

Sin embargo, cuando se fue del apartamento, el estómago de Smolák se revolvió con las sombrías especulaciones sobre lo que podría haber pasado, acerca de lo diferente que podría haber sido todo. Eso y el hecho de que la descripción de aquel cliente encajaba perfectamente con la explicación de Tobar Bihari sobre el hombre que había salido de las sombras y le había dado la idea de utilizar llaves robadas para entrar en el apartamento de Maria Lehmann.

Eso fue lo más lúgubre que surgió en la cabeza de Smolák: Bihari le había dicho la verdad, realmente había alguien más.

No sabía si serviría de algo, pero tenía la descripción de Delantal.

10

$\mathcal{A}$l llegar cerca de la casa del guarda del castillo, Viktor y Judita, que habían ido cogidos de la mano durante todo el camino, se separaron ligeramente. No fue un acto consciente por parte de ninguno de los dos, pues no habían decidido mantener su relación en secreto. Simplemente, su instinto les aconsejó ser precavidos. Una vez dentro del castillo y a solas, se besaron. Cundo Viktor iba a irse, Judita lo sujetó por el antebrazo con una fuerza que le sorprendió.

—Ven a mi habitación después de la sesión de hoy. —le pidió con una expresión tremendamente sincera, aunque, no por ello, fácil de descifrar.

—De acuerdo —aceptó Viktor.

Estaba a punto de decir algo más, pero Judita se dio la vuelta y se encaminó hacia las dependencias del personal.

Viktor decidió ir a ver al profesor Románek antes de la sesión con Pavel Zelený, aquel sencillo trabajador forestal. Quería ponerle al día de sus progresos, o de la falta de ellos. Caminó por el pasillo que llevaba a la cocina y al comedor. Cuando estaba cerca, tres fornidos celadores con bata blanca pasaron corriendo a su lado. Al mismo tiempo, oyó el grito desgarrador de una mujer en el comedor y también echó a correr.

Giró para entrar en el comedor justo detrás de los celadores. El pequeño, calvo y corpulento Michal Macháček estaba agachado en el suelo y acunaba algo ensangrentado. Al otro lado del salón, una joven enfermera estaba de pie con las dos manos en una mejilla; la sangre, que le caía entre los dedos, le llegaba a los antebrazos. Los tres celadores atravesaron a toda velocidad el comedor tirando sillas a su paso antes de caer sobre Macháček, tumbarlo boca abajo y sujetarle las manos contra el suelo. Un vaso de cristal roto y ensangrentado rodó desde una de sus manos. Gritó y se retorció en vano para recuperarlo.

Tras comprobar que Macháček estaba controlado, Viktor corrió hacia la enfermera. Era Gita Horáková, una joven delgada de pelo negro de unos veinte años. Se había fijado en ella por su belleza. A pesar de sus requerimientos, se negó a apartar las manos de la cara. Cuando Viktor consiguió aflojar los temblorosos dedos y apartarlos de la mejilla, comprendió su reticencia. Al cesar la presión, un chorro de sangre brotó de un feo corte que iba desde el ojo derecho hasta el músculo risorio. Viktor vio el destello óseo del arco cigomático a través de la sangre y la carne desgarrada. Enseguida supo que aquella herida se abultaría al curarse y le dejaría una cicatriz que la desfiguraría; y el daño en el arco cigomático y el músculo risorio solo le permitiría tener una sonrisa torcida durante el resto de su vida. Si volvía a reír alguna vez.

Saco un pañuelo limpio de un bolsillo, lo dobló y le dijo a la aterrorizada enfermera que lo apretara contra la herida.

—La voy a llevar a la enfermería —dijo con voz firme pero amable—. Allí la curarán. —Habló por encima del hombro hacia donde los celadores agarraban a Macháček—. ¿Está sujeto el paciente?

—Sí, doctor —contestó el celador jefe, que tenía su enorme rodilla en la región lumbar del paciente.

Macháček gemía lastimeramente, pero no por miedo o dolor, sino por desesperación, en un intento de reclamar su trofeo, con la vista fija en el vaso que se había hecho añicos fuera de su alcance. Viktor vio el charco de sangre, que parecía un halo alrededor de su mano estirada. Evidentemente también se había cortado.

—Entonces, pónganle una camisa de fuerza y llévenlo a sus habitaciones —ordenó Viktor—. Adminístrele cincuenta miligramos de amital sódico, espere sesenta segundos y póngale otra dosis de cincuenta miligramos. Cuando se haya calmado, envíelo a la enfermería.

Viktor rodeó con un brazo los hombros de la enfermera, mantuvo la presión en la herida con una mano y salió del comedor en dirección a la enfermería. Conforme andaban, notó que la chica temblaba por la conmoción. Temió que fuera a desmayarse. Lloraba, aunque intentaba contener los sollozos y el movimiento de la boca.

—¿Qué ha pasado? —le preguntó.

—No lo sé. Estaba tranquilo. Lo llevé al comedor y se sentó sin protestar. No habíamos tenido ningún problema con él desde que lo enviaron aquí. Fui a buscarle algo de beber; cuando volví, tenía ese vaso. No tengo ni idea de dónde había salido. Solo el personal bebe en vasos de cristal. Y se supone que han de dar cuenta de ellos. —Empezó a temblar más—. No sé si era uno de nuestros vasos, parecía diferente.

—Casi hemos llegado —dijo Viktor para tranquilizarla—. La enfermería ya está muy cerca.

—Estaba sentado allí, acunando el vaso entre las manos, mirándolo, mirando en su interior. Le dije que me lo diera y me miró como si estuviera loca. Después, cuando intenté quitárselo… —Se hundió aún más, y Viktor se dio cuenta de que tendría que cargar con gran parte de su peso, pues las piernas empezaban a fallarle.

Atravesaron las puertas de la enfermería y se encontraron con dos enfermeras y con el doctor Platner. Los tres corrieron hacia ellos y se encargaron de la muchacha. Krakl salió de una habitación contigua y ordenó a las enfermeras que llevaran a su compañera a la sala de curas y la tumbaran en una camilla.

Viktor se quedó con Platner para explicarle lo que había pasado.

—Nos ocuparemos de ella. La coseré yo mismo —dijo Platner, y después hizo un gesto hacia la camisa y la chaqueta de Viktor—. Será mejor que vaya a lavarse.

Viktor se miró y vio una enorme flor negra de sangre en su camisa, su corbata, su solapa y el hombro de la chaqueta. La observó sin decir palabra durante un momento.

—¿Está bien? — le preguntó Platner.

Viktor recobró la compostura.

—Estoy bien —aseguró meneando la cabeza con incredulidad—. El profesor Románek tiene razón: a veces uno se olvida de lo enfermos que están y de lo peligrosos que son nuestros pacientes.

—En eso discrepamos —lo contradijo Platner con expresión seria—. Yo nunca lo olvido.

11

Viktor vio girar el agua teñida de rosa en el lavamanos de porcelana blanca hacia el aro metálico del desagüe. Recogió agua fría del grifo en las palmas de las manos, se la echó en la cara y se frotó el cuello.

Aquello le había afectado. A pesar de sus crímenes, el Coleccionista de Cristal jamás se había puesto violento con ningún miembro del personal médico o dedicado a su cuidado. Se llevaría a cabo una investigación sobre cómo había llegado a las manos de un paciente una pieza de cristalería de la que había que rendir cuentas. También se harían preguntas sobre qué podía haber desencadenado ese cambio en Macháček.

Después de secarse la cara y el cuello con una toalla, se puso una camisa y una corbata limpias. No podía hacerse nada con las sucias, pero dobló la chaqueta, la envolvió en papel marrón y la ató con una cinta con la intención de preguntar si la lavandería del hospital podría hacer magia con ella. Se miró por encima del lavamanos y se echó hacia atrás el cabello para retirarlo de la ancha frente. Al hacerlo, vio el mismo cansancio y las mismas sombras oscuras bajo los ojos que ya había observado en Judita ese mismo día.

Pensó que quizás era ese lugar. Tal vez era estar encerrado con locos, atrapado en el abrazo pétreo del castillo y ahogado por aquellos bosques lo que consumía su vitalidad. Sin embargo, Judita se sentía segura allí. Ella pensaba que la verdadera locura iba más allá de su envoltorio de piedras y bosques.

En cualquier caso, Viktor tenía un trabajo que hacer, casi un deber. Y ese lugar y aquellas monstruosas mentes cautivas en él, formaban parte del camino para lograr su objetivo.

Υ

Decidió ir a la enfermería antes de empezar la sesión de narcoanálisis con Pavel Zelený, el Leñador. Cuando llegó, Platner había acabado su turno. Lo había reemplazado su adusto ayudante, Krakl.

—Me gustaría ver qué tal va la enfermera Horáková. ¿Puedo verla? —preguntó Viktor.

Krakl se encogió de hombros.

—Por aquí —dijo antes de guiarlo por el pasillo de la enfermería—. Le hemos administrado un sedante. El doctor Platner ha limpiado y cosido la herida. Ha hecho un excelente trabajo. Ha montado un escándalo por el aspecto que iba a tener, la muy estúpida. Es muy frívola.

—¿Frívola?

—Quince centímetros más abajo y le habría cortado la carótida o la yugular. Entonces no le habría preocupado su aspecto.

Viktor estuvo a punto de decir algo, pero habían entrado en una de las salas de cura. Las luces estaban amortiguadas. La enfermera estaba en una cama, inmóvil, pero no dormida, con la vista fija en algún punto del techo. Un grueso trozo de algodón, sujeto con gasa y vendas, cubría la herida. No obstante, Viktor vio que la mejilla estaba dilatada e hinchada. Había empezado a amoratarse y el antiséptico violeta que le habían aplicado intensificaba el color que se veía por debajo del apósito.

Al ver a Viktor, se dio la vuelta y sonrió. La hinchazón de la mejilla le inmovilizaba un lado de la boca y le torcía y le curvaba la sonrisa. Viktor se preguntó cuánto movimiento recuperaría. Le cogió una mano y le preguntó qué tal estaba.

—Bien —respondió.

Le dio las gracias por todo lo que había hecho. Viktor le contestó que debía dar las gracias al doctor Platner; el doctor Krakl le había comentado el buen trabajo que había hecho.

La enfermera miró por encima del hombro de Viktor hacia Krakl. Por un momento, sus ojos se llenaron de frialdad.

—El doctor Platner ha sido muy amable. ¿Cree que me quedará una cicatriz muy grande?

Viktor hizo caso omiso del suspiro de Krakl a su espalda.

219

—Le quedará una cicatriz, pero yo no me preocuparía mucho por ella. El buen hacer del doctor Platner la habrá minimizado; seguramente, podrá ocultarla con maquillaje, —Sonrió para disimular la mentira: había visto la herida—. Descanse y cúrese.

—Muchas gracias. No sé qué habría hecho si no hubiera…

—No tiene por qué darlas. Ahora, intente dormir un poco.

Viktor siguió a Krakl hasta el pasillo, se despidió y le explicó que había organizado una sesión de narcoanálisis.

—Jamás habíamos tenido problemas con él antes.

—¿Qué? —preguntó Viktor volviéndose hacia Krakl.

—Michal Macháček nunca nos había dado ningún problema.

—Lo sé, pero, tal como ha repetido el profesor Románek infinitas veces, nunca se puede bajar la guardia. Todos estos pacientes son impredecibles y potencial y letalmente peligrosos.

Krakl se encogió de hombros.

—Lo único que sé es que nunca habíamos tenido problemas con Macháček hasta su supuesta sesión de narcoanálisis de ayer.

Viktor movió la cabeza con incredulidad.

—¿Está insinuando que el ataque es el resultado del tratamiento… o de mi mala gestión clínica con un paciente?

—Lo único que digo es que parece razonable sugerir que algo en la sesión ha provocado ese comportamiento violento. Quizás haya liberado una agresividad que podría haber seguido reprimida.

—Con todo el respeto, doctor Krakl, eso demuestra una gran ignorancia sobre cómo funcionan esas sesiones. Acerca de la esencia de la psiquiatría y la psicología.

—Eso lo entiendo —dijo con evidente desprecio—. Tratamiento para lo intratable. Todo un diccionario de jerga para enfermedades, cuando una sola palabra basta: locura. Pseudofilosofía y pseudociencia para complicar un simple hecho de la naturaleza: que a veces la gente nace con defectos. Algunos con defectos físicos; otros con defectos mentales. Y, por supuesto, se puede ganar dinero con tales teorías, por eso el padre de su psicología, Freud, es judío. La psicología no es solo una pseudociencia, sino una estafa judía para ganar dinero. Eso la hace doblemente peligrosa.

—Entonces, si cree eso, ¿por qué está trabajando en un sanatorio psiquiátrico? Y, por cierto, soy psicólogo junguiano, no freudiano. Y que Sigmund Freud sea judío no tiene nada que ver con ello.

—Trabajo aquí porque me necesitan. Trabajo aquí porque hemos de apartar a los locos de los sanos. Confinarlos o, al menos, encerrarlos hasta que se encuentre una solución mejor.

—¿Y el doctor Platner comparte su punto de vista?

—Es mi opinión. Lo que el doctor Platner crea es asunto suyo. En cualquier caso, si quiere que le sea sincero, los trucos de magia que lleva a cabo en sus sesiones no consiguen ningún resultado positivo. De hecho, creo que esas sesiones son potencialmente perjudiciales y que, si no las abandona, habrá más incidentes como el del ataque.

Viktor miró la figura de Krakl: alta, delgada, inclinada y con aspecto de halcón. Apenas contuvo el impulso de agarrarlo y darle un puñetazo en la cara. «Si esta es la raza superior, que Dios nos ampare», pensó.

—No tengo tiempo para tonterías —replicó dándole la espalda y saliendo de la enfermería—. Tengo que hacer más trucos de magia.

12

Viktor llegó pronto a la sala de sesiones de la torre, preparó el equipo y se sentó un momento para recobrar la compostura y ordenar sus pensamientos antes de entrar en las profundidades de la mente de otra persona. Se sentía nervioso, no solo por el ataque que había sufrido la enfermera y que le había recordado las advertencias de Románek, sino porque la conversación con Krakl le había ofendido.

Pero lo cierto es que a Viktor le incomodaba la idea de que el comportamiento violento de Macháček tuviera algo que ver con su sesión con él. ¿Y si la voz que había oído era una parte oculta de sí mismo y la hubiera dejado escapar sin darse cuenta? A eso había que añadir que, cada vez que pensaba en Krakl y en sus opiniones, en los miedos persecutorios de Judita, en las pesadillas de carnicerías y devastación que la acosaban, y en cómo Krakl parecía dar forma a esos miedos insustanciales, se le revolvía el estómago.

Se sentó en la habitación circular, entre sus gruesas paredes, bajo el techo abovedado, e intentó aclarar sus ideas. Por alguna razón, se acordó de otra locura centenaria, incluso mayor. Una locura legendaria que se había encerrado y escondido en algún lugar detrás de esas paredes. En vez de relajarlo, el aislamiento en la habitación de la torre del castillo y pensar en todo eso despertó algo más en Viktor.

Se dio cuenta de que, por alguna razón desconocida, estaba asustado.

Oyó un golpe en la puerta. Cuando la abrió, vio al profesor Románek, con cara de preocupación y el ceño fruncido.

—Solo quería darle las gracias por su rápida intervención —dijo Románek—. Ha sido un desafortunado incidente y un terrible fallo de seguridad.

—Pase, profesor, por favor.

Románek entró en la estancia y miró las paredes circulares, la camilla, la mesa que había en el centro y las cajas, bobinas y cables del equipo de grabación.

—Solo le entretendré un minuto. Quería darle las gracias por ayudar a esa pobre chica. Y por hacerse cargo de la situación.

—No fue nada —aseguró Viktor, que se dio cuenta de que esa no era la única razón de la visita de Románek—. ¿Ha averiguado cómo consiguió el vaso?

El ceño de Románek se hizo más profundo.

—Esa es la cuestión. Los fragmentos que recogimos no se corresponden con ningún objeto de cristal de la cocina o de la cantina. Eran de algún tipo de cristal verde azulado, más decorativo que funcional. Parece que Macháček lo tenía consigo, que lo había escondido y que lo había llevado a la cantina. Tal como le he dicho, un terrible fallo de seguridad.

—Pero ¿dónde lo ha conseguido si no es de la cantina?

—Eso es lo que más nos desconcierta —respondió Románek. Hizo una pausa—. Doctor Kosárek, ¿cree que algo en la sesión de narcoanálisis con Macháček ha podido provocar ese incidente?

Viktor ahogó un suspiro: esa era la verdadera razón de la visita de Románek, la misma sospecha que Krakl había manifestado menos diplomáticamente.

—De ninguna manera, profesor —respondió con firmeza—. De hecho, esas sesiones relajan las psicosis de los pacientes, no las avivan. La violencia de Macháček me sorprendió tanto como a usted. ¿Qué hay del policía que quiere interrogarlo?

—Me ocuparé de ese asunto —aseguró Románek—. Habrá que cancelar la visita. O, al menos, posponerla. ¿Va a hacer otra sesión esta noche?

—Sí —contestó Viktor—, con Pavel Zelený, el silesio.

Románek observó a Viktor.

—Muy bien. Gracias de nuevo, doctor Kosárek.

13

*P*avel Zelený era un sencillo leñador de Moravia-Silesia. No demasiado listo. Viktor sabía poco de Silesia, aparte de que Sigmund Freud había nacido allí. No era un lugar que le interesara especialmente conocer. Solía tener problemas para entender el dialecto lach que hablaban muchos silesios. El historial de Zelený y la breve conversación sin fármacos que Viktor había mantenido con él sugerían que, aunque tenía tendencia a incluir palabras en lach, podía hablar checo de forma aceptable. Sin embargo, su historial también indicaba que su inteligencia estaba un poco por debajo de lo normal y que no sabía leer ni escribir.

Cuando trajeron a Zelený, iba vestido con una camisa blanca y limpia, así como con unos pantalones de traje. Evidentemente, se los había proporcionado el hospital. Era un hombre grande, de complexión robusta. Se había afeitado, aunque en su prominente mandíbula quedaba la sombra de una barba.

Como era la primera vez que lo veía vestido de esa manera, el aspecto del Leñador le pareció extrañamente desconcertante: con aquella anodina ropa de ciudad, no había nada en él, al margen de su constitución atlética, que indicara que era un trabajador. Zelený era guapo, con una cara bien proporcionada; sus brillantes ojos verdes sugerían una inteligencia de la que, según su historial, carecía.

Lo habían sedado levemente y no opuso resistencia alguna cuando lo llevaron a la camilla y lo sujetaron. Pero Viktor se fijó en que, en esa ocasión, cuatro celadores acompañaban al paciente. A diferencia de Macháček, Zelený sí había atacado al personal. Su fuerza física, unida a su inestabilidad emocional, hacía necesario que se tuviera especial cuidado con él.

Una vez atado, Viktor le administró el cóctel de sedantes y esperó a que surtieran efecto. En cuanto notó que se relajaba, encendió el magnetófono K1 y empezó la sesión.

Los fármacos parecían haber diluido la voluntad de Zelený con especial rapidez, pues su tejido emocional estaba urdido con un hilo más ligero que el de otros pacientes. Contestó a las preguntas sin protesta ni resistencia. Tenía una voz sorprendentemente suave para un hombre de semejante constitución. Tal como Viktor esperaba, habló con un marcado acento y salpicó el checo con palabras dialectales silesias y polacas.

En cuanto Viktor guio al Leñador a las profundidades de su mente, Pavel Zelený contó su historia:

—Éramos felices. Mi mujer y yo éramos felices. Šarlota era una chica guapa, una chica fuerte. Y era feliz conmigo. Éramos como las dos caras de la misma moneda. Imagino que sabe a qué me refiero. Pasamos cuatro años así. Cuatro años felices.

—¿Qué cambió las cosas? —preguntó Viktor.

—Llegaron los niños, gemelos. De repente, todo cambió. En realidad, ya antes había empezado a cambiar. Se volvió malvada, reservada. Y no quería acostarse conmigo tanto como antes. Como cuando éramos recién casados.

—¿Le dijo por qué?

—Šarlota le echaba la culpa al bosque. Decía que le asustaba. No solo por lo que pudiera esconderse en él. Tenía miedo del bosque en sí mismo. Yo me reía. Había vivido y trabajado en bosques toda mi vida. Gracias a mi trabajo, teníamos una casita de campo, en una finca. Era un sitio bonito, pero en las profundidades del bosque. Se preocupaba porque los niños tendrían que ir al colegio y vivíamos a tres kilómetros del pueblo. La casa más cercana era la del administrador de la finca, a más de un kilómetro.

—Así pues, ¿fue el aislamiento, el estar sola, lo que le afectó? —preguntó Viktor.

—Supongo, pero lo explicaba de otra forma. Decía que era el bosque, que le asustaba y que había empezado a ver cosas en la oscuridad, entre los árboles. Decía que esas sombras estaban vivas, que estaba lleno de fantasmas, de espíritus. Decía que, de niña, le habían hablado de los demonios, las hadas y las brujas que vivían en el bosque. Intenté explicarle que era solamente la forma en que cambiaba la luz y cómo se movía entre los árboles. Pero no me creyó: dijo que el bosque estaba lleno de cosas que no comprendía. Nada la calmaba. Sin embargo, no podíamos irnos del bosque. Allí estaba mi trabajo. Mi trabajo estaba entre los árboles.

—¿Y usted? Según lo que acaba de decir, ¿no creía en los espíritus del bosque?

—No he dicho eso. Eso es lo que le decía a Šarlota, que no creía en ellos. Pero, como sabe, he pasado toda mi vida en el bosque. Hay que vivir y trabajar en el bosque para conocerlo.

—¿Conocerlo?

—El bosque está vivo. No me refiero a los árboles, al musgo, a las plantas y a los animales, que solo forman parte de él, como los dedos, el pelo o la piel forman parte de nosotros. Me refiero al bosque. Es una mente inmensa que se extiende y que está llena de sombras y luz. Y es más: sueña. Sueña todo tipo de cosas. Cosas buenas y cosas malas.

—¿Y los espíritus del bosque?

Zelený asintió lentamente con la cabeza, que parecía cada vez más torpe por los fármacos.

—Forman parte de los sueños. El bosque tiene sueños. Igual que las personas. Es como si se unieran y se mezclaran. Como las raíces de un árbol joven que se abren paso entre las raíces de un árbol mayor y se mezclan con ellas. Si se pasa el suficiente tiempo en el bosque, se empiezan a soñar sus sueños. Se empiezan a ver los demonios, ángeles y espíritus que hay en las sombras entre los árboles. Creo que eso fue lo que le pasó a Šarlota. Creo que empezó a ver los espíritus, sin entenderlos.

—¿Cree que tenía alucinaciones? Quiero decir, ¿cree que veía cosas que no existían?

—Sí que existían. Existe el Ten-kdo-číhá-zvadu, el que se esconde detrás, el que te observa y camina detrás de ti sobre tus pasos, pero que se esconde detrás de un árbol en cuanto te das la vuelta. Y la región en la que vivíamos era el hogar del gigante Krakonoš, al que los alemanes llaman Rübezahl. También existen los espíritus llamados Leši y las brujas del bosque llamadas Vila. También está el demonio negro Čert y, por supuesto, el gran Veles, el espíritu del bosque... Viven en el bosque porque el bosque los sueña.

—Pero ¿le contó todo eso a su mujer?

—La habría asustado más. Pensé que se acostumbraría con el tiempo. Cuando se vive el suficiente tiempo en el bosque, uno se acostumbra a los espíritus. Imagino que al final se habituó. —Zelený suspiró. Los sedantes atenuaron su tristeza—. Šarlota cambió. Quiero decir que volvió a cambiar. Fue un gran cambio. Dejó de quejarse del bosque. De hecho, empezó a dar paseos por él a todas horas. Se llevaba a los niños y ya no quería saber nada de mí. No quería que me acercara a ella. —Zelený hizo una pausa para buscar la expresión adecuada—. Ya no quería que cumpliera con mis obligaciones de marido.

—¿Le dio alguna razón?

—No, solo decía que estaba cansada. Pero lo sabía. Sabía la verdad. Se acostaba con otro hombre. Otra persona estaba siendo su marido.

—¿Y cómo pudo pasar? Dice que vivían en un lugar remoto. ²²⁷

—Conoció a alguien en el bosque. Imaginé que tenía un amante en el bosque o que su amante iba a verla cuando yo estaba trabajando. También había otros indicios. —Zelený asintió levemente por el efecto de los fármacos. Lo hizo como para reafirmar sus conclusiones—. Los niños empezaron a mirarme de forma extraña. No querían hablar conmigo ni pasar tiempo a mi lado. Y los tres, mi mujer y los niños, iban cada vez más al bosque. Un domingo que no tenía que trabajar, los niños, los gemelos, estaban jugando en la parte de atrás de la casa. Creían que no los oía. Pero le oí perfectamente.

—¿Y que decían?

—Ese es el problema, no sé de qué estaban hablando. No pude entender nada. Estaban hablando, más bien susurrando, como si no quisieran que nadie los oyera, en un idioma extraño. No se parecía a ninguno que hubiera oído antes.

—¿Alemán?

Zelený negó con la cabeza.

—No hablo alemán, pero lo reconozco cuando lo oigo. No

era alemán. No era ni alemán, ni checo, ni polaco, ni ruso. No era un idioma de personas normales. Las palabras eran muy extrañas. No parecían palabras, en absoluto. Eran más bien ronroneos, chasquidos y gruñidos. No era humano, ¿entiende? No era un idioma de este mundo. Entonces supe que debía hacer algo. Tenía que encontrar pruebas.

»Pero no fue fácil. En la finca en la que trabajaba me hacían trabajar duro, muy duro. Tenía que acabar mi labor diaria antes de que viniera el capataz con los caballos para llevar la madera al almacén. Tenía que irme muy temprano, cuando el bosque empezaba a cobrar vida. No podía vigilarlos. Sin embargo, cierto día, el cielo se llenó de negras nubes de tormenta y el capataz me dijo que había ido con la camioneta. Llegué a casa un poco antes. Sin embargo, en vez de ir directamente a la casita, salí del camino, me metí en el bosque y me oculté entre unos arbustos para ver lo que estuviera pasando. Los iba a pillar. Y lo hice. Lo vi.

—¿A quién vio?

—Primero los oí, dentro de la casa. A mi mujer, ¡mi mujer!, gimiendo como una puta mientras los niños jugaban fuera. Al cabo de un rato salió. El hombre gris. Era alto, más alto y más delgado que ningún ser humano pueda ser. Y era completamente gris. Salió de la casa y vi que no era humano. Tenía la nariz larga y puntiaguda, así como una boca enorme que parecía sonreír, pero que no lo hacía: simplemente estaba torcida porque tenía muchos dientes, más de cien. Unos dientes largos y finos como agujas. Todo en él era puntiagudo, no solo los dientes; su cara estaba llena de ángulos. Tenía los ojos duros y afilados, como los diamantes. Y no siguió el camino, volvió al bosque y se internó en la parte más densa. Allí todo era espeso y oscuro. Fue como si se disolviese en las sombras, como si se fundiera. Pero lo había visto lo suficiente como para reconocerlo. Sabía quién era aquel hombre gris. Lo sabía perfectamente.

—¿Y quién cree que era?

Zelený bajó la voz hasta convertirla en un susurro.

—Sabía quién era: era Kostěj el Sin Muerte. ¿Lo conoce? El demonio diabólico e inmortal de los bosques. En ese momento, supe que mi mujer era una bruja del bosque y la puta de un demonio. Todo tuvo sentido. Lo comprendí todo. Šarlota era la puta de un demonio. Y quizás algo más. Existe un demonio femenino de los pantanos; seduce a los hombres y roba niños para reemplazarlos con los suyos. Se llama Divoženka. Entonces lo vi claro. Lo vi todo tal como era: Šarlota era Divoženka, la puta demonio de los pantanos que robaba niños y había estado yendo al bosque para bañarse en el agua sucia de los pantanos, para fornicar con Kostěj. Y sabía que aquellos niños no eran míos. Mis hijos estaban muertos. Šarlota los había reemplazado con *odmieńce*, niños cambiados. Eran la prole de Kostěj. Y el idioma que les había oído hablar era la lengua del bosque. El habla de los demonios de los árboles y de los espíritus subterráneos.

—¿Y creyó todo eso, Pavel? ¿Sigue creyéndolo?

—Por supuesto que lo creo. Es la pura verdad. ¿Por qué iba a hacer lo que hice si no fuera verdad?

14

—*P*ero ¿no se da cuenta de que ese hombre gris que vio no podía ser Kostěj el Sin muerte? Kostěj es un mito eslavo. No es real. Tampoco lo son los niños cambiados ni Divoženka, la demonio de los pantanos. Solo son supersticiones, cuentos de hadas.

—Pero él es real. Y los mitos son reales. Por eso sabía cómo hacerlo. No podía matar a Kostěj porque es inmortal. Mantiene su muerte encerrada muy lejos de su cuerpo. Ya conoce la historia. Hace mucho tiempo, Kostěj viajó a la isla mágica de Buyan y escondió su muerte en forma de aguja en el interior de un huevo que está dentro de un pato, metido en una liebre, guardados en un cofre de hierro enterrado bajo el roble verde mágico. Mientras la aguja de su muerte esté escondida, nadie, ni usted ni yo…, nadie puede matar a Kostěj. Posee el don de resucitar a personas que están muertas; sopla en la boca de los muertos y vuelven a la vida, aunque sin alma. Por eso tuve que hacerlo de ese modo. No fue un trabajo agradable, pero había que hacerlo.

—¿Se refiere a matar a su mujer y a sus hijos con un hacha? ¿Darles hachazos hasta matarlos?

—Sí —contestó con toda naturalidad—. Pero fue mucho más que eso. Y, en cualquier caso, no eran mi mujer y mis hijos, no era mi familia. Eran la familia de un demonio, los bastardos *odmieńce* de Kostěj y su mujer bruja. Y matarlos con un hacha no fue suficiente. ¿No lo entiende? Si Kostěj los encontraba, podría soplar en sus bocas y devolverles la vida, sin alma.

Viktor volvió a mirar el historial. Contenía fotografías de la policía, pero tuvo que hacer un esfuerzo para verlas con la imparcialidad de un profesional. En realidad, tuvo que hacer un esfuerzo simplemente para mirarlas.

—¿Se da cuenta de por qué tuve que hacer lo que hice? —preguntó Zelený—. Tuve que cortar los cuerpos en trozos muy pequeños para poder esparcirlos por el bosque. Debía impedir que Kostěj les devolviera la vida. Y, sobre todo, tenía que esconder bien las cabezas. Con los niños fue fácil, porque eran muy pequeñas.

Viktor suspiró. De repente, le sobrepasó la penosa banalidad de la locura y los crímenes de Zelený. Su búsqueda de la supuesta naturaleza diabólica le pareció absurda. En ese analfabeto que tenía delante no había otra cosa que una vulgar y sórdida locura, un burdo delirio paranoide que había causado una carnicería en su mujer y sus hijos. No sufría un desdoblamiento de personalidad. Eso resultaría demasiado complejo para un tipo como ese. No había pruebas de su teoría de la naturaleza diabólica.

Durante un momento, en la habitación solo se oyó el acompasado girar de las bobinas del magnetófono.

231

Zelený parecía encantado de seguir inmóvil y miraba a Viktor con unos ojos ausentes que no mostraban ni impaciencia ni reacción alguna. Viktor tomó una repentina decisión, cogió la hipodérmica, la rellenó con una nueva dosis de sedantes y dijo en voz alta la cantidad de fármaco que iba a inyectarle para que quedara grabado en la cinta.

—¿Qué? —preguntó Zelený.

—Nada, Pavel —contestó Viktor—. Estaba hablando con la máquina. Le voy a poner otra inyección, le relajará un poco más. Quizá sienta que le entra un poco más de sueño, así que intente mantenerse despierto.

—De acuerdo.

Viktor esperó unos minutos a que hicieran efecto los narcóticos añadidos. Zelený estaba en el limbo de la consciencia, ni dormido ni despierto.

—Quiero hablar con el hombre gris —pidió Viktor. Notó que el corazón se le aceleraba: la dosis que le había administrado estaba en el límite de lo que se atrevería a utilizar, quizás incluso un poco más allá. Sabía que estaba arriesgando la vida de ese paciente para probar su teoría—. Quiero hablar con

Kostěj el Sin muerte —exigió—. ¿Está ahí? ¿Está dormido dentro de Pavel Zelený?

No hubo respuesta.

—¿Está ahí, Kostěj?

De nuevo, el único sonido que se oía en la habitación era el girar de las bobinas. Viktor se fijó en que la respiración de Zelený se volvía menos audible y más profunda. El intervalo entre las inspiraciones se hizo mayor. Eran señales de una peligrosa hipoventilación y de una sobredosis de sedantes.

—¿Puede oírme, Pavel?

No hubo respuesta.

—¿Pavel?

La respiración del paciente era apenas audible. Solo se notaba un movimiento casi imperceptible en su ancho pecho. Maldijo su impaciencia y lo desacertado que había sido administrarle esa dosis extra.

Al notar que su paciente entraba en una peligrosa crisis respiratoria, cogió la jeringuilla otra vez y con la mano libre buscó en el contenedor de aluminio una ampolla de picrotoxina, un antídoto. Le resbaló de las manos y rodó por la mesa. Intentó atraparla, pero cayó al suelo.

Cuando se agachó para recogerla, se dio cuenta de que el cristal se había roto y que el contenido se había derramado formando una viscosa y brillante lágrima en las baldosas grises. Soltó un juramento. Era la única dosis de antídoto que había llevado. Corrió hacia el paciente y lo sacudió por los hombros; Zelený estaba inmóvil.

—¿Pavel?

Volvió a agitarlo. Cuando no obtuvo respuesta, intentó masajearle el esternón, pinchándole y pellizcando la piel del pecho para ver si reaccionaba ante el dolor. No lo hizo: Zelený seguía inerte, con los ojos cerrados. Apenas se oía su respiración. Viktor corrió a la mesa. Apretaría el timbre para pedir a un celador que le trajera más picrotoxina.

Entonces oyó un sonoro y estremecedor jadeo. Al darse la vuelta, Zelený había recobrado el conocimiento; completa, plenamente. Los ojos del Leñador, cuya mirada le había parecido desprovista de inteligencia, parecían rebosantes de juicio. Los tenía clavados en él.

Se quedó quieto un momento, confuso. Que Zelený hubiera recobrado el conocimiento con tantos sedantes en el cuerpo era poco probable, pero que lo hubiera recuperado completa, lúcida e intensamente, era casi imposible.

—¿Se encuentra bien, Pavel?

Zelený no contestó de inmediato, sino que miró a Viktor con sus ojos verdes, brillantes y perspicaces en ese momento.

Cuando habló, su voz había cambiado por completo. Era más profunda, tenía más resonancia, más autoridad. Convirtió la habitación circular del castillo en un anfiteatro.

—Puede llamarme señor Hobbs —dijo en inglés, con un tono profundo.

233

15

—*N*unca me ha hablado de su hermano, doctor Bartoš —dijo Smolák mientras le ofrecía un cigarrillo al forense, que lo aceptó. El detective se lo encendió y después hizo lo propio con el suyo—. Tampoco es que sea un asunto de mi incumbencia.

—No lo es —contestó Bartoš bruscamente.

Sentado al otro lado de la mesa, pequeño y hundido, se dedicó a mirar la oficina del detective. Estaba en la tercera planta de la Dirección General de la Policía de Praga; era un área de trabajo pensada para ello. Estaba atestada de archivadores, libros de leyes y manuales de policía, pero desprovista de objetos personales o del más mínimo detalle que hablara de quien la ocupaba.

Solo tenía una ventana, pero era amplia y no había edificios enfrente que obstruyeran la claridad de la luz del día. Cuando se instaló allí, Smolák movió el escritorio para que quedara delante de la ventana. Podía sentarse dando la espalda a la luz, cosa que permitía que la cara de las visitas brillara, como en esos momentos ocurría con la del doctor Bartoš.

Era un truco que había aprendido de las historias que se contaban sobre el emperador Carlos IV, que había colocado el trono de las audiencias entre dos ventanas altas, en lo que de otra forma habría sido una oscura sala de audiencias en el castillo de Karlštejn. Aquello dejaba al emperador en la sombra, mientras que sus vasallos estaban de pie ante él a plena luz del día.

Tal como sabían el emperador y el policía, la luz del día era el lugar más difícil donde esconder una mentira.

—Pero supongo que todo el mundo hace sus elucubraciones —aceptó Bartoš con resignación—, y concluye que me dedico a esto por lo que hizo mi hermano.

—¿Y es así?

—No. —El médico, bajo y arrugado, acompañó la respuesta con una risa seca y amarga, antes de darle una contemplativa calada a su cigarrillo. El humo se elevó haciendo círculos azules, grises y plateados en la fría luz invernal—. Tratamos con asesinos y asesinatos todos los días. Vemos la realidad banal del homicidio, que la mayoría de los asesinatos los cometen personas incultas o con poca inteligencia. Sobre todo borrachos y criminales. No hay lección que aprender en lo que motivó a mi hermano a cometer sus crímenes. Los crímenes de Dominik, sus asesinatos, fueron excepcionales. Pero es que todo en él era excepcional: su mente, sus ambiciones, su locura. Si verdaderamente hubiera querido desentrañar ese misterio, me habría hecho psiquiatra, no forense.

—¿No vio ninguna señal? ¿No sospechó acerca de su estado mental? —preguntó Smolák.

Una gran tristeza cubrió la cara del forense.

—Mi hermano era la persona más tierna que he conocido en mi vida. Para Dominik, este mundo…, este universo rebosaba maravillas. Las que vemos y las que todavía no nos han sido reveladas. Por eso eligió ser científico: para descubrir más maravillas.

»Como físico, dedicó su vida a comprender la mecánica oculta del universo. El llamado reino cuántico, en el que absolutamente todo lo que sabemos, todo lo que creemos que es verdad, está patas arriba. Evidentemente, como médico, tengo conocimientos científicos, pero ni siquiera yo lo entiendo. Es un mundo al revés, ilógico. Si se quiere explorar, exige una sólida cordura. Supongo que la de Dominik no era lo bastante sólida. En algún momento encontró la maravilla que buscaba, pero se convirtió en una maravilla siniestra. Demasiado siniestra como para asimilarla. Había estado buscando racionalidad y ciencia. En vez de eso, encontró locura y magia. Y empezó a creer en ellas.

Smolák asintió lentamente.

—Sabe que no era responsable de sus actos, ¿verdad? Que estaba a merced de su locura.

—Sí. —Pareció meditar la respuesta un momento—. Sí, así fue.

235

—Pero no ha ido a verlo nunca, hasta ahora.

—Supongo que todavía lo culpo. Lo que hizo fue monstruoso, horrendo. Incluso sabiendo lo poco probable que era que Dominik hiciera daño a una criatura viva y habiendo oído todas las pruebas de su locura, creo que sigo culpándolo.

—¿Y ahora quiere verlo?

—Cuando me enteré de que iba a ir al sanatorio…

—Me temo que la visita se va a posponer aún más —le explicó Smolák—. Al parecer, el paciente al que iba a ver ha atacado a una enfermera.

—Pero, aun así, irá, ¿verdad? —preguntó Bartoš frunciendo el entrecejo.

—La semana que viene. Si sigue queriendo acompañarme…

—Sí.

Se hizo una pausa. Václav Bartoš continuó fumando contemplativamente.

—He visto el esbozo del sospechoso que ha hecho el dibujante de la policía, con la descripción que le dio la dependienta —dijo al cabo de un rato.

—Se ha publicado en el *Lidové Noviny* y en el *Prager Tagblatt*. Aparece en la mayoría de los periódicos. Nos será de gran ayuda —aseguró Smolák—. Un hombre alto con un abrigo negro y andrajoso. Con sombrero.

—Creo que puede ser hasta contraproducente —intervino Bartoš.

—¿Por qué?

—Mitología. Al igual que usted, no creo que con ese dibujo pueda identificarse a nadie. Lo único que necesita hacer el asesino es afeitarse y cambiarse de ropa. Y, si ha leído los periódicos, seguramente ya lo habrá hecho. Está pasando lo mismo que en el caso de Jack el Destripador, una y otra vez. La gente deja de ver la realidad de un maniaco que está destripando a mujeres y lo idealiza, lo mitifica. Es lo que pasó en Londres y me temo que es lo que está pasando aquí. El problema con esa descripción y con ese dibujo es que, cuando los mira en los periódicos, la gente ve un fantasma, no un hombre. Un necrófago sin cara que tiene que ver más con el folclore que con la realidad.

—¿Y cree que eso es contraproducente? —preguntó Smolák.

—Creo que permite al público disfrutar de la emoción de una historia sin el miedo a la realidad. La realidad es insoportable, así que se distancian de ella. Quizá fue así como se crearon todos los mitos.

Smolák observó un momento cómo se enroscaba y se elevaba el humo gris azulado de su cigarrillo a la luz del sol.

—Doctor Bartoš, ¿se acuerda de la conversación que mantuvimos sobre Tobar Bihari en la que le pregunté si la locura podía tomar forma? ¿Que alguien que no está loco puede cometer actos homicidas y no ser consciente de ello?

—Sí, pero Bihari está muerto y los asesinatos continúan. Y, si está pensando en mi hermano, ese no fue el caso.

—No, estoy hablando en general —lo corrigió Smolák—. Estuvo de acuerdo en que no existe el verdadero desdoblamiento de personalidad.

El doctor Bartoš se encogió de hombros.

—Tal como le dije cuando hablamos de esa posibilidad respecto al sospechoso gitano, sé que ha habido casos así.

—¿Y es posible que una personalidad no se entere en absoluto de lo que está haciendo la otra? ¿Incluso que cometa un asesinato?

—Le repito que, en los casos de los que he oído hablar, no es algo insólito. En muchos de ellos, la personalidad se divide. Entonces, una parte es libre de dar rienda suelta a sus deseos más oscuros sin que la otra parte se entere. Está libre de las inhibiciones y la culpa que, de otro modo, sentiría ante ese comportamiento.

—¿Y qué demonios puede hacer que suceda algo así? —preguntó Smolák—. ¿Se nace así? ¿Puede crecer un niño con dos o más personalidades en su interior?

—Creo que debería hablar con los expertos cuando vayamos al sanatorio, pero tengo entendido que es un suceso, un trauma en la infancia, lo que hace que la personalidad se desdoble. La gente suele tener secretos profundos y oscuros en su vida que no conocen, simplemente porque se han asignado a la otra personalidad. No tienen que enfrentarse a lo que les pasó o lo que hicieron, porque le sucedió a otra persona. Es sencillo: su mente ha inventado a alguien.

Smolák meneó la cabeza, asombrado.

237

—Así que… Pongamos por caso nuestro Delantal. ¿Hay alguna posibilidad de que cometa esos asesinatos y no los recuerde?

Bartoš meditó un momento.

—No es probable que Delantal encaje en ese tipo de casos. Creo que sabe muy bien quién es y cuál es su misión. Pero, técnicamente, sí, supongo que es posible. Aunque debería desear que no sea el caso.

—¿Por qué?

—Los asesinos suelen hacer todo lo posible por ocultar sus crímenes a los demás: destruyen las pruebas, disimulan las pistas —explicó Bartoš—. En el tipo de caso del que hablamos, el asesino oculta sus crímenes a todos, incluido él mismo. Ocultará a toda costa las pruebas a la otra parte o partes de su personalidad. Recuerde que no estamos hablando de una persona. Estamos hablando de un cuerpo con dos o más personalidades. Cada una de ellas actúa independientemente, y la mayoría de las veces sin que la otra se entere.

238

—Pero debe de haber alguna prueba, algún vestigio. Una especie de huella digital impresa en la mente.

—¿En qué tipo de vestigio está pensando?

Smolák pensó un momento.

—En los sueños —contestó resueltamente—. ¿Cree que es posible que el recuerdo borrado de un crimen aparezca en un sueño?

—¿En un sueño? —Bartoš lo meditó y después asintió—. Sí. De hecho, es la forma más probable en que se manifieste.

16

*L*o primero que hizo Viktor fue mirar el magnetófono. Se alegró de que las bobinas siguieran girando y de que el micrófono estuviera en la mesa, enchufado y en funcionamiento. Todo lo que estaba sucediendo se estaba grabando.

Inspiró profundamente.

—¿Quién es usted? —preguntó.

—Ya se lo he dicho —contestó la voz en inglés—. Puede llamarme señor Hobbs.

—Mi inglés… —Viktor intentó encontrar las palabras adecuadas en ese idioma extranjero mientras su mente se debatía con lo absurdo que era que un sencillo leñador silesio, analfabeto para más señas, hablara inglés mejor que él—. Mi inglés no es muy bueno. ¿Dónde lo aprendió?

—Lo aprendí hace mucho tiempo. Fue mi lengua materna durante mucho tiempo. Hablo otros idiomas y los llevo como un abrigo en cada estación de mi ser. Si tiene problemas con el inglés, puedo hablarle en francés, en alemán, en checo, en polaco, en ruso…

Viktor miró al paciente, totalmente despierto, totalmente atento. Era imposible. Lo que estaba sucediendo no tenía ningún sentido. Era absurdo. Volvió a mirar hacia el magnetófono: el lento girar de las bobinas lo tranquilizó.

—¿Prefiere que hable en checo o en alemán? —preguntó Zelený, utilizando el alemán.

Viktor se dio cuenta de que lo hablaba perfectamente y sin acento.

—El alemán está bien —contestó—. ¿Es usted Kostěj el Sin muerte?

—¿Kostěj el Sin muerte? —La efusiva risa de Zelený reso-

239

nó inquietantemente en la habitación—. Le he oído antes, cuando intentaba invocar a los antiguos demonios. Parecía más un hechicero que un médico de la mente humana. Tal como ha dicho, Kostěj es un mito. —Hizo una pausa y su agraciada cara mostró una sonrisa y un ceño pensativo—. Pero, en cierta forma, supongo que es lo que soy. Comparto muchas cosas con Kostěj, puesto que soy inmortal.

—Pavel —dijo Viktor—, necesito que me explique cómo es posible que hable tantos idiomas. ¿Dónde los aprendió? ¿Por qué le ha cambiado tanto la voz?

El paciente meneó la cabeza.

—No soy Pavel Zelený. Pero eso ya se lo ha imaginado. Soy otra cosa. Algo más. Algo que no puede entender. Y lo sé porque he estado por aquí durante mucho tiempo. Mucho más que el zafio leñador a través del que hablo. He visto muchas cosas, tremendos horrores y terrores. Cosas que sería incapaz de imaginar.

—¿Quién es usted? —Viktor notó un timbre seco y agudo en su voz e intentó serenarse.

—Ya se lo he dicho dos veces. Puede llamarme señor Hobbs.

—Me refiero a qué es.

—Eso, mi querido doctor Kosárek, es algo que ya sabe, pero que no se atreve a creer. —Zelený miró las gruesas paredes pintadas de azul blanquecino del antiguo granero y después la bóveda de madera—. El mayor peligro de buscar al diablo, mi querido doctor, es que puede encontrarlo.

—¿Está diciendo que es el diablo? —preguntó Viktor con el corazón desbocado.

—Estoy diciendo que se embarcó en un viaje para hacer un descubrimiento sin prestar suficiente atención. Salió en busca de algo que habita en el interior de los locos y de los cuerdos; en el interior de los demás y, por supuesto, en su interior. Pero no dedicó el tiempo necesario para tener en cuenta qué podía descubrir.

—¿Y qué he descubierto?

—Me ha descubierto a mí.

—¿Fue usted el autor de los crímenes que cometió Zelený, el asesinato de su mujer y sus hijos? —preguntó Viktor—. ¿Fue usted quien los mató?

—La mujer del leñador se internó en la parte oscura del bosque. Buscaba demonios, espíritus y fuerzas primarias en esos espacios oscuros. Fue a la búsqueda de lo que más le asustaba. Esa fue su perdición. Encontró lo que estaba buscando. Me encontró a mí. Y ahora, mi querido Viktor, se halla en los mismos espacios oscuros. Ha llegado. Está perdido en el bosque de la mente. Debería de tener cuidado, no vaya a convertirse en su perdición.

—¿Puede enseñarme el camino?

—¿A la luz? —El paciente esbozó una espléndida y malvada sonrisa—. ¿Y de qué me serviría la luz? No es un lugar al que ninguno de los dos queramos ir. Pero le guiaré, no tema. Venga conmigo, mi querido doctor Kosárek, y le conduciré a una oscuridad que no es capaz de imaginar. Aunque eso tendrá que esperar hasta más tarde. Ahora he de irme.

—¿Por qué? —preguntó Viktor—. ¿Por qué tiene que irse?

—Su paciente se está muriendo por la sobredosis que le ha administrado. Pero no se preocupe, volveremos a hablar.

Dicho lo cual, cerró los ojos. Zelený volvió a quedarse inconsciente y su respiración se ralentizó peligrosamente. Viktor apretó el timbre de emergencia y dos celadores entraron a toda prisa.

—¡Tráiganme picrotoxina de la farmacia! —ordenó Viktor—. Tres ampollas. ¡Rápido!

Cuando dejó de oír las sonoras pisadas de un celador que corría por los pasillos enlosados que llevaban a la farmacia, fue hacia el paciente e intentó que reaccionara ante el estímulo del dolor. Pavel Zelený seguía sin reaccionar, pálido, desvaneciéndose de esta vida.

«Así que aquí es donde se esconde el diablo», pensó.

En el filo de la muerte.

241

17

El espíritu de la sesión seguía en la cámara circular del antiguo granero. A Viktor le extrañó oír el eco de su voz en aquel lugar, pero aún le desconcertó más el profundo tono de la voz del señor Hobbs.

Cuando se acabó la grabación, Viktor giró el tosco mando de baquelita del magnetófono hasta la posición de apagado. Le acompañaban el profesor Románek, el doctor Platner y Judita, que iba a hacer la transcripción de las cintas después de que las comentaran.

—Es imposible —dijo el profesor Románek mirando la camilla vacía—. Asegura, me refiero a lo que dice el paciente, que es buen inglés, pero no conozco ese idioma.

—Yo apenas lo hablo —contestó Viktor—. Por lo que pude oír, sonaba bien. Pero cómo puede saber idiomas un leñador analfabeto de Silesia es algo que me supera.

—No son solo idiomas —intervino Platner con cara impenetrable mientras miraba, al igual que Románek, la camilla vacía como si esta pudiera darle una respuesta—, sino la forma en que lo hace. ¿Se ha fijado en su alemán? Era culto, educado, quizás un poco anticuado. ¿Será Zelený alguien que dice no ser?

—No lo entiendo —continuó Románek.

Platner se volvió hacia Viktor.

—¿Cree que lo que acabamos de oír en esa grabación es la supuesta naturaleza diabólica en la mente de Zelený?

—No lo sé —contestó Viktor frunciendo el entrecejo. Una vez pasada la euforia del descubrimiento, había empezado a tener dudas—. Aunque creo que lo es. Sea lo que sea lo que acabamos de oír, es algo importante.

—Admitamos por un momento que tiene razón. Aunque esté en él la naturaleza diabólica u otro elemento, alguna dimensión oculta de su personalidad, todo lo que sepa, toda habilidad que tenga, debería de estar en Zelený. El supuesto señor Hobbs no puede saber o hacer nada que Zelený no sepa o no pueda hacer.

—Supongo.

Platner se volvió hacia el profesor Románek.

—Eso es a lo que me refiero. Lo que hemos oído en esa grabación es producto de la mente de Zelený. Debe de saber hablar inglés y alemán con fluidez. No puede ser simplemente el analfabeto pueblerino que pretende ser.

—Y entonces, ¿quién es? —preguntó Románek.

Platner se encogió de hombros.

—No lo sé, pero acuérdese de sus terribles crímenes. Quizás había cometido otros, buscaba refugio y se escondió bajo una identidad falsa. Puede que en esto el profesor Románek tenga razón o, al menos, en parte. Quizá Zelený, o quienquiera que sea, había asesinado antes. Tal vez es un hombre culto y educado, pero demente, que se ha ocultado en la identidad de un sencillo leñador.

—Lo veo poco probable —intervino Viktor.

—¿Sí? —Platner parecía sorprendido—. Habría pensado que usted mejor que nadie admitiría esa posibilidad. No estoy diciendo que Zelený, o como se llame realmente, se haya ocultado solo de la policía o de la justicia, sino que se ha ocultado de sí mismo. Quizá sufre amnesia histérica y no sabe ni recuerda realmente quién es.

Viktor asintió con expresión pensativa.

—Un estado de fuga. Sí, podría ser. De hecho, es la única explicación con sentido. El doctor Platner tiene razón cuando dice que todas las facetas de la mente de Zelený, incluida la naturaleza diabólica, solo pueden ser eso: partes de su mente. No puede saber más que lo que sabe Zelený.

—¿Ha hablado con Zelený sobre lo que dijo? —preguntó Románek.

—Sí —contestó Viktor—, cuando conseguí contrarrestar los efectos de los sedantes y reanimarlo. Incluso le hice escuchar parte de la cinta. No recordaba nada. Y juró que esa no era

243

su voz, que no tenía nada que ver con él. Se alarmó mucho, parecía verdaderamente asustado.

—Quizá teme enfrentarse a algo que ha escondido dentro de sí mismo —repuso Platner—. Un pasado o una identidad secreta, o un crimen oculto.

—Tenemos su historial —dijo Románek—. Sabemos dónde y cuándo nació.

—¿Tiene padres o familiares que puedan identificarlo? —preguntó Judita.

Viktor buscó en la carpeta.

—No, no tiene familia. Y su mujer y sus hijos también han desaparecido. Contamos con el capataz y con un par de compañeros, pero solo lo conocen desde que empezó a trabajar en el bosque. Y su mujer no lo conoció mucho antes.

—Así que es posible que haya otro miembro de la familia Zelený cortado a trozos y enterrado en el bosque —dijo Judita—. Reconozcámoslo, no parece un simple leñador. Tal vez encontró al verdadero Pavel Zelený antes de aceptar el trabajo en el bosque de la finca.

—¿Y entonces lo mató y ocupó su puesto? —preguntó Viktor, escéptico—. Me parece muy rebuscado.

—No más rebuscado que un leñador analfabeto que habla el alemán de Goethe y un buen inglés —lo contradijo Platner.

—Entonces, ¿qué hacemos? —preguntó Viktor.

—Continúe sus sesiones con él —contestó el profesor Románek—. Intente engatusar a esa identidad del señor Hobbs para que vuelva a manifestarse. Mientras tanto, la semana que viene vendrá un detective de la policía local de Praga para entrevistar a Michal Macháček. Creo que será buena idea que comentemos el caso de Zelený con él, para ver si están buscando a alguien que encaje con su descripción. Alguien que haya estado fugado durante los últimos diez años.

Viktor asintió. Se quedaron en silencio un momento: era todo tan extraño. La habitación circular les pareció eterna, intemporal.

—Bueno, doctor Kosárek —dijo Románek finalmente—, sea acertada o errónea su teoría sobre la naturaleza diabólica, de lo que no hay duda es de que ha liberado algo muy siniestro.

18

*E*sa noche, después de la sesión con Zelený, fue la primera vez que Viktor y Judita hicieron el amor.

Viktor fue a la habitación de Judita cuando acabó de trabajar, tal como le había pedido aquella misma mañana. Al llegar, vio que había preparado cena para los dos. Técnicamente, estaba prohibido que el personal cocinara en las habitaciones, pero Judita había comprado fiambres, queso, pan y una botella de vino en la posada del pueblo.

La tensión se suavizó con el vino y la conversación. Se dejaron llevar por la comodidad que había nacido entre ellos: la sensación de que se conocían desde siempre, y no solo desde hacía unas semanas.

La incomodidad regresó cuando Viktor atrajo a Judita hacia él y la besó. Ella le devolvió los besos con una pasión vehemente; los preliminares fueron repentinos y urgentes. Viktor se abandonó en la belleza y la pasión de Judita. Sin embargo, algo en su desesperada forma de hacer el amor le inquietó; parecía aferrarse desesperadamente a la vitalidad de la relación, del momento, de la vida.

Se quedaron en la cama, fumaron y hablaron relajados. Comentaron lo que había pasado con Zelený. Judita se dio cuenta de que Viktor seguía afectado.

—Fue tan extraño —dijo—. Todavía no lo entiendo. Pero supongo que la psiquiatría tiene que ver con tratar con lo extraño.

—¿Sabes qué no te he preguntado nunca? —dijo Judita, que de repente estaba radiante—. Nunca te he preguntado por qué te hiciste psiquiatra.

—¿Por qué? —Viktor se encogió de hombros—. Era la especialidad que… No sé… Supongo que me dejé llevar hacia ella. Era lo que me interesaba.

Judita se inclinó hacia él y movió la cabeza sonriendo.

—Quizá no haga mucho que te conozco, pero sé lo bastante de ti como para tener claro que no eres alguien que se deja llevar hacia una carrera, ni hacia nada. Todo lo que haces tiene un propósito. Así pues, dígame, doctor Kosárek, ¿cuál es la verdadera razón? ¿Por qué decidiste pasar tu vida hurgando en la locura y en los oscuros escondrijos de la mente humana? Seguro que tienes algún secreto… —La burlona jocosidad de su tono desapareció cuando vio que la cara de Viktor se ensombrecía—. Perdona, no debería ser tan curiosa.

Viktor negó con la cabeza.

—No pasa nada. La verdad es que ahora ya no le doy muchas vueltas, pero sé perfectamente por qué me hice psiquiatra; puedo explicarlo por algo que sucedió cuando tenía doce años. Mi madre sufría depresiones. La mayor de las grandes tristezas. Finalmente, se suicidó. Se ahorcó. Yo fui quien la encontró.

Judita se sentó en la cama y se acercó la sábana para cubrirse los pechos.

—¡Dios mío, Viktor! Lo siento. No debería de haber…

—No te preocupes —dijo él sonriendo con tristeza—. Fue hace mucho tiempo. Supongo que siempre he estado obsesionado con entender su situación, qué fue lo que dentro de su mente la llevó a suicidarse. Es decir, en cierta forma, entiendo que lo hizo…, por lo que le pasó a mi hermana.

—¿A tu hermana?

—Tuve una hermana pequeña. Murió en un accidente cuando tenía siete años. Se ahogó. Mi madre se culpó a sí misma. La culpa y la pena fueron demasiado para ella.

—No sé qué decir. Lo siento mucho. No debería haber bromeado sobre…

—No pasa nada. —Su dulce sonrisa parecía fuera de lugar rodeada de unos rasgos severos y bellos: era como un extraño perdido en un paisaje desconocido—. Supongo que lo he asumido.

—¿Lo sabe mi padre?

—En parte, al igual que el doctor Jung. Lo primero que me

preguntaron ambos fue por qué estaba interesado en la psiquiatría y en el psicoanálisis. El doctor Jung me dijo que la psiquiatría consiste en responder a la pregunta que es cada mente. Y que la más difícil de responder es la propia. Imagino que tenía razón.

Se quedaron en silencio un momento. Judita le rodeó con los brazos y apoyó la cabeza en su hombro. Al cabo de un rato, encontraron una torpe forma de volver a hablar despreocupadamente sobre el día que habían pasado, pero Viktor se dio cuenta de que Judita se sentía mal por haber resucitado esos dolorosos recuerdos. Finalmente, comentó los problemas que estaba teniendo con Krakl, el subordinado del médico generalista, que cada vez reprimía menos su antisemitismo.

—¿Quieres que se lo diga al profesor Románek? —preguntó Viktor.

—Románek no puede hacer nada —respondió Judita—. Todo el mundo tiene miedo a esa gente. Nadie quiere enemistarse con ellos, por si lo que está sucediendo en Alemania pasa también aquí y la gente como Krakl acaba controlándolo todo. Que es lo que harán.

—A mí no me asustan Krakl ni su gente. Hablaré con él.

Judita le soltó el brazo y negó energicamente con la cabeza.

—No, no lo hagas. Solo empeorarás las cosas.

—No podemos dejar que Krakl...

—No interfieras —lo cortó—. Tanto si lo aceptas como si no, lo único que se puede hacer ahora es irse de Checoslovaquia, salir de Europa. Esa es la única posibilidad.

Viktor soltó una risita de sorpresa.

—No lo dices en serio.

—¿No? ¿Por qué no deberíamos dejar el sanatorio a los lunáticos? —Vagamente, señaló con la mano hacia las opresivas paredes del castillo y los muros que había detrás de ellas—. Platner, Krakl y sus amigos sudetes ven a Hitler como una especie de salvador. Una suerte de protector de la raza. Créeme, cuando los nazis entren en Checoslovaquia, Platner y Krakl estarán agitando sus esvásticas junto a un ejército de palurdos.

Aquellas palabras contra los alemanes sonaban extrañas en la boca de Judita. Como siempre, Viktor y ella habían hablado en alemán. Encerrada en esa discordancia lingüística, Viktor

247

notó su frustración y su confusión; el movimiento de tierra bajo sus pies. Educada para considerarse a sí misma bohemia alemana, se sentía a la deriva con tal identidad. A pesar de sus propias palabras tranquilizadoras, Viktor supo que tenía razón.

—Cuando estábamos en la capilla del bosque, te dije que no teníamos futuro. Te dije que debíamos vivir el momento. Anoche tuve un sueño… muy extraño. No me lo he quitado de la cabeza en todo el día. Pensar en él me ha hecho cambiar de opinión.

Judita se volvió hacia Viktor y apoyó el cuerpo en un codo. Como un pintor haciendo un boceto, Viktor pasó un dedo por el contorno de su antebrazo y su hombro. Sintió su piel suave y tersa.

—¿Otra pesadilla? —preguntó preocupado.

Judita frunció el entrecejo.

—Sí y no. Era aterradora a su manera, imagino, pero no como los otros sueños. Más que nada, fue extraña, ya sabes que últimamente he tenido sueños muy extraños. Pero me hizo pensar que he de irme de Europa.

—¿Qué soñaste?

—Cuando era niña, solía ir a Viena en verano. Entonces no tenía ni idea de por qué íbamos todos los años, pero ahora sé que tenía que ver con el trabajo de mi padre. Supongo que eran seminarios o simposios. Estaba contenta de estar en Viena, de ver a gente vestida con elegancia e ir al zoo, a las tiendas y las cafeterías. Recuerdo que el doctor Freud solía estar allí. También el doctor Jung. Entonces no sabía quiénes eran, por supuesto, ni qué relación tenían con mi padre, aunque luego me lo dijo.

—¿Y eso es lo que soñaste? —preguntó Viktor—. ¿Algo sobre cuando ibas a Viena de pequeña?

—Sí, pero todo era diferente. Ya sabes, de la forma en que las cosas son diferentes en un sueño, aunque te parezcan normales. En ese sueño, casi todo era como lo recordaba: llevaba mi vestido de verano preferido, blanco con flores azules, así como mis sandalias favoritas, azules. Pero ahí era donde el sueño lo cambiaba todo: tenía las sandalias y los pies sucios por haber estado andando en las alcantarillas. Los zapatos de mi padre también estaban sucios.

—¿Por las alcantarillas?

—Sí, cada vez que nos cruzábamos con alguien en la acera, el doctor Freud, mi madre, mi padre y yo teníamos que bajar a la alcantarilla para dejarle pasar. Pero el doctor Jung no, él se quedaba en la acera. Le pregunté a mi madre por qué teníamos que hacerlo y me contestó: «Es porque somos judíos, hija mía. Es nuestro sitio». Después me sonreía como suelen hacer los adultos cuando un niño formula una pregunta ingenua... Ya sabes, algo obvio.

Viktor sonrió y le apartó de la cara un mechón de pelo rizado.

—Tras todo lo que has tenido que soportar de Krakl... y la ansiedad, no es un sueño difícil de interpretar.

—Había más cosas. Finalmente, dejamos de bajar y subir a la acera para ceder el paso a otras personas y nos quedamos en la alcantarilla. Y a nadie le parecía que aquello fuera extraño. Simplemente, empezamos a andar en la alcantarilla. Conforme lo hacíamos, más y más gente se nos unía. Todos judíos. Después salimos de Viena. Estábamos rodeados de árboles. En un bosque. Nadie preguntó por qué seguíamos caminando por una alcantarilla. Ya no había acera, solo una alcantarilla que iba directa a lo más profundo del bosque. Al cabo de un rato, llegamos a un claro. Entonces la alcantarilla se convirtió en una plaza enorme de ladrillo y losas, llena de agua de lluvia y de basura. Y de judíos. Todo era muy extraño. Me refiero a aceptar todo eso: estábamos allí, callados e inmóviles; nadie hizo el mínimo esfuerzo por salir e ir al bosque, para escapar de lo que nos esperaba.

—¿Y qué os esperaba? —preguntó Viktor.

Judita volvió a fruncir el entrecejo.

—No estaba segura. Pero imagino que fuera lo que fuera, sabía que era algo malo. Pero todos estábamos allí esperando. Le pregunté a mi madre dónde estábamos. Con el mismo tono calmado y condescendiente de antes, me dijo que ya habíamos llegado: estábamos donde se suponía que teníamos que haber estado siempre. Desde el principio, ese había sido el destino de nuestro viaje. De repente, el cielo se oscureció con nubes negras. Luego, me desperté.

Se volvió hacia Viktor y le puso las manos en la cara. Él

249

notó sus fríos dedos en las mejillas. Cuando Judita habló, volvió a sentir parte de la desesperada urgencia que había mostrado cuando habían hecho el amor.

—¿Vendrás?

—¿Ir? ¿Adónde?

—Lejos. Fuera de Europa. A América.

Viktor soltó una risa indecisa, incómoda.

—Tengo un trabajo…

—Puedes trabajar en América. Conseguirías que financien tu investigación. Seguro que te será más fácil que aquí. Si los nazis llegan al poder, la psiquiatría europea estará acabada. Lo sabes, sabes que creen que la psiquiatría y la psicología son una farsa judía. Créeme, si esos cabrones ganan, dejarán el tratamiento de los desórdenes mentales en manos de los matarifes. Si nos vamos a América, yo también podré encontrar trabajo. Nos liberaremos de todo esto, de toda esta locura. —Cuando vio la expresión de Viktor, apartó las manos—. Perdona —dijo volviendo la cara—. Acabamos de conocernos. Y mis problemas no son los tuyos.

Viktor la cogió por los hombros y le dio la vuelta.

—No es eso. No es eso en absoluto. Simplemente es que no sé si las cosas van a ir tan mal como crees. Quizá deberíamos esperar.

—Para entonces tal vez sea demasiado tarde —replicó con desaliento—. Podría estar en ese claro del bosque, de verdad. Sé por qué lo soñé. Sé lo que significa ese claro en el bosque: los progromos. Es lo que solían hacer: llevar a los judíos al bosque, matarlos y dejar sus cuerpos para que fueran alimento de aves y otros animales. Eso era lo que nos estaba esperando en el sueño. Van a volver a hacerlo.

—Judita, esperaremos a que acabe mi trabajo aquí. Si las cosas siguen igual de feas, te prometo que os sacaré de aquí a tu padre y a ti. Te lo juro. ¿De acuerdo?

La chica asintió.

—De acuerdo —aceptó.

Su mirada era apagada, sombría.

19

*D*ada la inusual naturaleza de la sesión anterior, el profesor Románek insistió en estar presente la siguiente vez que Viktor utilizara hipnóticos con Pavel Zelený. En un primer momento, Viktor protestó. Le explicó que, para que el narcoanálisis funcionara, solo podía haber dos egos en la habitación: el ego dominante del interrogador y el ego del interrogado, dominado y mermado por los fármacos.

—Le doy mi palabra de que me mantendré callado y me sentaré lejos de su paciente y de usted —lo tranquilizó Románek con el relajado tono de voz de médico de pueblo—. Le prometo que no intervendré. Si me surge alguna pregunta o quiero hacer alguna observación, le entregaré una nota, pero el resto del tiempo seré un simple observador. Espero que entienda por qué necesito estar presente, doctor Kosárek: lo que oí en esa cinta era muy confuso. Incluso inquietante. Solo quiero estar allí para oír cómo el señor Hobbs explica su presencia, su existencia en un anfitrión tan insólito.

A pesar de la reticencia de Viktor, la idea de que su mentor estuviera presente en la sesión le parecía extrañamente tranquilizadora. Había dejado claro que prefería estar solo con el paciente durante las sesiones, pero, por alguna razón inexplicable, temía volverse a encontrar con el señor Hobbs. La presencia de Románek en la habitación le infundiría valor.

Por la última sesión, sabía que el señor Hobbs habitaba las profundidades más oscuras y recónditas de la consciencia de aquel leñador. Así pues, una vez que se aseguró de que tenía la suficiente reserva de picrotoxina a mano, le administró la misma fuerte dosis de escopolamina y amital sódico que la vez anterior.

251

Pavel Zelený le pareció más inquieto cuando los celadores lo sujetaron a la camilla. Viktor se preguntó si, a pesar de que negaba tener ningún recuerdo, también temía el regreso del señor Hobbs. Finalmente, cuando el cóctel de fármacos le hizo efecto, la tensión desapareció de su cuerpo.

Tras poner en marcha el lento girar de las bobinas del magnetófono y con el profesor Románek sentado en las sombras, detrás de él, Viktor habló a su paciente en checo y lo guio de nuevo hacia la parte más remota de su ser. Zelený respondió sin entusiasmo y con torpeza: el movimiento de su cuerpo y de su mente se le hacía muy pesado por culpa de los sedantes.

—Debe mantenerse despierto, Pavel. Tengo que hablar con usted. Necesito que esté despierto. ¿Recuerda qué hacía antes de trabajar como leñador en una finca? —le preguntó Viktor.

—¿A qué se refiere?

—¿Dónde aprendió inglés, Pavel? ¿Dónde aprendió alemán? Debió de aprender en algún sitio, en algún momento, aunque no lo recuerde. Quiero hacerle preguntas sobre el pasado. Puede que sobre un pasado que no recuerde, acerca de cosas que su mente le está ocultando. Quiero que me hable de lo que hacía antes de trabajar como leñador en una finca.

—No hablo ni inglés ni alemán. Eso no tiene ningún sentido. Si piensa que puedo hacerlo, entonces quien está loco es usted. ¿Por qué dice que hablo alemán o inglés?

—Porque la otra noche habló en esos idiomas. Ya lo hemos comentado, ¿no se acuerda? Cuando fui a su habitación y le conté cómo había cambiado después de que le pusiera la inyección. Le conté que habló en alemán. Bueno, en inglés primero, pero, como no lo entendía, cambió a alemán.

—No hablo alemán.

—Pero lo hizo. Yo estaba aquí y le oí. Y eso quiere decir que debió de aprenderlo en algún lugar y en algún momento.

—Si lo hablé la otra noche, ¿por qué no recuerdo haberlo hecho? ¿Por qué no puedo hablarlo ahora?

—No lo recuerda porque le había administrado un narcótico. Es decir, porque estaba somnoliento por efecto del fármaco. Lo mismo que ahora. Conteste a mi pregunta: ¿qué recuerda de antes de trabajar en la finca del bosque? Hábleme de su vida antes de conocer a su mujer.

—¿Šarlota?

—Sí, su mujer, Šarlota. ¿Qué hacía antes de conocerla?

—¿Šarlota? ¿Está Šarlota aquí?

Viktor disimuló un intenso suspiro de impaciencia.

—¿No lo recuerda, Pavel? Šarlota está muerta. Mató a su mujer y a sus hijos.

A pesar de los fármacos, Pavel negó con la cabeza, enfadado, como si Viktor hubiera dicho una tontería.

—Sé que está muerta. Por supuesto que lo sé. Y sé que la maté y por qué: se había vuelto la puta de Kostěj el Sin muerte. Pero ¿está aquí?

—¿Cómo puede estar aquí si está muerta?

El hombre volvió a mover la cabeza, visiblemente irritado.

—Este lugar es especial —respondió Zelený, casi con un susurro—. Eso es todo. Aquí no solo están los vivos; no solo hay locura. —Cerró los ojos y su respiración se volvió más leve.

—Siga despierto, Pavel —le pidió Viktor con decisión—. Sé que quiere dormir, pero ha de contestar a mis preguntas. Después podrá descansar, pero no antes. Necesito llegar a la oscuridad de antes. Es una oscuridad que solo usted puede iluminar. Empiece por recordar el tiempo anterior a que empezara a trabajar en el bosque, en aquella finca. Antes de que conociera a Šarlota.

—Trabajaba en otro bosque. Y antes en otro bosque. Siempre he estado en un bosque. He trabajado y he vivido allí. Nunca aprendí a leer y a escribir en mi lengua. Tampoco aprendí otros idiomas. Pero sí que aprendí otras cosas. Muchas cosas. Aprendí sobre árboles, las estaciones, los cambios en el bosque. Esas son las cosas que aprendí y que recuerdo. No me acuerdo de nada más.

—Quizá se está obligando a no recordar —insistió Viktor—. Tal vez tuvo otra vida antes, una vida que su mente le ha obligado a olvidar porque sucedió algo terrible. Ese tipo de olvido sucede más a menudo de lo que cree. Sé que es difícil de aceptar y de comprender, pero creo que hay posibilidades de que no sea Pavel Zelený. Puede que se apropiara de la vida y la identidad de Pavel Zelený.

—Qué tontería. —Una vez más, los fármacos suavizaron

253

su vehemencia—. ¿Está diciendo que no soy yo, sino otra persona? Eso es una estupidez. ¿Cómo puede alguien pensar que es una persona que no es? Sé quién soy. Sé quién soy, lo que hice y por qué lo hice.

—Hábleme de antes. Hábleme de cuando era niño —pidió Viktor—. ¿Dónde creció?

Zelený repitió los escasos datos que figuraban en su historial. Lo que ofreció fue un resumen. Fue más bien un esbozo, no un retrato. Hizo una lista de las diversas etapas de su vida, sin describir los detalles, el paisaje o las paradas inesperadas en el camino. Lo que contó de su biografía encajaba con lo que se sabía oficialmente de él. Ni más ni menos.

—Muy bien —dijo Viktor—. ¿Recuerda el océano en su interior del que le hablé? ¿Lo profundo que es y que contiene todas las versiones de usted que existen o han existido? Quiero que se sumerja en lo más profundo de ese océano, más de lo que estuvimos la última vez. Quiero que vayamos más adentro y encontremos versiones de usted que quizá no sabía que existían. Quiero encontrar su yo más secreto.

Se hizo una pausa.

—El que busca no vive ahí.

—¿Qué quiere decir?

—Él, el que busca, no vive allí. No vive en mí.

Viktor mantuvo la vista fija en el paciente y resistió la tentación de volver la cabeza hacia el profesor Románek. Tras la última sesión con Zelený, sabía que lo que buscaba estaba en las regiones más recónditas: en la negra oscuridad que existe al borde de la muerte. Para encontrar la naturaleza diabólica, para probar su teoría sobre la siniestra arquitectura de la mente, tendría que llevar a su paciente al borde de la muerte. El leñador llegaría a esa oscura región por un tiempo muy limitado, antes de ceder a los fármacos y quedarse dormido. También cabía la posibilidad de que Viktor calculara mal y muriera.

Tendría que encontrar lo que estaba buscando en el momento anterior a administrarle la picrotoxina.

Durante todo ese tiempo, había sido consciente de que el profesor Románek estaba detrás de él, paciente y en silencio, pero juzgándole. ¿Qué opinión se estaría formando sobre su capacidad? ¿Estaba arrepintiéndose de haberle dado aquel trabajo?

—Quiero hablar con el señor Hobbs —exigió Viktor en alemán, repentinamente resuelto—. Quiero hablar con la persona con la que hablé antes.

—No entiendo qué quiere decir —replicó Zelený.

Viktor repitió la frase en checo.

—No sé quién es el señor Hobbs —dijo Zelený con voz apagada, sin poder fruncir del todo el entrecejo—. Ya me ha preguntado antes por él. No les dije nada de eso de lo que usted me habla. E insisto: no hablo alemán.

—Entonces, ¿quién habló conmigo, Pavel? Si no era usted y no existe el señor Hobbs, ¿quién fue?

—Quizás es él quien vive allí —contestó distraídamente Zelený.

—¿Quién?

—El que vive aquí. El que vive en este lugar. Tal como le he dicho, ese a quien está buscando no vive dentro de mí. Habita aquí, en este lugar. Está aquí ahora, en esta habitación. Y nos escucha.

Viktor lanzó una mirada hacia su superior.

—¿Se refiere al profesor Románek? —preguntó volviendo la espalda al paciente—. Solo está aquí para escuchar. Y no estaba aquí la noche anterior.

—No, no me refiero a él.

—Entonces, ¿de quién está hablando, Pavel? No hay nadie más en esta habitación.

—Sí, sí que hay alguien más. Alguien mucho más siniestro. —Su voz sonó apagada por las drogas. Pronto lo estaría aún más—. Lo siento. Es alguien malvado. Alguien que está encerrado en las paredes, pero que no es como yo. No es como los otros. Lleva aquí mucho, mucho tiempo. Es como el hombre gris. Quizá sea el hombre gris. Después de todo, a lo mejor es el propio Kostěj.

—¿Hablé con él la otra noche? ¿Es quien habló a través de usted?

—Ya se lo he dicho: no hay nadie que hable a través de mí. ¿Es que no lo entiende? Está aquí. El que lleva la máscara. Está en este lugar. Forma parte de este lugar. Está encerrado en

255

estas paredes —La voz de Zelený se fue apagando y se le cerraron los ojos.

—¿Pavel? —Viktor se acercó al paciente y lo movió.

—¿Qué? —murmuró Zelený con los ojos medio abiertos.

—Manténgase despierto, Pavel. El sueño es un lugar diferente: allí no puedo encontrar la verdad.

—¿La verdad?

—La verdad está en su interior. La única persona que puede decirnos dónde encontrarla es el señor Hobbs. —Viktor intentó que su voz sonara desesperada, tanto por el paciente como por el silencioso testigo que estaba en las sombras—. ¿Cree que el que vive aquí es el señor Hobbs? ¿Se refiere a él cuando dice que hay alguien en esta habitación? ¿Pavel?

Zelený farfulló algo incoherente. Lo único que se oía era su respiración y el girar de las bobinas. Finalmente, solo se oyeron las bobinas. La respiración de Zelený se volvió menos audible, menos frecuente, más frágil.

Viktor miró hacia donde estaba Romának, con la cara oculta por las sombras.

—Lo siento, es inútil, profesor —dijo Viktor—. Su respiración empieza a ser peligrosamente débil. Tengo que administrarle una dosis de picrotoxina para sacarlo de ese estado.

Apretó el timbre para que los celadores se llevaran a Zelený a su habitación. Mientras esperaba a que llegaran, llenó la jeringuilla con el contenido de una ampolla. Se inclinó sobre el paciente, dio unos golpecitos en uno de los brazos sujetos, para que se vieran las venas, y metió la aguja en la piel.

—¡Ah! —exclamó sin miedo.

No se le había pasado por la cabeza que pudiera darle miedo; que ese paciente, tan fuertemente sedado que había llegado a un estado de inconsciencia al borde de la muerte, pudiera representar peligro alguno. Tampoco había pensado que había sido justamente en ese momento cercano a la muerte en el que había encontrado al señor Hobbs.

Así pues, cuando vio que la correa de cuero que sujetaba el brazo derecho de Zelený no estaba bien cerrada, lo único que pensó fue que era extraño que no se hubiera dado cuenta cuando le había administrado la primera dosis de hipnóticos.

No tenía sentido que Zelený hubiera recobrado el conocimiento completamente y de una forma tan repentina. No había pasado suficiente tiempo para que la picrotoxina hiciera efecto. En cuanto retiró la aguja de la vena, Zelený alzó el brazo. Viktor notó la opresión de su poderosa mano alrededor del cuello. La jeringuilla, el torniquete de goma y la bandeja de metal resonaron contra el suelo de piedra. Viktor atrapó con las manos la muñeca de Zelený para intentar liberar su garganta.

Cuando notó los músculos y la solidez de la muñeca y del antebrazo del leñador, se asustó más aún. Viktor miró al paciente. La furia dominaba su cara. Sus ojos parecían incendiados con un fuego siniestro e inhumano. Apretó con fuerza la garganta de Viktor. Aquellos dedos tan poderosos le impidieron respirar. Sin embargo, solo podía concentrarse en los ojos del paciente, llenos de un frío, oscuro e insondable fuego.

En algún lugar a su espalda y en otro universo, oyó gritar al profesor Románek.

El ruido de una silla metálica al caer al suelo.

Zelený, aún atenazándole el cuello con aquella mano inhumana, acercó la cara de Viktor a la suya. Apretó la boca contra la oreja del psiquiatra.

—Creías que me ibas a exhibir delante de tu amo —le dijo entre dientes y al oído.

Se lo había dicho en alemán, otra vez con aquella voz.

Aterrorizado, Viktor se dio cuenta de que Hobbs había aparecido de la sombra de la muerte.

—Creías que podías mostrarme a otra persona como un estúpido mago que se saca un conejo de la chistera. Todavía no has comprendido mi naturaleza, ¿verdad? No entiendes que siempre que me manifiesto es por algún motivo. No comprendes el peligro que corres al faltarme al respeto.

Viktor notó que unas manos tiraban de él para librarle de aquella garra. Eran el profesor Románek y dos celadores con bata blanca. Pero, aun así, Zelený seguía atenazándole. Sentía que el aire no le llegaba a los pulmones.

—Volveré —le amenazó con un bufido—. Volveré y te enseñaré la verdad. Y la verdad te cegará. Te mostraré tal horror que su belleza y su claridad te quemarán.

Viktor vio a más celadores a su alrededor levantando los dedos de Zelený de su garganta. De repente, lo liberaron. Inspiró como pudo para llenar sus pulmones.

Los celadores habían tumbado a Zelený en el suelo para ponerle una camisa de fuerza. Pero Viktor se fijó en que ya no se resistía: Hobbs se había ido y el leñador había vuelto a un estado de semiinconsciencia, a un lugar al que le llevaban los sedantes y el estimulante. Aquel o aquello que le había hablado entre dientes ya no estaba allí.

Poco a poco, Viktor intentó recuperar el ritmo de su respiración. Románek le puso un brazo en los hombros y lo llevó a su silla para aflojarle la corbata y el cuello de la camisa.

—¿Está bien?

—¿Lo ha oído? —preguntó Viktor, desesperado y con los ojos fuera de sus órbitas—. ¿Lo ha oído? ¿Ha oído a Hobbs?

CUARTA PARTE

El nigromante y la iglesia de los huesos

1

$\mathcal{A}$ la semana siguiente, un día frío y gris como pizarra húmeda, el capitán Lukáš Smolák viajó de Praga hasta el sanatorio Hrad Orlů. Siempre que salía de la ciudad e iba al campo, algo que hacía en contadas ocasiones, sentía que retrocedía en el tiempo. Tuvo la impresión de que el siglo xix apenas había dejado huella en aquel pueblo, un núcleo de tejados rojizos asentado en el valle bajo el castillo, como tantos otros asentamientos bohemios. Desde luego, el siglo xx no parecía haber pasado por allí.

Václav Bartoš iba en el asiento del acompañante del Praga Piccolo. A pesar del inhóspito día y del lúgubre y acompasado ritmo de la única escobilla que barría el parabrisas, los dos hombres conversaron amistosamente durante el viaje. Smolák se sorprendió de su propia locuacidad, nunca se había considerado muy charlatán, pero había algo en la relajada y sincera actitud del forense que le inspiraba confianza.

La conversación giró en torno a varios temas. Agradeció que Bartoš no mencionara el asesinato de Anna Petrášová. Fue casi como si el médico hubiera notado el cariño que sentía Smolák por la víctima. Ese viaje le podía dar la oportunidad de alejarse de aquella investigación tan cruel y minuciosa. Al menos, temporalmente.

Por su parte, Smolák no le preguntó nada al médico sobre su hermano, que seguía encerrado en aquel sanatorio y que era la única razón por la que le acompañaba en ese viaje.

No obstante, conforme subían la serpenteante carretera que llevaba del pueblo al castillo, aquella amena conversación se convirtió en silencio.

Smolák, acostumbrado a que su placa de bronce de policía

le abriera todas las puertas, se sorprendió ante todas las comprobaciones por las que tuvo que pasar antes de que les dejaran cruzar el puente y pudieran aparcar el vehículo en el patio principal del castillo.

Dos hombres les esperaban en los enormes escalones de piedra tallada que conducían al amplio arco de la entrada principal. Uno de ellos era de mediana edad y vestía una bata larga blanca abotonada en el hombro: le daba un aspecto más de cirujano que de psiquiatra. Parecía agradable, cordial. Se presentó como el profesor Ondřej Románek, director de la institución. Junto a él vio a un hombre joven, al que el profesor presentó como el doctor Viktor Kosárek.

—Uno de los talentos más prometedores de la psiquiatría moderna —aseguró Románek.

Lo primero que llamó la atención de Smolák fue que aquel joven doctor no parecía desentonar en el ambiente del castillo: era alto, delgado y apuesto. Tenía, además, un marcado porte aristocrático. Era fácil imaginar a un Kosárek con guanteletes y armadura en esas mismas escaleras hacía quinientos años. Por su parte, Románek, a pesar de su autoridad, parecía completamente fuera de lugar.

Algo más desconcertó a Smolák: cómo los dos médicos miraron a su acompañante, como si se hubieran sorprendido al verlo.

—Perdonen, este es el doctor Václav Bartoš —explicó Smolák—. Es nuestro forense. Creo que le dieron permiso para visitar a su hermano. Es uno de sus pacientes.

—Extraordinario… —El profesor Románek miró a Bartoš durante un buen rato antes de recobrar la compostura—. Perdone, le ruego que me excuse.

—Lo entiendo —lo tranquilizó Bartoš. Fuera lo que fuese lo que había sorprendido a los médicos, evidentemente no era un misterio para él, aunque sí para Smolák—. ¿Puedo ver a mi hermano?

—Por supuesto —dijo Románek, que sonrió afablemente—. Cómo no. Por favor, síganme, caballeros.

Cuando recorrieron los pasillos, Smolák pensó en que aquel lugar parecía cualquier cosa menos un sanatorio mental.

Románek los llevó a su oficina. Cuando Smolák se sentó

frente a Viktor Kosárek, se fijó en que tenía un moratón azulado en el cuello.

—Un momento de descuido con un paciente —explicó Viktor, que, inconscientemente, se llevó la mano a la garganta—. Fue culpa mía. Estas cosas pasan, a pesar de todos nuestros esfuerzos. Precisamente, por uno de esos descuidos tuvimos que posponer su visita a Michal Macháček. Destrozó la cara de una enfermera.

—Pero ¿está en condiciones de que le interroguemos ahora? —preguntó Smolák.

—Sí —contestó Viktor—. Pero no podemos garantizarles que esté lúcido. Como muchos de nuestros pacientes, parece normal a ratos; en otras ocasiones, delira y desvaría. Creo que sus preguntas tienen relación con el cristal, ¿verdad?

—Sí. —Smolák no dijo nada más.

—Eso le ayudará a concentrarse.

—¿Puedo verle ahora?

—Hemos acordado que el doctor Bartoš vea a su hermano en la cantina —respondió el profesor Románek—. Capitán Smolák, espero que entienda que, tras el incidente con esa pobre enfermera, su entrevista ha de tener lugar en un lugar seguro y con celadores cerca. 263

Smolák asintió.

Románek se levantó y les indicó que le siguieran.

—¿Sabe?, capitán, debería pasar un tiempo aquí y hablar con el doctor Kosárek. Es todo un experto en las psicologías más tenebrosas. Es justo el tipo de mentes que parecen estar detrás de esas terribles atrocidades que se están cometiendo en Praga. Su aportación podría resultarle muy valiosa.

—Si hay algo en lo que pueda ayudarle... —se ofreció Viktor.

—Le estaría muy agradecido —dijo Smolák—. Para ser sincero, me cuesta entender la mentalidad de ese asesino, de Delantal.

—El doctor Kosárek está llevando a cabo un trabajo innovador —comentó el profesor Románek. Mientras caminaron por el pasillo, camino de la puerta que dividía el espacio de la administración de las habitaciones de los pacientes, bosquejó la teoría de Viktor sobre la naturaleza diabólica—. Quizá sería mejor que el doctor Kosárek les comentara los detalles él mismo.

Viktor empezó a explicar a regañadientes su hipótesis sobre la naturaleza diabólica. Mientras hablaba, notó que el policía se mostraba escéptico. Sin embargo, Václav Bartoš parecía muy interesado por saber más sobre aquellas teorías. De hecho, hasta parecía inquieto al respecto.

—¿Ha llevado a cabo un narcoanálisis con mi hermano? —preguntó Bartoš.

—Todavía no. No he utilizado narcóticos en ninguna de mis sesiones con él.

—Pero ¿tiene intención de hacerlo?

—Sí.

—¿Cree…? Es decir, ¿hay alguna posibilidad de que lo cure?

Viktor meditó su respuesta un momento.

—Aquí desempeño dos papeles: el de investigador científico y el de psiquiatra terapeuta. Mi intención es aprender y curar. Sin embargo, como estoy seguro de que podrá comprobar, su hermano sufre una psicosis especialmente complicada y profunda. Tal vez sea más factible pensar en una mejora parcial que en que se pueda curar completamente.

—Lo extraño es que, en muchos sentidos, la investigación que estaba haciendo mi hermano era muy similar a la suya: la medición científica de lo inmensurable, de lo intangible. Me temo que Dominik perdió el rumbo. —El doctor Bartoš hizo una pausa—. ¿Podría estar presente cuando practique el narcoanálisis con mi hermano, doctor Kosárek?

—Me temo que… —Viktor se cortó a sí mismo y miró a ese pequeño forense y su traje arrugado—. Supongo que sería posible. Pero solo porque es un profesional de la medicina. Entenderá que, si le permito estar presente, su hermano no podrá verlo en ningún momento ni tener contacto con usted. No podrá hablar.

—Solo quiero escuchar —aseguró Bartoš.

2

*E*l profesor Románek y Viktor acompañaron a Bartoš y a Smolák a un comedor con un decorado similar al de una cafetería de Praga. Un celador esperaba junto a un hombre de pequeña constitución y pelo negro, que estaba sentado, impasible, a una de las mesas.

En ese momento, Smolák comprendió por qué los dos psiquiatras se habían sorprendido tanto al ver al doctor Bartoš. El hombre de la mesa llevaba un traje limpio, el pelo inmaculadamente peinado y mostraba una actitud serena, casi rígida. Lo contrario que el doctor que lo había acompañado. Sin embargo, a excepción de la cicatriz en diagonal que cruzaba la mejilla del científico, la cara de Dominik Bartoš era idéntica a la de su hermano forense.

—Somos gemelos —le explicó Václav Bartoš al notar la sorpresa del detective—. Soy dos minutos mayor que él. Perdone, no me acordé de mencionárselo.

El profesor Románek guio al doctor Bartoš a la mesa en la que estaba su hermano, que lo miró sin inmutarse ni manifestar el menor signo de haberlo reconocido.

—Si me acompaña, por favor, capitán. Michal Macháček le espera en la habitación segura —le invitó Viktor.

—Nadie me dijo que eran gemelos —apuntó Smolák mientras seguía por el pasillo a aquel psiquiatra de aspecto aristocrático—. Sabía que el doctor Bartoš tenía un hermano, que se había vuelto loco y que era uno de los Seis Diabólicos que están encerrados aquí dentro. Pero ni idea de que fueran exactamente iguales. Václav Bartoš es un buen hombre. Es muy triste comprobar cómo ha acabado su hermano.

—Según dicen, Dominik Bartoš también era un buen hombre —respondió Viktor—. Las buenas personas desarrollan tantas enfermedades mentales como las malas. Y no son responsables de los crímenes que cometen. Viven en un mundo diferente, un mundo de alucinaciones y creencias ilusorias.

—¿Fue eso lo que le pasó a Dominik Bartoš?

—Lo llamamos el Nigromante —explicó Viktor con sonrisa irónica—. El profesor Románek se pone muy literario a la hora de poner nombre a los historiales de estos pacientes. ¿Sabe lo que es la nigromancia?

Smolák negó con la cabeza.

—Es una creencia antigua, basada en que puede conocerse el futuro invocando a los muertos. El profesor Bartoš era un científico extraordinario, pero sus delirios le llevaron a creer... en la magia —le explicó—. Ya hemos llegado.

Viktor le indicó la puerta que estaban buscando. Al igual que las otras puertas del pasillo, era maciza, de roble. Sin embargo, esta la habían reforzado con planchas de acero. Además, tenía dos cerrojos similares a los de las celdas de las cárceles. Se sacó del bolsillo un gran manojo de llaves. Lo llevaba sujeto al cinturón con una cadena. Abrió la puerta.

—Pase, por favor. Le dejaré con él. Hay un celador, por su seguridad.

Smolák le dio las gracias y entró en la habitación. No tenía ventanas y estaba pintada de un blanco brillante, a diferencia del resto del castillo. Una austera bombilla protegida inundaba el espacio con una luz inflexible. En el centro había una mesa y dos sillas, también pintadas de blanco. Sentado junto a la mesa, vio un hombre pequeño, calvo y rollizo, que parecía no representar una amenaza para nadie. Detrás de él, como si fuera un camarero corpulento que esperara recibir una demanda, vio a un celador con chaqueta blanca y corbata negra. Estaba apoyado en la pared.

Smolák se sentó frente a Michal Macháček, se presentó y le informó de la naturaleza de su visita.

—Entonces ha encontrado a la persona perfecta —dijo Macháček esbozando una amplia sonrisa—. Soy el mayor experto en cristal de toda Europa. Probablemente, de todo el mundo.

—Exacto. —Smolák sacó un pañuelo del bolsillo, lo puso

encima de la mesa y lo desdobló para enseñarle la bolita de cristal—. ¿Puede decirme de dónde procede?

Macháček se inclinó para cogerla. El celador dio un paso adelante. Smolák hizo un ligero gesto con la cabeza y el celador volvió a su posición. Macháček la hizo girar entre los dedos y la examinó de cerca.

—No tengo una lupa. No me lo permiten.

Smolák sonrió, sacó una lupa de joyero y la dejó sobre la mesa.

—Me lo imagino.

—¿Puedo quedármela? —preguntó con entusiasmo.

Smolák miró más allá de Macháček, hacia el celador, que negó con la cabeza.

—Me temo que no está permitido.

Macháček suspiró, se colocó la lupa y examinó la cuenta.

—Me han dicho que podría ser cristal de Gablonz —comentó Smolák al ver que Macháček no decía nada.

—¿Y quién se lo dijo?

—Anna Petrášová. Fue ella quien me recomendó preguntarle a usted.

—Ah, sí, la señora Petrášová. Conozco su tienda. Le dio un buen consejo —dijo Macháček quitándose la lupa del ojo. Tenía la bolita en la otra mano y le daba vueltas entre los dedos—. Quiero decir que le aconsejó bien cuando le dijo que me preguntara a mí. Está equivocado respecto a la procedencia de este cristal.

—¿No es de Gablonz?

—No es cristal de Bohemia. Para nada. Es una imitación, pero no está hecha aquí.

—Entonces, ¿dónde se fabricó?

—Diría que en Sun Tavern Fields, Cutthroat Lane. —Dijo el nombre de la calle en inglés.

—¿En Inglaterra?

—Londres. En Ratcliff. Era una zona del East End de Londres —dijo con arrogancia. Se recostó en la silla—. Las fabricaban en grandes cantidades, aunque la mayoría no tenían tal calidad. En el East End de Londres, había una gran población judía. La mayoría procedía de Polonia o de las tierras bohemias de Austria-Hungría. Muchos de ellos habían trabajado en la industria del cristal antes de emigrar. En los barrios marginales y junto a las fábricas explotadoras del East End se instalaron innumerables talleres destartalados que fabricaban en serie copias baratas del cristal de Gablonz, peores que las imitaciones de diamantes alemanas.

Smolák permaneció en silencio, pensativo. En el material que había leído sobre Jack el Destripador había al menos dos sospechosos que eran judíos de Centroeuropa. Uno había sido Jan Pizer, al que habían detenido por su apodo: Delantal de Cuero.

—¿Qué antigüedad diría que tiene? —preguntó Smolák.

El tipo encogió sus estrechos hombros.

—Es difícil de precisar. Estas cuentas se fabricaban como bisutería barata o como abalorios para decorar vestidos de mujeres. La moda pasó. Todos los talleres cerraron y dieron paso a grandes fábricas que hacían cristales para ventanas. —Volvió a dar vueltas a la bolita entre sus carnosos dedos y frunció los labios—. Diría que tiene unos cincuenta o cien años. Es victoriana.

—Ese sitio…

—Ratcliff —le recordó Macháček.

—¿Está cerca de Whitechapel?

—Mi especialidad es el cristal, no la geografía de las islas británicas.

Tras la entrevista con el Coleccionista de Cristal, Viktor Kosárek llevó a Smolák a una sala del personal donde podía esperar hasta que acabara la visita del doctor Bartoš a su hermano. Kosárek se sentó frente a él, con las piernas cruzadas y la taza de café en el reposabrazos de un sillón de cuero. Al igual que el resto del castillo, esa habitación desprendía cierta suntuosidad, la misma que Smolák había notado en el psiquiatra. Estuvo tentado de preguntarle a Kosárek si tenía antepasados entre la nobleza.

Sin embargo, en vez de eso, habló sobre el caso de Delantal con su anfitrión y le resumió lo que le había pasado a Tobar Bihari, el gitano que había preferido volarse la cabeza que vivir con ciertos recuerdos grabados en ella.

Viktor Kosárek le escuchó en silencio. Después, cuando Smolák acabó su historia, dijo:

—Parece que ese hombre estaba describiendo una faceta monstruosa de su personalidad, en vez de la de una persona que hubiera estado presente en el escenario del crimen. Tiene razón al pensar que simplemente convirtió la parte siniestra y violenta de su mente en una figura demoniaca, algo que veía fuera de sí mismo. Es una conclusión lógica.

—Fue del doctor Bartoš, más que mía.

—Pero este nuevo asesinato, que Bihari no pudo cometer, desbarata esa teoría.

—Contamos con la descripción de un sospechoso, si sirve de algo, que no creo. ¿La ha visto? La han publicado los periódicos.

—Me temo que no.

Smolák desdobló un papel que sacó de un bolsillo de la chaqueta y se lo entregó a Viktor.

Cuando vio el boceto del dibujante, se le aceleró el corazón. El abrigo y el sombrero, así como la complexión, encajaban con Filip. Se dijo que no podía ser. No era posible. Sin embargo, la imagen del hombre al que buscaba la policía encajaba a la perfección con las sospechas que tenía sobre su amigo. Debía contárselo a Smolák. Tenía que decirle que Filip vestía de aquella manera. Que había estado teniendo un comportamiento errático, que había expresado un odio visceral por las mujeres y su admiración por Delantal.

—No es gran cosa en la que apoyarse, ¿no? —comentó despreocupadamente mientras le devolvía el dibujo al detective.

—No, no lo es. —Smolák suspiró—. ¿Podría solicitar su consejo si aparecen más pruebas?

—Por supuesto. Estaré encantado de hacer todo lo posible por ayudar a capturar al asesino.

—Mientras tanto… En el caso de que Tobar Bihari fuera inocente, ¿podría el asesino no saber que es él quien ha cometido los asesinatos? ¿Podríamos estar ante un caso de desdoblamiento de personalidad?

—Trato con casos de desdoblamiento de personalidad con frecuencia. Por eso los Seis Diabólicos son la base de mi investigación. Todos culpan de sus acciones a una figura demo-

269

niaca que consideran ajena a ellos. Ya sea por comisión, ya sea por compulsión.

—Así que Delantal puede no saber que es Delantal... Ya sabe a qué me refiero... —dijo Smolák.

—Es posible. Es raro que una personalidad se desdoble completamente en dos identidades separadas e independientes, pero los casos que tenemos aquí demuestran que sí sucede. No obstante, si su asesino es uno de esos casos, su trabajo va a ser mucho más difícil...

—Eso mismo dijo el doctor Bartoš. También sugirió que el desdoblamiento suele producirlo un trauma infantil... o de otro tipo.

—Y tiene razón. Únicamente una parte disgregada de la personalidad (y que actúa de forma independiente) carga con no solo el dolor de recordar ese trauma, sino también con el consiguiente comportamiento anómalo. En su caso, asesinatos.

Viktor hizo una pausa. «Háblale de Filip —se dijo—. Dile que Filip Starosta puede ser Delantal. No, necesito tiempo. Necesito meditarlo.»

—Mire, capitán Smolák —continuó—. No me gustaba la idea de que el doctor Bartoš estuviera presente en mi sesión con su hermano, pero, ahora que lo va a estar, quizá fuera una buena idea que usted también asistiera. Dominik Bartoš, uno de los Seis Diabólicos, es un ejemplo perfecto de alguien que ha convertido parte de su personalidad en una figura demoniaca autónoma. Es algo muy similar a lo que puede haber pasado con ese sospechoso gitano. Aunque el profesor Bartoš sí que asume completamente la responsabilidad de sus actos.

—¿Y cree que ese puede ser el caso de nuestro asesino?

—Podría ser. —«Háblale de Filip», volvió a decirse—. El ello... Todos tenemos una parte de nosotros mismos, en nuestro inconsciente profundo, que es impulsivo, inestable y potencialmente violento. Nuestros egos mantienen a raya el impulso del ello. Y creo que dentro hay un elemento que fusiona todas nuestras ideas, individual y colectivamente, sobre el mal.

—¿La naturaleza diabólica?

—Exacto —dijo Viktor—. Nuestro concepto del diablo, personal, cultural y psíquicamente, se encuentra en esa naturaleza, por eso le puse ese nombre. Todos la tenemos y somos víctimas de su poder en alguna ocasión, pero nuestros egos mantienen a raya sus excesos. Pero en algunos casos de trastorno agudo, la naturaleza diabólica se desdobla y adopta una vida independiente propia, e incluso toma forma humana a los ojos de los pacientes, que la ven como una fuerza externa imposible de controlar.

—Como le pasó al gitano Bihari —comentó Smolák.

—También está detrás de los crímenes del doctor Bartoš. Y si Delantal no es su gitano y anda suelto, entonces sí, puede tratarse de ese caso. Y quizá sea una historia que se repite.

—¿A qué se refiere? —preguntó Smolák.

—Si realmente su asesino se está inspirando en un criminal de hace tiempo, en ese inglés de hace cincuenta años... Bueno, lo más irónico es que el Destripador podría haber estado sufriendo el mismo estado mental. Jack el Destripador podría haber sido la naturaleza diabólica de algún alma confiada.

Smolák suspiró.

—Un asesino escondiéndose de sí mismo.

—Es posible —dijo Viktor. «Háblale de Filip. CUÉNTASE-LO»—. Pero, finalmente, dejará pistas que le lleven hasta él.

—Tengo que hacerle esta pregunta —dijo Smolák—, por muy inverosímil que parezca: ¿hay alguna forma de que alguno de sus pacientes salga de aquí sin que se enteren?

Antes de que Viktor pudiera contestar, se abrió la puerta y entró Václav Bartoš. El forense parecía alterado.

—¿Cuándo hará la sesión con mi hermano? —le preguntó a Viktor.

—Esta noche —contestó el psiquiatra—. Una hora después de que cenen los pacientes.

3

—¿*Q*ué era esta habitación? —preguntó Bartoš junto a Smolák mientras miraba a su alrededor en la torre: a sus espesos
muros, a las altas y oscuras bóvedas de madera del techo, a la
camilla de reconocimiento con sujeciones y al negro estuche de
piel con cantoneras de metal y bobinas de acero pulido del
magnetófono K1.

Viktor reconoció la misma intranquilidad claustrofóbica que
había sentido la primera vez que había entrado en la estancia.

—Un granero —contestó Viktor—. Pero se supone que el
legendario Jan Corazón Negro está emparedado en la torre. Si
lo estuvo, debe de seguir allí, en algún sitio. No he encontrado
ninguna puerta ni otra forma de acceder al resto de la torre.
Solo hay dos aspilleras estrechas en la parte más alta, inaccesi-
bles desde el exterior o el interior. E imagino que la pared trasera de esta habitación limita con la roca del peñasco que hay
detrás del castillo.

—Pero ¿ha buscado alguna forma de entrar o de salir?
—preguntó Smolák.

—Lo he hecho, pero no he encontrado ninguna.

—¿Está seguro? Dados algunos de los casos que hay aquí y
la naturaleza de los asesinatos de Delantal en Praga, imagino
que entenderá…

—Estoy seguro —le interrumpió—. En cualquier caso, de
aquí a Praga hay un largo camino si no se tiene dinero, comida
o incluso un abrigo.

—A menos que se cuente con un amigo en el exterior, un
cómplice —continuó Smolák.

—Estamos en un lugar muy remoto y los lugareños evitan
el castillo, por su historia y su uso actual —respondió Viktor

sonriendo con paciencia. Aun así, pensó en aquel verso tallado en glagolítico en madera antigua en la capilla del bosque; en las leyendas de un castillo construido como cierre de la boca del infierno y en el rumor que corría en el pueblo sobre cuevas y túneles escondidos—. Caballeros, me temo que voy a tener que pedirles que ocupen su sitio —dijo indicando hacia dos sillas plegables de metal colocadas junto a la pared—. Cuando atenúe la luz, quedarán en penumbra y Dominik no podrá verlos. He de rogarles que guarden silencio: es esencial que no sea consciente de que hay otras personas, aparte de mí. En su caso, es indispensable, doctor Bartoš. Si su hermano descubre su presencia, cuando esté bajo los efectos de los hipnóticos querrá conectar con usted, no conmigo.

—Entiendo —dijo el forense.

Viktor esperó a que se sentaran antes de encender los flexos. Intentó calmarse, pero le seguía preocupando estarle ocultando a Smolák lo que sabía de Filip. Al fin y al cabo, hasta ese momento sus sospechas se basaban en corazonadas y coincidencias. El boceto del dibujante de la policía podía ser el de cualquier persona que tuviera un abrigo y un sombrero.

Hizo un gesto con la cabeza al celador que había junto a la puerta. Este apagó las luces, salió al pasillo e hizo entrar al paciente.

El ritual fue el de siempre: los celadores llevaron al sumiso Dominik Bartoš a la camilla de reconocimiento y lo sujetaron, Viktor le administró los sedantes e hipnóticos, se sentó hasta que le hicieron efecto y puso en marcha el magnetófono.

Sin embargo, en esa ocasión, había rebajado la dosis del cóctel de fármacos. Quería que el Nigromante fuera dócil, que revelara su historia. Pero también era consciente de que había público y se sintió extrañamente receloso con sus técnicas. Si Bartoš mostraba alguna manifestación espectacular y personal de la naturaleza diabólica, tal como había hecho Zelený en la forma del señor Hobbs, quería que estuviese bajo su exclusivo control.

Cuando contestó las preguntas de Viktor, Dominik Bartoš se mostró tranquilo y pausado: tan eficiente y preciso en sus respuestas como en sus ademanes y su atuendo. Confirmó su nombre, dijo dónde había nacido y contó algunos detalles de su vida. Habló con afecto (atenuado por los fármacos) de una infancia compartida con un querido y cariñoso hermano gemelo.

—¿Sabe por qué está aquí? ¿En este sanatorio? —preguntó Viktor.

—Por mis experimentos. Por lo que utilicé para formular mi teoría acerca de las resonancias transdimensionales.

—¿Se refiere a las personas que asesinó?

—Mis viajeros cuánticos. Los «siniestros versátiles» que envié a otra dimensión.

—Pero ¿admite que los mató? ¿Que están muertos?

—¿Muertos? —El antiguo científico frunció el entrecejo con aire pensativo—. Pero esa es la cuestión: ¿están muertos o simplemente han cambiado?

Viktor hizo una pausa.

—¿Era usted científico?

—Físico cuántico, sí. Y soy científico, sigo siendo un investigador del universo, de su mecánica. No se puede encadenar la curiosidad, doctor. Una mente inquieta no se marchita encerrada, solo ajusta su esfera de preguntas a un segmento más pequeño del universo. Eso es lo que hago aquí.

—Y formuló esa teoría de la resonancia transdimensional. Quizá luego quiera explicármela en términos profanos.

—Pero usted no es un profano, doctor Kosárek —dijo Dominik—. Es un científico de un campo que, con el tiempo, estará indisolublemente ligado al mío. Un día se conocerá la mecánica cuántica del cerebro: las superposiciones, los entrelazamientos, la infinidad multidimensional de la mente humana.

—Vayamos al principio, profesor —le interrumpió amablemente Viktor. Con aquella dosis reducida, no controlaba tanto al paciente como le hubiera gustado—. Volvamos a donde todo empezó.

—¿Cuándo empezó qué?

—Cuando comenzó a creer en la nigromancia. Cuando empezaron las visiones —dijo Viktor—. Cuando comenzaron los asesinatos.

4

—*S*upongo que todo empezó cuando me fui de la Universidad Carolina —explicó Bartoš—. Dijeron que todo era por exceso de trabajo, pero no fue eso. Era frustración: simplemente, no conseguía resolver los problemas de mi teoría. Sentía esa..., esa desazón en mi cabeza, como si tuviera un grano de polvo en el cerebro. Sabía que la respuesta estaba a mi alcance, y me tentaba, pero ignoraba qué dirección tomar para encontrarla.

»Sabía que con mis investigaciones nunca llegaría a una conclusión mientras estuviera en la universidad. Así pues, se acordó que me tomara un año sabático. Me fui a Kutná Hora, donde crecí con mi hermano. Encontré un alojamiento para alquilar en Sedlec, al este de la ciudad: una casa bonita de tres plantas que había sido el hogar y el taller de un pintor, con un amplio estudio-invernadero de dos pisos en la parte de atrás, orientado al sur. En realidad, era demasiado grande para una persona.

»La verdad es que, en parte, me quedé en esa casa por la propietaria. Fue ella la que me la enseñó. Era una mujer guapa que siempre estaba triste, de unos cuarenta o cuarenta y cinco años. Vivía en una casita en el jardín de la casa principal. Con el tiempo y los continuos cotilleos del encargado de una tienda que me traía provisiones una vez a la semana, me enteré de que la señora Horáčková, mi casera, había sido la dueña de la casa y esposa del pintor. A su muerte, su difícil situación la obligó a mudarse a la casita y a alquilar la vivienda principal.

»Admito que, en cierto modo, me enamoré de la señora Horáčková, una mujer muy hermosa, con gran dignidad, aunque melancólica. Pero tuve muy pocas oportunidades de hablar con ella, excepto cuando le pagaba el alquiler mensual. Por supuesto, nuestras conversaciones siempre eran prosaicas. Aunque sí que la veía a menudo: mantenía inmaculado el patético trozo de jardín que pertenecía a la casita, lleno con tantos colores y variedad de plantas como permitía su tamaño.

»A veces la observaba desde una de las habitaciones de arriba, mientras trabajaba metódicamente en el jardín. No le ocupaba mucho tiempo y solía sentarse en una silla de jardín a la sombra, muy quieta. Parecía que fijaba la vista en sus pálidas manos; tenía unas manos extraordinariamente bonitas, que dejaba inmóviles en el regazo.

»Por los cotilleos del encargado de la tienda, también me enteré de que su marido, Oskar Horaček, había sido un pintor con cierta reputación, cuyos cuadros eran muy parecidos a los de Alfons Mucha, personajes y retablos inspirados en la mitología eslava. El dulce carácter de Horaček no armonizaba con su complexión: el tendero me dijo que había sido un hombre grande, corpulento, apuesto, pero con una barba anticuada.

»Según el tendero, al que admito haber animado invitándole a tomar café siempre que hacía el reparto semanal, Oskar Horaček tuvo un repentino cambio de carácter. Estaba descontento con un cuadro en el que estaba trabajando. Esa insatisfacción se convirtió en una lóbrega obsesión. Su fijación por crear la pintura negra más negra era preocupante. Hizo continuos experimentos mezclando pintura negra con polvos diferentes, desde brea y carbón vegetal, a tintas exóticas y absurdamente caras extraídas de animales marinos.

—¿Qué estaba pintando? —preguntó Viktor.

—A Veles, al oscuro dios ctónico de la mitología eslava, más demonio que dios. El señor de los muertos y de los bosques. La obsesión de Horaček por encontrar el tono negro más oscuro respondía a su idea de plasmar las sombras del bosque de Veles. Más tarde, me enteré de que Horaček lo necesitaba para pintar al propio Veles, para hacer justicia a su suprema negrura. En cualquier caso, me estoy adelantando. La casa estaba cerca de la iglesia del cementerio de Todos los Santos de Sedlec. ¿La conoce?

Viktor asintió.

—No he estado nunca, pero he oído hablar de ella. Del osario, de la iglesia de los huesos.

—Esa es —dijo Dominik—. Un lugar extraordinario. Al parecer, Horaček hizo y deshizo el cuadro de Veles, experimentó continuamente con nuevos tonos de negro. Solo descansaba cuando iba a la iglesia. Se sentaba allí durante horas rodeado de miles de huesos y hacía bocetos de su decoración de esqueletos y calaveras. Resultó que estaba utilizando esos bocetos para el fondo del cuadro de Veles. Como sabe, Veles no solo es el dios del bosque, sino también del inframundo.

»El sacerdote de Todos los Santos estaba cada vez más preocupado por él, al igual que muchos de sus vecinos. Sentían mucha pena por su esposa, la señora Horáčková, que estaba absolutamente afligida por el repentino y rápido deterioro del estado mental de su esposo, que la desatendía hasta el punto del abandono.

»Por desgracia, el pintor encontró pronto la paz. Sin decir palabra a su esposa ni a ningún vecino, salió de su casa un día especialmente lluvioso. Lo hizo sin abrigo ni sombrero. No lo encontraron hasta pasados tres días, cuando lo sacaron de un pequeño lago cercano al osario. En todo momento, debió de ser consciente de que se ahogaría. Una pena.

»Al parecer costó grandes esfuerzos sacarlo del lago, porque era un hombre muy grande. Además, se había enganchado en las ramas, el mantillo y las hierbas enmarañadas que flotaban en el agua y que le lastraron.

»La pobre señora Horáčková quedó desolada por la pérdida. Como no tenía otra fuente de ingresos, vendió los cuadros de su marido, se mudó a la casita y alquiló la vivienda principal.

—¿Y qué pasó con el cuadro que estaba pintando? —preguntó Viktor—. El de Veles.

—Lo quemó. Dicen que el cuadro de Veles no estaba inacabado ni mal pintado. Los que lo vieron opinan que era la mejor obra de Horaček: tan buena que su reproducción de Veles aterraba al todo el que la contemplaba. Se dice que incluso el fondo del cuadro, para el que se inspiró en el osario, parecía cobrar vida. Decían que las sombras entre los huesos se movían y se retorcían. Por eso Rozálie Horáčková lo quemó. No fue porque aquella pintura hubiera vuelto loco a su marido, sino porque la horrorizaba.

»En cualquier caso, dos años más tarde, alquilé la casa y

277

pude ver el triste y perenne florecimiento de su pena. Me sentí muy atraído por ella.

—¿Hizo algo porque progresara aquella atracción? —preguntó Viktor.

—No, por Dios, no. Soy un hombre tranquilo, doctor Kosárek. Muy tímido, dado a la reclusión. De todas formas, no tenía tiempo para locuras románticas. Debía centrarme en mi trabajo. Necesitaba tranquilidad para formular mi teoría.

—¿Y cuál era esa teoría que tanto le alteró?

—Creo que el universo es una estructura infinitamente compleja y que un número infinito de planos o dimensiones diferentes están interconectados en un nivel cuántico. Esas interconexiones son lo que denomino «resonancias transdimensionales».

—¿Conexiones con otra realidad?

Dominik Bartoš asintió.

—Mundos idénticos. ¿Ha mirado alguna vez más allá de la imagen que refleja un espejo? ¿Ha ladeado alguna vez la mirada para ver la habitación y el mundo en el que vive su reflejo? ¿Se ha preguntado si ese es el mundo verdadero y el suyo no es más que una imagen?

—No, no lo he hecho —confesó Viktor—. Pero he tratado a pacientes con paramnesia reduplicativa que sufren un delirio parecido.

—Lo que le estoy explicando no es un delirio —continuó Bartoš—. Es física cuántica. No es una locura pensar que no existe solo una realidad, sino muchas. Utilicé las matemáticas para encontrar la grieta en el espejo: la brecha infinitesimalmente pequeña que conecta un mundo con su reflejo y una realidad con otra. Pero lo que descubrí fue una forma que ha de intuirse, no calcularse. La humanidad conoce las resonancias transdimensionales desde el principio de los tiempos. Siempre hemos sido conscientes de ellas, siempre les hemos tenido un miedo instintivo y siempre hemos utilizado un nombre con ellas.

—¿Y cuál es ese nombre?

—Espíritus —explicó Bartoš con toda naturalidad—. Las resonancias transdimensionales son los espíritus de los muertos.

5

—¿*E*spíritus? —repitió Viktor—. ¿Cómo pueden tener cabida unos seres supernaturales ficticios en el pensamiento científico?

Dominik Bartoš sonrió.

—Cuando la ciencia no puede explicar un fenómeno racionalmente, la superstición la explica de forma irracional. Eso no implica que el fenómeno sea menos verdadero. Si me permite que le explique cómo hice mi descubrimiento, a lo mejor me entiende. Admito que estaba trabajando más horas y con más empeño de lo normal. Trabajé intensamente y me obligué a estar despierto tanto tiempo que mi cuerpo se olvidó del mecanismo del sueño. Pero la crisis. Ah, la crisis. Si hubiera podido probar mi teoría, nuestra comprensión del universo, de la física, de nosotros, de cómo, por qué y dónde existimos, cambiaría para siempre.

»¿Recuerda que le he hablado de la teoría de mirarse en el espejo? Estaba a punto de demostrar que el universo funciona de esa forma. Excepto que, en vez de un espejo, lo hace con una sala infinita de espejos y un número infinito de realidades. Y me di cuenta, lo vi yo mismo, que una de esas dimensiones es el reino de la muerte.

—Profesor Bartoš, usted es un científico —protestó Viktor—. No puede creer…

Dominik Bartoš le interrumpió.

—Isaac Newton fue sin duda el científico más importante que haya existido nunca; sin embargo, practicaba la alquimia. Tenía ideas tan adelantadas al pensamiento y la tecnología de su tiempo que buscó migajas de verdad en las supersticiones y la magia. Yo hice lo mismo, abrí mi mente a otras puertas.

»Trabajé día y noche. Las únicas pausas que hacía las de-dicaba a contemplar a la hermosa señora Horáčková cuando se sentaba en su jardín o daba cortos paseos con los que espa-bilar. Un día, mientras caminaba, pasé por el cementerio de la iglesia de Todos los Santos. Recordé que el tendero me había dicho que Oskar Horaček solía ir al Osario, así que decidí entrar y verlo.

»Su poder y la abrumadora presencia de los muertos me impresionó instantáneamente. Había multitud de ellos, entre cuarenta y cincuenta mil, descarnados, esqueletizados; huesos arrancados y ensamblados con el arte más extraño y siniestra-mente conmovedor. Huesos y calaveras decoraban las pare-des, las bóvedas y los arcos de las capillas; ornamentadas ara-ñas de cristal que contenían cien veces más que todos los hue-sos del cuerpo humano; guirnaldas enormes realizadas con calaveras; marcos de puertas, arcos, ciborios y frescos decora-dos con maxilares, clavículas, esternones y escápulas; custo-dias que irradiaban rayos de blanquecinos peronés y cúbitos. Una pirámide levantada con mil calaveras, simplemente colo-cadas una encima de otra. Así es como se mantiene esa estruc-tura, se adhieren, como si estuvieran ligadas por una oscura energía.

»Siempre que iba a la iglesia, me sentía más calmado, como si mi saturada mente hubiera encontrado descanso. Me di cuenta de que Horaček debía de haber sentido lo mismo. Había buscado una salida de su punto muerto artístico entre los hue-sos; yo la estaba buscando para el mío científico.

»Todas las culturas primitivas de Europa creen que otro mundo coexiste con este; creen que en momentos y lugares especiales el velo entre esas dos realidades contiguas se levanta y los seres humanos, Dios y los demonios se mezclan. De este modo, los vivos y los muertos entran en contacto. Me di cuen-ta de que el osario era uno de esos lugares.

»Iba todas las semanas. Pronto lo hice cada dos días… Y, al poco, me sorprendí yendo cada día. Me sentaba en la iglesia y encontraba paz y claridad. Las visitas de diez minutos se con-virtieron en visitas de veinte minutos. Después, comencé a pa-sar horas allí. Entonces empecé a verlos.

—¿A quiénes? —preguntó Viktor.

Dominik frunció el entrecejo.

—A veces, sentado entre el silencio de los huesos blanquecinos de los muertos, notaba que alguien se había sentado a mi lado, alguien que debía de haber entrado sin que lo oyera. Sin embargo, cuando me daba la vuelta, no había nadie. Y había otros: siniestras figuras fuera de mi alcance, movimientos que veía por el rabillo del ojo.

»Al cabo de un tiempo, estaban allí a todas horas. Iba a la iglesia y me sentaba en silencio para contemplar la pirámide de calaveras. Al poco, los sentía. Los llamaba los «siniestros versátiles». Se movían al borde de mi percepción, siempre en silencio, siempre más oscuros que la noche. Mucho más oscuros. De repente, entendí en qué consistía la búsqueda de Horaček de aquel tono más negro para su pintura. Entendí que los siniestros versátiles poseían la propiedad de la negrura verdadera. En nuestra dimensión, la oscuridad no existe de por sí, no es más que la ausencia de luz. Pero fuera lo que fuera lo que veía en esas breves miradas, estaba hecho de verdadera oscuridad. La oscuridad en sí misma. Eran las resonancias transdimensionales que había estado buscando.

—Dígame, Dominik, ¿dormía algo? —preguntó Viktor.

El paciente, sujeto a la camilla, soltó una risita.

—No tenía tiempo para dormir y muy poco para comer.

—¿Y no pensó que los supuestos «siniestros versátiles» formaban parte de los típicos trastornos visuales y alucinaciones derivados de la falta de sueño?

—Sí, pero eso es lo que los místicos y los videntes han estado haciendo a lo largo de los siglos: entrar en un estado de consciencia en el que se tienen visiones de lo divino y lo demoniaco. Pero lo que realmente hacían era ver otras dimensiones a través del velo cuántico. Entré en ese mismo estado receptivo, pero comprendí qué estaba pasando desde un punto de vista científico.

»Cierto día, delante de la pirámide de calaveras, percibí una presencia. La sentí. Fue como una chispa eléctrica en el aire que chasqueó en mi piel. Entreví a un siniestro versátil en el borde de mi campo de visión. Pero en esa ocasión era más grande. Enorme. Y más negro, como si su oscuridad fuera incluso más intensa, más densa. Por primera vez, sentí miedo.

281

Me volví y, como siempre, el versátil desapareció antes de que pudiera verlo al completo. Sin embargo, pasó algo extraño: durante un momento, hubo una mancha en el suelo donde había sentido esa presencia. Fue como si las losas estuvieran mojadas. Después la mancha desapareció.

»Hubo algo en esa experiencia que me asustó y me entusiasmó al mismo tiempo. De alguna forma, había avanzado o algo me había atravesado. Las cosas cambiaron.

»Empecé a ver siniestros versátiles por todas partes, no solo en la iglesia. Los veía en la calle y me obligaban a apartarme del bordillo, porque creía que pasaba un coche o un autobús. Cuando me volvía para mirarlos, seguían desvaneciéndose. Pero me permitían vislumbrarlos, verlos una fracción de segundo. Aunque aquello solo fue el comienzo.

»Un día, a eso de la medianoche, estaba repasando unos cálculos cuando oí ruidos en el invernadero. Temí que fuera un intruso, me armé con un atizador y fui hasta allí. Las luces estaban apagadas, pero había casi luna llena. Nada de nubes en el cielo. Entonces lo vi.

—¿A quién?

—A un hombre grande. Enorme y ancho. Y tremendamente oscuro. Como si fuera una silueta sólida. Encendí la lámpara que estaba más cerca, pero ni siquiera eso pareció iluminarlo. Era como si su oscuridad fuera sed, una esponja que absorbía la luz de la luna y de la lámpara. Le pedí que se acercara más a la luz para poder verlo y que explicara su presencia. Dio un paso adelante, pero siguió en silencio. Cuando se acercó y lo vi, me asusté.

»Era gigantesco. Me refiero a que tenía más masa que la que pueda tener un hombre: enorme, alto, corpulento, más parecido a un oso que a un ser humano. Llevaba un largo abrigo negro de astracán y tenía la cara casi oculta por una mata de pelo espeso y rizado. Lucía una barba ondulada intensamente negra. Y lo más extraño de todo era que estaba mojado. Empapado. Los densos rizos de lana del abrigo goteaban. Igual que el pelo y la barba. Se había formado un charco a sus pies, pero no se veía el menor rastro de pisadas que indicara por dónde había llegado. Lo que más me aterrorizó fueron sus ojos, enterrados en la tupida mata de pelo y barba empapada. Esos ojos, unos ojos rojos que parecían estar ardiendo. Entonces caí en la cuenta de quién era. Supe por qué había venido a mí.

—¿El pintor ahogado? —preguntó Viktor—. ¿El fantasma de Oskar Horaček?

—¿Oskar Horaček? No, no era él. Cuando lo miraba, todo se oscurecía. Su oscuridad brillaba y desterraba la luz. Supe inmediatamente quién era: Veles el Oscuro, el señor de los muertos.

6

—*H*abíamos invocado dos veces a Veles. Una lo había hecho el pintor Horaček. Otra había sido yo. Dos voces habían llamado al vacío y no habían obtenido respuesta. Él era la respuesta, la gran revelación de todo, del universo, de las dimensiones: Veles el Oscuro.

»Me lo explicó todo. Tenía una voz profunda, tanto que resonaba hacia arriba en el suelo, desde la oscura tierra y la roca que había debajo. Me habló de su dimensión y de la mía, de todos los misterios con los que había tenido problemas. Me explicó lo que debía hacer. Tenía que enviar viajeros a sus dominios, salvar la brecha entre los vivos y los muertos. Serían viajeros a través de realidades que mostrarían una dimensión a la otra. El mayor logro en la historia científica de la humanidad. Pero antes debía crear a los siniestros versátiles.

—¿Y cómo iba a crearlos? —preguntó Viktor, a pesar de saber la respuesta.

Dominik Bartoš frunció el entrecejo, como si le hubiera sorprendido no la pregunta, sino que se formulara.

—Por supuesto, tenía que hacer que algunas personas vivas pasaran a estar muertas.

Hizo una pausa. Viktor pensó en el hermano gemelo de aquel tipo, que, sentado detrás de él, escuchaba toda aquella sarta de despropósitos.

—¿Cómo eligió a sus víctimas? —preguntó Viktor.

—Veles sugirió que empezara con niños. Era muy difícil resistirse a su voluntad. Me dijo algo extraño: que nuestro tiempo iba a ser el más oscuro de todos para los niños. Afirmó que estarían mejor si se les cambiaba. Me dijo que aquí les esperaba algo peor. Alegué que los niños no entenderían el favor que iba a hacerles, que su consciencia estaba poco formada y era demasiado inmadura. La idea me pareció angustiosa.

»Así pues, mi primer intento de crear un siniestro versátil fue cuando fui hasta Žižkov. Es la peor zona de Praga, llena de comunistas y prostitutas. La llaman Žižkov la Roja. Decidí buscar a una mujer de la calle para mis experimentos.

»Era una noche de verano. Fui en coche hasta Žižkov y aparqué a cierta distancia de una taberna llamada Modrý Bažant. Hacía años había oído decir que era un lugar en el que había mujeres de la calle. La noche era agradable, apacible. El cielo y el aire estaban cálidamente aterciopelados. Fue una pena que tuviera que llevar a cabo mi misión en un entorno tan deplorable y en una noche tan hermosa.

»La taberna era un lugar tétrico y poco iluminado. Eso me convenía. Las paredes estaban forradas de madera oscura; el ambiente, cargado de humo de cigarrillos y puros. En la barra había un repelente faisán disecado, teñido de azul, seguramente en honor al nombre del pub. La mayoría de la clientela estaba borracha de aquella letárgica manera en que suelen estarlo los bebedores empedernidos. Me senté en el rincón más vacío, pedí una cerveza e intenté no llamar la atención. Mi aspecto me ayudó: mi hermano y yo compartimos una cara sumamente olvidable.

»Estar sentado allí era extraño. Parecía inofensivo y pasaba completamente inadvertido: un pequeño hombre nada memorable tomando una cerveza en una cálida noche de verano mientras, distraídamente, observaba al resto de los clientes. Un ratón en una esquina. Sin embargo, al mismo tiempo, ese ratón era un león. Y, sin que ellas lo supieran, sus víctimas serían las mujeres. No tenían ni idea de que su destino estaba en mis manos. Decidiría cuál de ellas seguiría existiendo en esta dimensión y cuál viajaría a otra. Aquello me proporcionaba cierto placer.

»Había tres mujeres que identifiqué como putas. Una estaba borracha y tenía una risa estridente, áspera y triste. La descarté de inmediato: completamente inadecuada como embajadora de las dimensiones. Otra de ellas, más joven, reservada y guapa, me llamó la atención. Tenía la piel oscura, imaginé que era gitana, pero parecía cojear, como si estuviera tullida. Deci-

285

dí salir con ella del pub, pero un hombre pequeño de aspecto agresivo, también gitano, apareció en la calle y la abrazó como si le perteneciera.

»Aquello solo dejaba una opción. De lejos parecía una joven atractiva, sana. Tras no conseguir clientes en el pub, se fue. Salí detrás de ella. La noche cálida y suave... El corazón me latía con fuerza. No era inquietud, sino alegría. Por primera vez en esos plomizos meses, sentí que el cansancio me abandonaba. Aquel trabajo no me resultaba angustioso, sino emocionante.

»Tuve suerte, pues caminó hacia donde estaba mi coche. Me aseguré de alcanzarla antes de que llegara a su altura. No sabía qué se le dice a una puta para contratar sus servicios, pero mi saludo pareció bastar: me preguntó si buscaba compañía. Le dije que sí y señalé el automóvil. Dudó, dijo que su casa estaba cerca y miró a ambos lados de la calle vacía. Después me observó de arriba abajo. Decidió que no representaba ningún riesgo para ella. Le abrí la puerta y entró.

»A la luz de la calle, la apariencia de juventud y lozanía que había visto de lejos quedó reducida a unas capas de maquillaje. El aliento le olía a licor y a cigarrillos. Despedía el acre hedor de un alma corrompida. Al igual que todo en ella, su sonrisa era artificial y vacua. Me arrepentí de haberla elegido. En cuanto entró en el coche, me preguntó qué quería y me hizo un listado de actos de lo más repugnantes, como si fuera un menú de perversiones.

»Le expliqué que tenía motivos científicos. Se echó a reír y dijo que le daba igual cómo lo llamara, con tal de que le pagara. Y así lo hice. Salí de la ciudad y empezó a ponerse nerviosa y a quejarse. Así pues, le di más dinero, mucho más dinero. Dejó de quejarse, aunque, eso sí, parecía intranquila.

»Hablé con ella durante el trayecto. Mantuve una estúpida y vacua conversación para convencerla de que era lo que parecía: un hombre inofensivo y solitario que no suponía ningún peligro. Sin embargo, durante todo ese tiempo, me sentí más vivo, más despierto de lo que lo había estado desde hacía meses. Al final iba a establecer contacto con otra dimensión. Iba a transformar a esa mujer en una siniestra versátil.

»Su viaje comenzaría esa misma noche.

7

—*U*na vez que estuvimos fuera de la ciudad, encontré una carretera tranquila que cruzaba un bosque y estacioné. Encendió la luz interior del coche y se desabrochó la blusa para enseñarme los pechos.

»Resultó una mujer de lo más estúpido. Le repetí que no estaba interesado en el sexo y le expliqué claramente la oportunidad que se le presentaba: se convertiría en una viajera entre dimensiones. Experimentaría maravillas inconcebibles y sería la primera en volver para hablar de ellas. No entendió qué le estaba diciendo. Estaba claro: había cometido una equivocación al elegir a una versátil con un intelecto tan limitado.

»Las cosas fueron de mal en peor. Cuando saqué el cuchillo y se dio cuenta de que tenía que cambiar de forma, rendir su vida física antes de viajar, empezó a actuar de forma irracional. Gritó, me clavó las uñas como una arpía y me exigió que la dejara ir. Pero eso era imposible, claro. Daba igual si quería o no quería. Daba lo mismo si era adecuada para convertirse en una siniestra versátil o si no lo era. No podía hablarle a nadie de mis avances.

—Así que la mató.

—No puede imaginarse lo complicado que es acabar con la vida física de un ser humano; sobre todo cuando no se tiene experiencia y se quiere acabar con alguien que no para de moverse. Se negó a quedarse quieta. Gritó y se aferró desesperadamente a la manija de la puerta. Al final, consiguió accionarla y la abrió.

»A nuestro alrededor solo había campos. Ya había oscurecido. Hacía una noche negra y sin luna. Era tan oscura que pensé que tal vez Veles hubiera acudido a presenciar mi trabajo.

»Sabía que si salía y echaba a correr, nunca la atraparía. Intenté agarrarla sin acordarme de que tenía el cuchillo en la mano: se le clavó entre las costillas. En realidad, fue sorprendentemente fácil. Abrió la boca para gritar, pero solo salió de ella un silbido, supongo que por la conmoción o porque le había perforado un pulmón. Saqué el cuchillo y se lo hundí en el cuello. Aquello fue muy desagradable, sucio. Noté que el cuchillo chocaba contra un hueso: imaginé que las cervicales. Pero también debí de cortarle la yugular y la carótida, pues expulsó grandes cantidades de sangre, que mancharon el interior del coche: el parabrisas, el asiento y a mí. Y durante todo el tiempo no dejó de gritar y gritar dando agudos alaridos, lanzando esputos y defendiéndose ciegamente. Había sangre por todas partes.

Dominik movió la cabeza, irritado.

—Pero pronto dejó de gritar y de forcejear. Sus gritos se convirtieron en pequeños y silbantes jadeos. Sus movimientos quedaron en contracciones espasmódicas. Después empezó a temblar conforme el calor del cuerpo se le escapaba con la sangre. Entonces se acabó: estaba sentada, muerta, y miraba por el parabrisas a la noche, mientras yo me quedaba, pegajoso y mojado, respirando el húmedo olor a cobre que había en el coche.

»Finalmente, he de decir que con gran trabajo, ya que soy un hombre acostumbrado al trabajo intelectual y no físico, conseguí meter su cuerpo en el maletero. Limpié la tapicería de cuero, el salpicadero y el parabrisas. También tuve que esconder mi chaqueta. No obstante, hacía una noche bochornosa: no era raro que un conductor viajara en mangas de camisa. A pesar de que lo limpié todo, aquello no pasaría una inspección minuciosa. El interior del parabrisas estaba manchado. En aquella calurosa noche, en el interior del coche flotaba ese olor a sangre que recuerda al del cobre.

»Conduje hasta Sedlec y aparqué cerca de la puerta trasera de la casa. Comprobé que no hubiera nadie que pudiera verme. Rozálie Horáčková debía de estar en la cama, pues no había luz en la casita. Cuando estuve seguro de que nadie me veía, llevé a la mujer de Žižkov a la sala de transición. Su transformación en una siniestra versátil estaba a punto de comenzar.

—¿La sala de transición? —preguntó Viktor.

—La había instalado en la bodega con todas las herramientas y el equipo necesarios para transformar a una forma física tridimensional en un siniestro versátil multidimensional. Tenía una mesa grande y pesada, con lámparas extra para poder ver bien qué hacía, cubas con sosa cáustica para disolver la carne, cuchillos de carnicero y herramientas de matarife.

Viktor oyó un ruido a su espalda cuando el capitán Smolák se levantó de la silla para entregarle una nota, antes de volver a las sombras. Viktor la leyó y suspiró.

—Dominik, ¿llevaba algo para proteger la ropa?

—Por supuesto.

—¿Un delantal?

—Sí, y manoplas hasta los codos.

—¿El delantal era de cuero?

Dominik miró a Viktor perplejo y negó con la cabeza.

—No, el delantal y las manoplas eran del mismo proveedor de suministros que las cubas, eran de goma galvanizada.

—Permítame ser absolutamente claro, Dominik —pidió Viktor—. Ha confesado todos los asesinatos que cometió, incluidos los de algunas víctimas que la policía no conocía, ¿verdad?

—Me ofenden las palabras asesinatos y víctimas, pero sí: acepto la plena responsabilidad de todo lo que hice. ¿Por qué debería avergonzarse un científico de su trabajo?

—No ha ocultado ningún asesinato. No hay nada que no sepamos.

—No, nada. —La cara de Dominik Bartoš expresó que había caído en la cuenta de algo—. Ah, ahora entiendo por qué me ha preguntado por el delantal. Nos permiten leer periódicos de vez en cuando. Está pensando en el asesino de Praga que tiene a la policía completamente despistada. No, querido doctor Kosárek: yo no soy Delantal. ¿Cómo iba a serlo si estoy encerrado aquí dentro? En cualquier caso, doctor, ese hombre es un simple asesino. Yo buscaba la verdad. Yo soy un científico.

—¿Trabajó solo? Me refiero en la bodega, para quitar la carne a los huesos de su víctima.

—De mi elemento, no de mi víctima —lo corrigió Dominik—. No lo hice solo. Veles estaba allí, en la bodega, conmigo.

289

Me dijo lo que tenía que hacer y cómo hacerlo. Pero su reluciente oscuridad desterraba la luz, por lo que, a veces, tenía dificultades para ver, incluso con las potentes lámparas que había comprado a propósito. Se dio cuenta del problema y se retiró al rincón más alejado de la bodega, desde el que me daba instrucciones.

»Las cosas no salieron bien con el primer elemento, la prostituta de Žižkov. Cometí todo tipo de errores al arrancarle la carne. Al fin y al cabo, soy un físico, no un anatomista. Todo se ensució mucho y olía.

»Pero Veles me lo explicó detenidamente. El único momento en que se impacientó, y la cólera de Veles es aterradora, fue cuando quise quitar la carne del hueso metiendo los miembros cortados en las cubas con la solución de sosa cáustica. Me ordenó, con una voz que resonó en mi interior, que sacara los miembros; la solución que había preparado los degradaría también. Veles dijo que la esencia del ser humano, su noble esencia, estaba en sus huesos. Debía respetarlos.

»Supliqué perdón y saqué los miembros. Veles me dijo que lo haría con el *mos Teutonicus*. Ese sería mi método: la carne se extirparía y se tiraría con las cubas. Lo que quedara en los huesos no se quitaría con materiales cáusticos o ácidos, sino hirviéndolos durante toda una noche en agua y vino.

»Hice lo que me pidió. Costó mucho tiempo. Veles siempre estuvo en el rincón y su oscuridad y humedad se filtró a las paredes, el suelo y el techo de la bodega. Le pregunté por su reino en el inframundo y me dijo que era un enorme, oscuro, húmedo e infinito bosque de ramas y raíces entrelazadas. Dijo que los árboles del inframundo estaban tan apiñados, eran tan altos y tan densos que siempre se estaba en penumbra: una eterna oscuridad con sombras que se movían continuamente. Me explicó que esas sombras eran las que había visto en el osario. Eran sus heraldos, sus emisarios, los espíritus de los muertos.

»Las almas de los otros, de los que han pecado mucho en su vida, están unidas a los árboles. Se sabe cuáles son porque los árboles están retorcidos, podridos, llenos de insectos que horadan continuamente la carne sin consumirla. Algunas veces, sus almas están atadas a los dobleces y los nudos de raíces que se hunden en el suelo, frío y húmedo. Su soledad les produce una locura eterna. El bosque de los muertos no tiene fin, pero sí corazón: un lugar en el que la oscuridad es más intensa. Allí es donde tiene su trono Veles, donde forja sus siniestros versátiles para acosar a los vivos y recordarles su vanidad y su mortalidad.

Dominik Bartoš hizo una pausa, pero Viktor no dijo nada. La descripción del bosque del inframundo de Veles le había afectado: los recuerdos de infancia, aquel haberse sentido perdido entre los árboles, ese mal al acecho. Un movimiento detrás de él en las sombras lo sacó de sus pensamientos.

—¿Y qué pasó con la mujer? ¿Con su cuerpo? —preguntó Viktor.

—Finalmente acabé mi trabajo. Su carne diseccionada se deshacía en las cubas. Lentamente, más lentamente de lo que creía, se convertía en una densa pasta. Sus huesos, blancos y limpios, estaban en la mesa de transformación. Entonces fue cuando Veles el Oscuro la convocó. Aquella invocación me emocionó y me asustó: su voz resonó en el suelo, en las paredes, en mis sienes, en mi mandíbula y en la bóveda de mi cabeza. Mis huesos resonaron con ella. Fue algo terrible y magnífico.

»Y entonces... vi su transformación. Sentí que el aire se cargaba con una extraña energía. Algo intensamente oscuro, más oscuro que la obsidiana, se unió en el aire que había encima de los huesos. ¡Estaba apareciendo! Durante un momento esperanzador, flotó en el aire delante de mí. No tenía apariencia humana, ni cara, ni sexo, ni forma orgánica. Se había convertido en un pequeño y concentrado centelleo de intensa oscuridad. Era como una pequeña estrella negra suspendida en el pegajoso aire de la bodega. Durante un instante, su oscuridad brilló desde ella y me sentí eufórico, contentísimo por haber creado a una siniestra versátil capaz de viajar entre dimensiones. Pero no sucedió de ese modo. Hubo un momento de refulgente oscuridad y después desapareció.

—¿Siguió intentándolo?

—Una y otra vez. Tuve que viajar más lejos, visitar las partes más infames de las ciudades y encontrar borrachos, putas o vagabundos a los que nadie echara en falta. Abandoné mis escrúpulos con respecto a los niños y me los llevé de donde jugaban. Sin embargo, una vez más, solo de los niveles marginales

291

de la sociedad, principalmente gitanos y críos de la calle. En la actualidad, hay muchos obsesos de la «higiene social» que alabarían mis esfuerzos.

»Cinco, diez, veinte. Me convertí en un experto del secuestro invisible y de la extinción de la vida física. No podía descarnar con la habilidad de un carnicero, pero las cubas de la bodega se esforzaban por mantener el ritmo. Todo rezumaba ese olor a carne disuelta. Me preocupó que llegara a la casa. No es que nadie me molestara, más allá del tendero (que seguía esperando su café cuando hacía su reparto semanal) y la visita mensual de la casera, la hermosa Rozálie Horáčková.

—¿Y no logró su objetivo con ninguna de esas víctimas..., de esos elementos? —preguntó Viktor.

Dominik negó con la cabeza.

—Ninguno mantuvo su forma de siniestro versátil durante más de unos segundos. Todos se manifestaron sobre los huesos con un breve resplandor oscuro. Después, parpadeaban y desaparecían. Entonces me di cuenta de en qué me estaba equivocando: la consciencia que estaba consiguiendo era corrupta, moralmente disoluta, intelectualmente inferior. Necesitaba encontrar a alguien que mereciera la pena. Alguien con la fortaleza moral e intelectual para emprender el mayor viaje de la humanidad y desplazarse entre dimensiones a su voluntad. Alguien que no estuviera conectado a esta dimensión, a su vida.

—¿Fue entonces cuando decidió asesinar a su casera?

—Fue entonces cuando decidí ayudar a Rozálie Horáčková a reunirse con su marido.

8

—*L*o preparé todo en la sala de transición. La esencia de la señora Horáčková, incluso la carne extraída, no debían corromperse entrando en contacto con las formas inferiores que la habían precedido. Así pues, llené dos cubas: una con sosa sin usar y la otra con agua y vino para blanquear sus frágiles huesos. Y cuando la vi sentada en su jardín, con sus manos pálidas una encima de la otra, imaginé sus huesos, delicados y blancos como la porcelana. Supe que había hecho la elección adecuada. Sabía que esa vez iba a conseguir mi objetivo.

»Finalmente hizo su visita mensual para cobrar el alquiler. Solía tener el dinero metido en un sobre en la mesita del vestíbulo. Se lo entregaba después de invitarla a pasar e incluso le ofrecía un café, que siempre rechazaba. Sin embargo, aquel día insistí, incluso me mostré un poco molesto y le dije que teníamos que hablar sobre un problema relacionado con la casa.

»En cuanto entró, hizo un comentario sobre el olor. Le contesté que ese era el problema del que quería hablarle: parecía provenir de la bodega. Le pedí que me acompañara para poder indicarle de dónde creía que llegaba aquella peste.

»Al principio se mostró reacia, pero le comenté que, si no se solucionaba aquel problema, me vería obligado a abandonar la casa. Aceptó bajar. Mientras hablábamos, contemplé su hermosa cara, tan perfecta. Estudié los huesos que había debajo de la carne, los delicadamente elaborados arcos y ángulos de su cráneo, cómo se articulaba la mandíbula en el eje mientras conversábamos. Veles me había dicho que la esencia, el alma de una persona, residía en sus huesos. Y me di cuenta de que los huesos eran la base de la belleza de Rozálie

293

Horáčková. Y yo quería ver esa belleza sin adornos, desnuda, despojada del manto de la carne.

»Hice que bajara las escaleras delante de mí. Se echó hacia atrás ante el olor y protestó por no poder ver hacia dónde iba. Le contesté que era por él: por su oscuridad refulgente. ¿De quién? ¿De qué estaba hablando? Eso me preguntó, y yo se lo conté. Le hablé de Veles, de por qué su marido se había esforzado tanto y durante tanto tiempo para conseguir la máxima negrura en su cuadro del Oscuro. Le dije que la frustración que había experimentado con el cuadro se debía a no haber podido encontrar una pintura que fuera lo suficientemente negra. Le dije que pronto estaría al lado de su marido. Ya habíamos llegado al final de las escaleras y estábamos en el pequeño recuadro de luz que llegaba desde la puerta abierta arriba. Intentó volver hacia ella, pero le bloqueé el paso. Cuando intentó apartarme, la empujé hacia la oscuridad. Le dije: «Tiene que entenderme. Tiene que verlo por usted misma». Entonces encendí las luces.

»Se puso histérica. Gritó. Creo que fue cuando vio al tendero. El tipo me había traído la compra esa misma mañana. Solía llevarla directamente a la cocina si la puerta no estaba cerrada. Me llamaba y le preparaba un café. Empezaba a ser una costumbre pesada. En realidad, ya no tenía más información que compartir conmigo. Por eso y por el olor, había empezado a cerrar la puerta de la cocina cuando venía. Le dejaba una nota en la que le pedía que dejara la compra en la entrada.

»Sin embargo, ese día, con toda la emoción de los preparativos de la conversión de la señora Horáčková en una siniestra versátil, me había olvidado del tendero..., hasta que lo oí llamar desde la cocina. Cuando llegué, estaba sentado cerca de la mesa, esperando su acostumbrado café. Enseguida me preguntó por el olor. Fue un grosero. Lo llamó: «terrible hedor». Dijo que era como si algo hubiera muerto debajo de las tablas del suelo. Le expliqué que sí, que era olor a carne descompuesta. Se quedó perplejo, allí sentado. Entonces saqué un cuchillo de un cajón de la cocina y se lo clavé en el cuello. Era un truco que había aprendido durante la recolección de elementos: si se les corta la tráquea, no pueden pedir ayuda y se obsesionan tanto en intentar respirar que uno puede acabar con ellos sin que interfieran. Y eso es lo que hice con el tendero.

»Sin embargo, no tuve tiempo de encargarme adecuadamente de sus restos. Así pues, más tarde, cuando encendí las luces de la bodega, Rozálie Horáčková vio su cabeza cortada en una estantería y el cuerpo en un rincón. Tuve que darle un golpe para que dejara de gritar. Pero debía proceder con cuidado: no quería que esos bonitos huesos de porcelana resultaran dañados. Quedó conmocionada un momento e intenté explicarle de nuevo lo que iba a hacer, lo que íbamos a conseguir.

»Veles estaba en la bodega, esperándonos. Se lo presenté, pero la señora Horáčková me dijo que estaba loco, que allí no había nadie. Le aseguré que Veles estaba presente y que había venido de la dimensión en la que se encontraba su marido. Sin embargo, para entonces ya estaba histérica. Me gritó una y otra vez que allí no había nadie. Estaba montando semejante alboroto que tuve que golpearla de nuevo. Esta vez con más fuerza. Se desplomó y perdió el conocimiento. Me molestó tener que pegarle. La había elegido porque creía que estaría dispuesta a viajar.

»La llevé a la mesa y decidí que montaría menos escándalo si le cortaba el cuello, antes de quitarle la ropa y la carne, para quedarme solo con la perfecta belleza de sus huesos desnudos. Saqué el cuchillo de desollar y lo deposité en la mesa, al lado de su cabeza, mientras le desabotonaba la blusa. Era una blusa de seda muy bonita: no quería que se manchara de sangre.

»Entonces, un ruido. Alguien estaba llamando al timbre. Me volví, intentando recordar si había cerrado todas las puertas. —Dominik Bartoš hizo una pausa y movió la cabeza con cierto enfado, incluso con tristeza—. Habría funcionado. Estoy seguro de que habría salido bien. Cuando me volví hacia ella, estaba consciente. Tenía los brillantes ojos azules muy abiertos y desencajados. Pero no era miedo. Estaban llenos de rabia, de odio. Y tenía el cuchillo en la mano. Lo agitó en el aire hacia mí.

Bartoš hizo una pausa. Viktor vio, a pesar de la escasa luz, la cicatriz que iba desde el puente de la nariz, cruzando la mejilla, hasta la mandíbula.

—Me hizo un corte en la cara; cuando volvió a agitarlo, levanté la mano. —La mano a la que le faltaba el dedo pequeño, sujeta por la correa en la muñeca, se contrajo—. Me hundió el cuchillo en el pecho y caí al suelo. Oí que gritaba mientras subía las escaleras y que los golpes en la puerta eran más fuertes. Así fue como me detuvieron. Pedí a Veles que me ayudara, que evitara mi captura y me llevara al bosque oscuro, pero permaneció en silencio e inmóvil en las sombras. Le había fallado.

Viktor se fijó en la lágrima que brotaba del ojo del científico y que recorría la cicatriz que tenía en la mejilla.

—¿Sigue creyendo que Veles estaba en la bodega? —preguntó Viktor.

—Sí.

—¿Y por qué no lo vio la señora Horáčková?

—Sí que lo vio, esa es la cuestión. Repitió una y otra vez que solo podía ver la oscuridad. Le dije: «No lo entiende. Está viendo a Veles. Veles es la oscuridad». El Señor Oscuro está donde haya oscuridad, allá donde haya sombras. —Dominik Bartoš miró a Viktor con tanta compostura como le permitieron los fármacos, que empezaban a desgastar el límite de su atención—. Está siempre en las sombras. Está aquí ahora mismo, en las sombras que hay a su espalda.

$\mathcal{V}$iktor, Smolák y el doctor Bartoš fueron a la cantina del sanatorio. El profesor Románek les estaba esperando con dos hombres a los que presentó como el director de medicina general, el doctor Platner, y su ayudante, el doctor Krakl. Les explicó que cenarían con ellos. Smolák se fijó en que Platner y Krakl llevaban insignias del Partido Alemán de los Sudetes. Estaban solos. Los pacientes habían cenado hacía dos horas y estaban en sus respectivas habitaciones.

Dos trabajadores con chaqueta blanca y pajarita les llevaron *pečená kachna* (pato asado con bolas de patata y col lombarda) y cerveza. Smolák se dio cuenta de que Platner solo hablaba alemán con Krakl, intencionadamente.

Mientras cenaban, Románek, con su habitual entusiasmo, les preguntó a Smolák y Bartoš si la sesión les había parecido interesante. Su muda respuesta mitigó su emoción.

—Disculpe, doctor Bartoš. Ha sido una indiscreción por mi parte. Debe de haber sido muy doloroso para usted.

—Podría decirse que sí —admitió Bartoš con una leve sonrisa—. No sé lo que esperaba. A pesar de conocer bien los crímenes de Dominik, no imaginaba que sería así. —Se volvió hacia Viktor—. ¿Hay alguna posibilidad de que Veles fuera real? Es decir, sé que mi hermano está loco, pero ¿cree que alguien podía estar aprovechándose de su locura?

—¿Se refiere a un cómplice que le convenciera de que era una antigua deidad eslava? —preguntó Viktor con tono escéptico.

—Eso es algo que también me gustaría saber a mí —intervino Smolák—. Lo mismo podría decirse de mi sospechoso, aquel hombre gitano relacionado con los asesinatos de Delantal, sobre todo ahora que se han seguido cometiendo.

Viktor negó con la cabeza.

—Estoy convencido de que en ambos casos se trata de una parte abstraída y desdoblada de su personalidad. Según lo que me ha contado, su sospechoso gitano le dio forma externa a una parte de sí mismo que luego intentó negar. Lo mismo sucede con su hermano, doctor Bartoš. Ambos actuaron solos, aunque no lo supieran.

—Sin embargo —empezó a decir Smolák—, hay algo en la historia de Tobar Bihari que no acaba de encajar. Y hay que tener en cuenta los asesinatos que han seguido cometiéndose en Praga. La entrevista con Macháček me ha confundido más que otra cosa.

—Ah, esperaba que Macháček se sentiría interesado —dijo el profesor Románek.

—Y lo ha estado. Parecía muy contento porque se le considerara un gran experto. Pero, tal como les he dicho, no me ha ayudado. Ha sido como ir de pesca en busca de algo que puede ser importante o no. —Smolák se encogió de hombros—. Pero, bueno, al menos así he podido probar su impresionante cocina. ¿Es este el tipo de comida que sirven a sus pacientes?

—Sí —respondió Románek muy orgulloso—. Creemos que una dieta equilibrada y variada es muy importante. Aunque he de admitir que uno de nuestros pacientes tiene unas exigencias alimentarias tan particulares que suele complicarnos la vida. A pesar de todo, hacemos cuanto podemos por complacerla.

Krakl resopló en el otro extremo de la mesa. Smolák vio que Platner le lanzaba una mirada de advertencia.

—¿Está usted en contra, doctor Krakl? —preguntó Smolák.

—Para ser sincero, creo que la subvención estatal podría utilizarse mucho mejor en otro sitio —opinó Krakl—. Toda esta comida sofisticada…

—Yo no la llamaría «sofisticada» —lo interrumpió Viktor—. Quizá preferiría explicarle al doctor Bartoš por qué cree que una dieta de pan y agua sería mejor para su hermano.

—Sabe perfectamente que… —empezó Krakl.

—Por favor, caballeros —le cortó Románek—. No discutamos delante de nuestros invitados. —Se volvió hacia Smolák y Bartoš—. Como en todas las instituciones médicas, tenemos distintas opiniones sobre cómo hacer el trabajo.

—Lo entiendo —dijo Smolák. Miró a Krakl y añadió—: En estos tiempos, se enfrentan opiniones distintas, y no solo en lo que a cuestiones médicas se refiere.

La noche era tremendamente fría. Los tejados en forma de sombrero de bruja y las agujas parecían de obsidiana, recortado todo contra el cielo estrellado sin nubes que asomaba por encima del castillo. Viktor y el profesor Románek acompañaron a Smolák y Bartoš al coche.

—Espero que el viaje no le haya decepcionado, capitán —dijo Románek—. Ni que haya sido muy doloroso para usted, doctor Bartoš. Por favor, recuerde que puede visitar a su hermano cuando quiera.

—Lo haré, gracias —respondió Bartoš, aunque su tono de voz dejó claro que no pensaba hacerlo.

—Gracias por dejarme entrevistar a Macháček —dijo Smolák. Se volvió hacia Viktor—. Y gracias por permitirme presenciar su sesión. Tenía razón, me ha ayudado a entender mejor el caso de Tobar Bihari. Perdone por la nota que le pasé sobre Delantal. Estoy seguro de que lo entiende.

Viktor asintió.

Smolák entró en el coche y se sentó al lado del silencioso Bartoš.

—Ha sido de gran ayuda, doctor Kosárek —dijo a través de la ventanilla bajada—. Muchas gracias.

—Recuerde que puede llamar cuando quiera… si puedo ayudarle en algo más.

Smolák asintió. Se había puesto los guantes y ya tenía las manos en el volante.

—Hubo un detalle. Durante la sesión, cuando el hermano del doctor Bartoš dijo que Veles estaba en la habitación, en las sombras, ¿cree que sabía que estábamos allí?

—No. Por desgracia, los delirios habitan su propio mundo, en un plano diferente al nuestro.

—Entonces lo consiguió —dijo Bartoš desde el asiento del copiloto—. Realmente, conectó con otra dimensión.

*E*l aliento helado de una brisa que soplaba del este fue como un susurro que avisara de la llegada del invierno. En los días anteriores, también hubo ráfagas esporádicas de nieve. Quizá fuera la última vez que podrían ir paseando hasta el café del pueblo antes de la primavera le dijo Viktor a Judica. Cuando salieron, la nieve caía suavemente desde un cielo plomizo; gruesos y esponjosos copos parecían flotar y balancearse en el aire.

Conforme andaban, la nieve fue helando lentamente la espalda del castillo, así como las copas y las ramas de los árboles que flanqueaban la carretera. Aquella mañana, Judita había acabado de mecanografiar la transcripción de la sesión con Bartoš y comentaron el caso de camino.

—El profesor Romának no lo sabe, pero la dosis de Bartoš era más suave. Es decir, no le administré una dosis completa de hipnóticos.

—Vaya. Pues, a juzgar por la completa y sincera descripción de sus crímenes, parece que fue suficiente.

—No quería que su hermano y el policía estuvieran allí. Después de lo que pasó con Pavel Zelený, quería tener la situación bajo control. Mi idea es tener otra sesión con Dominik Bartoš. Pero solo. Creo que, en muchos aspectos, es igual que Zelený. Cuando hablé con el señor Hobbs, lo hice con una parte separada y abstracta del inconsciente de Zelený. Con Dominik Bartoš pasa algo muy parecido: cree que la parte de sí mismo que se ve obligada a matar es su otra identidad: el dios eslavo Veles. Si consigo llevar a Bartoš al mismo lugar al que conduje a Zelený, tal vez pueda hablar directamente con Veles.

Judita se estremeció y se acercó el cuello del abrigo a las orejas. No era solo por el frío.

—Me asusta. De verdad. La forma en que describió a Veles. ¿Cuándo tienes planeado tener otra sesión con él?

—Aún no está claro. Antes quiero probar con Zelený de nuevo. Y antes de esas dos, tendré la primera con Vojtěch Skála: con el Demonio. Entonces habré tenido al menos una sesión con cada uno de los Seis Diabólicos.

Viktor y Judita salieron al arcén para permitir que un camión que había estado llenando los depósitos de gasóleo del castillo pasara de camino a la carretera principal. Pisaron una alfombra de nieve tan fina que parecía translúcida; se veía el verde de la hierba. Una vez que pasó el camión, el silencio cayó sobre ellos junto con la nieve. Cuando Viktor se detuvo, Judita se volvió.

—¿Qué pasa?

—Tengo que decirte algo sobre Filip —anunció.

Le habló del boceto del dibujante y de cuál era la descripción del hombre que buscaba la policía.

—No crees que haya sido Filip, ¿verdad? —preguntó Judita cuando acabó la explicación.

—No. —Viktor parecía perplejo—. Quizá. La verdad es que no lo sé. Su comportamiento fue tan hostil hacia las mujeres… Y dijo algo sobre haber conocido a una mujer que trabajaba con cristal. Después está el parecido de la descripción…

—No es una verdadera descripción, Viktor. Podría ser cualquiera. Pero si tienes alguna duda sobre Filip, debes contárselo a ese detective…

—Smolák.

—Debes contárselo al detective Smolák.

—¿Y que lo detengan y, quizá, lo acusen erróneamente? —Suspiró y miró al cielo, como si junto con la nieve pudiera caerle una solución a aquel problema—. Filip está tan descontrolado que la policía sospechará de él, aunque sea inocente.

—Es tu decisión, pero ten en cuenta que hay en juego vidas de mujeres.

—Tienes razón —dijo Viktor con pesimismo.

Luego, reemprendieron su paseo hasta el pueblo.

Υ

Algo pasaba.

Conforme se fueron acercando al pueblo, se dieron cuenta de que había más actividad que de costumbre. La carretera hacía una curva cerrada al llegar a las afueras. Cuando Viktor y Judita llegaron, se toparon con un grupo de vecinos que mantenían una animada discusión. Cuando los vieron llegar, se callaron y les lanzaron miradas hoscas y recelosas.

Viktor saludó con la cabeza: *dobré ráno*. Nadie contestó, se limitaron a mirarlos con franca hostilidad.

—Algo ha pasado —susurró Viktor inclinándose hacia Judita cuando dejaron atrás al grupo de vecinos—. No me gusta. A lo mejor deberíamos volver.

—Tenemos que enterarnos de qué pasa —dijo Judita—. Quizá solo son sus supersticiones sobre el castillo.

La teoría de Judita se deshizo en cuanto llegaron a la posada, en el centro del pueblo. Había más vecinos, más miradas recelosas, pero también dos coches de policía de Mladá Boleslav aparcados en la acera y varios agentes uniformados alrededor de un oficial que les daba órdenes.

Cuando Viktor y Judita pasaron al lado, uno de los lugareños le dijo algo al oficial de policía, que se volvió para mirarlos.

—¡Dios mío! —dijo Judita susurrando—. ¿Por qué me siento culpable si no he hecho nada?

—Vamos a comer —propuso Viktor—. Le preguntaré al posadero qué ha sucedido.

Su ánimo se abatió aún más cuando entraron en el café. El posadero no los saludó con su habitual calidez: vestido con abrigo, sombrero, bufanda y gruesas botas, estaba a punto de salir cuando entraron.

—Está cerrado —dijo sin disculparse—. Tengo que ir y ayudar en la búsqueda.

—¿La búsqueda? —preguntó Judita.

—Creo que será mejor que vuelvan al castillo. Ha desaparecido una joven del pueblo. La pequeña Jolanka. Les recomiendo que se alejen del pueblo hasta que la encontremos.

—¿Y qué tiene eso que ver con nosotros? —preguntó indignado Viktor—. Me gustaría colaborar en la búsqueda.

—Ya sabe cómo somos —replicó el posadero—. Somos una

pequeña comunidad de familias muy unidas que han vivido juntas durante generaciones. Cuando pasa algo así, cuando sucede algo malo, de los primeros que se sospecha es de los de fuera. Pero es más que eso: corren rumores. Dicen que uno de los Seis Diabólicos está utilizando los viejos túneles de Jan Corazón Negro para entrar y salir del castillo. Creen que alguien de allí dentro se ha llevado a la pequeña Jolanka.

—Eso es absurdo —protestó Viktor—. Nuestros sistemas de seguridad son perfectos. No hay forma de que alguien pueda escapar. Es imposible entrar y salir sin más. Y esos túneles forman parte del folclore, no hay ninguna prueba de que existan puertas o pasadizos secretos.

—Quizá —replicó el posadero—. Pero eso no convierte al pueblo en un sitio seguro para ustedes.

Viktor estaba a punto de protestar de nuevo, pero Judita le puso una mano en el brazo.

—Tiene razón, Viktor. Deberíamos volver.

Él suspiró y asintió.

Dieron media vuelta y salieron del café. Había un camino más tranquilo a través del pueblo. Se desviaba un poco antes de llegar a la carretera del castillo, pero por allí tenían menos posibilidades de encontrarse con algún vecino. Parecía que todo el pueblo estaba en la plaza mayor. Viktor indicó a Judita que acelerara el paso con un suave empujón en el codo.

Cuando llegaron a las afueras, vieron el último tramo llano, antes de que la ladera de la montaña tapizada de árboles ascendiera con una pronunciada pendiente. Era una amplia zona dedicada a parcelas, vacías en invierno, sobre cuya tierra endurecida caía un manto de nieve. En esa época del año no crecía nada. Sin embargo, en uno de los campos, distinguieron a dos figuras vestidas de negro. Cuando se acercaron, Viktor vio que eran una mujer joven, muy alterada, y otra, mayor, con el pelo blanco cubierto por un pañuelo negro. La mujer mayor estaba esparciendo en la tierra algo que parecía harina o cenizas; levantaba nubes en aquel aire tan frío. Mientras repetía la operación, sus labios se movían en silencio. La joven, que pareció no ver a Viktor y Judita cuando pasaron a su lado, tenía los ojos rojos y la cara pálida por haber estado llorando. La mujer mayor interrumpió su ritual y los miró con los ojos inyectados en odio. Viktor la reconoció, era Růžena, la anciana que llevaba verduras a la posada. Se fijó en que tenía una pequeña bolsa en las manos; contenía lo que estaba esparciendo en la tierra. La joven que lloraba llevaba una muñeca apretada contra el pecho.

Judita saludó a la anciana, que se limitó a lanzarles una mirada feroz. Cuando pasaron, hizo algo extraño. Giró la cabeza todo lo que pudo y escupió tres veces por encima del hombro izquierdo.

—¿Por qué demonios ha hecho eso? —preguntó Viktor.

Judita respondió con la vista fija en el camino, en el largo y frío ascenso que los llevaría hasta el castillo.

—Es una antigua superstición bohemia —le explicó—. Escupen tres veces por encima del hombro izquierdo para protegerse del diablo.

QUINTA PARTE

La mariposa y el sol de piedra

1

*L*a última vez que el capitán Smolák había estado àllí, la calle estaba cubierta por el manto de la niebla y de la noche. Incluso en ese momento, bajo la pálida luz gris de un día nublado, ambas parecían presentes en la oscura suciedad de la piedra.

Sin embargo, parecía y sonaba diferente.

Se oía un ruido como el de una lluvia atronadora o el de un torrente. Retumbaba a su alrededor, alto, fuerte y urgente. Había comenzado cuando salió del coche y se había dado la vuelta pensando que alguien lo llamaba golpeando una moneda contra el cristal de una ventanilla. No vio a nadie. Sin embargo, cuando se volvió en la otra dirección, oyó otra moneda golpeando cristal, más adelante, en la calle. Después, una tercera. Luego, una cuarta. Eran como chispas calientes que extendieran un fuego. El sonido llegó hasta las ventanas que había por encima de él, las del otro lado de la calle. No podía ver el resto desde donde estaba.

Cuando cruzó hacia el apartamento de Tobar Bihari, el estruendo a su alrededor continuó, pero no le prestó atención. Era un barrio lleno de ladrones y prostitutas, romaníes, judíos, húngaros, anarquistas y comunistas: un grupo dispar con buenas razones para desconfiar de la policía local de Praga. El golpeteo de una moneda contra un cristal alertaba de la presencia policial. Smolák lo sabía.

El apartamento de Bihari estaba en el segundo piso. Tenía las llaves que habían encontrado entre sus pertenencias. Sin embargo, cuando llegó, se encontró con Tsora Mirga. La amante de Bihari le esperaba con la puerta abierta, su pie deforme y una expresión sórdidamente hostil. Una vez más, su extraña belleza le desconcertó. Tenía los ojos grandes, iris como olivas negras, tez marrón dorada y espeso pelo negro brillante. La blusa de seda roja y la falda negra se ajustaban a su figura. La falda era unos centímetros más larga de lo que dictaba la moda. Tenía las caderas inclinadas en una pose que parecía provocativa, pero que solo respondía a su irregular anatomía. Escondía el pie calzado con la bota correctora detrás del otro.

—Hola, Tsora —la saludó—. Me gustaría hacerle unas preguntas.

—¿Qué más le queda por preguntar? —replicó ella, que se hizo a un lado para que entrara en el apartamento.

Tsora Mirga sabía que Smolák se había apiadado de ella tras la muerte de Bihari y había conseguido que se retiraran los cargos en su contra.

—La historia de Tobar me preocupa —confesó con sinceridad—. Solo quería preguntarle cómo se comportó después del robo y del asesinato. Qué comentó esa noche y qué cambios advirtió en él desde entonces.

Tsora se encogió de hombros y lo condujo al salón. Su cuerpo se balanceaba por la cojera. El apartamento estaba impecablemente limpio. Smolák se sintió molesto por haber prejuzgado que los gitanos, incluso los que viven en las ciudades, debían de vivir en condiciones antihigiénicas, rodeados de suciedad. Siempre había creído que no le habían infectado tales prejuicios, pero, en esos tiempos, el contagio parecía endémico.

—¿Puedo sentarme? —preguntó.

Tsora asintió. Lo hizo en un pequeño sofá cubierto por una manta de llamativos colores. Al igual que la tez de su propietaria, los dibujos de la manta indicaban que pertenecía a un tiempo y cultura lejanos. Se preguntó qué se sentiría al ser un perpetuo extraño del que siempre se desconfía.

Tsora se sentó frente a él y cruzó las piernas bajo la rodilla para que el pie bueno quedara delante del deforme: una postura automática tras una vida intentando esconder ese defecto. Aquel pudor hizo que Smolák se sintiera extrañamente triste. Tsora era gitana y discapacitada; había sido carterista de niña y prostituta desde la adolescencia. Pero había otra Tsora Mirga escondida. Recordó lo que le había dicho el psiquiatra Kosárek: todo el mundo tenía más de una personalidad, más de un yo potencial.

—¿Va alguna vez a la taberna Modrý Bažant? —preguntó Smolák.

Tsora asintió.

—Tobar me recogía allí todas las noches cuando acababa de trabajar. ¿Por qué?

—Por nada en particular. Solo he recordado que quizá se salvó por los pelos hace unos años —le contestó, al recordar la descripción de Dominik Bartoš de la joven prostituta que cojeaba y que había sido su primer objetivo en el bar.

El silencio de Tsora y su falta de curiosidad dejaban claro que salvarse por los pelos había sido algo habitual en su vida.

—Me gustaría preguntarle si Tobar discutió con usted en los días posteriores al robo y asesinato en la calle Sněmovní.

La pequeña y guapa gitana volvió a encogerse de hombros.

—Fue lo mismo que le contó él mismo. Locos delirios sobre Beng y demonios en las sombras. Pero me costó una eternidad sacarle incluso eso. Se pasó días sentado aquí sin atreverse a salir, mirando la puerta. Y nunca apagaba las luces, todas tenían que estar encendidas, día y noche. Se obsesionó. De hecho, me dijo que fuera a comprar bombillas, por si acaso se fundían.

Indicó hacia una lámpara extrañamente colocada en una alcoba que había en un rincón.

—Ese rincón nunca tenía mucha luz. Por las noches estaba en penumbra. Tobar puso la lámpara allí. Me dijo que en la casa no debía de haber sombras. Nunca. Parecía un niño asustado. Y usted lo conoció: Tobar no se asustaba de nada. Fuese lo que fuese lo que vio en esa casa, lo cambió para siempre. Y antes de que me lo pregunte: no, en ningún momento he creído que le hiciera eso a esa mujer... o que Tobar fuera Delantal. Sé que le gustaría culparlo a él y que todo quedara aclarado, pero jamás habría hecho daño a una mujer o a un niño.

Smolák asintió, pensativo.

—O sea, que se comportó de una forma extraña. Incluso admite que mostró algunas señales de cierta inestabilidad mental y de un comportamiento paranoico... De repente, tenía miedo a las sombras. Pero no sabe lo que le podía estar pasando por la cabeza. He hablado con expertos sobre su caso. Es muy posible que Tobar no supiera lo que estaba haciendo.

309

—Estaba bien —protestó Tsora—. Estaba perfectamente normal hasta la noche del robo. Lo que vio esa noche le enloqueció. Fue después. No fue antes. Me costó Dios y ayuda convencerlo de que saliera. Y mucho más que lo hiciera una vez que había oscurecido. La noche que lo detuvo, tuvimos que hacer el camino más largo para poder ir por las calles que tenían más luz. Por eso pasamos a su lado: Tobar quería ir por allí porque estaba más iluminado. ¿Le vio la cara cuando salió del portal? Estaba aterrorizado: pensó que era ese ser al que tanto temía. Creyó que era la sombra que cobraba vida.

2

La siguiente sesión se preparó con mucho más cuidado: de los Seis Diabólicos, Vojtěch Skála era, con diferencia, el más siniestro, el más peligroso, el más violento.

Antes, Viktor hizo una visita rutinaria a Leoš Mládek, aquel antiguo payaso de circo que había matado a unos cuantos niños. Mládek parecía resignado a seguir encerrado, aunque seguía confuso y pensaba que era injusto. Desde la sesión, Viktor lo había visitado varias veces y habían hablado sin haberle administrado sedantes hipnóticos. Mládek seguía negándose firmemente a creer que Arlequín era una parte oculta y negada de su personalidad.

Habían premiado con pequeñas concesiones su actitud cooperativa y que no había agredido a nadie. Viktor le había permitido tener su maquillaje de payaso y algunos libros especializados en la comedia del arte. Gracias a aquellas pequeñas indulgencias y a sus relajadas conversaciones, sintió que estaba cimentando una conexión con ese paciente, quizá más efectiva que la que podían proporcionar la hipnosis inducida con fármacos o las sesiones de narcoanálisis.

Viktor y Mládek se sentaban durante una hora para hablar del papel de las máscaras y de los símbolos en la comedia del arte, así como sobre psicología junguiana. A menudo lo hacían mientras Mládek se maquillaba como Pierrot: un ritual que parecía tranquilizar al Payaso.

Aquel día a Viktor le costó concentrarse en el paciente. Le daba vueltas a la sesión con Skála. Cuando se acercó a una ventana para mirar el pueblo, se sintió confuso. A pesar de que lo había negado, que una niña hubiera desaparecido en un pueblo tan cercano a un lugar donde se concentraban toda aquella lo-

311

cura era preocupante. Por otro lado, que estuviera manteniendo una conversación con un asesino de niños convicto no mejoraba su estado de ánimo.

—Gracias por permitirme tener mi maquillaje —agradeció Mládek, que estaba detrás de Viktor pintándose la cara como Pierrot—. Me hace sentir más completo.

—De nada. —Viktor seguía mirando hacia el pueblo, que le pareció pequeño y frágil desde la predominante altura del castillo, como si el compacto bosque a su alrededor pudiera tragárselo—. Ojalá le ayude a recordar las cosas con mayor claridad.

—¿Qué cosas? —preguntó Mládek.

—Ya lo hemos hablado muchas veces, Leoš —contestó Viktor, abstraído en sus pensamientos. Se preguntó si habrían encontrado ya a la niña… y en qué estado—. Los niños. Lo que les pasó.

—Ah —dijo Mládek con despreocupación—. Los recuerdo muy bien.

—¿Qué?

Sorprendido, Viktor se volvió hacia él: su sorpresa se convirtió en sobresalto.

Leoš Mládek estaba de pie en el centro de la habitación. Había acabado de maquillarse de payaso. Pero a quien estaba viendo no era a Pierrot. Mládek se había pintado la cara de rojo. Dos diamantes negros, cuyos extremos se extendían hasta la frente y las mejillas, le rodeaban los ojos. En la mitad inferior de la cara se había dibujado una grotesca boca negra con labios gruesos, que se curvaba con maldad para formar una sonrisa en un lado y una mueca en el otro. Solo era una cara pintada, pero el efecto resultaba aterrador.

—He dicho que lo recuerdo todo. Los niños. El miedo de los niños es mayor, más puro, más dulce que el de los demás. Recuerdo haber absorbido su miedo y su dolor.

—¿Es Arlequín? —preguntó Viktor.

Se fijó en que Mládek todavía tenía en la mano la brocha que había utilizado para maquillarse.

—Soy Arlequín. Soy Arlequín e hice todo eso. Soy el que ha intentado encontrar.

—Pero también es Leoš Mládek. También es Pierrot.

—Soy más que eso. Soy mucho más.

Avanzó un paso mientras le daba la vuelta a la brocha para que la punta sobresaliera como una daga. Viktor maldijo su descuido. Leoš Mládek había pasado de ser el dulce Pierrot a ser el cruel Arlequín: el asesino, el sádico que se alimentaba con el terror de los niños. Y tenía un arma en las manos. Recordó que el profesor Románek le había advertido que un descuido como ese le había costado un ojo a su predecesor.

—Deme la brocha —pidió extendiendo la mano.

Mantuvo la vista fija en el paciente, pero le resultó difícil leer la expresión que había bajo esa pintura demoniaca.

Mládek miró la brocha que tenía en la mano, como si se hubiera olvidado de ella. Levantó la vista hacia Viktor, escondido detrás de esa máscara retorcida y demoniaca: sus grandes ojos brillantes y maniacos con rombos negros y los dientes blancos en la torcida sonrisa de la cara roja. Era la cara que habían contemplado sus víctimas. La última que habían visto.

Sin previo aviso, Mládek soltó un agudo grito y se abalanzó sobre Viktor levantando la brocha como si fuera un puñal. Era un hombre pequeño, pero su inesperado e impetuoso ataque desequilibró a Viktor, que cayó hacia atrás y se golpeó la cabeza con el arco de piedra del hueco de la ventana. Se quedó tumbado, aturdido. Mládek se puso encima de él. Recuperó el conocimiento justo a tiempo para bloquear la embestida del mango de la brocha, que iba directo a su ojo. Soltó un puñetazo, pero, como estaba de espaldas al suelo, no consiguió que tuviera la fuerza suficiente. Arlequín seguía gritando. Viktor agarró la muñeca que sujetaba aquel arma improvisada y se la retorció.

Mientras lo hacía, Mládek le acercó la cara y le soltó entre dientes:

—Estaba muy ocupado mirando por la ventana, ¿verdad? Estaba muy ocupado pensando en qué le ha ocurrido a la niña. Muy ocupado imaginando cómo podría haber salido del castillo para llevármela.

Se lo dijo en alemán. Mládek le había hablado en alemán. Durante una milésima de segundo, intentó distinguir si había utilizado la misma voz que Zelený cuando había fingido ser el señor Hobbs. Pero no podía ser. Era imposible.

313

Viktor se recuperó y empujó hacia delante con todas sus fuerzas. El hombrecillo salió volando y aterrizó de espaldas en el suelo de piedra de la habitación. Se oyó un crujido, como el de una piedra golpeando a otra.

—¡Ayuda! —gritó mientras forcejeaba para ponerse de pie—. ¡Necesito ayuda ahora mismo!

Corrió hacía donde yacía Mládek, listo para sujetarlo hasta que los celadores, a los que oyó correr por el pasillo en dirección a la puerta, llegaran y lo inmovilizaran. Pero Leoš Mládek no se resistió. No se movió. Se quedó inmóvil mirando al techo con unos ojos demasiado grandes, al tiempo que un halo carmesí se formaba en la cara pintada del Arlequín.

Cuando los celadores irrumpieron en la habitación, Viktor levantó una mano para frenar su urgente carrera. Ya no era necesaria. Leoš Mládek se había abierto la cabeza al caer al suelo: estaba muerto.

Los Seis Diabólicos se habían convertido en los Cinco Diabólicos.

3

*P*ospusieron la sesión con Skála. Afligido por la conmoción de lo que había sucedido y por el dolor en la cabeza y el cuello, Viktor pensó que quizá nunca le permitirían un narcoanálisis con Skála. Quizá su trabajo en Hrad Orlů había llegado a su fin. Nunca descubriría la naturaleza diabólica en la psicología humana.

La herida en la cabeza era leve, pero habían llevado a Viktor a la enfermería para que Krakl lo atendiera. Este le hizo unos comentarios de lo más sorprendentes mientras le ponía un punto de sutura. La herida era poca cosa. Según le explicó, Platner estaba en Mladá Boleslav atendiendo unos asuntos urgentes del hospital, pero se le había informado de la muerte de Mládek cuando había telefoneado.

Estaba volviendo al castillo.

El profesor Románek llegó a la enfermería cuando Krakl estaba acabando y colocándole una gasa. Pidió a Viktor que le explicara cómo había sucedido todo. Tras haber comprobado que sus heridas no revestían gravedad, el director dejó ver su enfado porque Viktor hubiera desoído sus advertencias sobre seguridad.

Viktor se agarró al borde de la camilla para calmarse. Se sentó en ella antes de empezar su relato. Tal como le había pedido Románek, no omitió ningún detalle. Excepto dos: no mencionó los extraños comentarios de Mládek sobre lo que había sucedido en el pueblo (la desaparición de una niña) ni que le había hablado en un perfecto aunque ligeramente anticuado alemán.

Si le contaba ese último detalle, no le creería. En cualquier caso, ¿qué sentido tenía hacerlo? Su investigación estaba en peligro. Se habían producido dos incidentes violentos en los que Viktor había bajado la guardia. Estaba claro que el entu-

315

siasmo de Románek por su nuevo ayudante había menguado. Además, tenía la angustiosa sensación de que faltaba poco para descubrir algo verdaderamente importante, aunque no sabía qué podía ser. Y hasta que pudiera hacerlo, era mejor no discutir con Románek.

Cuando estaba a mitad de relato, Judita entró en la sala de tratamientos, muy nerviosa. Estuvo a punto de cruzar corriendo la habitación para arrojarse sobre Viktor. Sin embargo, al ver que estaba informando a Románek, controló el paso. Comprobó que Viktor no estaba gravemente herido, se tranquilizó, se colocó junto a la pared y escuchó.

—Tiene razón, el ataque no se habría producido si no le hubiera dejado el maquillaje —admitió Viktor cuando acabó de informar a Románek—. Pero no porque la brocha pudiera considerarse un arma. ¿No se da cuenta de que el maquillaje le permitió ponerle cara a su naturaleza diabólica? Pintarse la cara como Arlequín lo liberó. Arlequín era la naturaleza diabólica de Mládek.

316

—Y ahora está muerto —zanjó Románek—. Doctor Kosárek, he de preguntarle algo que espero entienda. Se han producido dos episodios violentos en los que se han visto involucrados pacientes que previamente eran sumisos. En ambos casos, hubo un detonante: con Mládek, el maquillaje; con Michal Macháček, un trozo de vidrio que no era de la cantina. Mi pregunta es: ¿entregó deliberadamente esos objetos a sus pacientes con idea de estimular una respuesta?

—¿Qué?

—Seamos sinceros, hasta ahora sus sesiones de narcoanálisis no han sido precisamente un éxito, más allá de la aparición de una especie de voz fantasmal. Todos hemos pasado por eso, doctor Kosárek: por la frustración que provoca la falta de progreso para probar una teoría. Se toman atajos o se intenta estimular un resultado más espectacular.

—¿No cree que la aparición de la identidad de Hobbs en Zelený fue un éxito? —Viktor se esforzó por evitar que su voz sonara indignada—. Pero la respuesta a su pregunta es: no, no le di el maquillaje a Mládek para desencadenar un episodio violento. Y no, no le di a Michal Macháček ningún tipo de vidrio.

—Muy bien. —Románek asintió con la cabeza. Entonces

cambió a un tono más amable—. En cualquier caso, creo que debería tomarse unos días libres para recuperarse de esa herida. No obstante, si se siente capaz, mañana me gustaría que le dictara un informe a la señorita Blochová para enviárselo a las autoridades. Y nada de sesiones, ¿está claro?

Viktor asintió.

—Temo que haya puesto en peligro todo nuestro trabajo aquí, doctor Kosárek. El doctor Platner está en Mladá Boleslav hablando con la policía.

—¿La policía?

—Han presionado a las autoridades locales para que nos investiguen, por si estamos relacionados con la desaparición de la niña del pueblo.

—¿Otra vez con esas? —preguntó Viktor mientras se frotaba la nuca. Lo que había sido un ligero dolor se estaba convirtiendo en algo más molesto—. ¿Con las tonterías de los túneles secretos y Jan Corazón Negro?

—Puede. Pero la policía va a venir a hacer una inspección. Lo último que necesitábamos es a un paciente muerto. Entrégueme un informe completo tan pronto como pueda. Después mantendremos una profunda conversación sobre la eficacia de esas sesiones.

Cuando Románek se fue, Viktor bajó de la camilla. Se sintió mareado y tuvo que agarrarse a ella. Krakl no le prestó atención, pero Judita lo cogió por el brazo.

—Voy a llevar al doctor Kosárek a su habitación —le dijo tajantemente a Krakl.

—Estoy seguro de que lo hará —contestó Krakl sin volverse.

Cuando llegaron a la habitación, Judita lo sentó junto al escritorio y fue a buscarle un vaso de agua. Lo dejó en la mesa, se inclinó y le besó tiernamente en la cabeza, hundiéndole los labios en el pelo.

—¿Estás bien? —preguntó.

Viktor suspiró.

—No, no estoy bien. He matado a un hombre. A un paciente.

—En el peor de los casos se consideraría defensa propia. Fue un accidente. Trágico, pero un accidente.

—Esto no tendría que haber pasado. Dejé que pasara. El profesor Románek tiene razón.

—¿Crees que cancelará tu investigación? ¿Pondrá fin a los narcoanálisis? —preguntó Judita.

De repente, Viktor se puso más nervioso.

—No puede. No debe.

—¿Qué sucede? ¿Algo no va bien?

Viktor tenía una expresión extraña en la cara.

—Parece una locura… —Suspiró—. Desde luego, no lo voy a poner en el informe, pero Mládek me habló en alemán y sabía que había desaparecido una niña. No tiene sentido. —Bebió un poco del agua y se tomó el analgésico que Krakl le había dado—. ¿Cómo pudo enterarse de lo de la niña?

Judita encendió un cigarrillo, se lo entregó antes de encender otro para ella y se sentó en un sillón.

—Debió de oír algo que no tenía que haber oído. Quizá los celadores lo comentaron mientras estaba cerca.

—Eso no explica que me hablara en alemán.

—¿No creció en Doudlebsko? De ser así, habría tenido personas hablando en alemán a su alrededor a todas horas. Podría haberlo aprendido muy bien.

—Nunca lo sabremos —dijo Viktor, apesadumbrado.

—¿Has decidido qué vas a hacer con Filip?

—¿Hacer?

—¿Vas a hablarle de tus sospechas a la policía?

—No lo sé. Quizá. El profesor Románek quiere que me tome un par de días libres. Creo que lo haré. Iré a Praga y buscaré a Filip.

—¿Quieres que vaya contigo?

—No. La forma en que se ha estado comportando con las mujeres…

—Si eso es lo que piensas…, tal vez no deberías ir a buscarlo. Tendrías que conseguir que la policía se implicara.

—Que Filip se haya estado comportando como un misógino no lo convierte en Delantal. Solo necesito hablar con él. Pero antes tengo que ponerme con ese informe.

—Lo haremos por la mañana. Necesitas dormir bien esta noche —replicó Judita, que le dio otro tierno beso en la cabeza.

4

—¿*S*igues queriendo ir a Praga? ¿Cuándo irás? —preguntó Judita a la mañana siguiente.

Estaban en la oficina de Viktor, donde este le dictaba el informe sobre el ataque y la posterior muerte de Mládek.

—Esta noche, si puedo.

—No deberías viajar con esa herida.

—No me pasará nada —dijo esbozando una débil sonrisa—. El doctor Platner me ha dado más analgésicos. Me encuentro bien. —Era mentira, todavía le dolían la cabeza y la nuca—. Tengo que ir. Necesito encontrar a Filip.

—¿Para saber si es Delantal? Por Dios, Viktor, si crees que hay alguna posibilidad…

—No te preocupes. Si descubro algo, informaré al capitán Smolák. Pero no quiero actuar solo porque tenga una ligera sospecha.

Cuando acabó de dictarle el informe a Judita, se oyó un golpe en la puerta. Antes de que Viktor tuviera oportunidad de decir que pasaran, Románek y Platner entraron con cara seria. Los seguía un hombre más bajo, uniformado, con las barras y estrellas de jefe de policía en las charreteras.

—Es el comisario Chromík —dijo Románek—. Ha venido para preguntarle qué le pasó a Leoš Mládek y a comprobar nuestros sistemas de seguridad.

Viktor reconoció al oficial, que debía de andar por los cincuenta años. Era el mismo que había visto en el pueblo, el que los había mirado con recelo a Judita y a él. Era bastante bajo para ser policía, pero su rostro reflejaba inteligencia y autoridad: ojos verdes, frente ancha y pómulos pronunciados. Viktor pensó que le estaba mirando a él y a lo que le rodeaba con la misma desconfianza que en el pueblo. Lo estaba observando.

—¿Sabe que hemos encontrado a la niña desaparecida? —preguntó Chromík. Tenía acento local, del oeste de Bohemia.

—Es un alivio —dijo Viktor.

—No he dicho que esté sana y salva —continuó Chromík con voz desganada—. La encontramos ayer por la tarde, justo cuando usted tuvo un altercado con uno de sus pacientes. Flotaba ahogada en el estanque que hay detrás del pueblo.

Viktor sintió que algo en su interior se contraía y se retorcía. La imagen de otra niña cruzó su mente; la de su hermana, muerta hacía mucho tiempo: su lenta y silenciosa desaparición; su vestido ondeando en el agua oscura, desvaneciéndose. El dolor de aquel recuerdo debió de reflejarse en su cara.

—¿Se encuentra bien, doctor Kosárek? —preguntó Chromík.

—¿Qué? Ah, sí. Solo es que me duele un poco la cabeza y la nuca. De ayer.

—Entiendo. —Chromík siguió concentrado en Viktor—. Al parecer, la chica desaparecida solía alejarse del pueblo. Le habían advertido muchas veces de que no jugara cerca del agua. De momento, lo consideramos un accidente.

—¿De momento? —repitió Románek.

—Todavía no hemos encontrado nada que indique que estamos ante un crimen. Sin embargo, me temo que la gente del pueblo miran en una sola dirección en busca de una respuesta. —El comisario Chromík se encogió de hombros e hizo un gesto hacia las piedras que les rodeaban.

—Otra vez no —protestó Platner—. ¿Cuándo va esa gente a...?

—Esa gente es mi gente —le cortó Chromík, pero sin dureza—. Nací en ese pueblo. Viví en él hasta los dieciséis años. Son mis paisanos y entiendo sus miedos, cómo se sienten. Este lugar, el castillo, siempre ha ensombrecido sus vidas.

—Pero el sanatorio solo lleva tres años en funcionamiento —protestó Viktor.

—Me refiero al castillo, no al sanatorio. El sanatorio solo es —se esforzó por encontrar la palabra adecuada— su última encarnación. Supongo que podría decirse así. Era inevitable, un lugar así solo podía destinarse a la reclusión del mal.

—No le entiendo.

—Cuando los vecinos del pueblo se enteraron de que el castillo se iba a convertir en un sanatorio, protestaron. Enviaron cartas a las autoridades regionales y nacionales. Incluso al Ministerio de Salud. Pero, al mismo tiempo, se resignaron. Antes de que nadie dijera nada, ellos ya sabían que iban a trasladar aquí a los Seis Diabólicos.

—¿Cómo podían saberlo?

—Porque conocen este lugar. Muchas generaciones han vivido a la sombra del castillo y saben que el mal siempre regresa. Todo lo malo que ha sucedido en esta región ha tenido algún tipo de relación con el castillo. Atrae a personas perversas. Atrae el mal. Por esa razón, en cuanto se enteraron de que se iba a convertir en un sanatorio psiquiátrico, no les cupo duda de que trasladarían a los Seis Diabólicos aquí. Todos estaban esperando a que el sufrimiento comenzara de nuevo.

—Eso solo son supersticiones.

—No son supersticiones. Es experiencia. Le parece inaceptable que sospechen del castillo cuando desaparece una niña, pero no es la primera vez que ocurre algo así y el castillo está implicado. En tiempos, fue una guarnición del ejército. Uno de los soldados se obsesionó con una chica que no le hacía caso. La secuestró, la violó y la mató. Cuando el ejército intentó arrestarlo, se volvió loco y disparó a sus oficiales y compañeros, antes de ocultarse en el bosque durante semanas, hasta que lo encontraron.

»Dejó de ser guarnición del ejército al final de la guerra y del Imperio austrohúngaro. Desde entonces y hasta que el Estado decidió utilizarlo como sanatorio, estuvo vacío y desatendido. Pero los vecinos seguían diciendo que traía problemas. Varias chicas del pueblo y de las aldeas cercanas desaparecieron. Entonces, las supersticiones sobre Jan Corazón Negro resucitaron. Los lugareños se unieron y fueron a registrar el castillo. Encontraron a un vagabundo que había preparado una cama en la habitación de la torre, porque era más fácil mantenerla caliente y porque nadie podía ver el resplandor de la lámpara que encendía.

321

—¿Lo conocían?

—No, había estado vagando por la región, pidiendo limosna o robando en granjas cuando podía. Pasó por el pueblo alrededor de un mes antes de que desapareciera la primera joven. Por eso nadie lo había relacionado con ese asunto. Pero se había instalado en el castillo.

—¿Por qué?

Chromík se encogió de hombros.

—Nadie lo utilizaba, pero no estaba en ruinas. Ya sabe, se construyó para perdurar en el tiempo. Además, por culpa de las leyendas, los lugareños nunca se acercaban al castillo o a la capilla del bosque. Vivía como un señor. Ponía trampas para conejos en el bosque. Una vida cómoda. No conocía las supersticiones locales, por lo que no entendía por qué nadie le molestaba. En realidad, nunca se planteó por qué había tenido tanta suerte.

—Y lo culparon de la desaparición de las jóvenes.

—Sí, pero con pruebas. Cuando los vecinos lo encontraron, tenía una joya que había pertenecido a una de esas chicas, aunque no había ni rastro de ellas.

—Y lo arrestaron.

—Por desgracia, nosotros, me refiero a la policía, no llegamos a tiempo. La muchedumbre salió a buscarle. Les aterrorizaba el castillo. Lo encontraron en la habitación relacionada con Jan Corazón Negro. Precisamente allí. Lo llevaron a la barbacana y lo tiraron por el puente al barranco antes de que tuviéramos tiempo de interrogarlo. Pero aquella joya pertenecía a una de las chicas.

—Eso es un asesinato —dijo Viktor—. Tendría que haber sido llevado a juicio. De ese modo, habrían sabido qué había sucedido con las chicas desaparecidas. Quizá fuera inocente.

Chromík se encogió de hombros.

—Estoy de acuerdo. Desde luego, no apruebo lo que hizo esa turba. Aun así, no podíamos detener a una sola persona para que rindiera cuentas. Sea como sea, le dieron una oportunidad para que explicara cómo había conseguido esa joya. Aseguró que, cierta noche, había oído unos gritos, pero había tenido demasiado miedo para salir a ver de dónde procedían. A la mañana siguiente, encontró una puerta secreta abierta. Dijo que llevaba a la red de cuevas que hay debajo del castillo, pero que no se había atrevido a adentrarse en ella. Había encontrado la joya en el suelo.

—¿Qué tipo de joya?

—No estoy seguro, pero una de las madres la reconoció y dijo que era de su hija.

—¿Confesó?

Chromík negó con la cabeza.

—Declaró que era inocente hasta el último momento, cuando lo tiraron a la sima. Es lo único que podía hacer, ¿no cree?

Viktor asintió. Pensó que aquel policía parecía conocer de primera mano muchos detalles sobre la muerte del vagabundo, a pesar de que aseguraba no haber llegado a tiempo al castillo hasta que fue demasiado tarde.

—¿Y todo el mundo estuvo de acuerdo en que fue el vagabundo el que había secuestrado a las chicas?

—Algunos acusaron a Jan Corazón Negro. Sin embargo, cuando no volvió a haber más secuestros, acabó aceptándose que aquello había sido cosa del vagabundo. Lo que intento decirle es que la gente de aquí sabía que traerían a los Seis Diabólicos por la misma razón que atrajo a un vagabundo asesino: la misma que tenía Jan Corazón Negro cuando decidió vivir aquí. Este lugar ha estado habitado desde el principio de los tiempos. Y siempre ha habido algún tipo de maldad presente. Quizá sea algo relacionado con la montaña o con el bosque; algo que actúa como un imán y que atrae a personas malvadas. Una oscura energía que les confiere valor y fuerza para actuar con su maldad.

—Me temo que no puedo dar credibilidad a tales afirmaciones —replicó Viktor—. No existe ninguna geografía ni geología relacionada con la locura violenta. El mal más trágico puede aparecer en el lugar más inesperado.

Chromík se encogió de hombros.

—Solo sé lo que sé.

—Así que ese vagabundo aseguró que hay un pasadizo secreto... ¿Por eso ha venido? ¿Para comprobar si Mládek consiguió escapar misteriosamente de su habitación e ir al pueblo?

—No he dicho eso, pero tengo que investigar todas las posibilidades. Y creo que le he dejado claro lo difícil que es tranquilizar a los vecinos. Lo que he querido explicarles es que tienen buenas y antiguas razones para desconfiar de todo lo que tenga relación con el castillo. Y el hombre que murió ayer aquí era el secuestrador y asesino de niños con peor reputación de toda Centroeuropa. A lo que hay que añadir que tienen encerrados aquí al resto de los Seis Diabólicos.

—Lo entendemos —intervino Románek, que le lanzó una elocuente mirada a Viktor—. Deje que le enseñe el castillo.

Chromík asintió antes de volverse hacia Viktor.

—Después me gustaría hablar con usted sobre la muerte de Mládek, si le parece bien.

—El informe estará mecanografiado dentro de media hora —apuntó Judita.

—Nos será muy útil —dijo Chromík, que sonrió e hizo una reverencia—. Pero también me gustaría que me lo contara todo el doctor Kosárek, si no tiene inconveniente.

—En absoluto —respondió Viktor.

5

*E*n esa ocasión, no fue en tren.

Aquella tarde, Viktor tomó un taxi para ir a Mladá Boleslav a recoger el coche que había comprado a plazos: un Tatra 57 negro con tres años de antigüedad. Esa noche, a pesar de los continuos recelos de Judita y de la nieve que había en las carreteras menos transitadas, condujo hasta Praga.

Orientarse en una ciudad que conocía bien, pero en la que nunca había conducido, resultó una experiencia extraña. Además, la milenaria Praga no hacía concesiones a los vehículos de motor. De todos modos, el coche le permitiría ir directamente al apartamento de Filip en Vršovice. A pesar de que las calles y las aceras nevadas estaban tranquilas, no le apetecía ir a pie por aquel barrio, sobre todo después de la pelea con aquellos bohemios alemanes que el mismo Filip había provocado.

Finalmente, encontró el patio y reconoció el coche oxidado y la moto cubiertos de nieve. Allí, en una esquina. Las viviendas, arracimadas y ennegrecidas por el hollín, parecían más oscuras en contraste con la nieve iluminada por la luna que se veía en los bordes de los tejados y alfombraba los adoquines partidos. Aparcó el Tatra, que todavía conservaba el llamativo brillo de un vehículo recién comprado. Avanzó por el callejón hasta el apartamento de Filip.

Llamó, pero nadie respondió. Se quedó quieto un momento en el silencio amortiguado por la nieve. El único sonido que oyó fue el distante ladrido de un perro. De repente, una terrible duda: ¿qué estaba haciendo allí? Le había dicho a Judita que no podía mezclarse con los desmanes de Filip, fueran trifulcas callejeras, fueran otra cosa. Le habían atacado dos pacientes, Pavel Zelený y Leoš Mládek, que había acabado con la cabeza partida, muerto. Además, el profesor Romának se mostraba cada vez más receloso en cuanto a su trabajo: cualquier otro escándalo podría inclinar la balanza en su contra.

Sin embargo, Filip era su amigo. Sabía que, aparte de haber perdido el rumbo, le pasaba algo más. Volvió a llamar..., pero nada. No oyó ningún ruido en el interior ni vio luz alguna.

Se apartó de la puerta y contempló los edificios cercanos. Solo había luz en un puñado de ventanas, pero nada hacía sospechar que alguien le pudiera estar observando. De repente, se acordó de que en la última visita habían salido por la puerta trasera y de que Filip había escondido la llave bajo una losa. Fue hacia la parte de atrás de aquel garaje reconvertido. El pequeño patio, rodeado por una valla de madera de metro y medio de altura y sin farolas cercanas, estaba terriblemente oscuro por la sombra de la luna. No había luz ni en el apartamento de Filip ni en el contiguo. Lo único que consiguió ver fueron las sombras negras de los cubos de basura agrupados junto a la puerta por la que había entrado.

Cerró la verja sin hacer ruido y avanzó con cuidado en la oscuridad hasta que creyó estar cerca de la puerta. Encendió el mechero. Se agachó y aprovechó el reflejo de la llama para localizar la losa suelta. La llave estaba allí. Indeciso, la contempló sobre su guante. No era la clase de cosas que solía hacer ni el tipo de mundo en el que vivía. Toda su vida había sido alguien prudente. Sin embargo, allí estaba: pensando en colarse en una casa que no era la suya.

Se decidió, abrió la puerta y avanzó hacia la silenciosa oscuridad.

—¿Filip? —llamó. La farola y la luz de la luna dibujaban formas irregulares en los montones de libros y papeles que atestaban la sala de estar—. ¿Filip?

Dio unos pasos adelante y se golpeó la espinilla con una pila de libros que había en el suelo, junto a un sillón. Salieron despedidos y soltó un juramento mientras buscaba un interruptor. La luz, repentina y cruda, inundó la habitación. La desolación aumentó. Filip no estaba en casa. Subió las escaleras hasta el altillo y vio la cama sin hacer. Parecía que hacía bastante que no cambiaba las sábanas.

No supo muy bien qué hacer. Había ido hasta allí para ver

a Filip y hablar con él. Podía esperar a que volviera, pero no sabía muy bien cómo reaccionaría si lo encontraba entre sus pertenencias, sin haberlo invitado. Sobre todo, si volvía borracho y agresivo.

Sin embargo, casi era mejor que no estuviera en casa. Así tenía la oportunidad de echar un vistazo, de curiosear en los rincones ocultos de la vida de su amigo y de ver qué tenía escondido. Buscar pruebas que demostraran o no sus más lúgubres sospechas.

Volvió al cuarto de estar y entró en la cocina. A diferencia del dormitorio, con la cama deshecha y abandonada, todo en la cocina estaba limpio. Solo había unos platos en el escurridor del fregadero. El orden y la limpieza de la cocina lo animaron: como psiquiatra, sabía que el caos mental solía desbordarse en la vida diaria de las personas. Cualquier señal que indicara que mantenía el orden o que se ocupaba de las labores diarias era buena.

Intentó abrir la segunda puerta del cuarto de estar. Por lo que pudo ver en la distribución interna del apartamento, era poco probable que fuera otra habitación, pero podía ser un armario de gran tamaño. Estaba cerrada y no vio ninguna llave a mano. 327

Encontró el escritorio de Filip. No consiguió abrir los cajones. Estaba lleno de papeles y de libros. Cuando estudió de cerca lo que en un principio le pareció un caos, reparó en que había cierto orden. Gran parte de ese material estaba relacionado con sus investigaciones, principalmente sobre historia antigua de Europa del Este o viejas mitologías nórdicas y eslavas.

Bajo un montón de papeles sueltos vio una carpeta bastante gruesa. La lujosa piel color castaño de la cubierta estaba profusamente labrada: tallada como un grabado en madera con delicados bajorrelieves, con detalles teñidos con intensos colores e impresa en algunas partes con pan de oro. Un motivo repetido de dos figuras que se perseguían formaba un ribete alrededor del borde de la cubierta de piel. Una de ellas, realzada con pan de oro y de color blanco y azul, llevaba un bastón en una mano y una esfera dorada en la otra. La segunda figura sujetaba una espada y una calavera; estaba pintada en colores rojo sangre y negro. Repetidas en un ciclo interminable, era imposible saber cuál perseguía a cuál.

La superficie de la cubierta tenía un dibujo de unos árboles entrelazados con una intrincada urdimbre de hojas y enredaderas. El repujado del centro era un emblema que reconoció al instante: la cabeza del hombre verde, común a todas las mitologías europeas, de cuya boca brotaba la vegetación que se extendía por toda la cubierta y se convertía en las hojas y enredaderas entrelazadas. Excepto que ese hombre verde llevaba un tocado hecho con la cabeza y el pellejo de un oso: Veles.

Llevó la carpeta al sofá. Cuando la abrió, encontró un grueso fajo de hojas sueltas, cientos, escritas con letra pequeña, cuidada y regular. Era perfecta, excepto por los extraños subrayados y las notas al margen.

Desde la primera página estaba claro que era el libro del que le había hablado Filip, su «obra definitiva sobre la mitología eslava». Mientras leía y elegía páginas al azar, le alivió comprobar que, en vez de un texto disparatado y delirante, era el lúcido y erudito trabajo de un intelecto ordenado y disciplinado. Filip incluso había ilustrado muchos de los cuentos. Le sorprendió la habilidad de su amigo como dibujante, una cualidad que no sabía que poseyera.

Por lo que pudo ver, el libro se centraba principalmente en la mitología eslava occidental de los polacos, checos y eslovacos, y de los casubios eslavos y las tribus wendas de Alemania.

Incluso encontró un capítulo en el que el interés de Filip coincidía con el suyo. Se titulaba: «Los múltiples dioses de la mente». Hablaba de la psicología de la mitología. Entre las páginas manuscritas había una ilustración bellamente dibujada a plumilla, con las iniciales de Filip. La anotación al pie explicaba que era el dios de tres caras Triglav: la de Svarog, señor del fuego; la de Perún, rey de los dioses y señor del trueno; y la de Dažbog, señor del sol.

Al pie, con su pequeña y pulcra caligrafía, Filip había escrito: «A diferencia de Svantovit, el dios de la guerra de cuatro cabezas pero solo una mente, Triglav es un dios con tres mentes: cada una de sus caras es un aspecto distinto, un ser único, aunque unido en una sola divinidad. Triglav representa una trinidad de deseos y una unidad de deseo a la vez».

Miró la ilustración un buen rato: una voluntad, pero tres.

328

Aquella nota de Filip podría haber sido el resumen de un historial psiquiátrico.

Se enfrascó en la lectura. Encendió la lámpara de mesa que había junto al sofá y apagó la luz de la habitación. Se quitó el sombrero, el abrigo y los guantes. Luego encendió un cigarrillo y se dispuso a leer el trabajo de Filip. Conforme lo hacía, se sorprendió de lo mucho que se parecía lo que había escrito su amigo a los testimonios de sus pacientes, a aquellos inducidos por los fármacos. Sobre todo a los de Pavel Zelený y Dominik Bartoš.

Con esa escritura tan extrañamente pulcra e inmaculada, las detalladas descripciones de Veles, el dios de los bosques y del inframundo, de Kostěj el Sin muerte, de los dioses de la luz y la oscuridad, Belobog y Chernobog (a los que identificó como las figuras que se perseguían en el ribete de la cubierta), le convencieron de que Zelený y Bartoš habían estudiado el tema a fondo. Asimismo, Zelený (supuestamente un leñador analfabeto), ocultaba al mundo un pasado instruido y culto. Incluso a sí mismo.

Era extraño haber ido allí y no solo haber descubierto lo que se le pasaba por la cabeza a Filip, sino haber comprendido mejor los casos que estaba estudiando en el castillo. Cuando la idea se forjó en su mente, se quedó helado: ¿y si el señor Hobbs era la «comunalidad»? ¿Y si esa manifestación de la naturaleza diabólica se hubiera apoderado de Filip? No obstante, se libró de ese pensamiento y siguió leyendo.

Tardaría horas y días en leer todo el manuscrito, pero quería hacerse una idea lo más clara posible de lo que pensaba su amigo. Intentó buscar las partes más reveladoras. Le tranquilizó la lúcida fluidez de su escritura, así como la erudita aplicación que había dedicado a ese trabajo. Sin embargo, algo del tema le preocupó. El panteón eslavo estaba lleno de monstruos y de demonios: expresiones míticas de la oscuridad de la mente. Que al menos dos de los Seis Diabólicos estuvieran obsesionados con aquel tema resultaba aún más inquietante.

Un apartado le afectó especialmente. Estaba relacionado con el mito de la aparición de los protoeslavos, cuando el huevo cósmico de la creación se abrió. De allí salió Svarog, el dios del fuego. Hasta ese momento, no había habido luz en el mundo.

329

Cuando Svarog emergió, inundó el universo con luz y orden. Sin embargo, algunos fragmentos de la cáscara del huevo cósmico obstruyeron algunas luces de Svarog y constituyeron las primeras sombras. Estas se unieron para dar forma al reino de los muertos del inframundo. Las sombras más oscuras se amalgamaron como la arcilla para dar forma a los dioses de la oscuridad: Veles, señor de los muertos, y Chernobog, el diablo eslavo.

Lo que más le preocupó fue que la descripción de Veles y de Chernobog tomando forma a partir de las sombras no solo se correspondiera exactamente con la que habían dicho Zelený y Bartoš, sino con lo que Smolák le había contado sobre el miedo del gitano a las sombras.

Consultó el reloj. Llevaba dos horas leyendo. ¿Dónde se había metido Filip? Eran más de las diez: si volvía, seguro que lo hacía borracho. Mejor que no le encontrara leyendo el manuscrito.

Pasó las páginas hasta llegar al final del capítulo:

330

¿Qué son los dioses? Si se piensa en Perún, dios supremo y señor del trueno, está claro que es similar a Thor, el dios nórdico; Svarog, dios herrero del fuego y la guerra, es el dios griego Hefestos. ¿Por qué existe esa «comunalidad»? ¿Por qué los panteones de distintas culturas están habitados por los mismos dioses, con diferentes nombres? La respuesta debe de ser que compartimos esas historias cuando éramos pocos en la Tierra, que las llevamos con nosotros cuando partimos a los rincones más distantes y les dimos nuevos nombres en el momento en que las lenguas se dividieron. De no ser así, esas figuras deben de estar impregnadas en las capas más profundas de nuestra memoria como raza; dioses y demonios que regresan a nosotros con nuevas formas, una y otra vez. Quizá nuestra racionalidad y nuestra ciencia, nuestro análisis y nuestra comprensión nunca serán lo suficientemente poderosos como para superarlos. Quizá los dioses no solo viven en la mente de los seres humanos, sino que son indisolubles a ellos.

Era algo que podía haber escrito él mismo: arquetipos en el inconsciente colectivo.

Otra hora. Seguiría leyendo otra hora.

6

Se sentó y miró por la ventana. La noche caía en Žižkov y las sombras se alargaban, ennegreciendo las piedras de los edificios del otro lado de la calle y proyectando oscuras líneas geométricas bajo los alféizares y marcos de las ventanas. «Al menos, las sombras ya no asustarán a Tobar nunca más», pensó con tristeza.

Tsora Mirga había estado preocupada desde la visita del detective. Había sentido algo similar a la compasión por parte del capitán de policía y había pensado que, de alguna forma, le gustaba Tobar. Que sentía su muerte. Sinceramente. Hasta ese momento, Tsora había sospechado que la policía lo había matado. Al fin y al cabo, no habría sido la primera vez que un gitano no sobrevivía a un arresto.

Sin embargo, desde un primer momento, había admitido que Tobar se había comportado de forma extraña tras aquel robo. A partir de entonces, había visto a un Tobar maníaco, aterrorizado, capaz de cualquier cosa. Su anómalo y desesperado comportamiento previo a la detención había hecho creíble lo que en tiempos le había parecido inconcebible: que pudiera suicidarse.

La actitud del policía hacia Tobar y lo amable que había sido con ella habían conseguido que se abriera y le dijera más de lo que le habría contado en una situación normal. Por supuesto, no le había dicho nada del dinero que Tobar había conseguido con sus fechorías y que seguía escondido bajo una tabla. Casi se había echado a reír cuando se había sentado en una silla sin saber que, bajo sus pies, había varios miles de coronas en joyas y dinero robado.

Durante la serie de robos con llaves, en los que prefería el dinero a los objetos, y en los que se aseguraba de que las cosas que se llevaba fueran difíciles de rastrear y que pudieran venderse sin necesidad de recurrir a un perista, había acumulado un buen botín. Todo estaba bajo las tablas, junto con el dinero que sobraba de lo que ella ganaba. Tobar le había dicho que sería su billete dorado: su forma de salir de Praga. Así podrían huir de un futuro que alguien había escrito para ellos.

Fuera había un mundo brillante y amplio que explorar y del que disfrutar. Eso le había dicho. Y su sangre provenía de siglos de viajes de un lado a otro, de vidas vividas bajo cielos mudables y sobre tierras cambiantes. Encontrarían su lugar en el mundo, serían felices y dejarían atrás su antigua vida.

Lo habían hablado muchas veces. Habían tejido brillantes telas con hilos dorados de esperanza y de futuros imaginados. En una de las casas en las que había entrado, movido por un impulso, Tobar había robado un atlas. Juntos (un ladrón, chulo y sinti, al lado de una puta, carterista y romaní) se habían convertido en inocentes y sorprendidos niños que exploraban un mundo sin límites capturado en unas páginas impresas. Aquel atlas había cautivado a Tsora, que había estudiado sus coloridas páginas y se había maravillado ante lo enorme que era el mundo y lo pequeña que era la parte donde vivían. Pequeña, pero en el corazón del mundo. Eso sí. Le habían entusiasmado los nombres de lugares que no era capaz de pronunciar. ¿Qué extrañas gentes vivirían allí?

Qué sentirían ellos dos viviendo en aquellos lugares.

Jamás comentaron que nadie les daría una oportunidad, que nadie los trataría como iguales, que el oscuro tono de su tez y de su pelo viajaría con ellos como un distintivo que los marcaría. Tsora había olvidado que fuera donde fuera el peso muerto de su deformidad y el de su raza, aún mayor, frenarían su vida.

Sin embargo, habían soñado con un lugar, en alguna esquina de Europa, cerca del mar. Ninguno de los dos había visto el mar. Huirían a la costa de un océano que solo podían imaginar. Allí vivirían para siempre, en paz y continuamente fascinados.

Sin embargo, Tobar estaba muerto. Y con él, todos aquellos

sueños. Además, habían arrastrado su nombre por el barro, acusado de aquellas cosas tan terribles. A pesar de lo que había dicho el detective, pensara lo que pensara la gente, Tsora sabía que Tobar no había matado a esa mujer ni a ninguna de las demás. No habría matado a ninguna mujer.

Sin embargo, nadie la creería. Después de que se suicidara, otra mujer había muerto, pero todos seguían creyendo que Tobar era el asesino. Tal vez pronto se cometería otro asesinato. Quizá pronto despedazarían a otra mujer. Y entonces sí: entonces se darían cuenta de que no había sido Tobar. Sí, casi merecería la pena que ocurriera algo así, para limpiar su nombre.

Volvió a pensar en el botín que había bajo las tablas. No había vuelto a trabajar desde la muerte de su amante. Para hacerlo necesitaría otro protector, y nunca encontraría a nadie como Tobar. Los chulos siempre pensaban que sus trabajadoras les pertenecían. Todos eran igual. Sin embargo, se podía decir que los sintis y los romaníes eran peores: una vez que estabas en sus manos, no había escapatoria posible.

333

Tsora sintió que estaba en deuda con Tobar, que tenía que salir y buscar esa nueva vida. Cuando la encontrara, la viviría por los dos. Nunca habría nadie más para ella: Tsora Mirga, de cuyo cuerpo habían abusado tantísimos hombres, solo había entregado su corazón a uno. A su manera (personal, resuelta e inquebrantable), solo había sido fiel a Tobar. Eso no cambiaría. Utilizaría el botín para huir de la ciudad. Escaparía de los chulos. Se marcharía bien lejos de las manos sudorosas y de los pestilentes abrazos de sus clientes. Huiría del odio y de la traición.

Quizá incluso encontraría un lugar frente al mar. Vería por primera vez un océano. Lo haría por ellos dos.

Cuando oscureció, encendió la lámpara de la alcoba y las luces del techo. Mientras siguiera allí, mantendría el apartamento al gusto de Tobar. Si su espíritu seguía en la casa, quería asegurarse de que no hubiera sombras que lo asustasen.

Oyó que llamaban. Tal vez fuera otra vez aquel policía.

Tsora Mirga jamás había visto al hombre que había al otro lado de la puerta, pero enseguida lo reconoció. No podía olvidar la descripción de Tobar. Llevaba un abrigo negro largo y andrajoso con el cuello subido. Se había calado el sombrero negro de ala ancha para ocultar la cara.

Era algo que había tomado forma en las sombras: una fusión de oscuridad. Era tal y como había descrito Tobar al hombre que le había metido en la cabeza la idea de robar llaves de gente rica.

Cuando dio un paso adelante, la agarró por el cuello y la obligó a entrar en el apartamento. Entonces se le abrió el abrigo, que dejó al descubierto un delantal de cuero con manchas negras y carmesíes. Olía a sangre.

Mientras la arrastraba en silencio y con firmeza hacia la sala de estar, después de cerrar la puerta, Tsora pensó que aquella profecía finalmente era errónea: el pie deforme no la había salvado del diablo. La había encontrado.

Bajo las brillantes luces con las que Tobar había querido ahuyentar las sombras, su atacante le pareció más oscuro. Su única claridad provenía del atroz resplandor de la cuchilla que llevaba en la mano: demasiado larga para ser un cuchillo; demasiado corta para ser una espada.

Cuando la tiró sobre aquella alfombra tan colorida, desplazando la silla en la que se había sentado el detective, Tsora pensó en el botín que había bajo las tablas. Igualmente, pensó en aquel mundo imaginado impreso en las páginas del atlas, que había escondido allí mismo. Solo Tobar y ella conocían ese escondite. Puede que pasaran muchos años hasta que alguien lo descubriera. Quizás hasta el siglo siguiente nadie daría con él.

Entonces le vio la cara, frente a la suya. Parecía alimentarse de su miedo. Aquella retorcida y radiante sonrisa; esos ojos cargados de crueldad. Tobar estaba en lo cierto. Era Beng.

Sí, había sido el diablo.

No obstante, a pesar del miedo y del terror ante lo que le esperaba, sintió una débil e inexplicable alegría. Ella misma sería la prueba. Sería la siguiente mujer.

Entonces no quedarían dudas de que Tobar era un hombre inocente.

De pronto, el universo se llenó de un dolor incandescente, como si explotara un sol cegador. Sabía que no duraría mucho. Sintió la crueldad del filo de la cuchilla en la carne. Aquel metal gélido. Sintió que unas manos fuertes y oscuras hurgaban en su interior, retorciendo y arrancándole la vida. Sintió el frío y sibilante aliento de Beng en su mejilla mientras hacía su trabajo sin pronunciar una palabra.

Cuando le extrajo el corazón, que aún latía, Tsora Mirga pensó que quizá cuando se reuniera con Tobar en el mundo del atlas oculto ya no cojearía.

Tal vez pasearían juntos, con pasos decididos y armoniosos, por la costa de aquel océano imaginado que verían por vez primera.

*C*uando Viktor se despertó, seguían doliéndole la cabeza y el cuello. Cuidadosamente, palpó con la yema de los dedos la gasa que le habían colocado. Las piezas de su memoria tardaron unos segundos en encajar. Se levantó de un salto.

Seguía vestido. Todavía estaba en casa de Filip.

Al ponerse de pie sintió una oleada de dolor y náuseas que le obligó a sentarse otra vez. Echó un vistazo a su alrededor. Ni rastro de Filip. Consultó el reloj y vio que eran las siete y cuarto. Había dormido toda la noche. Si Filip llegaba en ese momento, su presencia sería totalmente inexplicable.

Se incorporó con más cuidado, recogió el manuscrito, lo volvió a meter en la carpeta de cuero, cerró las correas y lo dejó en el escritorio antes de ponerle encima el montón de papeles que había retirado el día anterior.

Seguramente, Filip estaba con alguna mujer o borracho en algún sórdido establecimiento. Al imaginar a su amigo herido en un hospital o incluso muerto en la morgue, se asustó. Pero ninguna de las dos posibilidades encajaba con la mente ordenada y disciplinada que había vislumbrado en el manuscrito. Ya nada encajaba con Filip.

Se aseguró de que lo dejaba todo como lo había encontrado, recogió el sombrero, los guantes y el abrigo, y se marchó por la puerta trasera.

Estaba saliendo el sol, sería una radiante mañana. Comprobó que no había nadie del apartamento contiguo en el patio y volvió a dejar la llave bajo la losa. La luz del día le permitió ver bien el patio. Había dejado de nevar. Un aire frío y purificador había helado la nieve. Vio sus huellas de la noche anterior, pero también había otras. Durante la noche, alguien había cru-

336

zado el patio hacia la puerta trasera, había dado la vuelta y se había ido. Siguió las huellas hasta la parte delantera de la cochera. Quienquiera que las hubiera dejado, se había acercado a la ventana. Posiblemente, le había visto leyendo el manuscrito o dormido en el sofá. ¿Habría sido Filip? Y, en ese caso, ¿por qué no le había llamado?

Y si había sido él, ¿qué oscuros asuntos le habían tenido ocupado hasta altas horas de la noche?

Mientras el día cobraba fuerza y se dirigía hacia donde estaba aparcado el coche, se dio cuenta de que había ido en busca de respuestas, pero que se iba con más preguntas.

La más importante de ellas era: ¿qué había estado haciendo Filip toda la noche?

*C*uando entró en la comisaría esa mañana, reinaba el caos. La recepción y las salas de detenidos estaban llenas de agentes uniformados que sujetaban a los arrestados; una ensordecedora cacofonía de gritos y juramentos se elevaba hacia el techo abovedado. De vez en cuando, se producía alguna disputa cuando alguien intentaba librarse de su captor. Una lluvia de porrazos acababa con el problema.

El capitán Smolák, cansado e irritable tras una noche perdida entre sueños febriles, se abrió paso entre la multitud y atravesó la verja de entrada. Su subordinado, el subinspector Mirek Novotný, iba en mangas de camisa al otro lado y fumaba mientras contemplaba con desinterés aquella sinrazón.

—¿Qué está pasando? —gritó Smolák por encima del alboroto cuando llegó al lado de Novotný.

—Se ha armado una buena —le informó—. Ha habido una manifestación de la Liga Fascista Nacional de Gajda en la plaza de Wenceslao. Querían lamerse las heridas después de que los machacaran en las elecciones. Los comunistas se han enterado y han organizado una contramanifestación. En mi opinión, ha sido más bien una emboscada. La verdad, no sé por qué los rojos se molestan, como si la gente de Gajda tuviera alguna importancia en estos tiempos.

—¿Heridos? —preguntó Smolák.

—Muchas cabezas rotas, pero ningún muerto. Al menos, todavía no. Como de costumbre, nos vimos atrapados en medio.

Smolák asintió.

—¿Tiene las declaraciones del caso Petrášová?

—Sí. Y también el resultado de la autopsia, si sirve de algo. Tal como dijo el doctor Bartoš, había tantas partes perdidas y el cuerpo estaba tan destrozado que ha sido imposible establecer la hora y la causa de la muerte.

—¿Y de la bolita de cristal?

—Todavía nada. No he podido encontrar a una secretaria que hable inglés y pueda traducir la respuesta a la consulta que hicimos a la policía británica.

—Inténtelo con el hijo del presidente —sugirió Smolák.

—¿Qué?

—Jan Masaryk, el hijo del presidente, es el embajador en Gran Bretaña. Envíe la consulta a la embajada de Londres y consiga que trabaje en colaboración con la policía de allí. Dígale que es un asunto de máxima urgencia.

—¿Realmente cree que tiene tanta importancia esa bolita?

—No lo sé, pero es lo único que hay. Lo más que hemos conseguido saber es que se hizo en Inglaterra.

—Ahora mismo me pongo. —Novotný se dio la vuelta para dirigirse al pasillo, pero se detuvo—. Ah, ha llegado un paquete para usted. Lo he dejado en su mesa.

—Gracias —dijo Smolák—. ¿Sabe si ha venido el doctor Bartoš?

—No lo he visto. Si quiere, miro su lista de turnos.

—No, gracias, no es necesario.

Tras el follón que había abajo, la oficina le pareció especialmente tranquila. Smolák decidió saborear ese momento de paz. Se acercó al ventanal para contemplar la ciudad. La vista no podía ser más diferente de la que había sobre el pueblo y los bosques desde el castillo Hrad Orlů, aunque ambos paisajes compartían un idioma común. Algo le decía que pertenecían a la misma tierra, al mismo pueblo, a los mismos sueños y pesadillas profundamente enraizados.

Mientras fumaba y observaba la oscura geometría de los techos y las agujas de Praga recortados contra un cielo blanco, como de mármol, volvió a pensar en Anna Petrášová. Se le había vuelto a aparecer mientras dormía; se había colado en sus sueños. En esta ocasión, el sueño había tenido lugar en Praga; no en el pueblo en el que había crecido. Anna Petrášová estaba desnuda en su cama. Era como una joya fuera de lugar, allí, en su casa, tan sucia, tan llena de cosas. Habían hecho el amor. Smolák había disfrutado de la pálida perfección de su cuerpo. Eran marido y mujer.

Smolák había sentido una felicidad como jamás había conocido. En sueños, se había levantado de la cama para abrir las cortinas en un día radiante. Sin embargo, cuando miró a la calle, vio a otra mujer en la luz matinal, una mujer que le lanzaba una mirada acusadora. A pesar de ser una deliciosa y brillante mañana, no había conseguido verle la cara. Cuando se había dado la vuelta para seguir su camino, se había dado cuenta de que cojeaba.

Se había vuelto hacia Anna Petrášová para preguntarle qué significaba aquello. Pero Anna tenía la mirada perdida. La belleza de su cara era perfecta e intacta, mientras que por debajo del cuello solo había carne desgarrada y huesos. Cuando había empezado a gritar, la sangre corría por las paredes formando grandes cortinas rojas.

Al despertarse ya estaba sentado, con la boca abierta para dejar escapar un silencioso grito.

En ese momento, mientras fumaba ante la ventana de la oficina y pensaba en los sueños de un hombre y un pueblo, Lukáš Smolák intentó alisar las arrugas de la irritación creadas por el cansancio.

Al cabo de un rato, volvió al escritorio y revisó la correspondencia de la mañana. Se fijó en un paquete pequeño: aquel cubo envuelto en papel marrón, de unos veinticinco centímetros, que Mirek Novotný había dejado encima de su mesa. Vio su nombre y la dirección de la comisaría escritos en una etiqueta adhesiva. Cuando lo desenvolvió, encontró una caja negra de madera laqueada, parecida a las cajas rusas de Palej. Era una pieza cara. La tapa estaba profusamente decorada con un pequeño pero colorido motivo: una figura alada blanca y azul estiraba las alas para agarrar el rabo de una figura demoniaca de color rojo y dorado. El motivo se repetía varias veces. Smolák no supo decidir si el ángel estaba cogiendo al demonio o si sucedía al revés. Era una representación del dios eslavo de la luz, Belobog, y del dios de la oscuridad, Chernobog: la noche perseguía al día, y el día a la noche.

Al levantar la tapa, comprobó que estaba rellena con papel

crepé de color rojo intenso. Encima había una tarjeta. Tenía tres líneas escritas a máquina: una en checo, otra en alemán y otra en inglés. Las tres decían lo mismo: «Saludos desde el infierno».

POZDRAVY Z PEKLA
GRÜSSE AUS DER HÖLLE
GREETINGS FROM HELL

Dejó la tarjeta a un lado, sacó el objeto envuelto en papel crepé rojo, lo dejó encima de la mesa y retiró el envoltorio. Lo miró durante un tiempo antes de descolgar el teléfono, llamar a Václav Bartoš y pedir que un experto en huellas digitales fuera a su oficina.

Bartoš llegó antes. En cuanto vio el pálido objeto rodeado de un aura de papel rojo, su frente se arrugó.

—Todavía hemos de comprobar si hay huellas en la caja —le previno Smolák—. Aunque lo dudo.

Václav Bartoš se acercó para examinar aquel pie humano. Lo habían cortado unos cinco centímetros por encima del tobillo; dejaba ver un plano perfectamente cercenado de carne roja-grisácea y hueso color crema. El pie era pequeño y no se había desarrollado; era casi como el de un niño. Se curvaba como una pequeña hoz, con un ángulo antinatural en relación con el tobillo. Se había deformado ligeramente debido a que su dueña había caminado toda su vida apoyando un extremo.

—*Talipes equinovarus* —explicó Bartoš mientras se enderezaba—. La víctima tiene… o tenía un pie deforme. Pero, por la expresión de su cara, deduzco que ya sabe a quién pertenece.

Smolák asintió.

—Sí, me temo que sé perfectamente a quién pertenece.

341

9

*A*l pensar en ello, le pareció tan irreal como los recuerdos de un sueño que se desvanece. El repentino cambio de personalidad de Mládek, la demoniaca cara de Arlequín abalanzándose sobre él, el viscoso halo de sangre en la piedra alrededor de su cabeza destrozada. Y después, el viaje a Praga, el apartamento de Filip, el manuscrito en aquella carpeta hermosamente decorada que hablaba de dioses oscuros y de demonios aún más oscuros.

Judita fue a verlo a su oficina. Llevó con ella la transcripción de la declaración y le explicó que se había enviado una copia por correo expreso a la comisaría de Mladá Boleslav para Chromík. Aprovechando que estaban solos, le contó a Judita lo que había encontrado en el apartamento de Filip, a pesar de que este no estaba en casa. Le habló de la concienzuda investigación de su amigo, de la fluidez del texto y de la claridad de sus ideas.

—Lo que leí no eran los delirios de un loco. —Viktor intentó que su tono sonara enfático, pero no lo consiguió; estaba intentando convencerse a sí mismo tanto como a Judita—. Es mi opinión de experto, no la personal. No creo que tenga nada que ver con esos crímenes.

—Para ser sincera, el que atacara a alguien con un cuchillo que llevaba escondido y el que tuvieras problemas para contenerlo esa noche es mucho más relevante que un análisis de su capacidad literaria. Y, en todo caso, por lo que tú sabes, pudo escribirlo hace meses, quizás hace años.

—¿Qué crees que deberíamos hacer?

—Ya sabes lo que opino. Tienes que hablar con ese policía de Praga, Smolák. Es posible que Filip no esté haciendo nada malo, pero no puedes seguir yendo solo a Praga para investigarlo. No sabes qué estás haciendo. No sabes con qué estás tratando.

—Pero esa es la cuestión. Como psiquiatra, reconozco la presencia o la ausencia de psicosis serias. Lo que vi en el manuscrito de Filip era ausencia. Si voy a ver a Smolák, tendré que contarle lo del ataque con el cuchillo. Podría encerrarlo solo por eso.

—¡Por Dios santo, Viktor! Escúchate. Quizá sí que hay una razón para encerrarlo. Mira, no estoy diciendo que Filip sea Delantal ni que esté loco, pero debes hablar con Smolák. Y, en cualquier caso, ¿dónde demonios estuvo toda la noche?

—Puede que haya una explicación inocente. Lo que encontré en el manuscrito me ha hecho pensar en los casos que tenemos aquí. En sus mitologías internas, por así decirlo. Si consigo descifrarlas, quizás esté más cerca que nunca de entender y aislar la naturaleza diabólica. Hemos soñado dioses y monstruos a partir de formas comunes que viven en nuestro interior. Toda religión, toda superstición, todo mito folclórico se basa en las mismas figuras. El señor Hobbs es la manifestación de una de esas formas. Tengo que hablar con él.

—¿Hablar con él a través de Pavel Zelený? —preguntó Judita frunciendo el entrecejo—. Creo que si el profesor Románek se entera, opondrá cierta resistencia. Sobre todo en este momento. He oído decir que está atravesando otro de sus periodos de malhumor. No lo he visto desde que te fuiste a Praga.

—Ya me las apañaré con el profesor. Pero sí, Zelený es mi único camino para llegar a Hobbs. Zelený es Hobbs. Pero, por desgracia, los dos van a tener que esperar. Mi próxima sesión va a ser un gran desafío.

—¿Skála? —El ceño de Judita se volvió más profundo y sus ojos se nublaron por la preocupación.

—Vojtěch Skála. Sí. El Demonio. El único de los Seis Diabólicos con el que no he mantenido ninguna sesión.

343

10

𝓗ubo un giro fortuito de los acontecimientos. Viktor se había sentido obligado a informar al profesor Románek sobre su intención de tener una sesión con Skála, pero estaba «ocupado». Judita ya le había hablado de los periódicos cambios de humor de Románek, en los que se alejaba del mundo y se recluía en su estudio. Según la versión oficial, el director del sanatorio necesitaba tranquilidad para ocuparse de problemas administrativos urgentes.

Cuando Viktor intentó organizar una cita, le dijeron que estaba ocupado con tareas administrativas y que no podía molestársele. Se había encerrado el día anterior, así que no había podido enterarse de su viaje a Praga. Era una excelente noticia: no podía hablar con el director del sanatorio para preguntarle si debía hacer o no la sesión con Skála.

Mientras un sol que no veían se ponía por detrás de las paredes sin ventanas del antiguo granero de la torre, cuatro celadores llevaron al Demonio en el trono medieval de una silla de sujeción. No se le iba a tumbar en la camilla de reconocimiento. Llegó sujeto por metal y cuero, pernos y hebillas. Se le había impedido todo movimiento en manos, brazos, piernas, cuello y cabeza. Estaría atado a la silla durante toda la sesión.

Los ojos de Vojtěch Skála, a los que los fármacos no habían conseguido empañar, brillaban con una furia siniestra y malévola, como brasas a punto de estallar en llamas. Lanzó una mirada feroz a Viktor cuando cruzó la habitación para inyectarle la escopolamina y el amital sódico en la cánula intravenosa que se le había colocado antes de la sesión. A pesar de la silla que restringía sus movimientos, dos celadores per-

344

manecieron junto a ella hasta que Viktor acabó. Después de los violentos episodios con el leñador Pavel Zelený y el Payaso Leoš Mládek, y dada la reputación de extrema violencia de Demonio, Viktor quería asegurarse de que en aquella sesión no se dejaba nada al azar.

Cuando los fármacos empezaron a hacerle efecto, Viktor hizo un gesto con la cabeza a los celadores, que salieron de la habitación y se apostaron junto a la puerta cerrada. Una vez a solas con el paciente, Viktor puso en marcha el magnetófono y llevó a cabo las formalidades habituales: anotar la fecha, la hora y el nombre del paciente.

—Voy a matarle —dijo Skála con toda naturalidad. Tenía un tono de voz inquietante y agudo—. Lo sabe, ¿verdad?

—¿Y por qué querría hacer algo así? —preguntó Viktor antes de sentarse y encender un cigarrillo.

—No necesito una razón. Es lo que hago. Mato. A personas. A animales. A cosas. Pero, en su caso, es por quién es y por lo que es.

—¿Y qué soy? —preguntó Viktor distraídamente mientras se preparaba para la sesión.

—Un gilipollas privilegiado. Alguien al que le han servido todo en bandeja.

Viktor se echó a reír.

—Eso sí que es una novedad. Por lo que he visto en su historial, proviene de una familia mucho más rica y privilegiada que la mía. En comparación, mi ascendencia es bastante humilde.

Skála observó un momento a Viktor. La animadversión había desaparecido de sus ojos, ya fuera por los fármacos, ya fuera porque no estaba interesado en mantenerla.

—¿Sí? —replicó con desgana—. Creía que era rico, que tenía antepasados aristocráticos, tiene esa pinta. —Hizo una pausa y se esforzó por unir los hilos de su ego, que se disolvían dispersados por los fármacos—. En todo caso, no importa: lo mataré igualmente. Me encantará ponerme esa carita suya tan perfecta como máscara. Es posible que, cuando me la ponga, la gente me tome por el hijo de un conde.

—Eso no va a pasar, Vojtěch, y lo sabe.

—¿No? Lo único que necesito es que alguien cometa una

equivocación. Y, créame, la cometerán, tarde o temprano. Entonces tendré una oportunidad y la aprovecharé. ¿Sabe?, la gente mira a otras personas y cree que son igual que ellos, que las personas que conocen piensan igual, sienten lo mismo y siguen los mismos patrones y reglas. Pero usted y yo, doctor Kosárek, sabemos que no es así, ¿verdad? Algo puede tener forma de hombre y ser otra cosa, algo distinto. Es lo que me pasa a mí. Soy algo distinto. Todos cometen esa equivocación.

—¿Todos?

—Mis juguetes. La gente que juzga mal algo que tiene forma de hombre. Por eso me llaman Demonio. Ven algo que parece humano. Pero en su interior hay algo más, algo que no entienden. Llaman maldad a lo que hago. Y a mí me llaman demonio. Mis juguetes tienen que hacerlo para intentar entender lo que les está pasando.

—¿Y cómo define lo que hace? —preguntó Viktor—. ¿No lo ve como maldad?

—La maldad depende del cristal con que se mire. Depende del dolor de la víctima. Adoro la maldad, me regocijo con ella, la practico siempre que puedo. Es tan poderosa… Sin embargo, lo más irónico y paradójico es que nunca la entiendo o la valoro de verdad. Solo mis víctimas lo hacen. Por eso tengo que experimentarla a través de ellos. Tengo que verla con sus ojos.

»Por ejemplo, la familia Pezinok. Ha leído el historial, así que ya conoce los detalles. Iba hacia Bratislava cuando los vi. Fue así de sencillo: pasé a su lado. Iban felices y contentos, con el sol veraniego y la juventud brillando en el camino que se abría ante ellos. Tenían mucho y, por puro capricho, decidí quitárselo todo. Fui a su casa. Cuando el marido abrió la puerta, vio a un hombre, no al diablo, no a un demonio. Esperaba que me comportase como un hombre, pero lo hice como un demonio. Pasé un día y medio en esa casa. Esa familia conoció la verdadera naturaleza de la maldad.

—¿Y no tiene remordimientos? —preguntó Viktor—. ¿No le angustia lo que les hizo?

—Tengo mi propia ética, mi propia moral. Por ejemplo, nunca pediría a una mujer casada que besara a alguien que no es su marido: así que recorté la cara del esposo y me la puse.

Ofrecí alternativas para que la maldad se manifestara. Le dije a la madre, con todo lujo de detalles, lo que iba a hacerles a sus hijos. Le dije que, si ella ocupaba su lugar, los dejaría tranquilos. Aceptó y se sometió por propia voluntad a todos los horrores que le había descrito. Pero justo en el momento en el que se le escapaba la vida, la obligué a ver que había roto mi promesa. Por eso me gané el nombre del Demonio. Por ese motivo pertenezco a los Seis Diabólicos. Y esas dos cosas me llenan de alegría.

Viktor guardó silencio.

—Sin embargo, a pesar de saber todo eso —continuó Skála—, también usted me juzgará mal. Tarde o temprano, usted, o alguien próximo a usted, me subestimará y aprovecharé esa oportunidad. Entonces, usted y yo... Ah, entonces bailaremos.

—Estupendo, Vojtěch. Mire, sus amenazas empiezan a aburrirme. —Viktor inspiró—. Estoy aquí para ayudarle. Y usted está aquí para que podamos llegar al fondo de toda esa rabia que siente.

—Ya veo, quiere conocer todos mis traumas de infancia. Deje que le ahorre tiempo. Mis padres me enviaron a un internado religioso cuando tenía diez años. Los sacerdotes me sodomizaban al menos dos veces al mes, cuando era mi turno. ¿Le basta?

—¿Es eso verdad?

—Sabe que sí. Está en mi historial. Se lo conté a Románek. No necesitó drogarme para que se lo dijera. Ahí lo tiene, misterio resuelto: un tocaniños me volvió malo. ¿Por qué no me desata de este armatoste para empezar a trabajar con usted? Le dejaré vivir lo suficiente para que vea qué tal me queda su cara.

—Concentrémonos en lo que le ha traído aquí. Hábleme del tiempo que pasó en el colegio. ¿Qué le pasó allí? —preguntó Viktor.

Skála lo miró un momento.

—Muy bien. Me portaré bien. De momento, le seguiré el juego. Pero pronto estará jugando el mío.

—El colegio... —le apremió Viktor.

—Mi familia tenía recursos. Eran buenos católicos eslovacos. Mi padre era un hombre pomposo y santurrón con

347

arraigadas convicciones religiosas, así como con una inquebrantable ideología social, que nunca cuestionó y que no provenía de su formación.

»Vivíamos en Trnava. ¿Conoce Trnava? Es la sede del catolicismo en Eslovaquia. Tanto es así que la llaman *parva Roma*, la «pequeña Roma». Mis padres eran unos católicos devotos. Lo suyo rayaba en la obsesión. Asimismo, mi padre era un verdadero intolerante clerofascista. Veía a los checos como husitas ateos; los eslovacos protestantes le parecían traidores a la sangre y las tradiciones. Huelga decir que les he decepcionado ligeramente. —Skála sonrió con maldad—. Intenté ser un buen chico. De verdad. Pero no se puede cambiar la naturaleza, al igual que no se puede cambiar la estatura o el color de los ojos. Sin embargo, no era el color de mis ojos lo que tenía que cambiar, sino el de mi alma. Según mi padre, que creyó que era su deber alterar lo inalterable, el color de mi alma era negro.

—¿Y era así? —preguntó Viktor—. Quiero decir, ¿cree que fue un mal chico desde siempre?

—Intenté que mi padre estuviera orgulloso de mí, pero nunca pareció darse cuenta. No obstante, cuando era malo, ¡ah!, cuando era malo sí que me prestaba atención. ¿Lo está apuntando, doctor Kosárek? ¿No le parece un caso típico? ¿Va a sentarse con sus colegas y a decir que el pobre Skála es solo un producto de esos abusos por parte de unos curas, de un amor filial mal dirigido y del ansia de reconocimiento paterno?

—¿Qué hizo su padre para intentar cambiarlo?

Viktor intentaba no prestar atención a las trampas que le tendía Skála. Decidió esperar un par de minutos para administrarle una segunda dosis con la que quebrar su resistencia.

—Me pegaba. Supongo que creía que una buena paliza sacaría el mal de mí. Como si yo hubiera sido una vieja alfombra a la que quitar el polvo. Pero no lo consiguió. Para nada. Era como si tuviese una banda de acero al rojo vivo y sus golpes solo lo templaran. En realidad, sus palizas me volvían más fuerte.

—¿Y qué pasó?

—Mi padre se dio por vencido. Tenía diez años, solo diez años, pero decidió que era un caso irredimible. Así pues, me enviaron fuera. Me mandaron a un internado religioso que quedaba más allá de la frontera, en el noroeste de Hungría. Un lugar famoso por sus severas reglas y por sacar lo malo de los niños descarriados a base de palos.

—¿Le pegaron?

—Casi todos los días. Llegó un punto en que las palizas suaves ni me importaban. Es curioso. El colegio era un castillo como este. Me encerraron allí a los diez años. Encerrado, como ahora. Había crucifijos por todas partes. Estaba acostumbrado, había crecido en una casa llena de ellos. Pero esos eran diferentes. Los crucifijos del colegio mostraban a un Jesús demacrado, retorcido en su agonía de muerte y con los ojos bajos, como si nos mirara con decepción. Muchas veces pensé que el colegio había comprado ese diseño concreto de crucifijo en grandes cantidades solo por tal expresión de desencanto. Todos los días nos decían que Jesús había sufrido por nosotros y que ahora nosotros teníamos que sufrir por él. Había muerto por nuestros pecados. Pero nosotros éramos indignos. Seguíamos siendo pecadores.

»Nos daban clase monjes jesuitas. Fue una educación completa teñida de una ideología basada en la superstición e impuesta con brutalidad. A los jesuitas, que administraban conocimiento y dolor a partes iguales, se les consideraba el epítome del bien, la piedad y la integridad. En mi opinión, solo eran unos matones despiadados y retorcidos. Solo había uno que era amable, un monje joven que nos daba Ciencia y que se llamaba hermano Ernö. Jamás nos pegó. Y nadie se portaba mal en su clase. Era como un oasis entre los demás sacerdotes.

»Había tres a los que les teníamos verdadero pavor. El hermano Lázsló, al que llamábamos Esténtor, por el heraldo griego que tenía una voz más potente que la de cincuenta hombres juntos. Ante la menor infracción, pedía al culpable que se pusiera delante de él y le gritaba a la cara. Aquella voz hacía que unos cuantos se lo hicieran encima. Literalmente. No obstante, si la ocasión lo requería, no solo utilizaba la voz. A veces recurría a los puños, en especial con los chicos mayores.

»Teníamos miedo a todos los curas, pero el hermano Lázsló (o Esténtor) y otros dos eran los que más terror nos infundían. Eran el hermano István y el hermano Ferenc, cuya cólera no solo era temible, sino inevitable. Ambos parecían encontrar

349

cualquier tipo de razón para pegarnos. Llevaban una correa, imagino que podría llamarse así, con tiras de cuero acabadas en apretados nudos, que se clavaban en la piel. Y se clavaban de verdad. De los tres, el hermano Ferenc era el peor. Normalmente, estaba más calmado que el hermano István. Y, sin duda, mucho más que László. Sin embargo, cuando bebía, y lo hacía a menudo, se convertía en un sádico incontrolable. Como mis compañeros, acabé asociando el olor agridulce a albaricoque del palinka con el dolor y el miedo. Si el hermano Ferenc olía a palinka, sabíamos que, en cualquier momento, arremetería contra alguno de nosotros con cualquier excusa.

»Cierto día, en la clase de catecismo del hermano Ferenc, cometí un pequeño error. Me atropellé con las palabras. Es probable que el olor a palinka de su aliento me asustara. El hermano Ferenc se volvió loco. Completamente loco. Me levantó la camisa por la espalda y me despellejó con su correa de nudos. No podía controlarse: me golpeó una y otra vez con todas sus fuerzas. Solo tenía once años. Once. Primero sentí el cortante dolor del golpe y después el ardiente calor que me quemaba la espalda, subía hasta el cuello y atenazaba mi cabeza. Antes de que el dolor cesara, recibía otro golpe, otra pulsación de dolor que se añadía a la última y la intensificaba. Recuerdo esa escalada, esa acumulación de dolor. Además, a diferencia del hermano Esténtor, el hermano Ferenc guardaba silencio durante todo el castigo. Solo se oía su respiración, fatigada por el esfuerzo del castigo.

»El dolor fue haciéndose cada vez más intenso, conforme me golpeaba y me golpeaba. Una y otra vez. El dolor se sumaba al dolor, constante. Se intensificaba de forma exponencial. Pensé que me desmayaría o que me moriría. Lo deseé. Cualquier cosa que acabara con aquel dolor. Ya no sabía dónde estaba, quién era o lo que me estaba produciendo aquel daño. Todo era dolor. El dolor lo era todo. Era tan vivo que podía verlo. Era una ardiente luz blanca en los ojos.

»Entonces los golpes cesaron. El hermano Ferenc me incorporó, me lanzó al otro lado de la clase y fui tambaleándome hasta mi banco. Siguió con la clase como si no hubiera pasado nada, como si no acabara de golpear a un niño de once años hasta casi matarlo. Él no había cambiado, pero yo sí.

Entré en una especie de estado alterado. La abrasadora luz blanca se debilitó y recuperé la visión. Sin embargo, el mundo se había torcido y se tambaleaba; los colores se habían movido y había cambiado. El mundo era más brillante y más oscuro; la luz de las ventanas era más penetrante e intensa, pero las sombras resultaban mucho más negras y pronunciadas. Sentí que el mundo se desplazaba. Una nueva realidad ocupaba su lugar. Estaba en la misma clase, el dolor seguía quemándome y el mismo Cristo en la cruz me miraba decepcionado, acusándome en silencio. Pero aquello ya era otro mundo. Y mientras tanto seguí oyendo al hermano Ferenc hablar con voz calmada, como si nada hubiera pasado. Estaba hablando sobre la caída de los ángeles.

»Recuerdo que leyó en voz alta: «Detrás de la desobediente elección de nuestros primeros padres, se escondía una voz seductora opuesta a Dios que les llevó a precipitarse a la muerte por envidia. Las Escrituras y las tradiciones de la Iglesia lo identifican con un ángel caído, llamado Satanás o demonio. La Iglesia nos enseña que Satanás fue un buen ángel creado por Dios: el diablo y el resto de los demonios eran buenos por naturaleza, pero se volvieron malos por sus actos».

»A pesar de que apenas era consciente, recuerdo esas palabras claramente. El hermano Ferenc dijo en voz alta que la caída de los ángeles había sido un caso de libre elección; que Satanás y el resto de los caídos habían elegido rechazar a Dios y su reino. Mientras estaba allí, sangrando y mojado por haberme meado encima, lo vi con toda claridad. Comprendí que Satán no era la antítesis o una sombra de la obra de Dios. Me di cuenta de que Satanás era un revolucionario, un liberador, un derrocador de la opresión de Dios. Su revolución no se limitaba a rechazar a Dios. Él se deleitaba en la maldad. En ese momento, la maldad se esparció por el mundo y liberó al ser humano del vasallaje a Dios.

—¿Y adoptó la maldad como forma de vida? —preguntó Viktor.

—Fue más que una forma de vida: era una fuerza elemental sin parangón en el mundo que tenía que descargar siempre que pudiera. Mi transformación comenzó ese día. Se completó más tarde.

—¿Cómo se completó?

—Ese buen jesuita del que le he hablado, era la única manifestación de amabilidad en toda esa crueldad. El hermano Ernö. Se enteró de la paliza que había recibido, me llevó a su celda y rezamos juntos. Después me aplicó una pomada en las heridas de la espalda. Tenía una bonita piedra pulida en la mesa: era pequeña y brillante, con vetas como el ónice. Me la entregó y me dijo que me concentrara en ella mientras frotaba el ungüento en los hematomas de la espalda. «Todo pasa —dijo—. Ese guijarro fue en tiempos una enorme roca en el lecho de un río, pero el agua la erosionó poco a poco, la suavizó, la pulió durante un largo periodo de tiempo. A pesar de que fue una roca dentada, el paso del tiempo alisó las aristas, suavizó su dureza».

»Después me dijo que tenía que entender que el bien y el mal existían a la vez en todas partes, que en ocasiones los hombres buenos cometían actos malvados en su búsqueda del bien. Me pidió que comprendiera y perdonara al hermano Ferenc. Pero lo único que pude decirle era que estaba horrorizado con lo que me había hecho. Me dijo que le preocupaba que las heridas se infectaran y que debía avisarle si el dolor continuaba o si tenía fiebre. Me lo dijo sin dejar de frotar la poción balsámica en mi espalda. Después me habló de la mariposa y del sol de piedra.

—¿La mariposa y el sol de piedra?

—Me preguntó si recordaba lo que nos había enseñado en clase de Ciencia: el Sol era enorme; nuestro mundo, tenía menos de una millonésima parte de su tamaño. Una millonésima parte. Me pidió que imaginara un millón trescientos mil mundos encajados en el Sol. Después me pidió que cerrara los ojos y que imaginara que el Sol no estaba hecho de fuego, sino de piedra: una enorme, sólida e inquebrantable masa de granito que colgaba en el cielo de Dios.

»Me dijo: «Ahora piensa en una mariposa. Imagina esa pequeña y delicada criatura de Dios, infinitesimalmente más pequeña que la Tierra. Piensa que la Tierra es menos que una millonésima parte del tamaño del sol de piedra. Ahora imagina esa diminuta y delicada mariposa volando por el sistema solar. Imagina que, una vez cada mil años, una caricia de sus alas

roza la superficie del sol de piedra. ¿Puedes imaginarlo?».
Tumbado, con el dolor de la espalda que empezaba a calmarse
y el guijarro en la mano, le dije que no conseguía imaginarlo.
«Ahora quiero que imagines cuánto tardaría el roce de las alas
de una mariposa sobre ese vasto sol de piedra, cada mil años,
en desgastarlo hasta que este tuviera el tamaño del guijarro
que tienes en la mano. ¿Puedes imaginarlo?»

»Le contesté que no podía, que era una escala que mi mente
no conseguía abarcar. «Exacto. Es un periodo de tiempo inimaginable», me dijo cariñosamente el hermano Ernö. Después su
voz se endureció: «Ese inimaginable periodo de tiempo es solo
un segundo en la eternidad que un pobre pecador como tú va a
pasar entre las llamas del infierno». No tuve oportunidad de
decir nada antes de que comenzara el dolor. Un dolor que fue
mucho peor que el que me había causado el hermano Ferenc.

—¿Le pegó? —preguntó Viktor.

—Me violó —contestó Skála sin inmutarse.

11

*E*n aquella ocasión no hubo golpeteo de monedas en las ventanas. La calle de Žižkov, en la que estaba el apartamento de Tsora Mirga, estaba vacía y silenciosa. Parecía envuelta en un aire frío. Entonces llegó una fila de coches de la policía, con un vehículo fúnebre al final de la procesión. No se oyeron ruidos de aviso por la presencia de la policía: debía de haberse corrido la voz.

A Smolák le acompañaba Mirek Novotný, que, en cierta forma, había insistido en ir con él. Smolák pensó que empezaba a haber demasiadas coincidencias: había visitado hacía poco a otra de las víctimas de Delantal. El asesino estaba provocándole, desafiándole a que lo capturara. El subinspector tenía sus dudas.

Václav Bartoš también había ido, en el mismo coche que Smolák y su subalterno. Durante aquel silencioso viaje desde la comisaría habían anticipado lo que les esperaba.

Mientras subían las escaleras, Smolák pensó en la última vez que había estado allí, en la discreta fuerza y dignidad de aquella prostituta gitana tullida, en su oscura belleza. Al recordar cómo habían encontrado el cuerpo de Anna Petrášová, se preparó para ver lo que Delantal le hubiera hecho a Tsora Mirga.

Tsora estaba en la misma habitación. Era el salón en el que Smolák había hablado con ella. El asesino la había colocado con la espalda apoyada en el suelo. Había vuelto a poner la ropa sobre su pecho y abdomen, devastados. La blusa estaba empapada de sangre oscura. Tenía las piernas estiradas y juntas. Le habían cercenado el tobillo pulcra y diestramente para separar el pie deforme; de la herida había salido muy poca sangre. Las manos unidas reposaban sobre el estómago. La cara se inclinaba para mirar en la dirección por donde habían entrado. Sin embargo, no tenía ojos. Smolák recibió la acusadora mirada de unas cuencas vacías y en carne viva. Reconoció la colorida manta con dibujos que había visto en su última visita. Sin embargo, en vez de seguir en el respaldo del sofá, la habían doblado cuidadosamente para colocarla debajo de la cabeza de Tsora a modo de almohada. Así miraría hacia la puerta.

Václav Bartoš se acercó e hizo un rápido examen.

—No le dolió —dijo indicando los agujeros en los que habían estado los ojos—. Por lo que parece, le arrancó el corazón: esa fue la causa de la muerte. Todo lo demás, el pie, los ojos, se hizo *post mortem*. Por eso hay tan poca sangre. Aparte del corazón, no se ha extirpado nada más. No se ha llevado órganos internos como trofeos, aunque no hay rastro de los ojos. Supongo que se los llevó —explicó antes de incorporarse—. No encaja con los dos últimos asesinatos, pero ha sido obra de Delantal, sin duda.

—El mismo trabajo experto con el cuchillo.

—Y, por supuesto, este lo anunció —comentó Smolák—. La tarjeta decía: «Saludos desde el infierno». Era una referencia al asesino de Londres, que envió una carta con la leyenda «Desde el infierno» al policía que estaba investigando sus casos. También mandó un trozo del cuerpo para demostrar que era el verdadero asesino. Aunque en ese caso no fue un pie.

—¿Qué era? —preguntó Novotný, cuya pálida tez se veía aún más cadavérica.

—El hígado de la víctima.

Novotný se puso más blanco.

—¿Cree que hay algún tipo de simbolismo en lo que ha hecho con los ojos? —preguntó, evitando volver a mirar la cara de Tsora.

—Hay simbolismo en todo lo que hace este maníaco —opinó el doctor Bartoš—. Pero no sé qué ha querido decir en esta ocasión.

—Yo sí —aseguró Smolák. Observó la habitación, ordenada y limpia. Lo único que se había movido era la lámpara de un rincón. Sin ella, un montón de sombras se amontonaban—. Nos está diciendo que lo vio. Nos está diciendo que podría haberlo reconocido.

355

12

—¿Se lo contó a alguien? —preguntó Viktor—. ¿A alguna persona del colegio o a sus padres?

—¿De verdad cree que les importaba? Pasaba continuamente. No era el único al que el hermano Ernö hacía esas cosas. En cualquier caso, mis padres no me habrían creído. Para ellos habría sido una mancha de su preciada y perfecta Iglesia. Un oprobio para su fe. Otra prueba de mi mendacidad y mi corrupción moral.

—¿Y aquello continuó?

—Durante tres años. Una, quizá dos veces al mes. Había otros niños. Lo hacía por turnos.

—¿Y cómo lo sobrellevó?

—Me encerré en mí mismo, en esa nueva realidad de luz más brillante y sombra más oscura que se había formado a mi alrededor. Sabía que tenía que elegir entre la luz o la sombra. Elegí a Satán, el revolucionario, por encima de Dios, el tirano. Hice planes. En mi imaginación dibujé magníficas imágenes de venganza, de inimaginables sufrimientos que infligiría.

»Crecí, me hice más fuerte. Me volví reservado y maquinador. Siempre que podía, exploraba los límites del colegio para buscar formas de entrar y salir sin que nadie me viera. Por la noche me escabullía e iba al bosque, donde la oscuridad era más intensa. Encontré una antigua casa de madera que llevaba años abandonada, una especie de leñera. La convertí en mi hogar. Me escapaba en cuanto podía. Me llevaba todo lo necesario para estar lo más cómodo posible. Solía robarles a mis compañeros. Sin embargo, cuando los hermanos registraban las camas y las taquillas, en las mías no había nada. En

356

cierta ocasión, dejé en el armario de otro niño algo que había robado. Ya sabe, para desviar la atención.

—¿Y qué le pasó a ese niño?

—Sirvió de ejemplo. El hermano Ferenc lo azotó delante de todos. Casi lo mata. Algunos de los niños lloraron. Yo tuve problemas para controlar mis emociones. Para no atraer la atención que quería desviar.

—¿Estaba enfadado? ¿Se sintió culpable?

A pesar de los fármacos, los ojos de Skála se agrandaron por la sorpresa.

—¿Enfadado? No, tuve que contenerme para no echarme a reír. Después de aquello, robé todo lo que quise. Los jesuitas se volvieron locos intentando encontrar al culpable. Incluso me llevé la piedra de la celda del hermano Ernö. Me había construido un pequeño palacio en la leñera del bosque. Un lugar oculto al resto del mundo. Incluso pasé una noche allí. Aunque, eso sí, me aseguré de volver al dormitorio antes del alba. Fue una noche mágica. Me tumbé en la oscuridad y oí que el bosque cobraba vida a mi alrededor. Estaba más vivo de noche que de día. Oí crujidos, respiraciones, el ulular de las lechuzas, los susurros y las peleas de la ingente vida que habitaba bajo su alfombra de hojas caídas. Allí era libre, en la oscuridad de la noche del bosque.

Skála pareció perderse en un recuerdo.

—¿Y qué pasó con el hermano Ernö?

—Al cabo de un tiempo, se empezó a interesar por otros niños. Más jóvenes. Me estaba haciendo demasiado mayor para él. Cambiaron muchas cosas. Crecí, tenía una constitución muy fuerte para tener solo catorce años. Entonces descubrí que, como todos los matones, Ferenc, Lázsló e Itsván, e incluso el hermano Ernö, eran unos cobardes. Ninguno volvió a levantarme la voz y mucho menos la mano. Yo podía mantenerles la mirada sin inmutarme, pero ellos no podían hacer lo mismo con la mía. Al final, después de haber destacado académicamente (por irónico que parezca), me fui del colegio. Pero había cambiado. Cambié el día en que Ferenc me pegó y Ernö me violó. Lo veía todo tal como era.

—¿Qué vio?

—Que el bien y el mal son uno y lo mismo. Dios y el diablo son lo mismo. El tirano y el revolucionario son uno. Lo único que hacemos es elegir un bando. No obstante, al final todos producimos el bien y el mal. Lo que imponemos a los demás nos lo causamos a nosotros mismos. ¿Sabe lo que es el pampsiquismo?

—Claro.

—Creo en él. Sé que, a pesar de que imaginamos que tenemos una consciencia individual, en realidad solo existe una. Una mente. ¿No es eso lo que opina su querido doctor Jung?

—No del todo —contestó Viktor con impaciencia—. Así pues, cree en el pampsiquismo, cree en que todos compartimos una sola consciencia. Si eso fuera verdad, ¿por qué tortura de esa forma a sus víctimas? ¿No implica eso que se está torturando a sí mismo?

Algo cambió en la expresión de Skála: por un momento, desapareció el odio y la furia, siempre presentes en aquel rostro.

—Esa es la cuestión… ¿No se da cuenta? Cuando muera, simplemente experimentaré el mundo a través de los ojos de otra persona. Sus ojos, los ojos de mis víctimas. Los ojos de todo el mundo. Seré el ejecutor y el ejecutado, el torturador y el torturado, el violador y el violado. Al igual que ahora ve el mundo desde su perspectiva, finalmente lo verá desde la mía, desde la de todos. Todos somos Dios y todos somos el diablo. Y todo el mundo, tarde o temprano, experimentará el mundo como yo, verá a través de mis ojos. Ese es mi objetivo.

—Sigo sin entenderlo.

—La gente me ha llamado el Demonio, incluso el Diablo. Pero no soy ninguno de los dos. No soy un ser. Soy un lugar. Soy el lugar al que irá usted, al que finalmente irá todo el mundo. Algún día, experimentará el mundo a través de mí. Algún día, yo lo haré a través de usted. No soy el diablo, soy el infierno. Y todo lo que he hecho, usted también lo hará. Soy su castigo. Mi deber es hacer todo el mal que pueda, llenar mi experiencia con tanto tormento y horror como me sea posible.

—Pero, según su lógica, se convertirá en su víctima. Se convertirá en mí.

—¿No se da cuenta de que ese es mi mensaje? ¿No entiende que por eso, cuando acababa con ellos, les arrancaba la cara para ponérmela como máscara? Quería probarlos. Deseaba saber cómo me sentiría cuando volviera siendo uno de ellos. Cuando le digo que llevaré su cara, doctor Kosárek, es que lo haré. De una forma u otra.

13

Viktor se quedó en silencio un momento observando el oscuro y malvado cuerpo de Skála, atado con correas y con acero a la silla de sujeción. Pensó en si debía administrarle una segunda dosis para profundizar más en ese caso. ¿Merecería la pena?

—Por cierto —dijo Skála para romper el silencio—. Al cabo de los años, volví a ese colegio.

—¿Ah, sí?

—Sí, crucé la frontera sin problemas y fui hasta el castillo. El colegio seguía activo. Les hacían lo mismo a una nueva generación de indignos. Para cuando volví, ya estaba entregado a la obra del diablo, instaurando el infierno en la Tierra. Tenía que ser prudente. Ya había matado a una docena de personas.

»Lo primero que hice fue ir al bosque y buscar mi antiguo palacio: el desmoronado almacén de leña que había convertido en mi refugio. Seguía allí, tal como lo había dejado. Todos mis tesoros estaban en su sitio, incluida la piedra del hermano Ernö. Nadie había entrado ni se había acercado en todos esos años. Así pues, volví a instalarme allí durante esa semana. Hasta que concluyera lo que tenía que hacer.

»Hice varios viajes al castillo. Conocía todos los recovecos, después de pasar tanto tiempo allí… Pude entrar y salir del colegio sin que nadie me viera, tal como había hecho durante años. Fui a ver a los cuatro sacerdotes. Les recordé los momentos que habíamos pasado juntos. A lo largo de esa semana, tuve que ser cuidadoso. Evidentemente, como habían desaparecido uno detrás de otro, había una gran preocupación al respecto.

»La última noche, la mejor, fui a la celda del hermano Ernö, donde había abusado de mí hacía tantos años. Fue muy extraño. Cuando encendí la luz y me vio, se asustó. Pero después me reconoció y esbozó esa expresión.

—¿Qué expresión?

—De resignación. De aceptación. De comprensión. Como si hubiera estado esperando a que yo, o alguno de los otros, volviera para vengarse. Como si supiera qué le había pasado a sus compañeros. No se movió, no lloró cuando atravesé la habitación, cuando le puse las manos en el cuello o cuando empecé a apretar. Vi incluso perdón en sus ojos antes de que se le salieran y se apagaran. Y eso fue lo que más me ofendió: que se atreviera a pensar que él podía perdonarme. Lo estrangulé hasta que su cuerpo se quedó inmóvil.

Skála hizo una pausa. Una sonrisa consiguió desafiar a los fármacos.

—Si le hubiera visto la cara. ¡Ah!, si le hubiera visto la cara después de eso, cuando despertó. Entonces no mostró esa dócil resignación. No vi ni aceptación ni perdón. No lo maté en la celda. Tuve mucho cuidado. Al igual que había hecho con los otros, lo estrangulé lo suficiente como para que perdiera el conocimiento y poder sacarlo del colegio. Después, cuando despertó, se vio desnudo y atado en la leñera, en un bosque en medio de la nada. Al principio, no me reconoció, por supuesto. Llevaba puesta la cara del hermano Ferenc. «No creerías que iba a acabar contigo tan fácilmente, ¿verdad? Que tu sufrimiento iba a ser tan corto», le dije.

»Así pues, empecé a trabajar con él. Lentamente. Hice un trabajo cuidadoso, delicado, doloroso. Calculé a conciencia los cortes, las quemaduras y las torturas. Lo planeé todo para que el hermano Ernö agonizara, pero se mantuviera consciente. Mientras hacía mi trabajo, le expliqué cuán grande sería su sufrimiento. Le conté una historia: la historia de una mariposa y un sol de piedra.

14

*C*uando Skála acabó aquel escabroso y detallista relato de las torturas que había infligido al hermano Ernö, Viktor apretó el botón para llamar a los celadores.

—¿Tan pronto? —preguntó Skála con sarcasmo. El efecto de los fármacos empezaba a desaparecer; allí estaba de nuevo su monstruoso ego—. Ahora que empezaba a divertirme. ¿Está seguro de que no quiere que me quede un poco más? Podría soltarme de la silla, doctor Kosárek, entonces podría pasar de la teoría a la práctica.

Entraron dos celadores. Iban a liberar el freno de la silla de sujeción para llevarse a Skála, pero Viktor los detuvo con un gesto de la cabeza.

—Solo necesito que estén aquí mientras le administro una segunda dosis. —Se volvió hacia Skála—. Tenemos que profundizar más, Vojtěch. Me está ocultando algo. Cuando lo internaron aquí, hablaba del diablo y de que un día caminaría entre nosotros. Necesito llegar a eso.

—Desáteme y lo verá por usted mismo. No necesita fármacos para liberar al diablo. Desate estas correas.

Viktor llenó la jeringuilla y le administró el cóctel de fármacos a través de la cánula que tenía en el brazo. Casi no pudo contener el temblor de las manos. No era el miedo lo que le hacía temblar, sino saber el riesgo que corría con esa dosis. Incluso con un paciente del tamaño de Skála, una cantidad tan grande de hipnóticos resultaba peligrosa.

—Te mataré —dijo Skála cuando el líquido entró en la vena—. Te...

ϒ

Viktor pidió a los celadores que salieran. Tras asegurarse de que tenía una jeringuilla preparada con el antídoto de picrotoxina, se sentó y fumó en silencio para calmar los nervios mientras los fármacos hacían su trabajo. Las brasas de odio y furia de los ojos de Skála desaparecieron. La tensión de su cuerpo disminuyó. Viktor sintió algo que estaba entre una radiante emoción y un oscuro terror: la naturaleza diabólica de Pavel Zelený había adoptado la forma del señor Hobbs. ¿Qué forma adoptaría en alguien tan monstruoso como Vojtěch Skála?

Sabía que el diablo se escondía en el filo de la muerte. Ahí era donde quería llevar a Skála.

La agresividad, el odio y la adoración al diablo de Skála desaparecieron cuando los fármacos volvieron a erosionar su voluntad. El efecto fue más agudo en esa ocasión. Apareció un Skála diferente. Viktor había querido llegar a aquel niño asustado al que le habían negado el amor paternal y que había sufrido la brutalidad de una institución. «Si consigo llegar a él —pensó Viktor—, quizá describa el momento en el que el Skála más oscuro, malvado y cruel tomó forma».

Sin embargo, en vez de ello, los fármacos dejaron al descubierto a un don nadie: a alguien sin personalidad. Sin el mal, sin el odio y sin la rabia, no era nadie. Hacía tiempo que todo había sido arrasado por las intensas llamas de sus crímenes.

Viktor suspiró. Otro fracaso. Cuando Skála empezó a ser menos coherente y a caer en un sueño que había que interrumpir constantemente, le quedó claro que no iba a obtener nada importante. Nada por lo que mereciera la pena arriesgar la vida de un paciente.

Apagó el magnetófono y cogió la jeringuilla con la picrotoxina.

Antes de levantarse vio que el fuego se avivaba repentinamente en los ojos de Skála. Era lo mismo que había pasado con Pavel Zelený. Había llegado a donde se escondía el diablo. Volvió a accionar el magnetófono y comprobó que las bobinas giraban.

Se preparó para enfrentarse a la forma que adquiriera la naturaleza diabólica de Skála.

—¿Está bien, Vojtěch?

363

Skála sonrió con tanta frialdad y maldad que Viktor se quedó helado.

—¿Vojtěch? Ya se lo he dicho antes... —La voz de Skála era más profunda. Habló en un alemán perfectamente modulado, aunque algo arcaico y con un débil acento inglés—. Puede llamarme señor Hobbs.

Sexta parte

El señor Hobbs

1

Viktor comprobó una vez más que el magnetófono estaba encendido. Durante un momento se quedó callado, sin habla. ¿Cómo podía ser? Aquello no tenía sentido. Hobbs era el demonio personal de Pavel Zelený. Cuando Mládek el Payaso le había atacado, pensó durante un segundo irracional que estaba hablando con la voz de Hobbs, aunque desechó la idea. Sin embargo, en ese momento, no podía descartarla, no cabía duda de que estaba oyendo la voz de Hobbs, la misma con la que había hablado Zelený. Y esa vez provenía de Vojtěch Skála.

Seguía siendo Skála el que estaba inmovilizado en la silla; continuaba siendo Skála quien le lanzaba una mirada firme, con una ferocidad que desafiaba el efecto de los fármacos; seguían siendo los labios de Skála los que habían formado las palabras que había oído. Pero esa voz no era la de Vojtěch Skála. Y por mucho que intentara negarlo, notó que algo o alguien estaba en la habitación con ellos. Algo más malvado y oscuro.

La irrupción de aquella voz, de esa siniestra personalidad, fue como la aurora de un espantoso sol negro y llenó la habitación de la torre del castillo con una brillante oscuridad, inundándola de maldad hasta lo más profundo de las densas y gruesas piedras de sus antiguos muros. A pesar de que el paciente estaba atado con firmeza a la silla de sujeción, Viktor se sintió extrañamente aislado, vulnerable. Tuvo miedo. Lo que estaba oyendo no tenía sentido. No podía ser.

Esa voz no era solo un fragmento de la escindida personalidad de Skála. Había algo más. Otra cosa. Algo mucho peor.

—Noto su miedo —dijo el señor Hobbs—. Capto el miedo

de los seres humanos. Esa energía me renueva. Ahora me está renovando. Me ha estado buscando y ya me ha encontrado. Quiere saber lo que pienso, lo que siento. Muy bien, deje que se lo diga: cuando los maté, cuando maté a esas personas, cuando les hice todas esas cosas horribles, disfruté de cada segundo. Hice lo que hice por el siniestro placer que procura. Para mí, su dolor y su miedo eran como un buen vino.

»Lo que me gustó más fue que, al final, suplicaran por su vida. Cuando lo hicieron (y, finalmente, todos lo hicieron), fingí dudar para ver en sus ojos el atisbo de una leve, última y desesperada expectativa. Dejé que la tuvieran, un instante. Y después se la arrebaté. Eso, aniquilar su última esperanza, fue lo que más saboreé, incluso más que acabar con sus vidas.

»¿Se da cuenta, doctor Kosárek? En ese momento sintieron la presencia del diablo y suplicaron a Dios que apareciera y los librara de él. Y entonces fue cuando les hice ver, cuando finalmente entendieron, que Dios ya había aparecido; que Dios había estado allí todo el tiempo.

»Entonces fue cuando se dieron cuenta de que el diablo es Dios vestido de noche.

Silencio.

La mente de Viktor se desbocó. «Encuentra el sentido. Encuentra el sentido», se dijo. Recordó que Judita le había dicho que habían aislado a Skála porque Románek tenía miedo de que se produjera un contagio psicótico. Quizá fuera eso. Tal vez Skála había llevado a Hobbs al sanatorio como si fuera un virus psíquico. Puede que Hobbs fuera la verdadera naturaleza diabólica de Skála. Quizá, de alguna forma, la idea se había transmitido de un paciente a otro. Realmente, Pavel Zelený… ¿había sido lo que había pretendido ser todo ese tiempo: un sencillo leñador, analfabeto y sugestionable? ¿La superior voluntad de Skála y su inteligencia habían dominado todas las declaraciones, la sofisticación, el comportamiento y la forma de hablar de Hobbs en la mente de Zelený?

No tenía sentido. ¿Poseía Skála una voluntad tan poderosa como para inculcar el conocimiento de varios idiomas en la mente de un simple leñador? Con todo, era la única explicación lógica.

—Parece turbado —dijo Hobbs-Skála—. No cabe duda de

que mi aparición le ha sorprendido. Y eso que le advertí de que volvería a hablarle.

—¿Cómo lo sabe? —Su voz sonaba aguda, tensa, ansiosa—. ¿Cómo puede saber lo que hablé con otro paciente?

—Otro paciente para usted, otro portador para mí. Está hablando conmigo, doctor Kosárek, no con Vojtěch Skála. Igual que antes habló conmigo, no con Pavel Zelený. Aunque admito que disfruté oyendo sus historias. Una extraña «comunalidad», ¿no le parece?

—No lo entiendo.

—Por supuesto que no. A pesar de las magníficas teorías del doctor Jung, a pesar de toda esa ciencia, sigue sin entenderlo. ¿Recuerda que Skála se describió como un lugar más que como una entidad?

—No creo nada de eso: usted es Vojtěch Skála y ese…, ese señor Hobbs no es más que un artificio. Plantó su germen en mentes débiles como las de Zelený y Mládek. No voy a dejarme engañar por un truco de ventriloquía psíquica o un… lavado de cerebro derivado de una sugestión profunda. No sé cómo lo hizo, Vojtěch, pero consiguió inculcar sus ideas y esa personalidad falsa en otras mentes. Imagino que con Mládek no tuvo tiempo ni oportunidad de pulirla.

—¿Cree eso? —preguntó Hobbs. Sus ojos, los ojos de Skála parecían taladrar a Viktor—. ¿Que Vojtěch Skála, el más brutal y burdo carnicero, se las arregló para infundir una consciencia sofisticada en el cerebro de un leñador retrasado y un payaso infanticida? A veces, la explicación más sencilla es la más fácil. Se lo volveré a preguntar: ¿recuerda que Skála dijo que era más un lugar que un ser?

Asintió.

—Entonces entenderá que le diga que es el lugar en que estoy ahora. Al igual que Zelený era el lugar que ocupaba antes… Y volverá a serlo. Tal como he ocupado muchos otros a lo largo del tiempo.

—¿Es una especie de ser sobrenatural? —preguntó Viktor, intentando imponer su autoridad una vez más, aunque su sarcasmo sonó forzado—. ¿Es eso lo que intenta decirme?

Hobbs se echó a reír. Fue la risa indulgente y cansina de alguien que se considera superior.

369

—Lo sobrenatural no existe. Lo sabe. Sé que lo sabe. Cualquier persona mínimamente inteligente lo sabe. Lo que hay es lo que hay, pero estamos muy lejos de entenderlo. Tiene un paciente que es un científico, un físico cuántico…

Viktor se negó a darle la razón. Siguió en silencio. ¿Qué estaba pasando? ¿Cómo podía conocer Hobbs, Skála, el pasado del resto de los pacientes?

—Quizá debería hablar con él sobre las numerosas y nunca desveladas oportunidades que ofrece el universo —continuó Hobbs—. Pregúntele sobre la superposición cuántica: algo puede estar en dos lugares al mismo tiempo. O pregúntele por los cerebros de Boltzmann. Esa es una buena forma de explicarme a mí: la consciencia tiene más posibilidades de crearse espontáneamente a partir del caos y del desorden del cosmos (a partir de la aleatoria sopa termodinámica de partículas) que de un sistema biológico organizado, como el cerebro humano. ¿Nunca ha pensado en eso?

—¿Me está diciendo que es un cerebro sin cuerpo viviendo en el espacio?

—Me parece que sabe perfectamente lo que soy, Viktor.

La palabra se formó en la boca de Viktor, pero se la tragó. No iba a dejarse arrastrar a una lógica delirante ni a justificar la locura de Skála. ¿Era la locura de Skála? ¿La de Zelený?

—Duda de mí —dijo Hobbs—. Lo veo. Deje que me explique un poco mejor. Se pregunta cuándo comencé a existir. Cuándo me inventó Skála en las turbias profundidades de su inconsciente. Qué oscuro suceso en mi pasado me dio forma. ¿Soy el hijo de la impura unión de Skála con un santo? No, no soy nada de eso. Mi existencia se extiende mucho más allá del promedio de vida de cualquier hombre o mujer.

Hizo una pausa. Viktor volvió a ser consciente de las opresoras paredes de la habitación de la torre, del sonido de las bobinas del magnetófono al girar, de su respiración.

—Soy el que es constante y eterno —dijo Hobbs—. Cuando el primer ser humano encendió fuego para conjurar la oscuridad, estaba allí: porque soy esa oscuridad. Todo miedo, todo odio y toda violencia proceden de mí. Pero también toda creatividad, toda pasión, toda ambición. Me han puesto incontables nombres en innumerables idiomas a lo largo del tiempo. Dice que habito en el inconsciente. Pues bien: «Aquí estoy y aquí permanezco, porque el mal reside aquí. Aquí estoy y aquí permanezco, porque el diablo se oculta aquí». Lo ve, querido Viktor, sabe perfectamente quién soy. Conoce todos mis nombres.

2

—*L*a última vez que estuve aquí, lo hice en forma de un hombre inglés —continuó la voz de Hobbs—. Todavía se habla de esa visita. Seguirán haciéndolo durante cien años o más. Les dejé hebras de duda y sospecha para que tejieran miles de dibujos que intentaran capturar mi imagen.

—¿Me está diciendo que es Jack el Destripador? —preguntó Viktor.

—Al igual que usted entra y sale de esta habitación, yo lo hago en este mundo. Siempre que me voy, me llevo unos sirvientes y unos juguetes para que me obedezcan y me entretengan en el espacio que existe entre las vidas. Por esto estoy aquí ahora.

—¿Sus sirvientes y sus juguetes son las víctimas de Skála?

—No. Ciertamente le influí, le guie incluso, pero sus obras son asunto suyo y solo suyo. Aunque admiro su fe. Su celo religioso. Pero elijo a mis compañeros.

—¿Y cómo puede hacerlo si está confinado aquí dentro?

Hobbs se echó a reír.

—¿Realmente cree que estoy recluido aquí? He elegido estar aquí. Este lugar se hizo para mí. En una de mis encarnaciones, incluso intentaron emparedarme entre sus muros. Y mucho antes, este castillo se construyó para tapar la boca del infierno, un lugar para encerrar el mal. Pero lo cierto es que el oscuro y amargo vino que quisieron sellar se ha picado: ha empapado el tejido que pretendía contenerlo. Eso no me confina, me sustenta. Y respecto a mis compañeros entre las vidas, sabe muy bien dónde los he estado eligiendo. Me he puesto el delantal de cuero una vez más, tal como hice en Londres.

—¿Así que también es el asesino de Praga?

—Eso… y mucho más. He infligido dolor y muerte a lo largo de incalculables siglos y en incontables formas. Pero sí: soy la forma que aparece en las sombras de Praga. Soy la forma que aparece en todas las sombras.

—¿Y por qué ahora? ¿Por qué aquí? ¿Por qué se ha manifestado ante mí?

—¿Por qué usted? Porque usted buscaba el lugar donde se oculta el diablo. ¿Por qué ahora? Porque es un momento interesante, una época oscura está despuntando, una gran ola de sangre y tormento se aproxima. Dentro de muy poco, será común que los seres humanos tengan mi alma oscura. Lo que va a pasar va a ser de lo más apasionado. Tantas muertes, tanto sufrimiento, tanto mal exquisito y banal. —Suspiró—. Y, en cualquier caso, tengo otra razón: perdí algo.

—¿Qué perdió?

Hobbs lanzó otro suspiro.

—El recuerdo más preciado de mi última visita. Una pequeña rosa de cristal, blanca y reluciente.

—¿Cómo la perdió?

—Eso, querido Viktor, es una historia que le contaré en otro momento —replicó Hobbs frunciendo el entrecejo—. Este portador, por fuerte que sea, se está debilitando; su paciente se está muriendo. Debo irme. En cualquier caso, pronto tendrá noticias mías. He estado ocupado otra vez…

Fue como una luz que se apagara. En ese instante, el paciente se desplomó en sus sujeciones y Viktor notó que Hobbs había abandonado la habitación, que estaba solo con Skála. Aquella absurda idea aumentó su confusión.

Fue corriendo hacia Skála, le comprobó el pulso en el cuello y después colocó la palma de la mano frente a la nariz y la boca. El pulso se estaba debilitando y el ritmo de la respiración disminuía peligrosamente.

Había encontrado a Hobbs oculto en el umbral de la muerte. Otra vez. Inyectó la picrotoxina en Skála y esperó ansioso. A los pocos segundos, el pulso se intensificó y recuperó una frecuencia normal de respiración. Sin embargo, Skála seguía dormido. Decidió dejarlo en ese estado, sedado. Muchas ideas contradictorias y confusas zumbaban en su ca-

373

beza. No tenía ánimo para seguir oyendo las diatribas o las felices confesiones de Skála.

Necesitaba tiempo para pensar. No lo entendía.

En ese momento, se abrió la puerta de la habitación. Judita entró con paso enérgico. Se paró en seco al ver a Skála atado a la silla de sujeción. Viktor se sintió confuso. En otro momento, le hubiera molestado que le hubieran interrumpido. Sin embargo, lo que había vivido le había dejado sin certezas. Sus convicciones acerca de la naturaleza diabólica se habían evaporado. Apagó el magnetófono.

—Necesito que transcribas esto ahora mismo —le pidió a Judita—. No vas a creer…

—Olvídate de eso —lo cortó Judita, que tenía la cara pálida y demacrada, la piel tensa y la expresión grave—. Acabo de oírlo en la radio. Han encontrado a otra víctima de Delantal. Asesinaron a esa mujer justo la noche en que Filip no volvió a su casa.

3

Judita estaba dispuesta a hablar sobre lo que tenía que hacer. Pero Viktor sabía que sus sospechas tenían la suficiente base para contárselas a la policía. Podía haber sido casualidad que Filip no hubiera ido a su casa esa noche, pero ya eran demasiadas coincidencias. Además, lo que le había dicho Hobbs le hacía dudar de su visión de las cosas.

Fueron a la oficina de Románek e insistieron en que tenían que verlo. La secretaria, una alegre mujer de mediana edad que vivía en Mladá Boleslav, permanecía impertérrita detrás de su escritorio en la antesala: debía salvaguardar la intimidad del profesor. Finalmente, Judita y Viktor la convencieron de la urgencia de su visita y telefoneó al estudio de Románek.

A Viktor y a Judita les sorprendió su aspecto cuando el director del sanatorio apareció en la puerta. Románek, cuya vestimenta y presencia eran siempre impolutas, estaba desaliñado; llevaba la camisa y los pantalones arrugados, como si hubiera dormido con ellos. No se había afeitado desde hacía dos días. Estaba demacrado, pálido y no parecía de buen humor.

—Será mejor que entren —los invitó con brusquedad.

Viktor observó la habitación. Siempre tan ordenado, el gran escritorio húngaro estaba abarrotado de papeles y carpetas; los ceniceros de cristal tallado estaban llenos de colillas. Vio una manta arrugada sobre el catre, en uno de los rincones, así como una bandeja en el suelo, con restos de comida. En el aire, un extraño olor a tabaco y comida. Hacía bastante que no ventilaban el cuarto.

Románek se dejó caer en una silla, detrás de la mesa. Parecía aturdido, como si se acabara de despertar. Les hizo un gesto para que se sentaran frente a él.

—Siento que me vean en ese estado —se sinceró, aunque no parecía importarle que aceptaran sus disculpas—. Me gusta pensar que tengo buen humor... Sin embargo, desde que murió mi mujer sufro estos episodios periódicamente.

—¿Depresión? —preguntó Viktor—. Hay medicación...

—Estoy seguro de que no tengo que recordarle que tengo muchísima más experiencia que usted, doctor Kosárek. Sé perfectamente lo que hay. Pero no es depresión. O, al menos, la depresión solo es un síntoma de la aflicción. No es la aflicción en sí. Sufro ausencias. No son ataques, sino ausencias con amnesia concomitante. Lagunas de memoria. Sé cuándo voy a sufrir un episodio. Me encierro mientras dura. Solo he aceptado verles porque estoy saliendo de este. Ni que decir tiene que espero que sean discretos.

—Por supuesto —aseguró Viktor.

Románek llamó a su secretaria para pedirle que trajera algo de café.

—¿Qué puedo hacer por ustedes? —preguntó incorporándose en la silla.

Viktor le contó todo lo que sabía sobre su amigo Filip, incluido el hecho de que no había regresado a casa la noche del último asesinato de Delantal. Debido a la franqueza con la que les había hablado de su enfermedad, se envalentonó y le informó sobre lo que había sucedido en la sesión con Skála. Mientras lo hacía, Judita, que aún no sabía lo que había pasado allí dentro, se inquietó.

Románek intentó despejar su mente. Le turbaba la confusión que traían consigo las palabras de Viktor.

—¿Me está diciendo que tiene dos sospechas contradictorias? ¿Que su amigo puede ser el asesino, pero que Skála ha confesado haber cometido los asesinatos a través de la identidad inventada de Hobbs?

—Esa es la cuestión —replicó Viktor—. La identidad de Hobbs no solo pertenece a Skála. Esa misma voz la utilizó Pavel Zelený. Y me temo que también se la oí a Mládek.

—Pero eso es imposible. ¿De verdad cree que esa naturaleza diabólica de la que habla puede manifestarse con la misma forma en mentes diferentes? Me parece poco probable, por no decir disparatado.

—Y a mí también, pero es lo que está sucediendo. —Viktor suspiró, con frustración: no conseguía resultar creíble—. Quizá no exista esa naturaleza diabólica. Tal vez lo que está sucediendo es una prueba de su teoría sobre el contagio psicótico. Si un virus físico se comporta de la misma forma en diferentes portadores, ¿por qué no podría hacerlo uno mental?

Románek pensó un momento. Se frotó la barba en su mejilla.

—Señorita Blochová, transcriba la cinta de la última sesión lo antes posible. Necesito leerlo por mí mismo. Doctor Kosárek, póngase en contacto con el capitán Smolák y cuéntele todo lo que sabe de su amigo. Mientras tanto, creo que es mejor que interrumpa todas las sesiones de narcoanálisis.

—¿Con Skála? —preguntó Viktor.

—Con todos los pacientes.

Cuando Viktor empezó a protestar, Románek levantó una mano, como si estuviera deteniendo el tráfico.

—Me temo que debo insistir. No sé con qué estamos tratando, qué tipo de psicosis o síndrome está causando que distintos pacientes manifiesten la misma identidad. Pero, hasta que lea la última transcripción y repase las otras, creo que es demasiado peligroso seguir adelante con su investigación. Lo siento, Viktor.

—Pero ¿no se da cuenta, profesor? La única forma de llegar al fondo de todo esto es entrar en contacto con esa identidad, con Hobbs, o con la naturaleza diabólica…, o con lo que quiera que sea.

—¡Por el amor de Dios! —exclamó bruscamente Románek—. ¿Se da cuenta de lo que está diciendo? Está hablando de un delirio…, habla de un pedazo de una mente enferma como si fuera una persona real. No, insisto: no más sesiones. Céntrese en ayudar a la policía a localizar a su amigo.

377

4

Después de colgar, Lukáš Smolák miró el teléfono de su escritorio, como si aquel aparato pudiera darle alguna explicación. Era poco probable que el amigo del doctor Kosárek fuera Delantal. Había recibido llamadas constantes de personas que acusaban a sus vecinos, empleados, patrones, familiares o amigos de ser el maníaco asesino de Praga. Aun así, la reticencia que había mostrado el psiquiatra a informar a la policía le molestó. Se lo había dejado claro.

Sin embargo, algo le preocupaba. La mayoría de las personas que informaban sobre un sospechoso lo hacían con malas intenciones. Sin embargo, Viktor Kosárek se había mostrado reacio a implicar a su amigo; eso sugería que se tomaba muy en serio esa posibilidad. En cualquier caso, lo que estaba claro era que Starosta estaba desequilibrado y se comportaba violentamente. Fuera Delantal o no lo fuera, lo investigaría.

El gris invierno se había cernido sobre la ciudad. La nieve se había convertido en lluvia. Las calles estaban bordeadas de una gelatinosa aguanieve manchada de hollín y salpicada de aceitosos espejos negros en forma de charcos: lluvia y nieve derretida. Smolák llevó con él a Mirek Novotný, que estuvo callado en el asiento mientras iban a la dirección en Vršovice que les había proporcionado Viktor Kosárek.

Les costó un buen rato encontrar el apartamento. Su ubicación y su aspecto le sorprendieron. Filip Starosta vivía en un establo o garaje reformado: un recuerdo de cuando el barrio había sido más próspero. Envió a Novotný a la parte trasera de la vivienda y él se encaminó hacia la delantera. Llamó al timbre, pero nadie contestó. No vio ningún signo de vida cuando miró por las ventanas. Novotný volvió y confirmó que la puerta trasera también estaba cerrada.

—Un momento —dijo al recordar lo que le había dicho Kosárek por teléfono—. Venga conmigo.

Guio al subinspector a la parte de atrás y buscó una losa suelta cerca de la puerta. Cuando la levantó, encontró la llave de la que le había hablado Kosárek. Cuando la hizo girar en la cerradura, se volvió hacia su compañero.

—La puerta estaba entreabierta cuando llegamos, ¿de acuerdo?

Novotný asintió.

Había algo que se conseguía con los años: a Smolák no le gustaba llamarlo «instinto». Era más que eso. Era como un fragmento astillado de conocimiento que había adquirido en cada escenario de un crimen, en cada interrogatorio con un sospechoso, en cada éxito o fracaso en una investigación. A veces, por alguna razón incierta, esos fragmentos se fusionaban y se conseguía, durante un momento, una visión clara de lo que sucedía. Y eso fue lo que pasó en ese momento. En cuanto el capitán Lukáš Smolák entró en el apartamento de Filip Starosta, supo que había encontrado a Delantal. El silencio nervioso que sintió al entrar se intensificó conforme registraba el apartamento.

En el escritorio encontró la decorada carpeta de cuero que protegía el manuscrito que Kosárek le había descrito.

—Echa un vistazo —le pidió a Novotný—. Pero ten cuidado con lo que tocas. Presiento que hemos encontrado a nuestro hombre.

Cuando Novotný empezó el registro, Smolák se sentó en el sillón de cuero y hojeó las páginas del manuscrito, tan meticulosamente escritas. En ellas descubrió algo que se le había escapado al psiquiatra. Kosárek no había oído la descripción de Tobar Bihari acerca de los monstruos que adquirían forma en las sombras, pero él sí. En aquellas cuidadas frases y en esas oscuras ilustraciones vio los mismos monstruos, las mismas sombras. Bihari lo había llamado Beng. El manuscrito lo llamaba Veles. Smolák supo cuál era su verdadero nombre: Filip Starosta.

—Busca un teléfono —le ordenó a Novotný—. Quiero a cuatro hombres para que nos ayuden a buscar. Y que haya otros cuatro que vayan puerta por puerta. Y quiero a un hombre en cada esquina de todos los edificios cercanos para que nos avise si viene Starosta.

—¿Cree que es él? —preguntó Novotný—. Si es así, quizá quiera ver esto. He encontrado una puerta cerrada.

Smolák fue hasta la segunda de las dos puertas del salón, cerrada y sin ninguna llave a la vista. Cogió un atizador de la chimenea y lanzó una mirada cómplice a Novotný mientras lo colocaba en la abertura y abría la puerta haciendo palanca. Saltaron algunas astillas.

Aquel lugar era demasiado pequeño para llamarlo habitación. Y era demasiado grande para ser un armario. No había ventanas, pero sí una bombilla desnuda suspendida en el centro del techo. Smolák tiró de la cuerda que colgaba junto a ella y el guardarropa se inundó con una luz brillante y blanquecina.

—¡*Joderrr!* —Smolák alargó el juramento, por la sorpresa, por el sobresalto.

Vio dos paredes cubiertas por estanterías. En la tercera, a la derecha de Smolák, solo se veía una percha. Estaba vacía y deslustrada por el tiempo, excepto en el extremo. Era parecido a un pomo. Su latón parecía bruñido por algo pesado que se había colgado y descolgado repetidamente durante mucho tiempo.

No estaba allí, pero Smolák imaginó un delantal de cuero manchado de sangre.

A su espalda oyó que Novotný contenía la respiración, para evitar las náuseas. Las estanterías de las otras dos paredes estaban llenas de botes que imaginó que contendrían líquidos de conservación. Unos bultos rojo oscuro y marrón grisáceo se aplastaban contra el cristal: órganos humanos. En el centro de un estante había un bote con lo que a primera vista parecía una máscara, pero que reconoció como la cara arrancada de la víctima de Prager Kleinseite, Maria Lehmann, que les lanzaba una mirada acusadora desde unos agujeros negros, sin ojos.

—Sí —dijo sin mirar a Novotný—. Creo que es él.

$\mathcal{V}$iktor estaba en su oficina cuando recibió la llamada de Smolák. Se puso de pie con aquel pesado auricular pegado a la oreja y se quedó helado. El frío le indicó que sus peores miedos se habían confirmado. Se extendió por los músculos y los huesos, casi convertido en una estatua. Judita estaba frente a él. Su expresión era grave e intensa. Detrás de la ventana, la nieve que caía era una suerte de impenetrable cortina gris que traía oscuridad y prisión.

El tiempo había sido la excusa que había utilizado Smolák para disuadir a Viktor de ir a Praga. Supuso que, en realidad, no quería que le molestara. Le había explicado que no creía que Filip volviera a casa, pero que había dejado a un par de hombres allí, por si acaso.

—De hecho —le dijo—, no creo que su amigo haya regresado a su apartamento desde que usted estuvo en él. Los vecinos aseguran que no lo han visto desde entonces. Es probable que tenga una nueva guarida en algún otro lugar. Seguramente decidió irse después del incidente en la calle con los bohemios alemanes, la noche después de que asesinara a Anna Petrášová. Es posible que su amigo pensara que, preocupado, usted mismo se pondría en contacto con la policía. —Smolák hizo una pausa al otro lado de la línea—. ¿Sabe?, ojalá lo hubiera hecho, doctor Kosárek. Otra mujer ha muerto. He ordenado que hagan circular la descripción que me facilitó. Mañana pediré su expediente en el registro estatal y en la universidad. Estaremos en contacto. Mientras tanto, quédese en Hrad Orlů, por si le necesito.

Después de colgar, Viktor volvió a leer lo que Judita había anotado de las noticias de la radio. Se había encontrado el ca-

381

dáver de una mujer que tenía un extraño nombre: Tsora Mirga. La policía sospechaba que era una nueva víctima del asesino de Praga, de Delantal.

—Ha sido por mi culpa —dijo, frustrado—. Pobre chica… Todo por mi culpa.

—No lo sabías —lo tranquilizó Judita mientras rodeaba el escritorio para ponerle una mano en el hombro. Aquello lo reconfortó—. Ni siquiera yo pensé que Filip pudiera ser realmente ese… monstruo. ¿Qué ha dicho Smolák?

Viktor le repitió la conversación que habían mantenido.

—Tiene razón. Además, aquí estarás más seguro. Puede que Filip te culpe de que lo hayan descubierto y quiera vengarse. En cualquier caso, está nevando con fuerza. Si sigue así, la carretera al pueblo quedará intransitable. —Se volvió hacia la ventana. Al ver su expresión, frunció el entrecejo—. ¿Qué pasa?

—La sesión con Skála. Lo que dijo. Lo que sabía. Hay algo más de lo que se ve a simple vista. Hay algo que relaciona a Hobbs con Filip y esos asesinatos. Tengo que descubrir qué es.

—Pero no puedes. El profesor Románek te ha prohibido mantener más sesiones.

Viktor se volvió hacia ella y la sujetó por los hombros.

—Hay algo que no he visto. Una pieza del puzle está en manos de Hobbs.

—Viktor, hablas de él como si fuera una persona de verdad.

—No es una persona. Eso lo sé, claro. Pero sí que es real. Y está relacionado con los asesinatos. Tengo que descubrir cómo se entera de todo. —Hizo una pausa sin soltar a Judita y le lanzó una mirada urgente—. Voy a hacer otra sesión. Será esta noche. Mientras Smolák busca a su diablo en Praga, yo buscaré al mío en el castillo.

—No puedes, Viktor. Te lo han prohibido. Además, es peligroso.

—He de hacerlo. —Se inclinó más hacia ella—. Pero no podré sin tu ayuda.

6

Smolák fue a ver a Magda Tůmová, la dependienta que había trabajado para Anna Petrášová en Petráš Sklo. Volvió al apartamento, pero, como era tarde y sus dos compañeras de piso estaban en casa, hablaron en el pasillo mientras Magda se apretaba la chaqueta de punto y cruzaba los brazos por el frío. Smolák había llevado una de las copas de cristal que habían encontrado en el apartamento de Starosta. Magda las reconoció de inmediato, en cuanto las sacó del papel de periódico en el que las había envuelto.

—Era un juego de seis copas —dijo asintiendo—. Me acuerdo perfectamente.

—¿Recuerda quién las compró?

—Nadie las compró. La señora Petrášová se las llevó a casa. Eran piezas personales. A veces hacía cosas así. El cristal no era solo su negocio, también era su vida. Pobre señora Petrášová.

—¿Está segura de que se las llevó a casa? ¿No hay ninguna posibilidad de que las volviera a dejar en la tienda y alguien las comprara?

—Estoy segura —confirmó Magda—. ¿Se las ha llevado alguien de su casa?

Smolák sonrió.

—Gracias, señorita Tůmová, me ha sido de gran ayuda.

Había empezado a anochecer cuando salió del apartamento de Magda Tůmová, pero ya no nevaba tanto. De todos modos, la radio del coche le avisó de que seguía nevando con fuerza en el norte de la ciudad. Había hecho bien al decirle al doctor Kosárek que no se moviera de donde estaba: solo habría conseguido quedarse aislado en Praga y no quería que un aficionado le pusiera la zancadilla a cada paso. Además, la imagen del cadáver de Tsora Mirga, tan oscura, tan bella, aún lo atormentaba. Otra vida, otro universo de experiencias, esperanzas y emociones que había desaparecido prematuramente. Si Kosárek no hubiera estado jugando a detective aficionado, Tsora seguiría con vida. Quizá. Eso hacía que se lo llevaran los demonios.

Recogió a Novotný de camino a Vršovice. Se había calado el sombrero y se había subido el cuello del abrigo, pero el frío de la esquina donde esperaba hacía que tuviera la nariz y las mejillas rojas, casi tanto como su pelo.

—¿Ha encontrado algo? —preguntó Smolák.

—Me ha costado más de lo que creía —contestó Novotný, que encogió los hombros por el frío—. He pasado una eternidad esperando el ascensor, pero estaba estropeado. El apartamento ha estado alquilado durante los cuatro últimos meses por un electricista y su mujer. Son extranjeros… Rutenios, creo. Hicieron todos los trámites a través de una agencia inmobiliaria y no han tenido contacto con el inquilino anterior, aunque saben que se llamaba Filip Starosta. Solo una persona preguntó por él. Le dieron su nueva dirección.

Smolák asintió.

—Eso fue cuando Kosárek fue a buscarlo.

—De todas formas —continuó Novotný—, he ido puerta por puerta y todos los vecinos me han dicho lo mismo que los últimos en llegar: no podían describir a Starosta porque casi nunca lo vieron. En todo caso, cuando lo hicieron, siempre llevaba puesto ese andrajoso abrigo largo y ese sombrero de ala ancha calado hasta los ojos. Una mujer dice que cree que es rubio. Poca cosa más.

—Sabía lo que hacía: estaba asegurándose de que nadie pudiera dar una descripción precisa. —Smolák suspiró—. Quizá los colegas alemanes nos ayuden.

Era de noche y estaba nevando, por lo que la taberna de alemanes que quedaba a pocas manzanas del apartamento de Filip estaba vacío, excepto por los bebedores más tenaces. El camarero supo exactamente de qué le hablaban cuando le mencionaron aquella pelea en la calle. Esa noche había estado trabajando. Recordaba a aquel tipo hablando más de la cuenta antes de irse. Smolák salió de la taberna con la dirección del hombre que había resultado herido en la refriega. Su nombre era Anton Sauer.

—Pero Anton trabaja hasta las siete —le explicó el camarero—. No estará en casa hasta entonces.

—¿Dónde trabaja? —preguntó Smolák—. Podemos ir a verle allí.

—No tendrán esa suerte. Trabaja en el depósito de tranvías de Strašnice. Es conductor. Estará haciendo su línea hasta que acabe el turno.

—¿Y los amigos que estaban con él? —preguntó Novotný.

El camarero se encogió de hombros.

—A veces los veo por aquí con Anton, pero no son clientes. No sé cómo se llaman. Lo siento.

De haber creído en él, Viktor habría dicho que eso era cosa del destino.

El profesor Románek había tenido que ir a Mladá Boleslav para ocuparse de unos asuntos… Y resultó que el tiempo allí era peor que la casi tormenta de nieve que caía en el castillo. El profesor había telefoneado a su secretaria para decirle que pasaría la noche fuera; regresaría a la mañana siguiente. Fue la última llamada que se recibió en el castillo antes de que las líneas dejaran de funcionar, seguramente debido al mal tiempo. Ya había sucedido en varias ocasiones.

Esperó a que Platner acabara su turno y se retirara a su habitación antes de reunirse con Judita en el almacén en el que se guardaban los equipos. Allí repasó con tono decidido y urgente el plan.

—No puedo ayudarte con la sesión con Skála. Es demasiado peligroso —se excusó Judita.

—Pero es la única forma de que Hobbs se manifieste.

—También lo ha hecho a través de Pavel Zelený, y más veces —replicó Judita antes de morderse el labio y fruncir el entrecejo—. Deberías hacerla con Zelený. Sabe Dios que ya es bastante peligroso con él… Pero es que, en el caso de Skála, está en un perpetuo estado de rabia homicida.

Viktor pareció pensativo. Finalmente, negó con la cabeza.

—Tiene que ser Skála. No me preguntes por qué, pero Hobbs sonaba más convincente cuando habló a través de Skála. Y, en cualquier caso, no voy a creer que Hobbs existe de forma independiente y que va pasando de un paciente a otro. Es una especie de, no sé, infección psiquiátrica. Cuando habló a través de Skála, la información que tenía sobre los asesinatos debía habérsela dado Skála. Esa es la pista que debo seguir.

—Yo no lo haría —dijo Judita con resolución—. A la primera oportunidad que se le presente, nos matará a los dos.

—Entonces me aseguraré de que no tenga ninguna. Lo sedaré lo máximo posible y le pondremos una camisa de fuerza. Has de creerme, Judita: es la única forma. Tengo que averiguar qué está pasando.

Judita quedó pensativa. Con esa expresión suya, tan seria y atractiva al mismo tiempo.

—¿Estará sedado todo el tiempo y con una camisa de fuerza?

—Te lo prometo.

Asintió con energía.

—¿Qué quieres que haga?

—Necesito que esperes a que el celador de guardia esté haciendo su ronda. Luego entras en la oficina de los conserjes y desconectas la cerradura magnética y las alarmas de la habitación del paciente número seis. Entonces sacaré a Skála y lo llevaré a la torre.

387

—¿Y por qué no haces el narcoanálisis en su habitación? Puedo transcribir todo lo que diga sin necesidad de un magnetófono. Llevarlo hasta la torre es correr un riesgo innecesario.

—No me pidas que te lo explique, sé que no es nada científico, pero tengo la impresión de que la habitación de la torre es esencial para que Hobbs se manifieste. Es como una especie de receptor.

—Tienes razón, no es nada científico. Tampoco es del todo verdad. Me dijiste que Mládek te había hablado como Hobbs en su habitación, no en la torre. Y sigo pensando que es correr un riesgo innecesario.

—Confía en mí, Judita. He pensado en todo.

—¿Cómo le administrarás el sedante? En cuanto entres en su habitación sin celadores, te destrozará.

—Ya he hablado con el encargado de guardia y le he dicho que necesito dos celadores para ponerle una inyección. Le he dicho que Skála ha tenido trastornos de sueño y que se trata de un medicamento que le ayudará a regularlo.

Judita le lanzó una de sus sinceras miradas.

—De acuerdo, ¿cuándo lo haremos?

Viktor sonrió.

—Hay un cambio de turno a las siete. El conserje de guardia hará una ronda poco después. Entonces podrás entrar en la oficina y desconectar la cerradura magnética. Me reuniré contigo en la habitación de la torre en cuanto pueda. Mi mayor problema es que tendré que pasar por delante de la enfermería y Krakl estará de guardia. Pero es un vago y nunca sale. Se sienta y lee el *Völkischer Beobachter* o alguna basura parecida.

—¿Sabes que esto te costará el trabajo?

Viktor asintió, muy serio.

—Debo hacerlo. He de llegar al fondo de toda esta locura. ¿Qué pasará si Hobbs es realmente un contagio psiquiátrico? Lo único que sé es que varios pacientes están mostrando el mismo síntoma, una personalidad compartida. De alguna forma que desconozco, tiene algo que ver con esos asesinatos... y con lo que le está pasando a Filip.

—¿Estás seguro de que hay una conexión? —preguntó Judita.

—Sé que no tiene sentido... Sabe Dios qué tipo de conexión es, pero seguro que la hay. No me cabe ninguna duda.

Viktor sabía que la clave era no parecer culpable o sospechoso. Era un médico del sanatorio y tenía derecho a estar donde quisiera. Así pues, cuando se encaminó hacia la habitación del paciente número seis lo hizo con determinación y autoridad.

Sin embargo, Judita no tenía motivo para estar donde estaba. No habría podido alegar ninguna excusa que justificara su presencia en la oficina de los conserjes. Durante el cambio de turno de las siete, cuando todos los pacientes estaban en sus habitaciones para pasar la noche, las luces del sanatorio se debilitaron. Se apagó una de cada dos bombillas del pasillo. Entonces, Judita se arrimó a las sombras que le ofrecía el castillo. Caminó por los pasillos hasta el arco cercano a la oficina de los conserjes.

Se detuvo un momento para inspirar con fuerza y pensar en la locura que estaba haciendo. Sin embargo, la locura era la especialidad de la casa…, y parecía extenderse más allá de esos muros. Quizá la demencia se convertiría en algo tan habitual que ya no se la consideraría locura nunca más. Miró hacia atrás, podía volver, abandonarlo todo. Pero Viktor contaba con ella. Estaba convencido de que tenía que hacerlo.

Miró la oficina de los conserjes. Parecía vacía. Se quitó los zapatos, que llevó en la mano para no hacer ruido en las losas. Entró en la estancia.

Estuvo a punto de soltar un grito cuando vio al portero sentado frente a su mesa, junto a la serie de interruptores que controlaban las cerraduras y las luces del ala de los pacientes. Le daba la espalda, pero debió de oír algo, porque empezó a volverse en la silla. Judita dio tres pasos hacia atrás, se coló por la puerta abierta y se escondió detrás de la pared.

—¿Hola?

Al oír la voz del portero, buscó algún sitio donde esconderse en el pasillo abovedado. Después notó el chirrido de madera contra piedra cuando el portero echó hacia atrás la silla. El único lugar en el que podía ocultarse era en el saliente del arco; corrió hacia él para meterse detrás del arco y apretar la espalda contra la fría piedra. El portero apareció en la puerta de la oficina. Judita se encogió aún más. Si comenzaba su ronda en esa dirección, no habría forma de impedir que la viera. Contuvo el aliento. Tras lo que le pareció una eternidad, el portero volvió a entrar en su habitación para recoger las llaves que necesitaría en su ronda. Cuando volvió a salir, se dio la vuelta y caminó en dirección opuesta a Judita. La chica esperó a que se alejara por el pasillo, antes de ir rápidamente a la oficina.

Tardó un poco en averiguar cuál de los interruptores era el de la habitación del paciente número seis. Cuando lo encontró, se le quedó la mano paralizada, tan cerca del interruptor. Aquello era una locura. Era descabellado. Era peligroso. Pensó en Viktor, en su confianza, en su determinación por ayudar a los demás.

Accionó el interruptor.

Ƴ

Viktor se concentró en el trabajo que tenía por delante. No sería fácil hacerlo sin levantar sospechas. Además, debía estar completamente concentrado. Sin embargo, desde que Hobbs había hablado a través de Skála y había confirmado sus peores sospechas sobre Filip, se le amontonaban las ideas y las preguntas sin respuestas. Solo era cuestión de forzar a Hobbs a decir la verdad. Pero antes tenía que obligarlo a manifestarse en el cuerpo de Skála.

Llegó al almacén más cercano a la puerta que llevaba a las habitaciones de los pacientes... Ojalá la silla de ruedas y la camisa de fuerza siguieran donde las había dejado. Hasta ese momento, todo había salido según lo había planeado: el encargado y los celadores no habían cuestionado la necesidad de sedar a Skála. La rotación de celadores asignados al cuidado del Demonio aseguraba que no supieran si tenía problemas para dormir o no. Lo habían colocado en la silla de sujeción para que le administrara el sedante. Lo único que tenía que hacer después era llevar al paciente a la torre, donde, como un nigromante medieval, invocaría a Hobbs.

La camisa de fuerza y la silla de ruedas seguían donde las había dejado. Las sacó, abrió la puerta que comunicaba con las habitaciones de los pacientes y se dirigió a la del paciente número seis.

Le alivió comprobar que Judita había tenido éxito en su parte de la misión: cuando llegó al ala de los pacientes, la cerradura magnética estaba desactivada. Se dirigió a la habitación de Skála. Hasta ese momento, no había tenido ninguna duda. No obstante, ahora vaciló un momento antes de abrir la pesada puerta de la habitación del Demonio y echó un vistazo por la mirilla. El cuarto estaba a oscuras. Notó que el pulso se le aceleraba: si no había calculado bien y Skála no estaba inconsciente, entrar en esa habitación sería como adentrarse en el infierno. Y eso no sería lo único que pasaría, pues, al estar desactivado el sistema de cierre magnético de las puertas, Skála podría ir al resto del sanatorio. El castillo se convertiría en su sala de juegos; sus ocupantes, en sus juguetes. Aquella idea le heló la sangre, sobre todo cuando imaginó a Skála libre para torturar, mutilar y matar, con su cara como máscara.

Abrió la puerta.

—¿Vojtěch? —dijo en medio de la oscuridad y el silencio. Nervioso, dio con el interruptor y la habitación se llenó de luz. Skála estaba tumbado en un sillón.

Se acercó rápidamente y comprobó su estado: estaba inconsciente, pero respiraba profunda y regularmente. Intentar ponerle la camisa de fuerza para sentarlo en la silla de ruedas supuso un enorme esfuerzo. Jadeó y la cara se le llenó de sudor. Le estaba costando demasiado. Tenía el tiempo justo. Si no salía pronto de esa ala, corría el peligro de tropezarse con el portero que estaba haciendo su ronda.

Finalmente, le colocó la camisa de fuerza y lo subió a la silla de ruedas. Cerró la puerta y empujó la silla tan rápido como pudo. Tuvo que parar dos veces, cuando creyó oír pasos; después, una tercera, para abrir y cerrar la puerta principal que daba al pasillo.

Dobló la esquina al final del corredor y descendió hacia la puerta de la habitación de la torre. Judita le esperaba. Le hizo señas para que se diera prisa. Viktor oyó que los pasos del portero en el pasillo se dirigían hacia ellos. El ángulo de la pendiente y el peso de Skála hacían que fuera difícil dirigir la silla; por un momento, pensó que iba a chocar contra alguna pared y el Demonio acabaría en el suelo.

Al ver que Viktor tenía problemas, Judita corrió hacia él. Entre los dos, consiguieron meter la silla de ruedas en la habitación de la torre, justo cuando el portero aparecía en el pasillo.

Judita cerró la puerta con las dos manos y corrió el cerrojo con sumo cuidado.

Parecía que estaban en otro mundo. La oscuridad en el antiguo granero era absoluta y rotunda. Parecía pintada con aquel perfecto tono negro que había obsesionado al pintor del relato de Dominik Bartoš. Judita reparó en que estaban encerrados en una absoluta oscuridad con un maníaco que había asesinado a incontables víctimas inocentes. Su pánico empezó a aumentar e inspiró lenta, relajada y profundamente.

La repentina luminosidad de la llama del encendedor de Viktor inundó la habitación y creó unas retorcidas sombras en las paredes. Entonces pudo ver una lámpara sobre la mesa y la encendió.

—Ayúdame a llevarlo a la camilla. Necesito sujetarlo.

—¿Y qué vas a hacer con la camisa de fuerza? No vas a quitársela, ¿verdad?

Viktor miró al paciente, que empezaba a salir de las profundidades de la sedación.

—Se la dejaremos puesta, pero le ataremos los tobillos a la camilla. No podrá hacernos ningún daño. Recuerda que estará muy medicado todo el rato.

Judita lo cogió por las piernas; Viktor, por la espalda. Entre los dos consiguieron pasar a Skála del asiento a la camilla. El esfuerzo los había agotado. Una vez tendido, Judita cerró las correas alrededor de los tobillos.

Se quedaron de pie intentando recuperar el aliento y mirándose fijamente a los ojos, con la determinación de alguien comprometido con una misión peligrosa. Al poco, Viktor preparó una pequeña dosis de estimulantes para despertar lo suficiente a Skála, para que pudiera hablar. Esperó con la jeringuilla en la mano.

392

—¿Estás lista?

—¿Estás seguro de que quieres seguir adelante? —preguntó Judita agarrándole la mano con la que sujetaba la jeringuilla.

—Tengo que saberlo. Tengo que descubrirlo.

Judita asintió con una seria determinación y puso en marcha el magnetófono.

Viktor administró el estimulante: lo suficiente para que Skála alcanzara el umbral de la consciencia.

—Vojtěch —lo llamó Viktor—. ¿Puede oírme, Vojtěch?

Skála murmuró y farfulló incoherencias con los ojos medio abiertos. Después los cerró y ladeó la cabeza. Al ver el estado en el que estaba, con toda aquella medicación, Judita fue incapaz de imaginar cómo podría decir algo siendo él mismo..., y mucho menos como Hobbs.

—Está demasiado sedado —dijo—. Es incapaz de...

Viktor la cortó con un impaciente movimiento de cabeza y se volvió hacia el paciente.

—Vojtěch —insistió—, necesito hablar con el señor Hobbs. Necesito que vuelva el señor Hobbs. ¿Me entiende?

Se produjo un instante de silencio, que se rompió por dos sonidos.

El primero, una voz que Judita reconoció de haberla oído en las grabaciones: profunda, resonante, aterradora.

—Estoy aquí, Viktor. Le prometí que volvería —dijo el señor Hobbs—. Le dije que tenía que concluir un asunto pendiente.

El segundo de los sonidos fue agudo, desgarrador, penetrante. Rebotó contra las paredes circulares de la habitación de la torre.

Fue un grito, de Judita.

12

*L*legaron a Mladá Boleslav antes de lo que Smolák había calculado: habían limpiado la carretera principal y no había vuelto a nevar. En cuanto entraron en la comisaría de policía, intentó llamar al sanatorio de Hrad Orlů. Las líneas seguían cortadas.

El comisario Chromík llegó pocos minutos después y les explicó que había conseguido un vehículo adecuado. Chromík era más bajo de lo que esperaba; tenía unos ojos verdes penetrantes e inteligentes que no expresaban molestia alguna porque lo hubieran llamado. Sin embargo, cuando le resumió la situación, el comisario no pareció sorprendido.

—No soy supersticioso —aseguró Chromík—. Pero crecí a su sombra, y todo el que lo ha hecho le dirá lo mismo: el castillo de las Águilas es el castillo de las Brujas. Hrad Orlů atrae el mal como un imán. Algo en el lugar seduce a la mala gente. Ojalá cerraran ese maldito sanatorio y dinamitaran el castillo.

—Bueno, pero ahora tenemos que ir allí —indicó Smolák—. ¿Dice que ha conseguido un medio de transporte?

Chromík asintió.

—He pedido prestado un camión militar semioruga del cuartel local. Nos facilitará el ascenso al castillo. Nos acompañarán tres de mis hombres.

—Entonces, cuanto antes lleguemos, mejor. —Smolák miró su reloj con impaciencia y calculó cuánto tardarían en llegar.

—Podemos irnos ya —dijo Chromík—. Yo no me preocuparía mucho por el tiempo. Por lo que ha dicho, el sospechoso no sabe que vamos tras él y las condiciones meteorológicas nos favorecen tanto a nosotros como a él. No podrá escapar. Atraparemos a su hombre, capitán Smolák, no se preocupe.

13

Viktor se quedó en el umbral de la puerta de piedra para bloquear cualquier intento de fuga. Antes de que la cerrara, Judita tuvo tiempo suficiente para echar una ojeada a lo que había detrás de él. Vio la habitación de la torre, la camilla para los pacientes, la mesa con el magnetófono y la silla de ruedas que habían usado para llevar a Skála.

Cayó en la cuenta, esa puerta siempre había estado allí y Viktor lo sabía. Era la vía de acceso a los túneles que había estado utilizando para entrar y salir del castillo. Pero ¿cómo se había enterado?

Viktor descubrió que Judita estaba soltando la segunda hebilla de la camisa de fuerza de Skála y fue hacia ella rápidamente. Judita vio elevarse aquel puño, pero no tuvo tiempo de esquivarlo. Cuando recibió el golpe en la sien, el oscuro mundo de la cueva se iluminó de repente, salió despedida y aterrizó en los resbaladizos adoquines negros. Aturdida, observó impotente cómo Viktor se inclinaba con un veloz movimiento hacia Skála, que lo miró asustado.

—No pasa nada, Vojtěch —dijo con la voz de Hobbs mientras le clavaba una jeringuilla en el cuello—. No tienes nada que temer.

Judita vio que el fuego desaparecía de los ojos de Skála; la tensión abandonaba su cuerpo. Viktor había dejado entreabierta la puerta escondida. Se puso de pie como pudo, intentó que los zapatos no resbalaran y se lanzó hacia la habitación de la torre y la libertad. Entonces tropezó al recibir una patada a su espinilla y volvió a caer a mitad de camino. Oyó suspirar a Viktor, que parecía enfadado con el comportamiento de un niño. La agarró por un tobillo y la arrastró boca abajo por los adoquines, lejos de la salida.

—Descubrí la puerta al poco de llegar —dijo.

Lo más aterrador era la naturalidad con la que hablaba. Tiraba de ella como un predador haría con su presa, listo para despedazarla como había hecho con las anteriores. Sin embargo, hablaba como si estuvieran charlando en una parada de autobús.

—De todas las generaciones que han estado buscándola, yo he sido el único que la ha encontrado. Sin embargo, cuando lo hice, me di cuenta de que siempre había sabido que estaba allí. Extraño, ¿verdad?

Se detuvo y recogió una de las lámparas de aceite antes de seguir arrastrándola. Los adoquines dieron paso a una superficie más basta: gravilla y piedras sueltas. Se adentraban en el túnel.

—El castillo se utilizó como prisión durante un tiempo —le explicó—. No solo para Jan Corazón Negro, sino también para prisioneros de la Guerra de los Treinta Años. Entonces ya se conocía la existencia de las cuevas y de los túneles que descienden y descienden. Ofrecían la libertad al que permitiera que lo bajaran con una cuerda hasta la puerta del infierno y les dijera qué había visto. La mayoría prefería seguir encarcelado a arriesgar el alma.

Hizo una pausa, le soltó el tobillo y la cogió por el codo para levantarla. Empezaba a ser una carga difícil de arrastrar en aquel suelo tan desigual. La sujetó con fuerza por uno de los antebrazos y le clavó los dedos en la piel conforme la empujaba hacia delante, hacia abajo, hacia la creciente oscuridad.

—Algunos se arriesgaron a bajar, pero todos regresaron locos y tremendamente envejecidos. Lo ve, Judita, es la verdadera puerta del infierno. Por eso me trajeron aquí, para estar más cerca de mi entorno natural, de mis dominios.

A la chica le costaba respirar. El túnel se había estrechado y el aire se había enrarecido.

—Viktor… Por favor, Viktor… Recuerda quién eres. Vuelve. Te ayudaré. Quiero ayudarte.

Viktor se paró en seco y le dio la vuelta para ponerla frente a él. A la luz ascendente de la lámpara, sus rasgos parecían más marcados, como una cara llena de ángulos. El rostro que una vez había creído cruelmente bello, ahora solo le pareció cruel. Era el rostro del diablo.

—Viktor no está aquí —explicó esa voz. Por un momento, Judita creyó en la existencia de Hobbs—. Viktor nunca ha estado aquí. Viktor era una representación, una farsa. Un abrigo que me puse, como tantos otros.

—No te creo. No te creo. En el fondo, sabes que todo esto es un delirio. Eres Viktor. Hobbs solo es una parte dañada de Viktor. No existes. Solo eres una sección escindida de un buen hombre. No tienes por qué hacer todo esto.

Se echó a reír, con calma. El miedo de Judita se multiplicó.

—He de hacerlo. Es lo que verdaderamente soy. Voy a deconstruirte, tal como hice con los demás. Separaré el cuerpo de la mente, el cuerpo del alma, para que me sirva en el espacio entre las vidas. —Le acercó más la cara—. Lo entenderá, Judita. Cuando la corte en pedazos y se los ponga delante de los ojos, entenderá qué conecta la carne con la mente y qué las separa.

Viktor volvió a tirar de ella hacia delante. De repente, el túnel se ensanchó y se convirtió en una segunda cueva, más grande. La empujó con fuerza y cayó al suelo. Era diferente que el anterior: no tenía adoquines ni era áspero. Estaba enlosado. Mientras recuperaba el aliento, oyó a Viktor ir de un lado a otro y vio aparecer otras luces, además de la lámpara que había dejado en el suelo. Se puso en pie. El rincón que tenía enfrente seguía en sombras, pero intuyó que había algo. Viktor seguía encendiendo antorchas en las paredes. Gritó. La cara del diablo la observaba desde la sombra; tomaba forma al tiempo que la luz parpadeaba a su alrededor. Tenía unos cuernos gruesos y retorcidos que salían de una cabeza calva, tenía las cuencas de los ojos vacías y la boca torcida en una grotesca sonrisa que dejaba ver unos dientes largos y afilados.

Una máscara *Perchten*.

Cuando hubo más luz en el rincón, se dio cuenta de que el diablo que creía haber visto era una máscara *Perchten* que representaba a Krampus colgada en la pared. Con todo, su alivio duró poco: debajo colgaba un largo delantal de cuero manchado con sangre antigua y reciente. Era el disfraz que utilizaba en sus asesinatos. Eran la máscara y el delantal detrás de los que se había ocultado mientras merodeaba en las sombras antes de abalanzarse y horrorizar a sus víctimas. Y

397

había algo más: la parpadeante luz destelló fríamente en la hoja de un largo cuchillo.

Se puso de pie y miró a su alrededor. Más horror.

Había una enorme silla medieval, parecida a un trono, elevada en un podio, como si la cueva fuera una especie de sala de recepciones imperial. Encima de la silla, en la pared, se apreciaba un antiguo escudo de madera, con un blasón. En uno de los recuadros se veía la imagen heráldica de un hombre fornido con cabeza de oso.

Y en la silla había algo más: un hombre que la miraba, a pesar de que sus ojos no hubieran visto nada desde hacía muchos siglos. Aquel muerto, en parte esqueleto, debió de haberse momificado gracias al aire seco de la cueva. La ropa seguía intacta, pero descolorida por el tiempo. Estaba cubierta de polvo. Apoyaba las manos en los pomos de los reposabrazos y tenía las botas cruzadas a la altura de los tobillos.

Era Jan Černé Srdce. Era Jan Corazón Negro.

—Magnífico, ¿verdad? —dijo Viktor con la voz de Hobbs—. Mi antiguo portador. La forma que adquirí hace mucho tiempo. Mucho antes de esta época, mucho antes de mis paseos por las calles y la niebla de Londres. —Movió una mano para indicar alrededor de la cueva—. Aquí era donde me querían confinar. Aquí es donde me emparedaron hace tantos siglos, sin darse cuenta de que no es mi prisión, sino mi escondite.

—Viktor —imploró Judita—, nada de eso es verdad. Es una historia que te contaron. Solo son ficciones que te cuentas a ti mismo.

Si la oyó, no dio muestras de ello. Miró hacia donde colgaba la máscara junto con el delantal de cuero. Donde colgaba el cuchillo, afilado y reluciente, esperando a su siguiente víctima. «No voy a ser una víctima. No voy a claudicar a mis pesadillas», volvió a pensar Judita. Calculó la distancia hasta el cuchillo, pero Viktor se anticipó y se interpuso entre ella y el rincón.

—Esto va a ser glorioso —anunció—. Va a ser algo más que mi sirviente en el espacio entre las vidas. Usted será mi esposa. Su forma será la más elaborada. Su dolor será el más exquisito. Ha de ser así. Lo entiende, ¿verdad?

—Estás loco. —Judita se sorprendió de su tono calmado y

comedido—. Estás loco y eres un pervertido. Solo eres otro retorcido que se excita haciendo daño a las mujeres. El psiquiatra que llevas dentro lo sabe. Toda esta basura no es más que fusión y confabulación: disfrazar toda tu mierda banal y enfermiza en una especie de mitología y misión gloriosa. Necesitas ayuda, Viktor. Necesitas que te frenen. Lo sabes.

La miró sin comprenderla. No había rabia en su mirada. Después, sin previo aviso, se abalanzó sobre ella. Judita pudo esquivar el primer golpe. Sin embargo, el segundo le dio de lleno bajo el ojo y la tiró al suelo. Quedó aturdida.

—Lo estás echando a perder —dijo sin rabia, sin vehemencia, con la voz de Hobbs—. Lo estás echando todo a perder.

Fue hasta el rincón, descolgó el delantal de cuero y se lo puso. Se colocó con cuidado la máscara en la cara y cogió el cuchillo. Ya no había Viktor. Solo estaba Hobbs. Solo quedaba Delantal. Tuvo que admitir que la transformación había sido completa. Se había convertido en el diablo.

La parpadeante luz de las antorchas brilló.

Unos destellos iluminaron la larga hoja del cuchillo cuando 399 fue hacia ella.

14

*J*udita se levantó y echó a correr. Le dio la espalda a Viktor y se dirigió hacia la boca del túnel, en dirección a la habitación de la torre.

—No te va a servir de nada, te atraparé —gritó él, despreocupado.

«No me va a servir de nada, me atrapará», pensó ella. Corrió hacia el resplandor de luz a través de la absoluta oscuridad del túnel. Se cayó varias veces. Pero se levantó y echó a correr una y otra vez. Debía salvarse, huir. No se percató de que la impulsaba la rabia, no el miedo. Una rabia que ardía en su interior y la espoleaba a seguir. Más adelante había algo de claridad: la rendija tenuemente iluminada de la puerta secreta a la habitación de la torre y una lámpara de aceite apoyada en el suelo, a su lado. Todavía estaba demasiado lejos.

Oyó los pasos de Viktor detrás de ella, acortando distancia. Miró por encima del hombro y lo vio: un diablo emergiendo de la oscuridad, la malévola sonrisa de la máscara con cuernos. Lanzó un grito mientras corría hacia el túnel. No lo iba a conseguir, lo sabía. Cuando llegara a la puerta, tendría que detenerse lo suficiente para abrirla y poder pasar. Allí la atraparía. Allí le arrebataría la última esperanza.

Llegó al punto en el que la sala desembocaba en el túnel que conducía a la habitación de la torre. Sin embargo, en vez de seguir corriendo, se dio la vuelta. Al mismo tiempo, levantó la lámpara del suelo. Soltó otro grito desafiante y la lanzó con todas sus fuerzas contra Viktor. La lámpara describió una parábola. Por un momento, iluminó completamente la máscara, el delantal y el cuchillo. El miedo volvió a poseerla. La lámpara le alcanzó en el pecho cubierto por el delantal, antes de caer al suelo y hacerse añicos. Una ráfaga de llamas se elevó y prendió el aceite que había en el delantal. La máscara también empezó a arder: aquello le confirió un aspecto incluso más demoniaco.

Viktor estaba ardiendo, pero se quedó quieto, tranquilo, mirándola desde los negros agujeros de la máscara. Judita no pudo apartar la vista. Vio al señor Hobbs con la máscara y el delantal quemándose en el centro de una cueva presidida por un monstruo momificado. Tenía razón: realmente, aquel era el diablo y aquello era el infierno.

Judita reaccionó, se dio la vuelta y corrió. Oyó los gritos inhumanos de Hobbs mientras la perseguía. Era rabia, no dolor. Ya estaba en el túnel. Cuando miró por encima del hombro, lo vio. Todavía había suficiente aceite quemándose en la máscara y el delantal como para iluminar las paredes del túnel. Aún quemaban suficientes llamas para seguir convenciéndose de que era el diablo.

Llegó a la primera cueva. Vio la puerta oculta todavía entreabierta. Vio la habitación de la torre más allá. Si conseguía entrar en la torre... Si lograba abrir la puerta y pedir ayuda...

A metro y medio de la puerta, resbaló en los adoquines y se cayó.

Viktor se lanzó encima de ella y la sujetó. Las llamas se habían apagado, pero seguía saliendo humo del delantal y de la máscara. Olía a tierra, a sangre quemada, a muerte. «No es Viktor —pensó cuando levantó el cuchillo—. No es Viktor el que va a matarme.» Se aferró desesperadamente a ese pensamiento mientras esperaba el primer corte.

Algo enorme salió de las sombras. Una sombra descomunal chocó contra Viktor y lo derribó. El impacto la envolvió y rodó con los dos cuerpos.

Oyó gritar con furia a Vojtěch Skála mientras daba vueltas con la figura oculta tras la máscara de diablo. Esperaba haber desatado la camisa de fuerza lo suficiente como para que se hubiera librado de ella, pero cuando miró a los dos cuerpos, seguía teniéndola puesta. Skála era más fuerte, pero Viktor se había puesto encima de él. Soltó un grito inhumano extrañamente agudo. El cuchillo se elevó una y otra vez y cayó para atravesar la camisa de fuerza, el cuerpo de Skála, su cara, sus ojos, su boca. Los gritos de Skála se convirtieron en un gorgoteo y después en silencio.

Judita se puso de pie, corrió hacia la puerta y empujó con el hombro la losa que hacía de portón, lo suficiente como para lograr pasar. Una vez dentro, buscó una forma de cerrarla, pero pensó que tardaría demasiado tiempo en hacerlo. Corrió hacia la puerta de salida. Seguía cerrada, con el pestillo echado. Oyó el grito de Hobbs: un inhumano alarido de rabia. Irrumpió en la habitación, ennegrecido por el aceite quemado y manchado con la sangre de Skála. Solo brillaban los largos y afilados dientes de la máscara.

Avanzó dando grandes zancadas. Al apartar de un golpe la mesa, el magnetófono salió despedido y se estampó contra el suelo.

Judita había levantado el pestillo, pero Viktor la había agarrado. Sus dedos se hundieron en los hombros para apartarla de la puerta y lanzarla hacia la habitación. Se tambaleó hacia atrás y cayó. Viktor se colocó encima, como había hecho con Skála. El peso no la dejaba respirar. Blandió el cuchillo cerca de su cara. Judita vio la hoja llena de sangre. De la sangre de Skála.

—Ahora —dijo con calma detrás de la chamuscada máscara—. Ahora le voy a enseñar la verdadera puerta del infierno. Ahora le voy a enseñar donde se esconde el diablo.

Judita sintió como si le hubieran dado un golpe en el costado que hubiera expulsado el poco aire que le quedaba. Pero cuando un dolor agudo le quemó el cuerpo, se dio cuenta de que la había acuchillado. Extendió la mano por el suelo y sus dedos buscaron desesperadamente un arma, algo, cualquier cosa, pero no encontraron nada.

Sintió otro dolor agudo antes de que Viktor sacara el cuchillo del costado y colocara la punta en la piel de la frente, justo donde empezaba el pelo.

Judita le agarró la muñeca con las dos manos. Era demasiado fuerte para ella, pero haría todo lo que pudiera para que asesinarla no le fuera tan fácil. Quizá la matara, pero no sería una víctima.

—Tiene una cara muy bonita. Creo que voy a cortarla y guardarla en mi colección.

Judita sintió que el cuchillo se movía y el intenso dolor que le producía la hoja al deslizarse por la piel.

Mientras Judita Blochová se preparaba para morir, recordó los sueños que había tenido. Sueños de un sendero por el que había ido con los suyos hacia un bosque oscuro y un destino más tenebroso. Al menos, evitaría aquello.

Se oyó un estruendo, como si se hubiera abierto una puerta de golpe. Y después un segundo ruido, ensordecedor. Un disparo. Viktor se desplomó hacia un lado y el cuchillo cayó de la frente de Judita.

Notó que la sangre le resbalaba por la sien y en el pelo. Una vez liberada del peso que tenía encima, inspiró con fuerza. Pero no pareció llenar los pulmones.

Había rostros encima de ella. Caras con expresión preocupada. Bocas que se movían. El profesor Románek. El policía de Mladá Boleslav. El otro policía de Praga, Smolák. Platner apareció y se esforzó en detener la sangre que le salía del costado.

Quería sonreír. Darles las gracias, pero no se pudo mover, no pudo hablar, no pudo respirar. Todo se difuminó y vio que las sombras se movían en aquel techo abovedado. Se retorcían y se unían a su alrededor. Finalmente, se fundieron en una cálida y negra oscuridad que la engulló.

403

Epílogo

Checoslovaquia, 1939

*H*ubo días tranquilos, días confusos, días tristes y días aterradores. Por suerte, la mayoría transcurrieron tranquilos y los pasó en silencio, contemplando el bosque que se extendía al otro lado de la ventana con barrotes. Viktor sentía un profundo amor por ese bosque, templado por el resplandor que irradiaba colores dorados y ámbar de sus árboles de hoja ancha, y calmado por el intenso y aterciopelado verde de los abetos. Los bosques eran el alma del mundo, pensó. Eran antiguos y tenían una vida que trascendía el corto lapso sin sentido de la vida de los hombres. Los bosques eran el almacén de todos los recuerdos; una acumulación de sueños y pesadillas; de todo lo que se creía olvidado. En los bosques se sentía un profundo y eterno consuelo.

De vez en cuando, incluso consiguió pasar algún tiempo entre los árboles. Si se decidía que estaba lo bastante calmado y lúcido (y se le habían administrado los suficientes sedantes), el doctor Platner lo sacaba del castillo y daba paseos con él por los bosques cercanos. Siempre hacían esas excursiones acompañados de dos fornidos celadores, que caminaban detrás de ellos, lo bastante cerca como para sujetar a Viktor si lo atacaba algún delirio o alguna emoción intensa.

Con el tiempo, Platner empezó a caerle bien. En sus paseos a menudo hablaban en alemán, pero le sorprendía que aquel sudete soliese cambiar al checo. Normalmente, Platner parecía preocupado, pero siempre conseguía disfrazarlo con alegría. Había estado tentado de preguntarle si había perdido la insignia del Partido Alemán de los Sudetes, porque nunca se la veía puesta, pero había preferido callarse.

En ocasiones, cuando pasaba horas y horas en la ventana

del castillo observando la lenta danza del sol y las sombras en los árboles, fruncía el entrecejo al sentir un vago e inverosímil recuerdo de que en tiempos le habían asustado los bosques. De que algo malo había ocurrido entre los árboles hacía tiempo. A veces acudía otro recuerdo igual de inverosímil: en tiempos, se había sentido incómodo en esas habitaciones, alejadas del resto y convertidas en almacén de equipos.

Parecía recordar sus tiempos de estudiante: recordaba un hospital vienés iluminado por grandes ventanales y paredes encaladas, cuando era muy joven, cuando el futuro era brillante y le había entusiasmado empaparse de luz, de conocimiento y del mundo. Recordaba haber escuchado a su mentor, el doctor Jung:

—Todo el mundo se ve a sí mismo como una proclama: una declaración al universo. «Esto es lo que soy. Este soy yo». Sin embargo, la verdad es que todo ser humano, toda conciencia, no es una declaración en absoluto. Es una pregunta. Su tarea, en cuanto tenga el título, mi querido Viktor, será buscar la respuesta a cada una de esas preguntas. Y a veces la pregunta más difícil de responder es la propia.

En ese momento, su pregunta le desconcertaba, le confundía.

Muchas veces tenía dificultad para recordar, para pensar con claridad. Todos sus pensamientos parecían libres, efímeros. Su mente tendía a desplazarse espontáneamente de una certidumbre a otra. Lo dejaba debatiéndose para entender las cosas. Y cuando eso ocurría, cuando una avalancha de recuerdos e impresiones caía en su mente, perdía la calma. Aquellos eran los días agitados y confusos.

Entonces se esforzaba por diferenciar los pensamientos y los recuerdos conflictivos que de pronto se materializaban en su mente. Quería entender qué era real y qué era falso. Quería reconocer qué recuerdos eran suyos y cuáles le habían inculcado otras personas. Recordaba que en tiempos había sido médico, psiquiatra.

Otras veces estaba convencido de que llevaba décadas internado en el castillo como paciente. En alguna ocasión, incluso pensaba que llevaba encerrado allí durante siglos. Recordaba un desesperado encuentro entre un médico y un demente en una lejana estación, en un tiempo lejano. Entonces se había hablado de demonios de fuego y del océano de la mente. Sin embargo, no estaba seguro de si había sido el médico o el demente.

Sí que recordaba con claridad una interesante conversación en un tren con un arqueólogo de Hamburgo llamado Pedersen, que le había hablado del castillo y sus alrededores. Sin embargo, Platner le había dicho que no había visto bajar del tren a nadie en Mladá Boleslav. Según dijo, incluso se había puesto en contacto con la Universidad de Hamburgo, pero allí no trabajaba nadie que respondiera al nombre de Gunnar Pedersen.

Cuando la confusión le sobrepasaba y se sentía demasiado inquieto, el doctor Platner le daba algo para calmarlo. No obstante, era como bajar de volumen la estática de una radio: la confusión se difuminaba, pero seguía allí.

Y, por supuesto, tenía días aterradores.

Sucedía cuando él regresaba. Era lo que Viktor denominaba el «advenimiento»: una confusión de sensaciones extrañas, sombras fugaces que veía con el rabillo del ojo y que anunciaban su llegada.

Hobbs.

Esos eran los peores días.

Siempre comenzaban igual, con una concentración de oscuridad en un rincón. Las sombras que se movían al borde de su visión, más malignas que la mera penumbra, se unían en el rincón como sangre que se coagulara. Lentamente, tomaban forma. Eran más negras que el color negro. Eran más oscuras que la oscuridad. Se reunían allí y estiraban unos confusos dedos negruzcos que buscaban lo que reclamaban como suyo. Que se estiraban hacia él.

Y entonces llegaba.

El señor Hobbs solía aparecer como una inclinada y gigantesca mezcolanza de extremidades negras encorvadas en un rincón. Era mucho más alto que cualquier mortal. Su sombrero alto de seda, con el que ocultaba los cuernos, hacía que pareciera aún más alto. Cuando adoptaba esa forma, el señor Hobbs se vestía como un caballero inglés victoriano y protegía su negro atuendo con un delantal de cuero manchado de un rojo carmesí oscuro.

409

A veces adoptaba otra forma, la de Krampus. Entonces no hacía esfuerzo alguno por esconder los cuernos, sino que los mostraba con orgullo y lo miraba ferozmente con los ojos como brasas ardientes. También aparecía como un hombre gigantesco con barba, parecido a un oso, con un abrigo de astracán de apretados rizos, empapado por una lluvia invisible y desprendiendo un olor a la oscuridad y la humedad del bosque.

No obstante, había otras ocasiones (esas eran las que más temía) en las que se apartaba de la ventana y dejaba de mirar al bosque. Entonces veía al señor Hobbs sentado en silencio, observándole (más grande y encorvado) con la forma de Kostěj el sin Muerte: el hombre gris con cara llena de ángulos, ojos duros como el diamante y una boca con cientos de dientes largos y afilados que sus tensos y pálidos labios no podían tapar y que forzaban una desmesurada y grotesca sonrisa.

Sin embargo, fuera cual fuera la forma que adoptara, Hobbs siempre utilizaba el mismo alemán y la misma voz con los que había hablado a través de sus pacientes: profunda, resonante, culta y ligeramente arcaica. Encogido de miedo, Viktor tenía que escuchar mientras le contaba todas las fechorías que había cometido a lo largo de siglos de dolor y sufrimiento, de depravación, crueldad y horror. Luego le decía que su verdadero tiempo estaba al llegar y que se bañaría en la sangre de los inocentes.

Esos eran los peores días.

Pero los tranquilos, los días para olvidar, superaban a los angustiosos o confusos. Su mente, que podía cambiar de foco con tanta facilidad, le ayudaba a olvidar las visitas de Hobbs.

Le molestaba que su amigo Filip Starosta no hubiera ido nunca a verle, aunque tampoco es que le sorprendiera. Al fin y al cabo, había asumido su culpa. En algún lugar, más allá del pétreo abrazo del castillo, Filip vivía como un hombre libre. Era una idea que le confortaba, aunque a veces se sentía confuso y no sabía si había sido Filip o Hobbs quien había cometido los crímenes de los que le habían acusado.

Le dejaban tener libros y, hasta seis meses antes, una radio. Sin embargo, en los tres años que llevaba internado, no le habían permitido relacionarse con el resto de los pacientes. Hasta el punto de que había llegado a dudar de que siguieran en el castillo. Cuando le habían quitado la radio sin darle explicaciones, sospechó que tenía algo que ver con el tono cada vez más desesperado de los locutores y el aumento de la música patriótica.

Los informes sobre la crisis de los Sudetes.

Cuando lo internaron, el profesor Románek fue a verlo. El director del sanatorio parecía mayor y más triste. Recordó que en una ocasión se había retirado del mundo para abandonarse al olvido y la melancolía. Notó que se estaba preparando para un retiro más prolongado. También parecía profundamente arrepentido, como si le hubiera fallado. Había querido decirle a aquel amable psiquiatra que no debía sentirse así, que solo estaba fingiendo y asumiendo la culpa de lo que había hecho Filip. Pero no pudo. Era un secreto.

El doctor Platner empezó a pasar más tiempo con él. Le contó que el profesor Románek se había jubilado y que él estaba a cargo del sanatorio. Le habló con mucha amabilidad y con la misma tristeza que Románek. Le desconcertaba que un médico generalista estuviera a cargo de una institución psiquiátrica. Le pareció que a Platner aquel ascenso no le había gustado.

A excepción del vago y confuso recuerdo de haberle curado la herida de bala y las quemaduras, apenas veía a Krakl, aunque creía que también le habían ascendido. Lo peor era que, a veces, le asustaba el parecido de Krakl con Hobbs. Altos y encorvados. La última vez que lo había visto, Krakl había sido un tanto brusco. Solo se había dirigido a él para darle órdenes precisas mientras le medía el cráneo y comunicaba los datos a un celador para que los anotara. Se había fijado en que bajo la bata blanca llevaba un uniforme pardo y brillantes botas negras.

Los siguientes días fueron tranquilos. El castillo estaba mucho más calmado que de costumbre. Un día, mientras miraba hacia el bosque a través de la ventana con barrotes, vio que se acercaban dos vehículos militares: un Kübelwagen descapotable con dos oficiales alemanes y un camión para transporte de tropa cubierto con una lona. El sol se reflejaba en los cromados del Tatra 77 que los seguía. Los vehículos ascendieron por la

carretera y desaparecieron en dirección al puente de piedra de
la garganta y la casa del guarda. Se preguntó si el castillo estaría bajo control militar. Como ya no tenía radio, apenas se en-
teraba de lo que pasaba en el mundo, aunque podía imaginár-
selo. Finalmente, la oscuridad entre los árboles había llegado a
Checoslovaquia.

Y por eso Judita se había ido.

Poco antes de que le privaran de la radio, cuando todavía
sabía qué pasaba en el mundo que se extendía más allá de los
muros del castillo, le había hecho una visita. Se había alegrado
mucho de verla, mucho. Sin embargo, Judita no había dejado
de llorar en ningún momento. Se enfadó porque el doctor Platner y un celador hubieran estado tan cerca, pero, al menos, le
habían permitido sentarse en el comedor del castillo con Judita
y tomar café.

Había estirado las manos encima de la mesa para apretar
las suyas. Aquello le había gustado. Fue como si los años de
internamiento se hubieran evaporado. Fue como regresar a
los tiempos más alegres. Cuando la había visto por primera
vez, le había parecido muy guapa. Sin embargo, en ese momento tenía una belleza triste y melancólica que le recordó
una historia que le habían contado hacía tiempo, pero que no
conseguía recordar del todo. Le dijo que le gustaba cómo llevaba el pelo, más suelto y sobre la frente, pero aquello pareció ponerla más triste.

Le había contado sus planes para el futuro, para su futuro
juntos. Le había dicho que estaba muy equivocada cuando había asegurado que no tenían futuro. Pero aquella muestra de
optimismo también la había entristecido.

—Me voy —le dijo entre lágrimas—. Quería decirte adiós.

Aquella noticia le dolió.

—Pero ¿por qué? ¿Por qué te vas? —preguntó—. ¿Por qué
no te quedas conmigo? Te necesito.

—No puedo. —Judita miró por encima del hombro a Platner y después volvió la vista hacia él—. El doctor Platner me
ha conseguido la documentación necesaria. Me voy de Europa. ¿Recuerdas que lo comentamos? Me voy. Ya no tengo
nada que hacer en Checoslovaquia. Empezaré una nueva vida
en América.

Había bajado la voz hasta convertirla en un suspiro desesperado.

—Pero yo estoy aquí. Te necesito. Quédate y ayúdame, por favor. Necesito que me ayudes. No me dejan salir. No entiendo por qué. Dicen que hice cosas horribles, pero no fui yo. Lo sabes, ¿verdad? Fue Hobbs. Fue Hobbs el responsable de todo aquel horror. —Frunció el ceño como para aclararse—. Hobbs o Filip.

Le apretaba las manos desesperadamente. Platner y el celador se acercaron, pero Judita los frenó con un gesto de la cabeza.

—Tengo que irme, Viktor. —Se inclinó hacia él con la pálida cara surcada por lágrimas y le besó en la mejilla—. El doctor Platner cuidará de ti.

Una idea repentina cruzó la mente de Viktor, que sonrió y asintió.

—Sí, ahora lo entiendo. Es mejor así. Ve a América. Yo te seguiré, más adelante. Buscarás un buen lugar donde pueda completar mi trabajo. Tal como dijiste, hay más posibilidades de que apoyen mi investigación allí. Cuanto más lo pienso, más razón tienes. Ve tú. Yo te seguiré.

Judita empezó a sollozar. Platner la sujetó por los hombros y la hizo retroceder.

—No estés triste —dijo mientras la sacaba de la cantina—. No tardaré. Iré a América también. Te lo prometo, Judita: iré a América. Te juro que iré a América.

Cuando Judita se fue, lo llevaron a su habitación. Cuando un taxi descendió por la serpenteante carretera a través de los árboles hacia el pueblo, camino del mundo que había más allá, sintió en el pecho la opresión del desánimo y la pesadumbre. Al apartarse de la ventana se llevó un sobresalto. Su tristeza se convirtió en terror. Había vuelto a ver a Hobbs, con su sombrero alto, pañuelo negro de seda y delantal de cuero manchado de sangre. Estaba en un rincón de la habitación, con sus delgados hombros hundidos, el cuello inclinado en un ángulo imposible y la cara ladeada para poder encajar en ese espacio tan pequeño.

413

Soltó un grito, pero de su boca no salió sonido alguno. Hobbs se rio. Se burló de él con la misma voz que había utilizado para hablar a través de sus pacientes.

—Te he oído —dijo. Se había mofado de él. Aquella muestra de desprecio lo transformó en Kostěj el Sin muerte. Su boca se hizo más alargada y profunda para poder alojar sus cientos de dientes finos y afilados—. Te he oído decir que irás a América. Eso no sucederá. Jamás saldrás de aquí. ¿No te has dado cuenta? Nunca irás a América ni a ningún otro sitio. Así pues, ¿por qué no buscas alguna forma de suicidarte? Entonces volveré a ser libre y no estaré unido a ti. Das pena. Me has fallado en todo.

—Lo siento... —dijo Viktor sollozando y aterrorizado—. Lo siento.

—¿Te acuerdas de cuando nos conocimos? ¿Recuerdas cuando tu madre os llevó de pícnic a tu hermana y a ti a Čertovo Jezero, el lago del Diablo, en las profundidades del bosque? Habíais ido a ver a tus abuelos alemanes, ¿te acuerdas? Fuisteis de pícnic y jugaste con tu hermana en el bosque.

—No quiero hablar de eso —protestó, afligido por el recuerdo y aterrorizado por el monstruo que se agazapaba en el rincón—. Fue el día del accidente.

—Sí, el accidente.

—Mi hermana Ella se cayó al agua —le explicó—. Intenté salvarla con todas mis fuerzas, pero era pequeño. No sabía nadar. Casi me ahogué al intentarlo. Corrí para ir a buscar a mi abuelo y a mi madre, pero...

No consiguió acabar la frase: le dolía demasiado el recuerdo de un cuerpo pequeño, muy pequeño, flotando boca abajo, como una muñeca, con un vestido blanco que se hinchaba en las negras aguas.

—Pero no pasó exactamente así, ¿verdad, Viktor? —Hobbs volvía a burlarse de él. Por un instante, creyó que su boca se distorsionaba para convertirse en la sonrisa de Kostěj el Sin muerte—. Eso no es lo que pasó aquel día. Y tu madre no se suicidó porque tu hermana se hubiera ahogado, ¿verdad? Se suicidó porque descubrió que su hijo era un monstruo. Tu hermana no era su favorita. Por eso se sintió tan culpable cuando se ahogó, porque estaba desconsolada, pero al mismo tiempo contenta de que no hubiera sido su precioso Viktor. Después se enteró. Se enteró de lo que les había pasado a todos los gatos que habían desaparecido en el pueblo. Te siguió al bosque y vio lo que hacías. Vio todos los horrores que cometías para agradarme. Vio que eras un monstruo.

Viktor notó un rápido movimiento como de patas de araña cuando Hobbs-Kostěj-Veles buscó un lugar con sombra más cerca de él.

—Por supuesto, me escondí —le susurró Hobbs a su oído—. No me vio, no se dio cuenta de lo que hice. No comprendió que fui yo el invocado en el lago del Diablo. He estado contigo desde entonces, Viktor. Todos los días. Y cuando le dijiste la verdad a tu madre sobre lo que había pasado en el lago aquel día, no pudo seguir viviendo. Te dijo que eras un monstruo. Tenías nueve años y tu madre te llamó monstruo. Por eso la llamaste «puta alemana». No pudo vivir con aquello y se colgó en el bosque. Se quitó el cinturón del abrigo, lo ató a la rama de un árbol y se colgó mientras la mirabas.

—¡Eso no es verdad! —gritó Viktor—. ¡Fuiste tú! ¡Fuiste tú!

Intentó forzar los recuerdos para que salieran a la superficie. La película que había proyectado tantas veces en su mente: su hermana Ella en el agua, gritando, agitándose. Él entrando en el agua, estirando los brazos desesperado, rozando las puntas de los dedos con las de ella, pero sin conseguir agarrarla. Y entonces el recuerdo cambió, se alteró la perspectiva. La pequeña Ella le suplicaba, le rogaba. Vio sus manos en aquellos hombros pequeños y débiles, empujando hacia abajo. Vio su pelo rubio ahuecándose verde y dorado en el lago del Diablo. Volvió a tener un momento de confusión y no estuvo seguro de si estaba recordando a su hermana, su cuerpecito ahogado, o si se estaba acordando de otro cuerpo cerca del castillo. En el pequeño lago detrás del pueblo que le había recordado…

—¡No es verdad! —gritó de nuevo, pero vio más imágenes, tuvo más recuerdos. Terribles. Mucha sangre. Sangre en las manos, en los labios, en la boca. Carne arrancada del hueso. Mujeres gritando—. ¡No es verdad!

415

Lo negó a gritos, una y otra vez. Se lo negó al verdadero monstruo. Al verdadero asesino. Pero este se limitó a moverse con rapidez hacia el rincón más oscuro. Se sentó y se rio de él.

De repente, la puerta se abrió. Krakl entró acompañado por dos celadores. Siguieron la mirada de Viktor hacia un rincón... vacío. Sintió que le sujetaban unas manos ásperas y el pinchazo de una hipodérmica en el antebrazo. Su voluntad y su fuerza se habían debilitado cuando le pusieron una camisa de fuerza y lo sentaron en el sofá.

Durante las semanas posteriores a la visita de Judita, todo se tranquilizó. Entró en una de sus remisiones: periodos lúcidos y racionales en los que volvía a ser aquel psiquiatra serio. Aquel médico que no entendía por qué le habían internado. En esos periodos, no solo cesaban las alucinaciones, sino que las olvidaba. No se acordaba de las visitas de Hobbs. O solo las recordaba vagamente, como si hubieran sido producto de una pesadilla. En realidad, de lo único que se acordaba con claridad era de que Judita se había ido y de que no volvería a verla.

En momentos como esos, el doctor Platner lo visitaba con más frecuencia. Le resultaba difícil descifrar la expresión de la cara del sudete: mostraba un cansancio y una preocupación que no había visto jamás y se preguntaba si lo que estaba sucediendo le causaba aquel desasosiego. No obstante, siempre que le preguntaba qué estaba pasando en el mundo, se limitaba a contestarle:

—Es mejor que no te preocupes por esas cosas.

Una mañana, Platner fue a verlo temprano, poco después de la salida del sol. Ya se había levantado y aseado. Se había afeitado con la maquinilla eléctrica que le permitían tener y se había vestido. Cuando entró en la habitación, estaba leyendo un libro, un grueso volumen que, aparte de los que trataban sobre medicina, era su preferido: un texto sobre la mitología eslava y su origen.

—¿Le apetece dar un paseo por el bosque antes del desayuno? —le preguntó Platner con una sonrisa.

Detrás de él había un soldado que llevaba un uniforme negro. En los últimos tiempos, siempre que daban un paseo los escoltaban soldados, en vez de celadores.

—Me encantaría —respondió—. Mucho.

—De acuerdo —dijo Platner. Cuando Viktor iba a dejar el libro en la estantería, añadió—: Puede llevarlo. Encontraremos algún sitio para leer.

Salir del castillo le sentaba bien. Cuando pasaron por delante del personal del sanatorio, tuvo la impresión de que todos parecían militares. Se fijó en que estaban desembalando cajas e instalando equipos. Le extrañó que Platner no le dijera que eran «lo último». También vio que algunas de las salas se habían convertido en pabellones llenos de camas estrechas.

—¿Esperan más pacientes? —preguntó.

Sin embargo, Platner, o no le oyó, o prefirió no hacerle caso.

Hacía un día excelente. Un dorado sol de otoño asomaba ya, aunque el invierno empezaba a traer su viento helado. Cuando se subió el cuello del abrigo, se volvió para mirar el castillo: seguía como siempre, excepto por la bandera roja y blanca con una esvástica negra en el centro, que ondeaba en la brisa en lo alto de la torre del homenaje. Pensó que debían de haber encontrado la forma de llegar allí, que quizás habían hallado la tumba de Jan Corazón Negro.

Mientras bajaban por la carretera que llevaba al pueblo seguidos por el soldado uniformado con el fusil al hombro, Platner conversó con él sobre el cambio de estaciones y los nuevos tiempos. Al llegar a mitad de camino, Platner lo llevó hacia el sendero que conducía a la antigua capilla del bosque.

—Conozco este lugar —dijo con repentina alegría cuando la vieron—. Sí, sí, recuerdo este sitio. Solía venir con Judita. Sí, Judita… —Frunció el ceño e intentó atrapar y conservar un efímero recuerdo mientras miraba hacia la capilla, que se elevaba oscura, sólida y antigua.

El soldado fumaba un cigarrillo en silencio en el pórtico. Las arrugas del ceño se volvieron más profundas cuando otro recuerdo, vago y apenas formado, apareció en su mente. La madera que se hundía bajo el peso del cuchillo que llevaba en la mano mientras tallaba algo.

417

—¿Le apetece sentarse aquí y leer un rato, Viktor? —sugirió Platner—. Es un lugar muy tranquilo. Después, de vuelta al castillo, puede hablarme más sobre mitología eslava.

—Me encantaría. —Abrió el libro y lo colocó en su regazo, pero antes de empezar a leer se volvió hacia Platner—. Gracias por traerme aquí. Me hace sentir muy feliz. A veces me pongo muy triste. En ocasiones, siento una gran tristeza. Dígame, ¿de verdad estoy loco?

Platner suspiró y sonrió con pena, tanta que Viktor se inquietó.

—Todo es relativo, Viktor. Pero me temo que una tristeza mucho más grande, una locura incluso más grande, nos va a afectar a todos.

Cuando Platner se fue para dejarlo tranquilo, empezó a leer el libro sobre antiguos dioses y demonios eslavos, consciente de lo perfecto que era aquel lugar. Se sentía agradecido al doctor Platner por haberlo llevado allí. Estaba tan contento y absorto en la lectura que no oyó al soldado cuando bajaba las escaleras de madera de la capilla ni el ruido que hizo una pieza de metal deslizándose sobre otra, el sonido mecánico del cerrojo de un arma.

418

Apenas notó el frío beso del cañón del fusil contra su nuca antes de que la gran tristeza de Viktor Kosárek acabara.

San Francisco, 1969

$\mathcal{U}$n radiante día de finales de otoño. El cielo sobre San Francisco era como una capa protectora azul sin nubes. John Harvester llevaba bajado el techo de su Mercedes descapotable mientras conducía por la ciudad de camino a su oficina en el centro. Aquella era una jornada fresca y brillante que invitaba a sentirse bien. Y él tenía muchos motivos para hacerlo. Cuando se es joven y atractivo, cuando se tiene éxito y dinero, la vida es un regalo, la vida es excelente.

Ni siquiera permitió que las noticias de la radio lo desanimaran. San Francisco era una ciudad doblemente zarandeada: sacudida por la Tierra y por la siniestra voluntad de un hombre. La primera noticia de la radio era sobre los destrozos causados por un terremoto en Santa Rosa hacía dos semanas. La segunda era sobre el creciente terror que sentía la gente de San Francisco por el llamado Asesino del Zodiaco.

La radio informaba con solemnidad de que el asesino había enviado otra carta al *San Francisco Chronicle*. En esa ocasión, la había remitido acompañada de un trozo de camiseta con sangre de su última víctima, para probar su autenticidad. En la carta anterior, el Asesino del Zodiaco había anunciado que estaba pensando en asaltar un autobús escolar y matar a todos los niños de a bordo. Todos se habían tomado esa amenaza en serio. La ciudad, asustada, era víctima de una nueva paranoia. Al psiquiatra John Harvester le fascinaba que la mente de un hombre, la voluntad de un individuo, pudiera aterrorizar a más de setecientas mil personas.

Dejó el coche en el aparcamiento del sótano del edificio y llamó al ascensor para subir a las oficinas de la planta octava. Sonrió ante su reflejo en el cristal ahumado del ascensor: el traje italiano hecho a medida, la camisa y la corbata de la mejor calidad, el caro corte de pelo enmarcado por su bronceado. Todo en él era la prueba de su temprano éxito, de una vida de la que no había consumido aún la mitad, de una promesa cumplida.

Jodi, su recepcionista y secretaria, lo saludó cuando salió del ascensor. Alta, ágil y rubia. La habían contratado más por su aspecto que por sus habilidades administrativas, aunque, por fortuna, estas últimas habían resultado ser excelentes. Todo en el doctor John Harvester, en sus elegantes oficinas llenas de mobiliario Eames y cuadros de Pollock, incluso en Jodi, era prueba de que había tenido un éxito poco habitual. De que sus pacientes eran excepcionales.

Igual que en ese momento, cuando se licenció como médico tenía una gran ambición: destacar en el mundo, encontrar nuevas formas de tratar las enfermedades mentales. Sin embargo, cuando se le presentó la oportunidad y se le insinuaron objetivos menos elevados, la ambición permaneció. Aunque, eso sí: el objetivo cambió. Su lista de pacientes se había convertido en su clientela. Había pasado de tratar las psicosis de los desesperados a las neurosis de los ricos, de la élite adinerada de California, incluidas varias estrellas de Hollywood.

Harvester lo tenía todo, excepto lo que más deseaba: que sus colegas lo valoraran. Pero aparecería el libro. Cuando se publicara su libro y su teoría, entonces lo tomarían en serio.

—Buenos días, Jodi —la saludó con una sonrisa—. Hace un día muy bonito.

—Y que lo diga, doctor Harvester —contestó la chica—. Pero esa terrible noticia de esta mañana... La carta al *Chronicle*. ¿Cree que lo hará? Me refiero a lo del autobús escolar.

—Ese tipo es capaz de todo —aseguró Harvester.

—Dicen que es muy listo, superinteligente. ¿Ha leído que alguien de Salinas ha descifrado el criptograma que envió la última vez? O, al menos, en gran parte.

—No, ¿qué dice?

—Es escalofriante. El Asesino del Zodiaco asegura que está matando a todas esas personas para que le sirvan cuando esté muerto. Dijo: «Serán mis esclavos y mis juguetes en el paraíso». Da miedo. ¿Cómo ha podido salirse con la suya durante tanto tiempo…, aunque sea tan listo? Quiero decir, no hay manera de que lo detengan.

Harvester se quedó pensativo.

—Tengo una teoría. Creo que puede que no lo hayan atrapado porque ni siquiera él mismo sabe quién es.

—No le entiendo.

—Creo que se ha escondido muy bien, incluso de sí mismo. Vamos, Jodi, has transcrito suficientes notas como para entender el concepto de «personalidad múltiple». Quizá no han apresado al Asesino del Zodiaco porque es solo una identidad, un *alter ego* que se esconde dentro de un portador que ni siquiera es consciente de lo que pasa.

—¿Qué? —Jodi frunció el entrecejo de forma encantadora—. ¿Cree que alguien puede ser el Asesino del Zodiaco sin saberlo?

—Es muy posible. Lo habrá visto en las notas que le he dictado para mi libro.

De repente se le ocurrió una idea: «Quizá también puedo hablar del Asesino del Zodiaco en mi libro».

421

El libro de Harvester, además de ofrecerle otra oportunidad de enriquecerse, era su gran proyecto: su intento de que la comunidad de psiquiatras le tomara en serio. Había formulado la teoría de que el desorden de personalidad múltiple es más común de lo que se cree. Decía que, incluso, hasta cierto punto, es un elemento de la psicología de todo el mundo. En cualquier persona conviven todo tipo de ángeles y demonios. Harvester estaba decidido a probarlo.

Se había arriesgado al utilizar a sus pacientes ricos y famosos para los test, sin que ellos lo supieran. Sin embargo, los datos que había recopilado solo se relacionarían con pacientes anónimos. En cualquier caso, el tiopentanto o lorazepam que utilizaba en sus sesiones tenía un efecto amnésico: los pacientes no recordaban nada. Solo él conocía el contenido de sus conversaciones. Y, por supuesto, contaba con las grabaciones. Podía consultarlas.

Harvester había decidido probar la validez de su tesis, costase lo que costase.

Υ

Poco después de las diez, Jodi hizo pasar al primer paciente. Alice Sterling sonrió tímidamente cuando entró en la consulta y se sentó en el sofá Le Corbusier. Harvester había pensado muy a menudo que lo más extraño de esos actores de Hollywood era que se ganaban la vida exhibiéndose profesionalmente, pero, sin embargo, luego eran tímidos, a veces más que tímidos, cuando no estaban delante de una cámara. En cualquier caso, todos somos personajes interpretando papeles, se decía.

—¿Qué tal se encuentra hoy? —le preguntó Harvester, que hizo un esfuerzo por no revelar su entusiasmo.

En la última sesión con esa paciente, había conseguido unos excelentes resultados. Increíbles.

—No muy bien —contestó apenada, con ese acento suyo del Medio Oeste, pulido por el estudio cinematográfico—. Para ser sincera, me siento muy mal. No soy capaz de librarme de este..., no sé, de este sentimiento depresivo que tengo a todas horas.

—Veamos qué se puede hacer —la tranquilizó Harvester.

Alice Sterling era una esbelta, elegante y excepcionalmente guapa chica de veinticuatro años. Pero su magnífico cutis, su fantástica estructura ósea y su gran tipo eran lo único que compartía con Alice Silberstein, la chica que había crecido en un pueblo obrero de Misuri, en el que los trabajos, el dinero y las expectativas eran bienes escasos. Y ahí radicaba su malestar: una especie de trastorno de adaptación inverso en el que, irónicamente, la repentina riqueza y la liberación de toda preocupación material y económica le habían provocado una depresión y habían minado su autoestima.

—¿Lista para empezar?

Asintió.

Harvester le administró la misma dosis de tiopentato y lorazepam que le había inyectado en la última sesión. Cuando la paciente se relajó, apretó un botón de la grabadora.

Al recordar los sucesos de la última sesión, y mientras esperaba a que los fármacos le surtieran efecto y dejaran a la paciente en un estado hipnótico, sintió un escalofrío de emoción.

—Quiero hablar con la persona con la que conversé la última vez.

No hubo respuesta.

—Quiero hablar con la persona que está buscando algo. La persona que dijo que había perdido algo muy preciado.

Entonces apareció. Harvester notó que el corazón se le aceleraba cuando aquella esbelta y delicada paciente empezó a hablar.

—Lo he perdido —dijo en una voz que no era la suya. Era profunda, masculina, contundente y con acento inglés—. Mi recuerdo más preciado. Mi pequeña rosa de cristal, blanca y reluciente.

—¿Quién es? —preguntó Harvester.

Se produjo una pausa y después contestó:

—Puede llamarme señor Hobbs.

423

Nota del autor

Detrás del diablo:
documentación y evolución de *El aspecto del diablo*

Supongo que soy un escritor del método. Como un actor de método, que se sumerge por completo en un papel y «es ese personaje» durante el tiempo que lo representa, yo me zambullo totalmente en la época, la cultura y el mundo que habitan mis personajes. Es algo que he hecho en mis anteriores novelas. Es una experiencia que me ha enriquecido. Ver el mundo a través de otros ojos es cambiar y mejorar la perspectiva propia. También es muy divertido. En este libro, ha sido una diversión siniestra.

La gente suele preguntarme si documentarme para escribir mis novelas (dado que tratan de otros tiempos y lugares, y a veces requieren detalles científicos o históricos muy específicos) no es un trabajo demasiado costoso. La verdad es que, para mí, la documentación no es una labor onerosa, sino que está tan intrincadamente entretejida en el proceso de escribir que no puedo separar esas dos actividades. El proceso de aprender y empaparme de conocimientos me resulta muy agradable.

Quizá parezca extraño que, dado que *El aspecto del diablo* es un relato tan tétrico y amenazador, haya disfrutado tanto no solo contándolo, sino sumergiéndome en el rico folclore, mitos y cultura de Centroeuropa y Europa del Este, además de hacerlo en las lúgubres regiones del inconsciente humano.

Sin embargo, esas son las cosas que me fascinan. La gran alegría de escribir para ganarse la vida proviene de que se es

425

libre para seguir los caminos que más atraen. En el caso de *El aspecto del diablo*, esos caminos me llevaron a lugares realmente siniestros.

Los principales motores que impulsan esta historia son la psicología junguiana, los mitos y leyendas centroeuropeos, la historia de Checoslovaquia de poco antes de la Segunda Guerra Mundial y la tensión étnica que sufría el país en ese momento. De lo que más disfruté de documentarme y de escribir este libro fue de cómo todos esos temas se unieron, interconectaron y entretejieron. Elegí Checoslovaquia por estar situada en el corazón de Europa, geográfica, étnica, cultural y psicológicamente. En particular, los bohemios son un pueblo con una psicología muy intrincada. Se trata de un lugar formado por la fusión de las culturas celta, eslava, germana y judía. No es casualidad que la excepcional voz creativa de Franz Kafka, con todo su absurdo, surrealismo y humor negro, fuera producto de ese tiempo y ese lugar.

426

Pasé mucho tiempo en Praga y en Checoslovaquia para prepararme antes de escribir este libro. Lo que se ve en una novela solo es la punta del iceberg de la documentación: mucha información se consigue simplemente familiarizándose con un pueblo, una cultura y una historia; algo que nunca se muestra en una frase, sino que se manifiesta en la confianza y autoridad con la que se escribe sobre un lugar, un tiempo y un pueblo. Por ejemplo, que los moravos se burlan de los bohemios de Praga por su acento cantarín no aparece en el libro, pero es un dato encantador.

Me parece muy extraño que diferentes elementos hayan de unirse para que una novela tome verdadera forma. Había estado bosquejando *El aspecto del diablo* durante un tiempo, pero realmente se consolidó en un viaje a Bohemia. Fui al castillo de Karlštejn, era temporada baja, hacía un día muy gris y el castillo se alzaba bajo un espectacular cielo con nubes negras. He de decir que ese castillo es uno de los lugares más espeluznantes del mundo, incluso en un día soleado. Si Drácula anduviera buscando residencia, seguramente lo rechazaría por las malas vibraciones que transmite. Estaba en la sala que utilizaba Carlos IV cuando todo encajó. Era el lugar en el que el emperador concedía audiencia. El trono estaba entre dos grandes ventanas. Así, mientras las personas que se dirigían a él recibían la luz directamente en la cara, el monarca y sus reacciones quedaban en la sombra. De este modo, su audiencia no podía apreciar sus reacciones. (Este efecto se menciona en el libro, respecto a la oficina de Smolák.) Mientras estaba allí imaginé los siniestros sucesos e incluso los secretos aún más escalofriantes que debían de haber atrapado las paredes del castillo a lo largo de los siglos. Entonces todo encajó: imaginé el castillo como un sanatorio psiquiátrico en el periodo previo a la guerra, como un lugar donde se intentaba confinar la locura individual de unos asesinos, pero que, sin embargo, paradójicamente, servía de refugio y sanatorio para el nazismo, esa gran locura que crecía y crecía extramuros.

Tenía el lugar y la época. La historia estaba casi lista, pero los ingredientes clave que debía incluir eran los mitos y leyendas, cuya presencia casi puede sentirse en los bosques de Bohemia. También estaban las teorías de Carl Jung. Esos dos elementos eran los que más estrechamente interrelacionados estaban: las teorías de Jung giraban alrededor de la creación de mitos y leyendas, como una externalización del inconsciente colectivo. La teoría junguiana de los arquetipos nos proporciona los personajes comunes de la mitología, y, para el caso, de la literatura. Jung me fascina: un científico cuyo padre era un pastor de pueblo que no creía en Dios y cuyo abuelo paterno se rumoreaba que era hijo ilegítimo de Goethe. Por el lado materno, su abuelo era un conocido teólogo que tenía visiones, que aprendió hebreo bíblico porque estaba convencido de que era la lengua que se hablaba en el cielo y que, al igual que Dominik Bartoš en la novela, podía comunicarse con los muertos. Hasta que la madre de Jung se casó, su padre la obligaba a sentarse detrás de él mientras redactaba los sermones, para asegurarse de que el diablo no estaba leyendo por encima de su hombro lo que escribía.

Documentarme sobre la mitología eslava me llevó a mi lugar favorito. Los bohemios recibieron ese nombre de la tribu celta boii, antepasados de la actual población (y también de la del sureste de Alemania, de cuyo nombre local, Baiovarii, se derivó Baviera). A este sustrato celta llegaron las tribus germanas, principalmente los suevos, seguidos de la invasión y el

427

dominio de los eslavos checos. A lo largo de la historia, esta rica mezcla se vio reforzada por los asentamientos alemanes y judíos. La suma de culturas, leyendas y supersticiones creó una mitología excepcionalmente rica. La mitología eslava por sí misma está íntimamente relacionada con la mitología nórdica, lo que seguramente demuestra la influencia de la Rus de Kiev. Toda esta profunda, oscura y entrelazada mitología me ofreció el equivalente ideal a las teorías de Jung.

Cuanto más me documentaba, más riqueza siniestra encontraba, como la iglesia de los Huesos (la iglesia de Todos los Santos de Sedlec), con las extrañamente sepulcrales obras de arte de František Rint. Cuanto más ahondaba en la historia y en la cultura, más ideas aparecían en mi mente. A lo que había que añadir, por supuesto, el cataclismo que sufrió la población judía bohemia. El Holocausto, su brutalidad, su magnitud y el empobrecimiento de la cultura europea que produjo, es algo que me ha acechado desde que fui consciente de él. A través de los ojos de Judita, intenté ver su preludio en aquellos lúgubres días anteriores a la invasión nazi. No disfruté con esa documentación. De hecho, aumentó mi sensación de inquietud y mi asombro ante lo que parece ser el renacimiento en nuestra sociedad de nacionalismos fervientes y antisemitismo.

Tuve dos experiencias particularmente extrañas mientras escribía *El aspecto del diablo*: la primera sucedió cuando llevaba escritas tres cuartas partes del manuscrito. Había creado la fortaleza de Hrad Orlů con una amalgama de castillos bohemios, moravos y eslovacos reales; le añadí la oscura historia de un castillo que se había construido, no para vivir en él, sino para cerrar el acceso al infierno. Todo eso lo había inventado por mi cuenta, sin que hiciera referencia a ningún lugar real. Sin embargo, una noche que me estaba documentando sobre castillos checos, descubrí el verdadero Hrad Houska, que se había construido sin cocina ni aposentos, pero con unos enormes e impenetrables cimientos para cerrar lo que en esos tiempos se creía que era la boca del infierno. La segunda experiencia sobrevino cuando un amigo, un académico especializado en temas góticos, me dijo que tenía una copia del *Libro rojo*, de Carl Jung, cuya publicación prohibió la familia Jung hasta el año 2009, por si deterioraba la reputación de tan egregio psiquiatra. Por supuesto, había oído hablar de él, pero nunca había visto un ejemplar. Me quedé asombrado de lo mucho que se parecía a la descripción del manuscrito ilustrado de Filip Starosta que se hace en esta novela. Dos creaciones ficticias que, sin que yo lo supiera, eran análogas.

Si Carl Jung siguiera entre nosotros, lo habría llamado sincronicidad.

429

Este libro utiliza el tipo Aldus, que toma su nombre
del vanguardista impresor del Renacimiento
italiano, Aldus Manutius. Hermann Zapf
diseñó el tipo Aldus para la imprenta
Stempel en 1954, como una réplica
más ligera y elegante del
popular tipo
Palatino

El aspecto del diablo
se acabó de imprimir
un día de primavera de 2019,
en los talleres gráficos de Liberdúplex, s. l. u.
Crta. BV-2249, km 7,4. Pol. Ind. Torrentfondo
Sant Llorenç d'Hortons (Barcelona)